NICOLAS LINDT

ORWELLS EINSAMKEIT

NICOLAS LINDT

ORWELLS EINSAMKEIT
Sein Leben, «1984» und mein Weg
zu einem persönlichen Denken

lindtbooks

Ein Buch aus der Reihe «lindtbooks»
Coverbild: Konrad Borkowski, Isle of Jura
www.konradborkowski.com
Gestaltung: www.druckteam.ch
© 2024 Nicolas Lindt
CH – 8636 Wald
Alle Rechte vorbehalten

Verlag:
BoD · Books on Demand GmbH, In de Tarpen 42,
22848 Norderstedt
Druck:
Libri Plureos GmbH, Friedensallee 273,
22763 Hamburg
ISBN: 978-3-7583-4256-1

Trust yourself
Bob Dylan

INHALT

ORWELLS EINSAMKEIT
EIN REISEBERICHT AUS DEM JAHRE 1984

Die Anreise

Schottland im Winter – ein Winter der milden Sorte, weder Eis noch Schnee im Land. Aber es fängt an zu regnen und der Wind bläst hart, als ich an der Pier unten ankomme, er zupft und zaust mich, und die Regentropfen wirft er mir ins Gesicht. Port Askaig auf der Insel Islay ist ein verlorenes Nest. Ein Bootshafen, ein Hafenhotel, eine Bar, ein paar Häuser, mehr gibt es nicht. Der Ort liegt an einer Meerenge. Gegenüber ist ein verschwommener dunkler Streifen Land zu erkennen: Das muss Jura sein! Ein grauschwarzer Himmel liegt über Jura und davor, einer unüberwindbaren Grenze gleich, schäumt die unruhige See. Hohe Wellen klatschen gegen die Hafenmauer, die Fähre bäumt sich wie ein scheu gewordenes Pferd.

«No boat today», sagt der Fährmann. Das Boot schaffe es nicht bei diesem Seegang. Drüben auf Jura könne man nur bei ruhiger See anlegen. «We'll try tomorrow», beschliesst der Mann.

Damit müsse man hier rechnen, sagt ein junger Typ zu mir, der mit seinem Motorrad nach Jura hinüber will. Die Insel sei im Winter nicht leicht erreichbar, manchmal sei man tagelang abgeschnitten vom Festland. Wir kommen ins Gespräch. Der junge Mann heisst Roddy, und er will wissen, was mich hierher verschlägt, in dieser Jahreszeit. Die Touristen, sagt er, kommen nur im Sommer. Als ich Orwell erwähne, weiss Roddy Bescheid. Er wohne ganz in der Nähe von Orwells Haus, fünf Meilen südlich. Du bist nicht der erste, der das Haus sehen will, sagt Roddy, es waren sogar schon Japaner da. Das hätte er mir besser

9

nicht erzählt. Aber dann schaue ich wieder hinaus in die Meerenge, sehe hinter Regenschleiern die geheimnisvollen dunklen Umrisse der Insel und finde Jura doch eine Reise wert. Wer weiss, was mich erwartet.

Orwells Sehnsucht

Eine Familie zu gründen und sich auf eine einsame Insel zurückzuziehen, das war schon lange Orwells Wunsch gewesen. Einmal notierte er in sein Tagebuch: «Ich denke oft an meine Insel in den Hebriden, aber ich zweifle, ob mein Wunsch je in Erfüllung geht.» Orwell war mit Eileen verheiratet und arbeitete während des Krieges für die BBC. Sie hatten davor auf dem Land gewohnt, waren aber wegen Orwells neuer Tätigkeit nach London gezogen.

Eines Tages im Jahre 1944 erzählte ihm ein Freund von einer schottischen Insel. Sie hiess Jura. Der Freund, David Astor, besass Land auf Jura und wusste von einem leerstehenden Farmhaus. Das Cottage konnte billig gemietet werden, denn es war eines der abgelegensten Häuser und arg vernachlässigt. Orwell war begeistert. Während Eileen noch zögerte, hätte er am liebsten auf der Stelle hinfahren wollen. Es zog ihn hinaus in die Einsamkeit.

*

Draussen regnet es noch immer. Wir haben uns in die Bar verzogen. Die Frau hinter der Theke legt neue Torfstücke ins Kaminfeuer, der Geruch von verbranntem Torf durchzieht den Raum. Wir trinken Glühwein. Jetzt muss Roddy erzählen. Er ist Lehrer, einer der beiden Lehrer auf Jura. Ein knappes Jahr ist er hier, vorher lebte er mitten in

Glasgow, wo er jahrelang politisch aktiv war, Mitglied der «Socialist Workers Party» – die englischen Trotzkisten.

Das jahrelange Engagement habe ihn müde gemacht, sagt Roddy, er habe das Bedürfnis verspürt, sich zurückzuziehen. Die Lehrerstelle hier draussen auf der Insel kam ihm deshalb gerade recht.

Ich frage den ehemaligen Aktivisten, ob er inzwischen aus der Partei ausgetreten sei. Nein, nein, erwidert Roddy fast schon entrüstet, er zahle nach wie vor seine Beiträge. Nur politisch könne er für die Partei im Moment nichts mehr tun. Als Schullehrer käme er in Schwierigkeiten. Er wohnt mit seiner Familie auf Jura, seine Frau erwartet das zweite Kind. Später, sagt er, wolle er vielleicht in die Stadt zurückkehren. Glasgow sei politisch interessanter als eine Insel wie Jura. Hier draussen gebe es praktisch keine Arbeiter.

Die Arbeiterklasse ist die Haupttriebkraft der Revolution, sage ich, und Roddy stimmt mir zu. Dann erst merkt er den Unterton in meiner Stimme. Wir geraten in ein kleineres Wortgefecht über den Stellenwert der Arbeiterklasse in der heutigen Zeit. Roddy kommt auf Orwell zu sprechen. Für Orwell, sagt er, war die Arbeiterklasse stets von grosser Bedeutung. Ich widerspreche ihm – denn soviel weiss ich nach all der Lektüre, dass Orwells Verhältnis zum Proletariat zwiespältig war.

Aber da kommt der Fährmann zur Tür herein und verkündet, das Boot fahre definitiv erst morgen. Roddy ist ungehalten. Es sei nicht das erste Mal, sagt er, dass er im Askaig Port Hotel übernachten müsse. Wir beschliessen, zusammen ein Zimmer zu nehmen. Aber das hat Zeit. Erst noch ein Glühwein.

Orwell findet, die Arbeiter stinken

Eric Blair, der sich als Autor das Pseudonym George
Orwell zulegte, stammte nicht aus Arbeiterverhältnissen.
Das war sein Problem. Fast bedauernd sagte er von sich
selber, er sei ein Angehöriger des «unteren oberen Mit-
telstandes». Er hatte Internatserziehung genossen und
sprach ein gepflegtes Englisch. Als junger Mann ging er
nach Burma, wurde dort Polizeioffizier und repräsentierte britische Kolonialinteressen. Irgendwann hielt er das
nicht mehr aus, und er kam zurück, trampte kurzent-
schlossen hinüber nach Frankreich, arbeitete in Paris
zeitweise als Tellerwäscher und zeitweise gar nicht, hatte
kaum Geld, lebte am Rand der Gosse. Als er die Nase
voll hatte vom üblen Geruch der Armut, kehrte er – to-
tal abgebrannt – nach England zurück und begann zu
schreiben. Schreibend verarbeitete er, was er in Paris und
Burma erlebt hatte, schrieb an einem Roman, suchte lange Zeit vergeblich einen Verleger und fristete das Leben
einer armen Dichtermaus.

Orwell begann sich für die Ideen der Linken zu interessieren. 1936 reiste er im Auftrag einer linken Zeitschrift
in die englischen Bergbaugebiete, um über das Leben der
Arbeiter zu berichten. Wieder lebte er unter Proleten,
wohnte in ihren schäbigen Häusern, verkehrte in ihren
Kneipen. Doch in sein Tagebuch schrieb er: «Es will mir
nicht gelingen, von den Leuten als einer der ihren behandelt zu werden. Sie sagen entweder Sir oder Genosse
zu mir. Obwohl ich mich unter ihnen aufhalte, gehöre ich
nicht zu ihnen, und das wissen sie besser als ich.»

Orwell hatte grossen Respekt vor der Arbeiterklasse –
vor ihrer Ausdauer, ihrer Bescheidenheit, ihrer «Anstän-
digkeit», wie er es nannte. Doch manchmal schlug der

Respekt ins pure Gegenteil um, zum Beispiel, wenn sich Orwell entsetzte über die Essgewohnheiten der Arbeiter, über ihre Manieren oder den Gestank in ihren Behausungen. Immer wieder, schrieb er in seiner Reportage «Road to Wigan Pier», habe er sich an einen Satz aus seiner Kindheit erinnert gefühlt: «Die unteren Klassen stinken.» Der Abschnitt über die stinkenden Arbeiter provozierte nach Erscheinen der Reportage eine Flut entrüsteter Leserbriefe. Selbst der Herausgeber distanzierte sich in einem Vorwort von Orwell und bezeichnete ihn als «schrecklichen Snob».

*

Roddy ist telefonieren gegangen, ich sitze allein in der Bar, nur die Frau hinter der Theke ist noch da und löst Kreuzworträtsel. Draussen wird es dunkel. Unser Gespräch über Orwell und die Arbeiterklasse geht mir durch den Kopf. Ich kann Orwells damalige Zwiespältigkeit gegenüber dem arbeitenden Volk gut begreifen, und ich würde Roddy gern die Geschichte erzählen, die ich am Vortag in Glasgow erlebte.

Die Proletin

Der Bus an die Küste fuhr erst in zwei Stunden, ich schlenderte durch die Glasgower City, einer belebten Geschäftsstrasse entlang und fand endlich ein Tea-room, das mich zum Bleiben verlockte. Im Lokal herrschte gerade Hochbetrieb. Und während die Serviertöchter mit ihren Tabletts von Tisch zu Tisch eilten, war inmitten der Gäste eine Frau mit dem Abräumen und Reinigen der Tische beschäftigt.

Ich schaute ihr zu. Sie war eine jüngere Frau, vielleicht 40, und so, wie sie ihre Arbeit verrichtete, hatte ich den Eindruck, sie mache das bereits jahrelang. Jahrelang. Ich fragte mich, wie sie das aushält, diese Arbeit, die doch so stumpfsinnig ist, wie sie das ein Leben lang auf sich nimmt. Und wäre es nur die Arbeit; ich war sicher, dass dieselbe Frau in einem der Wohnblöcke am Stadtrand von Glasgow wohnte, die ich vom Zug aus gesehen hatte, eingekeilt zwischen Fabrikschloten und Autobahnkreuzen, niedergedrückt von einer Luft, die kaum zum Atmen ausreicht. Ich stellte mir vor, wie dieselbe Frau nach getaner Arbeit zuhause ihre schmuddeligen, quäkenden Kinder besorgen, ihrem Mann die bacon and eggs zubereiten und wie sie nachher den Küchentisch abräumen und reinigen muss, so wie sie vorher die Tische im Tea-room sauberzumachen hatte.

Immer muss diese Frau aufräumen und reinigen, sonst wird sie nicht viel erleben. Wenn es hochkommt, irgendwann zwei Ferienwochen in Brighton. Und irgendwann werden ihre Kinder erwachsen sein, und irgendwann wird sie sterben, und niemand ausser den nächsten Angehörigen wird sich jemals an sie erinnern, niemand wird sie vermissen. Sie ist in dieses Leben gekommen, um zu reinigen und aufzuräumen, und sie wird keine Spuren hinterlassen. Es deprimierte mich, der Frau bei ihrem Tun zuzusehen, und es deprimierte mich jetzt noch viel mehr, wo ich mir ihr schäbiges Leben ausgemalt hatte.

Dann, ganz plötzlich, war mir die Frau gleichgültig. Sie ist selber schuld, dachte ich, dass sie dieses Leben auf sich genommen hat. Sie hätte ausbrechen können, sie hätte es wenigstens versuchen können! Ich beobachtete, wie gewissenhaft sie ihre Arbeit machte. Nach dem Abräumen des Geschirrs putzte sie den Tisch sauber mit einem Lappen, ribbelte und rubbelte, bis die Tischplatte glänzte, säuberte den Tisch noch ein zweitesmal, obwohl es nichts mehr zu säubern gab, wandte sich dann endlich dem nächsten Tisch zu und begann ihr Werk von vorn.

Ich empfand für die Frau beinahe Verachtung. Wie hatte ich noch vor wenigen Jahren für die Arbeiterklasse geschwärmt – da stand sie nun vor mir, die Proletarierin, und räumte still und ordentlich meinen Tisch ab, ohne aufzublicken. Es hätte mir nicht schlecht gefallen, wenn sie mich vor dem Abräumen um Erlaubnis gebeten hätte. Ich verfolgte ihre Hand, die mit dem Lappen die Kaffeeflecken auf meinem Tisch wegwischte, und ich fragte mich, ob sich die Frau ihrer Situation überhaupt bewusst ist. Nein, ist sie nicht, sonst würde sie mit diesem Leben gleich Schluss machen. Sie hält das alles nur aus, dachte ich, weil sie nichts davon weiss, weil sie ihre Tische abräumt und reinigt, ohne darüber nachzudenken.

Als sie meine Tischplatte sauber hatte, griff sie zu ihrem Geschirrwagen und manövrierte an mir vorbei auf den nächsten Tisch zu. Ich beobachtete sie, beobachtete ihren Gang, ihre Hände, ihr zu Boden gesenktes Gesicht, beobachtete, wie sie auf einmal aufblickte – und mich anschaute, mir direkt in die Augen sah, mit einem Blick, der unmissverständlich war:

Ich weiss, was du von mir denkst.

Orwell wird Parteimitglied und tritt wieder aus

1938, nach seiner Rückkehr aus dem Spanischen Bürgerkrieg, hatte Orwell beschlossen, der «Independent Labour Party» beizutreten. Die ILP, eine eher kleine Gruppierung war damals das «linke Gewissen» der grossen Labour Party. In der ILP sah Orwell die einzige Kraft, die die Prinzipien des Sozialismus aufrechterhielt, denn sowohl die Sozialdemokraten wie auch die moskautreuen Kommunisten hatten nach Orwells Ansicht der Idee des Sozialismus schweren Schaden zugefügt.

Nachdem in Deutschland die Nationalsozialisten und in Italien die Faschisten die Macht übernommen hatten, befürchtete Orwell auch in England eine Entwicklung hin zum Faschismus. Die bürgerliche englische Demokratie werde dies nicht verhindern können, argumentierte er in seinem Beitrittsschreiben zur ILP. «Nur ein sozialistisches Regime wird es auf die Dauer wagen, die Meinungsfreiheit zu dulden», schrieb Orwell. Das war die politische Begründung.

Orwell wollte aber auch deshalb ILP-Mitglied werden, weil er sich in seiner Rolle als Schriftsteller unausgefüllt fühlte. Er wollte nicht nur schreiben, er wollte handeln, er wollte an die Front, an die Front des unmittelbaren Lebens: So wie er in Paris in der Gosse gehaust, bei den englischen Bergarbeitern gelebt und als Freiwilliger am Spanischen Bürgerkrieg teilgenommen hatte, so zog es ihn jetzt an die Front der Politik.

Doch seine Mitgliedschaft blieb ein kurzes Gastspiel. Kaum zwei Jahre später trat er aus der ILP wieder aus. In seinen Augen war sie nicht besser als die anderen linken Parteien. Orwell war enttäuscht, und seine Enttäuschung wurde grundsätzlich:

«Was ich in Spanien erlebte und seither vom inneren Funktionieren linker politischer Parteien erfuhr, weckte in mir tiefen Abscheu vor der Politik», schrieb er in einer autobiografischen Notiz kurz nach Kriegsbeginn. Der Sozialist Orwell wurde zu einem scharfen, polemischen Kritiker der Linken. Er warf ihnen vor, die britischen Traditionen und die patriotischen Gefühle im Volk zu missachten. Die Linke sei anti-britisch, fand er, durch ihre dogmatische Politik nütze sie nur der Gegenseite und erleichtere es dem Faschismus, sich auch in England auszubreiten. Orwells Hauptvorwurf an die Linke war, dass sie, anstatt totalitäre Tendenzen zu bekämpfen, selber totalitär sei.

*

Es ist Abend geworden in Port Askaig. Wir bezogen im Hotel unser Zimmer. Im Dining Room waren wir die einzigen Gäste. Lammfleisch mit Kartoffeln gab es, dazu bestellten wir französischen Rotwein. Wir prosteten auf Orwell – und auf den Sozialismus! rief Roddy. Auf die Ungewissheit der Zukunft! gab ich zurück, und wir liessen die Gläser klingen. Jetzt sitzen wir in der Hotelbar beim Kaffee. Die Debatte nimmt ihren Fortgang. Roddy sagt, Orwells Kritik an der Linken war damals sicher berechtigt, aber heute nicht mehr. Die Neue Linke ist toleranter. Und die alten Stalinisten, die es noch gibt, werden längst nicht mehr ernst genommen. Ich weiss nicht, entgegne ich, ob sich tatsächlich soviel geändert hat seither. Ich stehe noch immer unter dem Eindruck eines Erlebnisses am Abend meiner Ankunft in London. Ich wünschte mir, sage ich zu Roddy, Orwell wäre dabeigewesen...

Die Revolutionäre

Am Eingang zur U-Bahn drückte mir ein junger Mann ein Flugblatt in die Hand. Es war die Einladung für eine Veranstaltung der Workers Revolutionary Party: «What the anti unionlaws mean and how to fight them» – ein Meeting gegen die gewerkschaftsfeindliche Politik der konservativen Regierung Thatcher. Beginn 8 p.m., Brixton Town Hall, London SW 2. «Alle Gewerkschafter, Arbeitslosen und Jugendlichen sind herzlich willkommen.» Ich beschloss hinzugehen.

Etwa hundert Personen waren im Saal schon versammelt, meist jüngere Leute, Jugendliche und einige Schwarze. Auf dem Podium vorne Vertreter der Partei und Gewerkschaftsaktivisten. Die Referate, die nun folgten, unterschieden sich nicht stark voneinander, und sie mündeten alle in die gleiche Schlussfolgerung: Dass an der Krise das kapitalistische System schuld sei und der Sozialismus auf der Tagesordnung stehe.

Höhepunkt des Meetings war die abschliessende Rede von Gerry Healy, Mitglied des ZK's der Workers Revolutionary Party, ein alter Kämpfer, das sah man ihm an, das hörte man schon nach den ersten Sätzen. Ganz sachlich, gelassen begann er sein Referat, dann steigerte er sich mit jedem Satz, und als er schliesslich beim Punkt angelangt war, wo es nicht mehr genügt, gegen Symptome zu kämpfen, wo das System selbst bekämpft werden muss, liess er seine Stimme in den Saal hineindonnern, als müsste sich jeder Einzelne auf der Stelle entscheiden:

«Wenn die Arbeiterklasse jetzt ihre Kraft nicht braucht», schrie der Mann ins Mikrophon, «dann, ja dann», fuhr er ganz leise fort, «hat die Arbeiterklasse keine Zukunft».

Es herrschte Totenstille im Saal. Mit drohender Gebärde fuhr Healy fort, das gegenwärtige Klima sei reif für ein Wiedererwachen des Faschismus: «Eines Tages werden sie die Konzentrationslager wieder aufbauen» erklärte er, «deshalb müssen wir kämpfen, kämpfen bis zur endgültigen Zerschlagung des Kapitalismus!» Er hielt inne, ordnete sein Manuskript und wandte sich dann wieder dem Publikum zu mit der Aufforderung, am Ende der Veranstaltung der Partei beizutreten.

Ich fühlte mich fehl am Platz. Zu meiner Linken und Rechten beeindruckte Zuhörer und niemand darunter, dem ich angesehen hätte, dass er ähnlich empfand wie ich. Bei einigen war der Gesichtsausdruck eher abgeklärt oder ausdruckslos – das waren wohl die Parteimitglieder.

Die Frau neben mir hatte wahrend Healys Referat immer wieder zu mir geschaut. Sie sah, dass ich Notizen machte. Am Ende der Veranstaltung stellte sie mich zur Rede. Ich sagte, Schreiben sei mein Beruf. Die Presse sei an dieser Veranstaltung nicht erwünscht, erwiderte die Genossin. Sie erklärte es so laut, dass andere Parteimitglieder aufmerksam wurden und sich ebenfalls mir zuwandten. Ich wurde nach dem Zweck meiner Notizen gefragt, worauf ich wahrheitsgemäss entgegnete, dass ich mich auf den Spuren George Orwells befände und dass ich alles, was ich mir überlegte, aufschreiben würde.

Die Genossen glaubten mir nicht. Diese Veranstaltung habe nichts mit Orwell zu tun. Ich solle ihnen meine Notizen herausgeben. Ich weigerte mich. Sie umringten mich, und die Genossin, die mich beobachtet hatte, schaute mich jetzt mit überlegenem Lächeln an. Sie streckte die Hand aus und forderte mich erneut auf, meine Notizen herauszugeben. Ich wollte nicht. Ich wurde nervös.

Bis ich auf die Idee kam, der Genossin meinen Schweizer Pass zu zeigen. Da liess sie von mir ab, und ich konnte endlich gehen. Meine Schritte verlangsamte ich erst, als ich den Eingang zur U-Bahn-Station erreicht hatte.

Orwell schreibt eine Fabel, die niemand will

Eines Tages, kurz nach Kriegsbeginn, sah Orwell unterwegs auf dem Land einen kleinen Jungen, vielleicht zehn Jahre alt, der einen Ackergaul vor sich her trieb und ihn jedesmal, wenn er stehenblieb, mit der Peitsche schlug. Das brachte Orwell auf die Idee, eine Fabel zu schreiben – über Tiere, die sich von den Menschen nichts mehr gefallen lassen und die Macht an sich reissen. Orwell spann den Faden weiter und stellte sich vor, was herauskommt, wenn die Ohnmächtigen selber mächtig sind. 1943 begann er die Fabel niederzuschreiben. Er nannte sie «Animal Farm».

Die politische Absicht war offensichtlich. In einem Vorwort schrieb er: «Bis 1939 und sogar später war die Mehrheit der Engländer nicht imstande, das wahre Wesen des Nazi-Regimes einzuschätzen. Jetzt, beim sowjetischen Regime, unterliegt sie in hohem Masse der gleichen Täuschung.»

Orwell, der sich nach wie vor «gefühlsmässig» als Linker verstand, fand es wichtig, den «sowjetischen Mythos» der englischen Linken in Frage zu stellen. «Meiner Ansicht nach», schrieb er, «hat nichts so sehr zur Verfälschung der ursprünglichen Idee des Sozialismus beigetragen wie der Glaube, dass die Sowjetunion ein sozialistisches Land sei und dass jeder Akt seiner Herrscher entschuldigt, wenn nicht sogar imitiert werden müsse.»

Niemand wollte die Fabel veröffentlichen. Die linksorientierten Verleger waren mit dem Inhalt nicht einverstanden, und die eher bürgerlichen Verleger fanden den Zeitpunkt nicht günstig. Das Jahr 1944 hatte begonnen, und die Rote Armee, mit der die Alliierten inzwischen verbündet waren, feierte einen Sieg nach dem andern. Grossbritannien konnte aufatmen: Wer wollte in dieser Situation das englisch-sowjetische Verhältnis trüben? – Orwell entschloss sich, das Buch in einem kleinen anarchistischen Verlag zu veröffentlichen und eigenhändig zu vertreiben. Ein gesalzenes Vorwort zum Thema Pressefreiheit hatte er schon verfasst – da fand sich unverhofft doch ein Verleger: Frederic Warburg wollte das Buch herausgeben, aber auch er zögerte, und das Manuskript blieb, nicht ganz unabsichtlich, fast ein Jahr in Warburgs Schublade liegen.

Orwell machte das alles schwer zu schaffen, denn er fühlte sich nicht nur politisch isoliert, er hatte auch kein Geld. Obwohl er bereits über 40 war, konnte er vom Schreiben noch immer kaum leben. Die Tätigkeit bei der BBC, wo er britische Propagandasendungen machen musste, hatte er nicht mehr ausgehalten, er kündigte und fand mit Glück eine schlecht bezahlte Halbtagsstelle als Kulturredaktor bei der Wochenzeitung «Tribune». Das war fast die einzige linke Zeitung, die mit Orwell überhaupt noch zu tun haben wollte.

Eileen, seine Frau, arbeitete auch, und zusammen verdienten sie gerade genug. Doch dann, im Sommer 1944, regte sich bei Orwell immer stärker der Wunsch nach einem Kind. Da er – nach eigener Aussage – «steril» war, blieb nur die Möglichkeit der Adoption. Es war ein Junge, den sie schliesslich adoptierten, und sie nannten ihn Richard. Eileen gab ihre Stelle auf und blieb zuhause, um für das

Kind zu sorgen – so wie es sich Orwell immer gewünscht hatte. Doch wie wollte er seine Familie ernähren?

Oft sass er bis spät in die Nacht an der Schreibmaschine und arbeitete buchstäblich bis zur Erschöpfung. Er rauchte beim Schreiben fast pausenlos, und der Tee, den er trank, war so stark, dass der Löffel im Tee fast steckenblieb. Orwell spürte, dass er krank wurde. Seine Lunge schmerzte, Bronchitis, stellte der Arzt fest, Orwell sollte sich schonen. Aber das war nicht seine Art.

1945 bekam er das unverhoffte Angebot, als Berichterstatter des «Observer» nach Deutschland zu reisen, das kurz vor der Kapitulation stand. Trotz seines Gesundheitszustandes liess Orwell alles stehen und liegen und reiste ab. Als er im soeben befreiten Köln ankam, war er so krank, dass er in ein amerikanisches Militärspital eingeliefert werden musste. Dort erhielt er ein erschütterndes Telegramm: Eileen war tot. Sie hatte ein Gebärmuttergeschwür gehabt und war während der Operation unerwartet gestorben. Schon längere Zeit hatte sie sich nicht wohl gefühlt, aber Orwell hatte wohl nicht erkannt, wie krank sie war, als er abreiste. Vielleicht wollte er es auch nicht wahrhaben, denn die Arbeit – nach dem Urteil seiner Freunde zu schliessen – war ihm offenbar wichtiger als alles andere, wichtiger selbst als seine Frau, die ihm doch so viel bedeutete.

Er kehrte sofort nach London zurück, obwohl er noch immer krank war. In seiner Umgebung spürten alle, wie schwer ihn Eileens Tod getroffen hatte, doch er sprach mit fast niemandem über seine Gefühle. Das war bei ihm immer schon so gewesen.

Als er Monate später bei seinem guten Freund, dem Schriftsteller Arthur Koestler zu Besuch war, habe er einmal über Eileen gesprochen und sich gefragt, warum «soviele Dinge zwischen zwei Menschen unausgesprochen bleiben müssen».

Orwell ist allein

In einem Essay mit dem Titel «Wir und die Atombombe» schrieb der Autor im Oktober 1945: «Wenn man bedenkt, mit welcher Wahrscheinlichkeit wir alle innerhalb der nächsten fünf Jahre von ihr in die Luft gesprengt werden könnten, hat die Atombombe eigentlich nicht so viele Diskussionen entfacht, wie man es von ihr erwarten müsste.»

Der Autor zeichnete ein pessimistisches, düsteres Zukunftsbild und prophezeite die Aufteilung der Welt in drei Supermächte – USA, UdSSR und China –, die als einzige über Atomwaffen verfügen. Orwell schien jede Hoffnung auf eine Wende zum Besseren verloren zu haben, obwohl doch der Krieg gerade vorbei war. Eine gewisse Chance sah er noch in einem sozialistischen Westeuropa, das als gutes Beispiel ansteckend wirken könnte – doch fast im gleichen Atemzug winkte er ab.

«Ein Sozialist», schrieb er in einem seiner Essays, «ist heutzutage in der gleichen Lage wie ein Arzt, der einen beinahe hoffnungslosen Fall behandelt. Wenn ich ein Buchmacher wäre, der bloss die Wahrscheinlichkeit berechnet und seine eigenen Wünsche ausser Betracht lässt, würde ich darauf setzen, dass die menschliche Zivilisation innerhalb der nächsten paar hundert Jahre zugrunde geht.»

Orwells Entschluss, sich nach Jura zurückzuziehen, stand nun fest. Richard, sein kleiner Sohn, würde mit ihm gehen, und er wollte ihm der beste Vater sein. Alle, die ihn Ende 1945 in London mit Richard zusammen erlebten, bestätigen, wie einfühlsam Orwell für das Kind sorgte. Aber Orwell wollte nicht allein mit Richard nach Jura. Er wünschte sich wieder eine Beziehung und machte in kurzen Abständen mehreren Frauen Heiratsanträge. Einer von ihnen schrieb er:

«Ich frage Sie, ob Sie die Witwe eines Schriftstellers werden wollen. Sie sind jung und gesund und verdienen einen besseren als mich. Wenn Sie sich aber ein Leben als Witwe vorstellen können, dann gäbe es Schlechteres. Falls ich noch zehn Jahre habe, könnte ich wohl noch drei gute Bücher schreiben. Ich wünsche mir vor allem Frieden, Ruhe und jemanden, der mich mag. Zurzeit gibt es in meinem Leben nur noch die Arbeit und Richard. Manchmal fühle ich mich verdammt einsam. Ich habe genug Freunde, aber keine Frau, der ich wichtig bin und die mich anspornen kann.»

So offen war Orwell selten gewesen. Er schrieb wie einer, der nichts mehr verlieren kann. Doch in seinen Heiratsanträgen war die Absage eigentlich schon enthalten – und tatsächlich wollte keine Frau mit ihm nach Jura kommen. Orwell musste allein gehen, allein mit seinem Kind, allein mit einer Tätigkeit, die ihn noch einsamer machte, als er schon war, die ihn aber nicht losliess und am Leben erhielt.

Der Mann an der Bar

In der Hotelbar von Port Askaig herrscht noch immer Betrieb. Unter die paar wenigen Hotelgäste haben sich die Farmer der Gegend gemischt. Es geht laut zu und her an diesem Freitagabend. Roddy, der Schullehrer von Jura, ist schlafen gegangen, ich bin noch hellwach, sitze an der Theke, bestelle ein letztes Glas Glühwein und hoffe, dass es mich endlich müde macht.

Der Mann neben mir, schon ziemlich angeheitert, redet mich an. Er ist Elektriker, erzählt er, und auf Montage von Insel zu Insel.

«Morgen geht's nach Jura, ans Ende der Welt!» sagt er und grinst. «Und du?»

Ich erzähle von Orwell. «Nineteeneightyfour», sagt der Schotte, mehr weiss er nicht darüber. «Willst du auch so ein Buch schreiben», fragt er mich, «vielleicht über das Jahr 2000?» Dann schaut er mich an, schaut, als ob er etwas über mich herausfinden müsste, und stellt sein Bierglas hin.

«Wenn du schreibst», meint er dann, «darfst du dich von niemandem beirren lassen, verstehst du? Schreib' genau das, was du da drin in dir fühlst». Und er legt seine Hand auf meine Brust, genau da, wo das Herz ist. Dann nimmt er wieder einen Schluck. Und während er das Glas hebt, nickt er mir zu wie einer, der weiss, dass er recht hat.

Etwas später, im Hotelzimmer, suche ich aus dem Rucksack ein Buch von Orwell heraus, das ich mit mir nahm. Einen Essayband. «Der Schriftsteller und sein Leviathan» heisst der Text, den ich suche. Ich blättere nach der Stelle, die ich rot unterstrichen habe:

«Müssen wir aus alledem folgern, dass der Schriftsteller die Pflicht hat, sich aus der Politik herauszuhalten? Gewiss nicht! Kein denkender Mensch in unserer Zeit kann die Politik ignorieren. Aber wenn ein Schriftsteller sich auf Politik einlässt, sollte er das als Mensch und Bürger seines Landes tun, nicht als Schriftsteller. Was er auch immer im Dienste der Sache tun mag – als Schriftsteller sollte er nie seine Gedanken opfern, auch wenn sie zu einer Abweichung der vorgeschriebenen Linie führen; und er sollte sich nicht allzusehr darum kümmern, ob ihm jemand sein unorthodoxes Denken zum Vorwurf macht. Vielleicht ist es für einen Schriftsteller heute nicht einmal ein schlechtes Zeichen, wenn er reaktionärer Tendenzen verdächtigt wird – so wie es noch vor einigen Jahrzehnten ein schlechtes Zeichen gewesen wäre, nicht der Sympathie für die Kommunisten verdächtigt zu werden.»

Der Weg nach Barnhill

Roddy nimmt mich auf dem Motorrad mit, bis nach Craighouse vorerst, zum Hauptort der Insel. Von dort will ich zu Fuss weiter. Ein frischer Februarmorgen, der Wind, der vom Meer kommt, das schottische Wolkenschauspiel über unseren Köpfen und vereinzelte Sonnenstrahlen: Die Fahrt durch die Insel wird ein Erlebnis. Motorräder haben leichtes Spiel auf Jura, denn die langgestreckte Landstrasse, die sich einsam durch die Hochmoorlandschaft zieht, steht zu unserer freien Verfügung. Gegenverkehr gibt es nicht. Weit vorne am Horizont verliert sich die Strasse in den Hügeln der Insel.

Dort, irgendwo, muss das Ende der Welt sein. Ich rufe es Roddy ins Ohr. Er ruft zurück: «Man lebt nicht schlecht am Ende der Welt!» Wir fahren dahin.

Orwell zieht sich zurück

Im Januar 1946, noch immer in London, schrieb Orwell an einen Freund: «Ich habe jetzt auch noch mit wöchentlichen Beiträgen für den «Evening Standard» angefangen. Aber ich werde damit wieder aufhören und überhaupt mit Journalismus vorübergehend Schluss machen, denn ich brauche jetzt ein halbes Jahr Zeit, um einen Roman zu schreiben.»

Orwell plante zunächst, auf Jura den Sommer zu verbringen und im Winter jeweils wieder in seine kleine Londoner Wohnung zurückzukehren. Für die Miete des Hauses und den Transport der Möbel hatte er jetzt endlich genug Geld, denn «Animal Farm», kaum erschienen, war ein Bestseller. Sogar Queen Elizabeth liess sich ein Exemplar besorgen. Und weil das Büchlein in den grossen Londoner Buchhandlungen ausverkauft war, blieb dem Einkäufer der Königin nichts anderes übrig, als mit seiner Kutsche eine windige anarchistische Bücherei aufzusuchen, wo «Animal Farm» noch vorrätig war.

Das Blatt hatte sich gewendet, Orwell war nicht länger nur ein umstrittener Autor, er fand Anerkennung, er wurde bekannt. Doch als er im Mai endlich auf der Insel ankam, kannte ihn dort niemand. Er kam als alleinstehender, verwitweter Mann, und er kam als Fremder. Nur sein Sohn Richard war bei ihm, und später reiste ihm seine Schwester Avril nach, die beschlossen hatte, mit ihrem Bruder zu leben und ihm den Haushalt zu besorgen. Orwell war fast der einzige Nicht-Einheimische auf Jura.

Die Landlords, denen die Ländereien auf Jura gehörten und noch heute gehören, lebten nur teilweise hier. Die meisten der damals rund 200 Inselbewohner waren arm und wenig gebildet. Sie bestellten das Land für die Landeigentümer, hüteten Schafe, lebten vom Fischfang und gingen ins Moor, um den Torf zu stechen. Orwell, der Intellektuelle aus London, war anders als sie. Sie fanden ihn nett und hilfsbereit, aber «ein wenig sonderbar», wie sich später ein ansässiger Bauer über den Schriftsteller äusserte. Sie konnten nicht recht verstehen, warum sich ein gebildeter Mann aus London ausgerechnet in die einsamste Ecke Schottlands verzog.

Barnhill, das Haus, das Orwell gemietet hatte, lag an der Nordspitze der langgezogenen Insel, acht Kilometer von der letzten grösseren Siedlung, Ardlussa, entfernt. Auf Barnhill gab es kein Elektrisch, und bis zum nächsten Telefon waren es 20 Kilometer. Der einzige Arzt auf der Insel wohnte in Craighouse, fast 40 Kilometer von Barnhill entfernt. Hätte Orwell wenigstens ein Haus im Hauptort der Insel gemietet – dort, wo die Verbindung zum Festland war, dort, wo der einzige Laden war, die einzige Post, die einzige Bar!

Orwell wählte die Einsamkeit in der Einsamkeit. So, wie er in seinen Essays und Polemiken immer wieder sehr weit ging, so ging er auch hier auf Jura so weit er konnte und suchte sich ausgerechnet das abgelegenste aller Häuser aus.

*

Einen langen Weg habe ich vor mir. Zu Fuss bis zur Nordspitze der Insel. Kaum habe ich Craighouse verlassen, scheint es nur noch mich und diese Strasse und diese Landschaft zu geben: Kein Haus in Sicht, kein Verkehr, kein Mensch.

Ich entdecke die Tiere. Es werden immer mehr, je weiter ich vordringe. In den Tümpeln abseits der Strasse schwimmen Enten und Schwäne. Schafe weiden in den moorigen Wiesen, Rehe und Hirsche grasen unweit der Strasse, ganze Rudel entdecke ich jetzt. Hoch über ihnen kreisen grosse Vögel. Ob es Adler sind? Ein dunkles Etwas hoppelt auf der Strasse davon und verschwindet in einem Tümpel. Ich bleibe stehen und warte, bis es wieder hervorkommt: Ein Fischotter? Ganz behutsam gehe ich weiter, ich möchte nicht stören. Aber der Fischotter watschelt so eilig davon, als renne er um sein Leben, und die Schafe am Wegrand stieben sogleich auseinander, als sie mich kommen hören.

Orwells Schatten wächst

Orwell war in seinem Element. Kaum hatte er das Haus auf der Insel bezogen, begann er ein Tagebuch. Aber es war ein ganz besonderes Tagebuch, ein «Naturtagebuch», und auch Orwell schrieb darin über die Tiere, Er beobachtete das Verhalten der Vögel, er beschrieb seine erste Kaninchenjagd, wie er die Hummerkörbe im Meer aussetzte und was er auf seinen Rundgängen alles entdeckte. Er schrieb über die Arbeit im Garten, über das Gemüse, über die Blumen, und er notierte täglich das Wetter.

Sonst setzte er sich in dieser ersten Zeit auf Jura nur selten an seine Schreibmaschine. Die Tage vergingen mit Gartenarbeit, Arbeit im Haus, Jagd und Fischfang. Oft spielte er stundenlang mit dem kleinen Richard, nahm ihn auf seine Spaziergänge mit und zeigte ihm alles. Er nahm sich Zeit, zum erstenmal seit Jahren, und es tat ihm gut.

Orwell hatte seine Freunde eingeladen, ihn zu besuchen. Nun erschienen sie alle, und es kam der Moment, wo es ihm zuviel wurde. Er sehnte sich plötzlich nach Ruhe. Das Buchprojekt, das er mit sich herum trug, drängte zur Realisierung – und endlich, Ende August 1946 begann Orwell zu schreiben.

Noch war Sommer auf Jura, aber das Buch beginnt «an einem kalten, windigen Apriltag». Über das Haus auf der schottischen Insel legte sich fast unbemerkt ein Schatten. Ahnte Orwell schon, was er da heraufbeschwor, als er die ersten Seiten von «1984» schrieb? Und wusste er damals schon, wie sein Roman enden würde? «1984» besteht aus drei Teilen, und der zweite Teil endet damit, dass Winston und Julia verhaftet werden. Sah Orwell für die beiden noch einen Ausweg? Sah er für sich einen Ausweg? Noch lebte er, als wäre der Schatten über seinem Leben nur vorübergehend.

Als er im Herbst 1946 in seine Londoner Wohnung zurückkehrte, hatte er erst etwa fünfzig Seiten geschrieben. Er liess das Manuskript liegen und war den Winter über wieder journalistisch tätig. Es war ein harter Winter, ein Nachkriegswinter. Lebensmittel waren rationiert, es fehlte an Kohle und dauernd gab es Stromausfälle. Orwell spürte seine Lunge heftiger denn je. Von der Rückkehr nach Jura erhoffte er sich Besserung, aber als er dann im April wieder dort ankam, war er so krank, dass er einen ganzen Monat im Haus bleiben musste, um sich zu erholen.

Ein Kindermädchen, das vorübergehend den Haushalt und den kleinen Richard besorgt hatte, erzählte später über Orwells damaligen Gesundheitszustand:

«Ich wusste nicht, dass er eigentlich Tuberkulose hatte, bis ich ihn eines Nachts bei einem Anfall ertappte. Blut schoss aus Mund und Nase, er quälte sich schrecklich. Aber am nächsten Morgen war es vergessen, er arbeitete wieder, als wäre nichts geschehen. Er klagte nie.»

Auf Jura setzte Orwell die Arbeit an seinem Roman fort. Ende Mai 1947 schrieb er seinem Verleger: «Ich habe jetzt ungefähr ein Drittel. Ich bin nicht ganz so weit, wie ich gehofft hatte, weil es um meine Gesundheit recht elend steht. Anfang 1948 könnte das Buch vollendet sein – wenn nicht wieder die Krankheit dazwischenkommt. Ich rede nicht gern über Bücher, bevor sie geschrieben sind. Es ist eine Art Phantasie, aber in Form eines naturalistischen Romans.»

Im Sommer ging es ihm besser. Aber er fühlte sich einsam, darin hatte sich nichts geändert. Er bekam oft Besuch, doch die Frau, die er liebte, besuchte ihn nicht. Sie hiess Sonja Brownell, und schon im April, kurz nach seiner Ankunft, hatte er ihr geschrieben und sie vergeblich gebeten, zu kommen:

«Das Zimmer, das du hier hättest, ist zwar sehr klein, aber du hättest Aussicht aufs Meer. Das Haus ist jetzt recht komfortabel. Bei gutem Wetter könnten wir mit dem Motorboot zu den unbewohnten Buchten an der Westküste von Jura fahren, wo es wunderbar weissen Sand hat und klares Wasser und Seehunde, die sich darin tummeln. In einer der Buchten gibt es eine Höhle, wo wir bei Regen Schutz finden würden... Jedenfalls komm, wann immer du willst und solange du willst. Ich wünsche mir so sehr, dass du da wärst.»

Ende Oktober hatte er die Rohfassung von «1984» beendet – bis auf das letzte Kapitel. Wollte er den Schluss noch offenlassen? Gab er Winston und Julia trotz allem noch eine Chance? – Zuletzt hatte Orwell im Bett schreiben müssen, so krank war er schon. Er fühlte sich nicht einmal mehr imstande, nach Glasgow zu einem Lungenspezialisten zu reisen. Dennoch beschloss er, diesmal den Winter auf Jura zu verbringen. Einem Freund schrieb er: «Ich kann hier ungestörter arbeiten, und ich glaube, das Klima ist milder als in England. Es ist hier oben auch einfacher, Heizöl zu bekommen.»

Noch im November erwog er ernsthaft, ein Angebot der Zeitung «Observer» anzunehmen und nach Südafrika zu reisen, um über die dortigen Wahlen zu berichten. Einen Monat später, am Heiligen Abend 1947 wurde er in eine Klinik in Glasgow eingeliefert. «1984» war unvollendet. In einem seiner ersten Briefe aus der Klinik gestand Orwell:

«Ich wusste schon lange, wie krank ich war, aber ich suchte nie einen Arzt auf, weil ich mit meinem Roman vorankommen wollte. Und jetzt sitze ich im Spital und habe erst die Rohfassung des Romans, was bei mir etwa dasselbe ist, als hatte ich noch nicht einmal angefangen.»

*

Der Weg will kein Ende nehmen, die Füsse tun mir weh, die Knie werden weich. Mindestens 30 Kilometer bin ich schon gelaufen. Der Karte nach zu schliessen, sind es noch sechs Kilometer bis Barnhill. Den letzten Bauernhof, Kinuachdrach, habe ich hinter mir gelassen. Dort holte Orwell jeweils die Milch, Käse und Brot. Den Weg bewältigte er mit einem Motorrad, später mit seinem Jeep. Die Fahrt muss beschwerlich gewesen sein. Der Weg ist schmal, uneben, mit groben Steinen und Wurzeln durchsetzt, er führt durch unwegsamen, verwilderten Wald, und ich muss daran denken, dass ein Tier, wenn es todkrank ist, sich in die dunkelste Ecke des Waldes zurückzieht.

Einmal bleibe ich stehen und überlege, ob ich umkehren soll. Doch etwas in mir treibt mich weiter.

Orwell kämpft um sein Leben

Als sie ihm die Schreibmaschine wegnahmen, begann er von Hand zu schreiben. Doch er merkte bald, dass er zu krank war, um an seinem Roman weiterzuarbeiten. Mehr als ein paar kurze Zeitungsartikel lagen nicht drin. Seinem Verleger meldete er: «Vielleicht bringe ich den Roman doch noch bis Ende des Jahres fertig. Im jetzigen Zustand ist er ein grässliches Gewurstel, aber die Idee ist so gut, dass ich sie nicht fallenlassen kann. Falls mir etwas zustossen sollte, habe ich meinen Nachlassverwalter gebeten, das Manuskript zu vernichten, aber ich glaube nicht, dass es soweit kommen wird. In meinem Alter ist Tuberkulose nicht so gefährlich, und die Ärzte sagen, die Heilung gehe gut voran, wenn auch langsam.»

Orwell schien zuversichtlich, und vielleicht liess er das Ende des Romans immer noch offen. Die Ärzte probierten

ein neues Medikament aus den USA an ihm aus, Strep-
tomycin, und Orwell fühlte sich tatsächlich besser. Doch
dann traten unerwartet starke Nebenwirkungen auf: Die
Haare und Nägel fielen ihm aus, er bekam einen Aus-
schlag am ganzen Körper, der Hals schwoll an, und in der
Rachenpartie entstanden kleine Geschwüre. An der Stelle
in «1984», wo Orwell beschreibt, wie sein Romanheld Winston nach der Folter aussieht, beschrieb er sich selbst:
«Die Wangen waren zerschunden, der Mund eingefallen,
die Rippen seines Brustkorbes zeichneten sich so deutlich
ab wie bei einem Skelett...»

Das einzige, was Orwell schliesslich noch fertigbrachte,
war ein Tagebuch mit exakten Beschreibungen seiner
Krankheitssymptome. Aber in den wenigen kurzen Briefen, die er an Freunde schrieb, erwähnte er die Nebenwirkungen nicht. Und als er wegen einer Infektion mit
der rechten Hand nicht mehr schreiben konnte, lernte er
sofort mit der linken Hand schreiben. Er konnte es nicht
lassen. Er durfte es auch nicht lassen. Als hätte er längst
gespürt, dass er an einem Vermächtnis schrieb.

Im Mai 1948 ging es ihm etwas besser, und er erhielt seine
Schreibmaschine zurück. Ende Juli wurde er aus der Klinik entlassen und konnte nach Barnhill zurückkehren –
mit der ärztlichen Auflage, ein Leben als Invalider zu führen. In einem Brief an einen Freund erzählte er: «Ich
habe mich daran gewöhnt, mit der Schreibmaschine im
Bett zu schreiben, obwohl es eigentlich völlig unbequem
ist. Ich kämpfe noch immer mit den letzten Abschnitten
meines verdammten Buches...»

Den ganzen Oktober schrieb und korrigierte er, arbeitete konzentrierter denn je und dachte nicht daran, sich
wieder in ärztliche Behandlung zu begeben. Wenn ihn

die Schmerzen zu sehr peinigten, legte er sich in seinem Bett zurück, verharrte so einen Moment, um sich dann wieder aufzurichten und weiterzumachen. Ende Oktober kam das Ende in Sicht – endlich schrieb Orwell die letzten Abschnitte des Buches, die er doch so lange vor sich hergeschoben hatte: Das Schicksal seines Romanhelden Winston war besiegelt.

An einem der ersten Novemberabende sassen Orwells Schwester Avril und ihr Ehemann Bill, ein Bauer, den sie auf der Insel kennengelernt hatte, unten in der Stube, als sie Orwell die Treppe herabkommen hörten. Er trat ein, erschöpft, hohlwangig, ein Totenkopf, ging zum Schrank und holte die letzte Flasche Wein hervor.

«Ich hab's geschafft», sagte er und entkorkte die Flasche.

Er füllte die Gläser, und sie tranken auf «1984». Avril und Bill wussten so gut wie nichts über das Buch, denn Orwell hatte mit ihnen kaum je darüber gesprochen. Aber das war jetzt unwichtig. Sie feierten. Nach den ersten Schlucken stand Orwell plötzlich wieder auf. Er zitterte und musste sich hinlegen. Das Buch hatte ihn fertiggemacht.

«Ich kann das Manuskript so nicht abschicken», schrieb er an seinen Verleger, «es ist in einem unglaublich schliechten Zustand. Man muss es ins Reine schreiben, aber ich muss dabei sein. Weisst Du nicht eine Sekretärin, die bereit wäre, für vierzehn Tage hierherzukommen?»

Fred Warburg, der Verleger, suchte vergeblich. Niemand schien bereit zu sein, die beschwerliche Reise nach Jura in Kauf zu nehmen. Während Warburg noch weitersuchte, hatte Orwell bereits beschlossen, das ganze Manuskript selber abzutippen.

Den ganzen Monat November tippte er, manchmal am Tisch, meistens im Bett. Er benützte einen schlecht isolierten Ölofen, der das ganze Zimmer verqualmte, und er begann wieder Zigaretten zu rauchen, eine nach der anderen. Für das Abtippen brauchte er fast einen Monat. Am 4. Dezember schickte er die Reinschrift nach London. Gleichzeitig sandte er einen Brief an einen Freund mit der dringenden Bitte, ein Sanatorium für ihn zu finden.

«Es freut mich, dass dir das Buch gefällt», schrieb Orwell später an seinen Verleger, «ich selber bin nicht zufrieden mit dem Resultat, aber auch nicht völlig unzufrieden. Ich glaube, die Idee ist gut, doch die Ausführung wäre besser herausgekommen, wenn ich nicht TB hätte. Ich würde nicht auf eine hohe Auflage wetten, aber ich nehme an, 10'000 Exemplare könnten wir verkaufen... Über den Titel bin ich mir noch unschlüssig. Ich schwanke zwischen ‹The last man in Europe› und ‹1984›.»

Warburg, der Verleger, zögerte keinen Moment: «1984» sollte der Titel des Buches sein. «1984» war die Umkehrung der Jahreszahl 1948. Die ganze Stimmung in Orwells Roman, die ganzen Beschreibungen und Details, dies alles war geprägt vom England der ersten Nachkriegsjahre.

«1984» und 1948

Anthony Burgess, ein englischer Schriftsteller, der Autor von «Clockwork Orange», war damals ein junger Mann. In seinem späteren Buch «1985 – eine kritische Auseinandersetzung mit Orwells ‹1984›» schreibt Burgess: Um «1984» zu würdigen, müsse man sich daran erinnern, wie es 1948 gewesen war. In Grossbritannien regierten erstmals die Sozialdemokraten. Aber die Stimmung im Volk war gedämpft.

«Es herrschte», so schreibt Burgess, «ein Gefühl von schmieriger Unsauberkeit, von Überdruss und Mangel. Der Krieg war seit drei Jahren zu Ende, und wir vermissten die Gefahren – zum Beispiel die deutschen V-Waffen. Man kann Entbehrungen ertragen, wenn man den Luxus der Gefahr hat. Aber nun litten wir grösseren Mangel als während des Krieges, und es schien von Woche zu Woche schlimmer zu werden. Die wöchentliche Fleischration war auf ein paar fettige Schnitten Corned Beef zusammengeschrumpft. Gekochter Kohl war das Hauptnahrungsmittel. Zigaretten waren nur beschränkt erhältlich und immer nur die gleiche Marke. Rasierklingen waren vom Markt verschwunden.

In Orwells Roman kann Winston den Lift zu seiner Wohnung nicht nehmen, weil der Strom abgeschaltet wurde – das waren wir damals alle gewohnt. Und überall sah man noch die Auswirkungen der deutschen Bombardierungen. London war eine heruntergekommene, müde Stadt am Ende eines langen Krieges... All das lässt sich bei Orwell nachlesen. Winstons Frustrationen waren auch die unsrigen – schmutzige Strassen, verfallende Gebäude, widerwärtiges Essen in Kantinen, und die Schlagworte der Regierung an den Wänden.»

Orwell wünscht sich starken englischen Tee

«1984» erschien im Juni 1949 und war sofort ein Bestseller, in Grossbritannien, in den USA und später auch in Westeuropa. Vor allem in den USA wurde das Buch als anti-sozialistisches Werk gefeiert. Orwell, der diese Interpretation nie gewollt hatte, sah sich zu einer Stellungnahme gezwungen. Von seinem Krankenbett in einem südenglischen Sanatorium schrieb er:

«Mein Roman darf nicht verstanden werden als genereller Angriff auf den Sozialismus oder auf die britische Labour-Party (die ich unterstütze), sondern ich wollte aufzeigen, zu welchen Perversionen ein zentralistisches System führen kann, wie es teilweise schon verwirklicht wurde im Kommunismus und im Faschismus. Ich glaube nicht, dass es die Gesellschaft, die ich beschreibe, eines Tages geben wird, aber ich glaube, dass es etwas Vergleichbares geben könnte. Überall auf der Welt haben sich totalitäre Ideen in den Köpfen von Intellektuellen festgesetzt, und ich habe versucht, diese Ideen logisch zu Ende zu denken...»

Orwell begann auch sein eigenes Leben bis zum Ende zu denken. Er hatte die Idee für ein neues Buch, aber er wusste, er würde es nicht mehr schreiben können. «Ich habe höchstens dann noch eine Überlebenschance», schrieb er in einem Brief im Mai 1949, «wenn ich mich während längerer Zeit jeder Arbeit enthalte. Ich würde das in Kauf nehmen, wenn ich dafür nachher noch einige Jahre schreiben könnte.»

Einige Jahre. Mehr gab er sich nicht mehr.

Bereits im Januar 1949 war er ins Sanatorium eingeliefert worden. Im Juli verschlechterte sich sein Zustand derart, dass er in eine Londoner Klinik überführt werden musste. Er sorgte sich um seinen Sohn Richard. Er hätte ihn so gern bei sich gehabt, aber er wusste, dass es nicht ging. Zu einem Freund sagte er: «Kinder können Krankheiten nicht verstehen. Einmal fragte mich Richard, als er bei mir war: Wo hast du dich denn verletzt?»

Sonja Brownell, die Frau, für die Orwell soviel empfand, besuchte ihn immer häufiger im Spital. Er wollte sie heiraten. An seinen Verleger schrieb er im August: «Ich glaube, ich könnte länger leben, wenn ich wieder verheiratet wäre.» Sonja, damals 31-jährig, willigte unverhofft ein, und am 13. Oktober wurde das Paar im Krankenzimmer getraut. Die ungewöhnliche Trauzeremonie wurde kurz gehalten, um Orwell nicht zu ermüden. Die Flitterwochen wollte das Ehepaar in einem Sanatorium in der Schweiz verbringen. Die Höhenluft würde dem Schwerkranken vielleicht helfen. Orwell freute sich auf die Reise:

Am 22. Januar 1950 war der Flug gebucht.

In den letzten Tagen vor der Abreise wurde Orwell von vielen seiner Freunde besucht. Sie wünschten ihm gute Reise und gute Besserung. Orwells Schwester Avril, die jetzt mit ihrem Ehemann und dem kleinen Richard ständig auf Jura lebte, kam extra nach London, damit Richard sich von seinem Vater verabschieden konnte. Der Kleine redete bereits im Dialekt der Inselbewohner. Orwell hörte das nicht unbedingt gerne, denn er legte nach wie vor Wert auf eine gute, englische Aussprache. Einen seiner Freunde fragte er mit gespielter Besorgtheit, ob es auch in der Schweiz starken englischen Tee gebe? – Ohne starken englischen Tee hätte sich Orwell das Leben nicht vorstellen können. In der Nacht vor seiner Abreise in die Schweiz erlitt er eine Lungenblutung. Niemand war bei ihm, als der Tod eintrat. Er starb allein.

Bis zuletzt hatte Orwell geglaubt, sein Verleger, Fred Warburg, finde «1984» ein aussergewöhnliches Buch. Das war nur die halbe Wahrheit. Unmittelbar nach der ersten Lektüre des Romans, im Dezember 1948, hatte Warburg für seine Verlagsmitarbeiter einen internen Kommentar verfasst, den Orwell nie zu Gesicht bekommen sollte. Warburg schrieb:

«Dieses Buch gehört zu den grauenhaftesten Büchern, die ich in meinem ganzen Leben gelesen habe. Orwell erlaubt dem Leser nicht das geringste Kerzenlicht von Hoffnung. Das ganze Werk ist geprägt von einem uneingeschränkten Pessimismus. Es ist eine bewusste und böswillige Attacke auf den Sozialismus und die sozialistischen Parteien. Orwell scheint mit dem Sozialismus, wie man ihn kennt, endgültig gebrochen zu haben.»

«So ein Buch kann nur jemand geschrieben haben, der jede Zuversicht verloren hat. Es ist ein starkes Buch, und es sollte so rasch wie möglich veröffentlicht werden. Aber ich persönlich hoffe, nie mehr ein solches Buch lesen zu müssen.»

Die Begegnung

Der Wald lichtet sich, ich trete auf eine Weide hinaus. Auf dem Weg kommt mir ein Pferd entgegen, geht an mir vorüber, schaut mich an, ein zweites Pferd steht am Wegrand, ein drittes und viertes stehen abseits, und sie alle gucken, wie ich des Weges komme, an all diesen Pferden und Schafen und Ziegen vorbeikomme, die da friedfertig und selbstverständlich beisammen stehen, als gehörten sie niemandem ausser sich selbst. Wo gibt es hier

Menschen? Ich setze meinen seltsamen Weg fort, spüre den Wind auf der Haut, spüre das Salz auf den Lippen und entdecke endlich das Meer zwischen den Hügeln: die Nordspitze der Insel ist nicht mehr weit. Der Weg beschreibt eine Kurve und dahinter, da ist es. Barnhill, Orwells Haus.

Ganz allein für sich liegt es da, ein ansehnlicher, weissgestrichener Bau mit angebauter Scheune, mit einem steilen Giebeldach und drei Schornsteinen. Jetzt, wo ich näherkomme, sehe ich auch den Garten vor dem Haus. Hier, wo heute das Unkraut wuchert, hat Orwell sein Gemüse angepflanzt, in diesem Haus hat er gelebt, geschrieben, gelitten: Ich bleibe stehen, respektvoll, fast etwas ehrfürchtig, höre nichts als den Wind und bin allein mit diesem schweigsamen, einsamen Haus, das schon lange nicht mehr bewohnt wird.

Orwells Schwester und ihr Mann, die nach Orwells Tod in Barnhill wohnten, sind längst auf das Festland gezogen, zusammen mit Orwells Adoptivsohn Richard, der heute in Birmingham lebt und Traktoren verkauft. Orwells Haus, erzählte mir Roddy, der Schullehrer, wird heute nur noch als Jagdhaus benutzt, als gelegentliche Absteige für Rotwildjäger. Die meiste Zeit steht das Haus leer.

Ich trete näher, schaue durch die spinnwebenverhängten Fenster ins Innere: Alles noch wie früher, so scheint es, alte Möbel, ein alter Kochherd, eine Petroleumlampe auf dem Küchentisch. Ich gehe von Fenster zu Fenster, drücke meine Nase platt, aber mehr gibt es nicht zu entdecken, nichts Auffälliges, nichts Lebendiges. Mir kommt ein Lied in den Sinn: Das alte Haus von Rocky Docky hat vieles schon erlebt... Ich singe das Lied leise vor mich hin, während ich meinen Rundgang fortsetze. Doch ganz geheuer ist mir nicht mehr zumute. Der Wind pfeift, jeder Windstoss macht die Fensterscheiben zittern, und irgendwo hinter dem Haus schlägt eine Türe auf und zu. Bald wird es dunkel werden.

Die Haustür ist geschlossen, aber ich entdecke einen Hintereingang, der sich öffnen lässt. Erstaunt, unsicher trete ich ein, taste mich im trüben Licht langsam vor, bis ich die Küche finde. Ich bleibe stehen, ich horche, und wieder höre ich nichts als den Wind, der dem alten Haus bis ins Innerste fährt. Im Wohnzimmer stehen noch immer die Betten, die Orwell im Sommer für seine Gäste bereithielt; im Winter wurde der Raum wenig benutzt, da er nur notdürftig heizbar war. Das Leben spielte sich vorwiegend in der Küche ab. Aber nirgends sind Spuren von Orwell zu finden, kein Buch im Gestell, kein Bild an der Wand, kein einziges Lebenszeichen von ihm.

Im ersten Stock sind die Schlafkammern, eine steile Holztreppe führt hinauf: Wann ist sie wohl das letztemal begangen worden? Ich steige nach oben, immer noch vorsichtig, leise, als könnte ich jemanden stören. Die erste Türe rechts. Ein winziges Zimmer, ein Bett, ein Tisch, ein Stuhl und das Fenster. Das zweite Zimmer nicht grösser, das dritte auch nicht. Vorne, am Ende des Gangs, eine vierte Tür.

Ich trete in einen etwas grösseren Raum mit einem breiten Tisch und zwei Stühlen. In der Ecke beim Fenster ein Ölofen. Das Bett hinter der Türe sehe ich nicht sofort. Orwell schaut mich an, als habe er mich erwartet. Er sitzt aufrecht im Bett, so wie ich ihn mir vorgestellt habe, auf den Knien die Schreibmaschine, das Blatt immer noch eingespannt. Er wirkt krank und abgezehrt, aber zu meinem Erstaunen stelle ich fest, dass er nicht viel älter geworden ist mit den Jahren. Aus seinem hageren, eingefallenen Gesicht leuchten – wie damals – warme blaue Augen, und er lächelt. Noch immer trägt er die alte speckige Jacke, und in seinem Mund hängt schräg die Zigarette. Sie ist verlöscht.

Ich setze mich auf einen der Stühle, und wir kommen ins Gespräch. Das heisst, eigentlich bin nur ich es, der spricht. Der Schriftsteller antwortet nicht, er hört nur aufmerksam und geduldig zu. Dennoch kommt es mir vor wie ein Zwiegespräch zwischen uns.

Oh, ich hätte Orwell soviel zu sagen – wie sehr ich seine Bücher schätze, wieviel ich aus ihnen gelernt habe, und wie wichtig er für mich war! Aber es drängt mich, über das Wesentliche zu sprechen: über «1984» und meine Enttäuschung.

«Wissen Sie, was Ihr Buch ausgelöst hat?», frage ich Orwell. «Es hat uns niedergeschmettert. Und es hat viele von uns bestätigt in ihrer Weigerung, an das Gute, das Menschliche im Menschen zu glauben. Niemand dachte daran, ‹1984› als ein Buch aus dem Jahre 1948 zu sehen, alle haben nur auf die magische Jahreszahl 1984 gestarrt. Ihr Name, George Orwell, und der Titel des Buches sind für uns zum Inbegriff einer Welt ohne Hoffnung geworden.

Ich weiss, als Schriftsteller haben Sie das Recht, zu schreiben, was Ihnen wichtig erscheint, ungeachtet der möglichen Konsequenzen. Es war Ihre künstlerische Freiheit, ‹1984› genau so und nicht anders zu schreiben. Aber ich frage Sie trotzdem: Warum ist das Ende des Buches so hoffnungslos? – Winston gibt auf. Er verrät sogar Julia. Er liebt den Diktator.

Soviel ich weiss, George Orwell, haben Sie das letzte Kapitel von ‹1984› lange vor sich hergeschoben. Ich bin überzeugt, Sie waren bis zuletzt unentschlossen, ob Sie Winston trotz allem noch eine Chance geben wollten. Eigentlich ging es ja nicht um Winston, es ging um Sie selbst – und Sie gelangten zum Schluss, dass es keinen Ausweg mehr gibt: für Sie nicht und deshalb auch für die Welt nicht. In Ihrer eigenen tödlichen Krankheit sahen Sie das Leiden dieser Welt, und Sie glaubten nicht mehr an eine Gesundung; in Ihrer eigenen Einsamkeit sahen Sie die Einsamkeit des modernen Menschen schlechthin, und Sie glaubten nicht mehr an eine Begegnung. Sie trugen sich zwar bis zuletzt mit dem Gedanken an ein weiteres Buch: Aber hätte es je geschrieben werden können? – ‹1984› war so definitiv, so endgültig, dass sich jede weitere Zeile im Grunde genommen erübrigte.

Winston verliert alles, sogar den Glauben an sich selbst: So endet ‹1984›. Aber musste es so enden? – Ihr Leben, George Orwell, entspricht nicht dem Ende, das Sie für Winston beschlossen. Nach all dem, was ich von Ihnen gelesen habe, glaube ich, dass Sie ein zuversichtlicher Mensch waren. Sie haben mich oft nachdenklich gemacht – aber gleichzeitig spürte ich zwischen den Zeilen Ihre Lebensfreude, Ihre Neugier, Ihren Humor. Warum dieses Ende?

Stellen wir uns vor, Winston und Julia hätten sich retten können: ‹1984› hätte eine völlig andere Bedeutung bekommen. Und über Sie, George Orwell, würde man heute ganz anders reden. Würde man irgendwo Ihrem Namen begegnen, müsste man nicht als erstes, fast automatisch, daran denken, wie schlimm es auf der Welt ist. Man könnte etwas ganz anderes denken. Man könnte denken: Noch ist nicht alles verloren.»

*

In der Abenddämmerung tauchen die Häuser von Ardlussa auf. Endlich. Ich bin müde und hungrig. Der Schullehrer hat mich eingeladen, bei ihm zu übernachten, und er hat mir den Weg beschrieben. Sein Haus, hat er gesagt, liege direkt am Meer. Ich sehe es sofort, es ist das einzige, und das warme Licht der Stubenlampe weist mir den Weg.

Im Kamin prasselt das Feuer, als ich eintrete, und es riecht nach verbranntem Torf, wie in der Bar von Port Askaig. Roddy begrüsst mich wie einen guten Freund. «Wir haben dich schon eine Weile erwartet», sagt er und stellt mir seine Frau Janet vor, die mich ebenso herzlich begrüsst.

«Ich bin froh, bei euch zu sein», sage ich, «es war ein weiter Weg bis ans Ende der Welt.»

«Hast du das Haus von Orwell gefunden?» fragt mich Roddy.

Ich nicke und sage: «Du hast recht gehabt. Es ist wirklich sehr einsam gelegen. Noch einsamer, als ich dachte.»

Roddy nimmt mir die Jacke ab. Er bietet mir einen Stuhl an und meint: «Da draussen, wo Orwell lebte, ist niemand, not a single soul. Oder bist du jemandem begegnet?»

«Nein» antworte ich, «keiner einzigen Seele.»

Roddy schaut mich fragend an. Warum schaut er so, glaubt er mir nicht? «Da war niemand, wirklich nicht», wiederhole ich schnell.

Mehr sage ich nicht.

Meine Vertiefung in das Leben und Werk von George Orwell liess mich auf einen Weggefährten von Orwell stossen, der auf eine vergleichbare weltanschauliche Läuterung zurückblicken konnte. Der in Ungarn geborene Schriftsteller Arthur Koestler (1905 – 1983). Angeregt durch Orwells Bekanntschaft mit ihm, begann mich auch Koestlers Biografie zu interessieren. Kurz vor seinem Tod bin ich ihm in London sogar noch begegnet.

ARTHUR KOESTLERS TÖDLICHE ENTTÄUSCHUNG

EIN LEBENSWEG

Als das Dienstmädchen am Morgen des 3. März 1983 das Haus betrat, lag ein Zettel auf der Treppe: «Don't go upstairs. Call the police.» Die junge Frau wusste sofort, was geschehen war.

Die Polizei fand das Paar im Salon des Hauses. Beide sassen in ihren Fauteuils und schienen zu schlafen. Die Vorhänge waren gezogen. Wie sich später herausstellte, hatten Koestlers schon am Vorabend mit niemandem mehr Kontakt gehabt. Ihren Hund hatten sie unter einem Vorwand zu Freunden gebracht. Sie wollten allein sein. Dann schluckten sie eine Überdosis Medikamente.

Der 77-jährige Koestler war Vizepräsident der englischen Vereinigung «Exit» gewesen, die sich für das Recht auf den Freitod einsetzt. Mitglieder von «Exit» erhalten eine Broschüre, in der fünf mögliche Suizid-Methoden mit allen nötigen Angaben beschrieben sind. Koestler, der an Leukämie und Parkinson litt, schrieb in seinem Vorwort zur Exit-Broschüre: Vor allem aus Angst, qualvoll zu sterben, fürchte man den Tod. Die Möglichkeit eines schmerzlosen Selbstmords wäre deshalb für viele Menschen eine Erleichterung.

Arthur Koestler, der auf die meisten Fragen eine vernünftige Antwort wusste, hatte auch für die Angst vor dem Sterben eine Lösung anzubieten. Und einmal mehr, ein letztes Mal in seinem Leben, hatte er ausserdem nicht nur geredet, sondern beispielhaft gehandelt. Warum er wirklich freiwillig aus dem Leben schied, und vor allem, warum seine viele Jahre jüngere 55-jährige Gattin – seine dritte Frau – den gleichen Weg wie er wählte, bleibt unbeantwortet. Vielleicht wird sein Tod begreiflicher, wenn man die Geschichte seines Lebens kennt.

JUGEND

Arthur Koestler, 1905 in Budapest als Sohn eines jüdischen Kaufmanns geboren, Einzelkind, behütet aufgewachsen, studierte in Wien Ingenieur und verbrannte kurz vor dem Studienabschluss sein Kollegheft: «Aus plötzlicher Verliebtheit in die Unvernunft», so erklärte er später seine Aktion. Alle rieten ihm, Vernunft anzunehmen, er aber fand alles sinnlos, und er wollte nach Palästina auswandern. Es war die Zeit nach dem 1. Weltkrieg, Palästina erlebte damals die erste Einwanderungswelle europäischer Juden, und der junge Koestler entschloss sich, beim Aufbau zionistischer Siedlungen mitzuhelfen.

Die Ernüchterung folgte schon nach wenigen Wochen. Das spartanische, arbeitsame Leben der ersten Siedler schreckte ihn ab, Koestler kehrte nach Europa zurück, ging nach Berlin und geriet scheinbar zufällig in den Journalismus. Journalismus, so stellte sich rasch heraus, war genau das Richtige für ihn. Er war eher klein – 1.70 m – und im Grunde sehr schüchtern, doch er hatte sich mittlerweile eine harte Schale aus Ehrgeiz und Arroganz zugelegt. Ausserdem war er ein Mann der raschen Entschlüsse, blitzgescheit, konnte gut schreiben und hatte damals schon einen Hang ins Zynische.

Koestler wurde Auslandkorrespondent für Zeitungen des Berliner Ullstein-Verlags, damals das mächtigste Pressehaus Deutschlands. Der 25-jährige galt als Wunderkind, das Haus Ullstein setzte in ihn grosse Hoffnungen, alle Türen standen ihm offen. Trotzdem war er mit sich selber nicht zufrieden – er vermisste etwas, er spürte, dass ihm trotz des Erfolgs eine entscheidende Tür verschlossen blieb. Sein ganzes damaliges Leben kreiste einzig um zwei Pole: «Ich arbeitete wie ein Besessener und jagte fieberhaft nach Frauen», schrieb er später in seiner Autobiografie.

GLAUBE

Als der junge Auslandkorrespondent Arthur Koestler 1930 nach Berlin zurückkehrte, war in der Sowjetunion bereits Stalin am Ruder. Doch innerhalb der deutschen Linken stand das sozialistische Russland nach wie vor hoch im Kurs. Das sowjetische Modell schien die einzige Alternative zu einem Deutschland, wo die Arbeitslosenzahlen ständig stiegen und die Nationalsozialisten gerade ihren ersten Wahlerfolg feiern konnten.

Über die Bedeutung der Sowjetunion schrieb Arthur Koestler später:

«Jahrzehntelang hatte die Linke von der kommenden Revolution gesprochen – nun war sie da. In der Sowjetunion hatte sich die Zukunft verwirklicht. Utopia hatte sich in ein wirkliches Land mit einem wirklichen Volk verwandelt...»

Diese Faszination liess auch Koestler nicht ungerührt. Er begann sich ernsthaft und immer leidenschaftlicher für die Theorie zu interessieren, die wie keine andere Theorie Wirklichkeit geworden war. Und innert kürzester Zeit war es um den dynamischen Ullstein-Journalisten geschehen:

«Der Ausdruck, es sei einem plötzlich ein Licht aufgegangen, ist eine viel zu armselige Bezeichnung für das geistige Entzücken, das dem Bekehrten widerfährt. Von nun an gibt es auf jede Frage eine Antwort, Zweifel und Konflikte gehören der Vergangenheit an.»

Koestler, das war für ihn bald keine Frage mehr, wollte zu den Kommunisten. Sie waren es, die in der Sowjetunion an der Spitze standen, sie waren die Avantgarde. Die deutschen Sozialdemokraten, schrieb Koestler später, hatten seit Jahren «eine Politik opportunistischer Kompromisse betrieben». Die KPD dagegen, «hinter der die mächtige Sowjetunion stand, schien die einzige Kraft, die dem Ansturm der primitiven Horden mit dem Hakenkreuztotem wirksam entgegentreten konnte.»

Die Kommunisten beeindruckten Koestler durch ihre Konsequenz, ihre Standhaftigkeit und Kompromisslosigkeit. Karteileichen gab es in der KPD kaum, jedes Mitglied hatte seine fest umrissene Aufgabe, und die Partei – es gab nur die Partei – sorgte für alles: erklärte die Welt, vermittelte Zuversicht und neue Bekanntschaften, bestimmte den Tagesablauf und lieferte gleich noch den Lebenssinn. In der Partei war man aufgehoben, man war sicher, man war sich sicher. Am 31. Dezember 1931 schickte Arthur Koestler der Kommunistischen Partei sein Aufnahmegesuch.

Wenige Monate vor seinem Eintritt in die KPD hatte Koestler eine Gelegenheit gehabt, um die ihn jeder Journalist damals beneidete: Als einziger Reporter durfte er am legendären Polarflug des Zeppelins teilnehmen. Nach der Rückkehr war er ein gefeierter Mann, musste überall erzählen und Vorträge halten. Doch nun, da er fast alles erreicht hatte, was ein Journalist erreichen kann, stieg er aus. Das Engagement für die Partei, für die Sache des Sozialismus war ihm wichtiger. Koestler wollte weg vom Ullstein-Konzern, überhaupt weg vom bürgerlichen Journalismus. Wie damals, als er sein Kollegheft verbrannte, wollte er auch jetzt alle Brücken hinter sich abbrechen.

Im Sommer 1932 vermittelte ihm die Partei einen einjährigen Russland-Aufenthalt. Koestler hatte den Auftrag, ein Buch zu schreiben: Wie Herr K., ein bürgerlicher Reporter mit anti-sowjetischen Vorurteilen, auf einer Russlandreise vom Sozialismus überzeugt wird und als Genosse K. zurückkehrt.

Doch der Genosse K. kehrte in Wirklichkeit mit sehr gemischten Gefühlen zurück – und wie anderen europäischen Genossen damals, die vom realen Sozialismus enttäuscht waren, blieb auch dem Kommunisten Koestler nur eine Hoffnung: Wir machen es besser. Doch inzwischen hatte in Deutschland Hitler die Macht übernommen. Koestler emigrierte ins Pariser Exil, unterstützte die antifaschistische Propaganda der Kommunistischen Internationalen und versuchte sich erfolglos als Schriftsteller im Dienste der Partei. Er fühlte sich von den Genossen nicht akzeptiert, war überhaupt oft allein in dieser Zeit und lebte mehr schlecht als recht. Es waren in jeder Beziehung Hungerjahre.

Einmal war er soweit, dass er den Gashahn aufdrehte. Doch während er voller Selbstmitleid auf das Ende wartete, fiel ihm ein schweres Buch auf den Kopf. Zufällig. Das fand er so lächerlich, dass er den Gashahn wieder zudrehte.

Als Freiwilliger mit besonderem Auftrag reiste der Kommunist Koestler 1937 nach Spanien, wo er – fast gleichzeitig mit George Orwell – auf der Seite der Republikaner am Bürgerkrieg teilnahm. Er tarnte sich als bürgerlicher Journalist, wurde aber von den Faschisten gefangengenommen und als «Verräter» zum Tode verurteilt. Im Gefängnis von Sevilla wartete er auf seine Hinrichtung. Nacht für Nacht hörte er die Schreie der Todeskandidaten und die tödlichen Schüsse, jede Nacht konnte auch für ihn die letzte sein. Einmal war er fast so weit, dass er eine Erklärung unterschrieb, in der er General Franco, den Anführer der Faschisten und späteren Diktator, als «einen Mann mit humanistischen Ideen» bezeichnet hätte.

Als Koestler nach drei Monaten in einem Gefangenenaustausch überraschend freigelassen wurde, kehrte er nach Paris zurück und verarbeitete seine Erlebnisse im Buch «Das spanische Testament». Er schrieb es unheroisch, nüchtern und ohne jede Anklage. Kaum zu glauben, dass ein überzeugter Kommunist dieses Buch verfasst hatte!

Aber Koestler war kein überzeugter Kommunist mehr. In Spanien, den Tod in Sichtweite, war er zur Besinnung gekommen.

ABKEHR

Nach seiner Rückkehr begann Koestler die Welt mit anderen Augen zu sehen – und er erkannte, dass das, was in der Sowjetunion geschah, mehr als nur eine «Kinderkrankheit» war. Schon 1935 war Koestler erschrocken über die Säuberungen und Schauprozesse. Unter den zum Tode Verurteilten befanden sich auch Genossen, die er persönlich gekannt hatte. Aber mehr als erste, unausgesprochene Zweifel liess er damals nicht zu. Noch brauchte er die Partei, noch sah er keine Alternative.

Doch nun, nach Spanien, gab es nichts mehr, was ihn zurückhalten konnte. Eines Nachts im Frühjahr 1938 schrieb er der Partei sein Austrittsschreiben. Er nahm Abschied, er distanzierte sich – und beendete den Brief mit einer Loyalitätserklärung an die Sowjetunion: Er wollte noch immer an das Gelobte Land glauben.

Jetzt, endlich, vollendete er seinen ersten Roman, an dem er schon seit 1935 gearbeitet hatte: «Die Gladiatoren», die Geschichte des Sklavenaufstandes unter Spartakus im alten Rom, die Geschichte einer gescheiterten Revolution.

«Warum gelang es den römischen Sklaven nicht, ihr Schicksal in die eigenen Hände zu nehmen, wie es im Kommunistischen Manifest stand? Und warum war es zweitausend Jahre später dem deutschen und italienischen Proletariat immer noch nicht gelungen, seine eigenen Interessen durchzusetzen, anstatt den Neros und Caligulas unserer Zeit zuzujubeln?... Bis dahin hatten sich meine Zweifel nur auf die Politik der Sowjetunion bezogen. Je mehr ich mich aber in die Materie vertiefte, umso fragwürdiger wurden für mich die Grundlagen der marxistischen Lehre selbst.»

Für Arthur Koestler brach eine Welt zusammen – eine Welt, an die er entscheidende Jahre seines Lebens vergeben hatte, eine Welt, die von ihm alles bekommen hatte, was er besass, seine Intelligenz, seine Kraft, seine Leidenschaft. Koestler musste irgendwie damit fertig werden. Zusammen mit andern Dissidenten gründete er «Die Zukunft», eine anti-faschistische Wochenzeitung. Aber schon bald merkte er, dass ihm ein neues Engagement im Moment nicht weiterhelfen konnte. Er zog sich deshalb zurück – und schrieb seinen zweiten Roman: «Sonnenfinsternis».

Der alte Kommunist Rubaschow, ein treues Mitglied der Partei, wird in Moskau im Rahmen der Säuberungen verhaftet. Man verlangt von ihm ein umfassendes Geständnis, und obwohl Rubaschow nichts getan hat, gesteht er alles, was ihm die Anklage vorwirft. Für die Partei ist er bereit, sich selbst zu verleugnen. In einem Schauprozess wird er zum Tode verurteilt. Während er auf seine Hinrichtung wartet, blickt er zurück auf sein Leben und fragt sich, wofür er eigentlich sterben muss.

«Jahrzehntelang hatte er unter strikter Beachtung der Ordensgelübde der Partei gelebt. Er hatte sich an die Regeln des logischen Kalküls gehalten. Er hatte die Reste des alten unlogischen Moralgefühls mit der Säure der Vernunft aus seinem Bewusstsein gebrannt. Wenn er jetzt auf seine Vergangenheit zurückblickte, schien es ihm, dass diese ganzen Jahrzehnte ein einziger Amoklauf gewesen waren – der Amoklauf der reinen Vernunft».

In Rubaschows Geschichte spiegelt sich zu einem Teil Koestlers eigene Odyssee. Aber hätte Koestler wie Rubaschow sein halbes Leben in der Partei verbracht, wer weiss, ob er noch rechtzeitig hätte aussteigen kön-

nen. Koestler war nur sieben Jahre Mitglied der KPD gewesen, und als er sie verliess, war er gerade 33-jährig.
Die Zeit in der Partei blieb eine kurze, vorübergehende
Episode in seinem Dasein – eine Episode allerdings, die
sein ganzes weiteres Leben prägen sollte.

ERNÜCHTERUNG

Koestler bohrte tiefer, fragte nach dem Warum, nach
den Motiven seines Engagements für den Sozialismus.
Er schrieb einen dritten Roman, «Sprung in die Tiefe».
Der Zweite Weltkrieg hatte inzwischen bereits begonnen.
Der Autor war zunächst mehrere Monate in Frankreich
interniert gewesen, wo er stets die Auslieferung an die
Deutschen befürchten musste. Schliesslich gelang ihm –
auf abenteuerlichen Umwegen über Lissabon – die Flucht
nach England.

Der Schauplatz des Romans ist Lissabon. Ein junger unga-
rischer Kommunist, Peter Slavek, flüchtet vor den Nazis
dorthin. Er möchte wieder teilnehmen am anti-faschis-
tischen Widerstand. Aber er wird schwerkrank. Sonja,
auch sie eine Ungarin, die in Portugal im Exil lebt, nimmt
sich seiner an. Sie ist Psychoanalytikerin und macht ihm
in langen Gesprächen bewusst, dass die scheinbar selbst-
losen, erhabenen Motive seines Engagements in Wirklichkeit egoistisch und unpolitisch sind und sich letztlich nur
psychologisch erklären lassen.

Peter Slavek, auf seine eigene Psyche zurückgeworfen,
löst sich aus der jahrelangen Verkrampfung, wird gesund
und verzichtet auf seinen Vorsatz, am Widerstand teilzu-
nehmen. Er will sich nicht mehr aufopfern – beschliesst

dann aber plötzlich, doch wieder politisch aktiv zu werden. Er weiss, Sonja würde ihm beweisen, dass alle seine Motive falsch sind, «und sie hätte ja recht damit. Aber ihre Logik konnte ihm nichts mehr anhaben. Das erste Mal hatte er sich in den Kampf gestürzt, ohne seine wahren Motive zu kennen. Jetzt kannte er sie, verstand aber, dass die Motive gar nicht so wichtig sind. Sie bilden nur die Schale des Kerns; der Kern bleibt unberührt.»

Warum er wirklich geht und sich erneut in den Kampf stürzt, weiss Peter Slavek nicht. Ein «gesunder Instinkt» treibt ihn dazu, etwas, das «aus dem tiefsten Innern seines Ichs» kommt. Er weiss nur: Er muss es tun.

Seinen Glauben an die Veränderbarkeit des Menschen hatte Arthur Koestler nicht aufgegeben: Die Geschichte der Menschheit sei mit einer «aufsteigenden Treppe» vergleichbar, schrieb er in einem seiner Essays. Er prophezeite ein neues, geistig höher stehendes Zeitalter in unbestimmter Zukunft. Aber an eine rasche Wende zum Besseren glaubte er nicht mehr.

Für das zu erwartende «Zwischenzeitalter rief Koestler zur Bildung von Oasen auf: Kleine Gemeinschaften, ähnlich wie seinerzeit die ersten Klöster nach dem Zerfall des Römischen Reichs, aber auch Länder wie zum Beispiel die Schweiz – solche «Oasen» stellte sich Koestler vor, «Inseln des Friedens», die das geistige Erbe der Menschheit bewahren könnten.

VERHÄRTUNG

1945, kaum war der Faschismus besiegt, hielt die Sowjetunion schon ganz Osteuropa besetzt und errichtete dort in den darauffolgenden Jahren ihre Satellitenstaaten, schaltete jede Opposition aus, veranstaltete neue Schauprozesse – und der Westen, abmachungsgemäss, schaute zu. Auch die europäische Linke schaute zu. Es gab keine linke Bewegung gegen den Stalinismus, es gab überhaupt keine eigentliche Bewegung gegen das sowjetische Vormachtsstreben. Koestler, der inzwischen in London lebte, konnte nicht länger zusehen. Er wusste, dass seine Stimme Gewicht hatte, denn er war inzwischen ein international renommierte Autor, und er hatte Geld.

Von seinem zweiten Roman «Sonnenfinsternis» waren allein in Frankreich mehrere hunderttausend Exemplare abgesetzt worden. Koestler, der Bestsellerautor, wurde wieder Politaktivist. Er schrieb Artikel, hielt Vorträge, nahm an Lesungen teil und war wochenlang in den USA unterwegs, um für Ostblock-Flüchtlinge Geld zu sammeln.

Doch Kritik an der Sowjetunion hatte innerhalb der linken Intelligenz einen schweren Stand, denn noch immer war das sozialistische Russland die insgeheime Hoffnung der Linken. Wer den linken Sowjet-Mythos so schonungslos kritisierte wie Arthur Koestler, galt schnell als Renegat und Antikommunist. Kritik von bürgerlicher Seite hätte niemandem wehgetan, doch der Schriftsteller war kein «Bourgeois», und er war auch kein gläubiger Christ geworden, der den alten Glauben gegen einen neuen eingetauscht hätte. Koestler hatte nichts als das «Kerzenlicht der Wahrheit» anzubieten. «Die Fackel des Glaubens», schrieb er, «ist erloschen».

Zu seinem neuen Engagement trieb ihn vor allem seine Enttäuschung. Wie hatte er an die Sowjetunion geglaubt, und was war aus ihr geworden, was war aus Ungarn, seiner Heimat, geworden, was war aus den Freunden und ehemaligen Genossen in Osteuropa geworden, von denen er nichts mehr hörte? Und was war aus ihm selber geworden? – Ein «heimatloser Linker», wie er sich nannte, ein Einzelkämpfer, literarisch erfolgreich, aber von einem Grossteil der linken Intellektuellen geächtet und abgelehnt.

Ganz allein stand Koestler allerdings nicht. Es gab andere Linke, die sich ebenso enttäuscht von der Sowjetunion distanziert hatten – ehemalige Kommunisten, die jetzt nicht einfach «Antikommunisten» waren, sondern nach neuen Antworten auf die alten Fragen suchten. Durch die Initiative der damals neugegründeten Zeitschrift «Der Monat» versammelten sich diese Kritiker, zusammen mit Sozialdemokraten und Liberalen aus den verschiedensten Ländern in Berlin zu einem «Kongress für kulturelle Freiheit».

Das war im Sommer 1950. Die Weltlage hatte sich bereits wieder zu verschärfen begonnen. Alles sprach von einem möglichen Atomkrieg zwischen den Grossmächten. Die Sowjetunion hatte zwei Jahre vorher über Berlin eine mehrmonatige Blockade verhängt und damit zu neuen Befürchtungen Anlass gegeben, die «freie Stadt» in den Ostblock integrieren zu wollen. Die gleiche Sowjetunion hatte über ihre Verbündeten eine neue «Friedensoffensive» gestartet, den «Stockholmer Appell», eine weltweit lancierte Petition gegen den Atomkrieg, deren Text so unverbindlich war, dass ihn jeder unterschreiben konnte.

Mit dem «Stockholmer Appell» gelang es der Sowjetunion einmal mehr, Grossteile der linken und liberalen westeuropäischen Intelligenz für sowjetische Ziele einzuspannen. In dieser Situation fanden es die Persönlichkeiten um die Zeitschrift «Der Monat» an der Zeit, selber in die Offensive zu gehen.

Als Kongressort wurde ganz bewusst das von der Blockade wieder befreite Berlin gewählt. Im gleichen Jahr 1950, am 24. Juni entbrannte der Koreakrieg. Der Kongress «für kulturelle Freiheit», der zwei Tage später begann, hatte unerwartete Aktualität erhalten.

«Wir sind in diese Stadt nicht gekommen, um nach einer abstrakten Wahrheit zu suchen. Wir kamen, um ein Kampfbündnis zu schliessen!»

Arthur Koestlers Eröffnungsrede war dramatischer, polemischer als alle Ansprachen, die darauf folgten. Während der italienische Schriftsteller und Ex-Kommunist Ignazio Silone den Sinn des Kongresses darin sah, «frei die Wahrheit zu sagen», rief Koestler schon am ersten Tag zur Entscheidung auf. Angesichts der sowjetischen Bedrohung, rief er aus, könne es keine neutrale Zurückhaltung geben, es gehe jetzt um Leben oder Tod! Koestler stiess mit seinem Auftreten viele Kongressteilnehmer vor den Kopf. Alle waren sich des Ernstes der Lage bewusst, doch der prominente Ex-Kommunist war ihnen zu verbissen.

Der Schweizer Journalist François Bondy, der in Berlin damals dabei war, erinnert sich, dass während des ganzen Kongresses «um Koestler immer eine aufgeregte, fanatische Stimmung war. Er trank viel, redete viel, dramatisierte. Er liebte das Drama.»

Von der linksgerichteten Presse wurde der «Kongress für kulturelle Freiheit» als anti-kommunistische, bürgerliche Hetze abqualifiziert, und auch heute noch gilt die Berliner Tagung als Initiative von rechts, als proamerikanisch, vor allem deshalb, weil später bekannt wurde, dass sie vom CIA finanziert war. Die Diskussionen am Kongress, dokumentiert in der Zeitschrift «Der Monat», zeigen jedoch deutlich, dass der Kongress – trotz der gespannten internationalen Lage – mehr sein wollte als nur ein «Kampfbündnis» gegen den Stalinismus. Diskutiert wurden auch das Rassenproblem in den USA, der Faschismus in Spanien – und gesucht wurde vor allem nach einem Ausweg aus dem Ost-West-Konflikt, nach einer Überwindung der herrschenden Links-Rechts-Polarität. Aber die positiven Ansätze des Kongresses gediehen nicht weit. Sie erlitten den Erfrierungstod in den darauf folgenden Jahren des Kalten Krieges.

Auch Arthur Koestler fand aus dem Konflikt zwischen West und Ost keinen Ausweg. Er schien gefangen darin, unfähig, eine «blockfreie» Haltung einzunehmen, wie sie andere Kongressteilnehmer vertraten. Die Monate und sogar Jahre nach dem Kongress verbrachte er als Kalter Krieger gegen den Stalinismus. Doch sein zunehmend sektiererisches Engagement kostete ihn ein grosses Stück seiner neugewonnenen Glaubwürdigkeit, und er verlor nicht wenige seiner Freunde und Anhänger.

Auch mit seiner zweiten Frau, Mamaine, zerstritt er sich. François Bondy, der mit dem Ehepaar Koestler damals näher bekannt war, erzählt, Mamaine Koestler habe unter dem Aktivismus und den Wutausbrüchen ihres Mannes sehr gelitten. 1953 wurde auch diese Ehe geschieden.

Inzwischen beendete Koestler einen weiteren Roman, «The Age of Longing», das Zeitalter der Sehnsucht, eine Geschichte, die in Paris spielt, ungefähr im Jahre 1955, in einer Zeit, in der nach Koestlers Annahme die Sowjetunion bereits grösste Teile Westeuropas besetzt hat und nur darauf wartet, auch Frankreich zu überrollen, eine Zeit ohne Hoffnung, in der nur noch die stille Sehnsucht nach Utopia bleibt...

Koestler war offensichtlich davon überzeugt, dass die Sowjetunion nach der Machtübernahme in den Staaten des Ostblocks auch Westeuropa angreifen würde. Sicher gab es damals Gründe für diese Annahme – aber was Koestler daraus machte, war ein Phantom. Er, der den linken Dogmatismus so scharf kritisierte, war ein Dogmatiker geblieben.

An die von ihm einst erhoffte «wahrhaft sozialistische Bewegung» in Europa – als Gegengewicht zum Stalinismus – glaubte er schon lange nicht mehr. Er hatte jede Hoffnung auf eine unabhängige Linke verloren, und er selbst war nach eigener Aussage «spätestens seit 1950 kein Linker mehr».

Einmal, als Koestler in Paris wieder einen seiner anti-sowjetischen Aufrufe verfasste, fragte ihn François Bondy, ob er sich eigentlich nicht etwas dumm vorkomme, dauernd Appelle und Briefe an irgendwelche Intellektuelle zu schreiben, um sie für eine Kampagne gegen die sowjetische Machtpolitik zu gewinnen? – «Er nahm es mir sehr übel, dass ich das sagte», erinnert sich Bondy.

Doch dann, mitten im Jahre 1955, von einem Tag auf den andern, beendete Koestler seine politische Aktivität. «Es ist ihm hoch anzurechnen», sagt François Bondy rückblickend, «dass er es selber merkte. Er verbrauchte seine ganze Begabung mit dieser Agitation.»

Koestler beschloss, sich fortan nur noch mit wissenschaftlichen und philosophischen Themen zu befassen. Seine letzte grössere politische Aktivität war die Kampagne zur Abschaffung der Todesstrafe in England. Doch still wurde es nicht um ihn.

RATIONALISIERUNG

Es komme ihm vor, als habe er das Geschlecht gewechselt, sagte er später einmal über seinen Rückzug von der Politik. Aber darin täuschte er sich. Koestler war so «männlich» wie zuvor, ein Angreifer, ein Polemiker, ein scharfsinniger Logiker mit einem enormen Datenverarbeitungsvermögen. Sein Hauptanliegen war es, die Wissenschaften aus ihrem selbstgewählten Ghetto zu holen, sie von ihrem Schubladendenken zu befreien. So, wie er vorher gegen die Linken polemisiert hatte, wandte er sich jetzt gegen die traditionellen Wissenschaftler, warf ihnen Einseitigkeit und «Reduktionismus» vor, forderte sie auf, endlich auch irrationale, parapsychologische Phänomene ernstzunehmen, plädierte angriffig für eine ganzheitliche, «holistische» Betrachtungsweise, für die Aussöhnung von Vernunft und Emotion, Geist und Körper, Geistes- und Naturwissenschaften.

Auf eine geistige Höherentwicklung der Menschheit hoffte Koestler noch immer. Er träumte vom «spontanen Auftauchen einer neuen Art von Glauben, von einer Religion, welche ethische Führung bietet und den Kontakt mit dem

Übernatürlichen herstellt, ohne dass man sich von der Vernunft lossagen muss.»

Die Befürchtung, sich von der Vernunft lossagen zu müssen, war bezeichnend für Arthur Koestler. Obwohl er doch die Überbewertung der Vernunft kritisierte, war sie das einzige, woran er noch glaubte. Auf die Ratio, auf die wissenschaftliche Logik setzte er je länger, je mehr: Mit der Allmacht der Logik kämpfte er gegen seine eigenen Zweifel an, mit der Logik versuchte er alles, selbst das Unbegreifliche, in den Griff zu bekommen.

Eines Tages führte ihn dann die Logik zur Einsicht, dass der Mensch nichts als ein «Irrläufer der Evolution» sei. Bei der Entwicklung des Homo sapiens sei «irgend etwas falsch gelaufen», schrieb Koestler in einem seiner späteren Bücher, «anders lässt sich das selbstzerstörerische Verhalten der Menschheit nicht erklären.»

Ein Defekt im menschlichen Gehirn war nach seiner Überzeugung die Ursache. «Krass ausgedrückt: Die Evolution hat ein paar Schrauben zwischen dem Neocortex und dem Hypothalamus locker gelassen». Das Resultat sei unser chronisch gestörtes Gleichgewicht zwischen Vernunft und Emotion. Der Mensch sei deshalb unfähig, vernünftig zu handeln, da ihm dauernd das Gefühl «in die Quere» komme und umgekehrt.

Im Grunde genommen, fand Koestler, sei der Mensch also geistesgestört, und weil Geistesgestörte unzurechnungsfähig sind, werde die Selbstauslöschung der Menschheit, ein atomarer Krieg, unvermeidbar sein. Es sei denn, der Defekt im menschlichen Gehirn werde repariert. Da der Mensch nicht von selber vernünftig werde, müsse er vernünftig gemacht werden – mit Hilfe der Chemie.

«So unheimlich es klingen mag: Wenn unsere kranke Spezies gerettet werden kann, wird das Heil nicht von UNO-Resolutionen und diplomatischen Gipfeltreffen, sondern aus den Laboratorien kommen. Es ist ganz logisch, dass eine biologische Funktionsstörung ein biologisches Korrektivum braucht».

Einst, in seinem Roman «Sprung in die Tiefe» hatte Koestler geschrieben: «Die Rettung wird nicht von verbesserten Laboratoriumsformeln kommen...» Jetzt, nach dem er sich jahrelang hauptsächlich mit Naturwissenschaft befasst hatte, änderte er seine Meinung: Das Labor schien ihm der einzige Ausweg.

Koestler machte seinen Psychopharmaka-Vorschlag erstmals im Jahre 1968. Für die damalige Studentenrevolte hatte er zwar grosses Verständnis, aber wenig Anteilnahme übrig. Fast schien es, als sei die Psycho-Pille sein persönlicher Beitrag an die 68er-Bewegung gewesen: «Vielleicht käme das neue Medikament bei der Jugend aller Länder in Mode», schrieb er, «oder vielleicht würde sich ein Schweizer Kanton nach einer Volksbefragung entscheiden, die neue Substanz versuchsweise wie das Chlor ins Leitungswasser zu mischen.»

Gegen Kritiken verteidigte sich Koestler mit dem Hinweis auf andere Medikamente. Künstliche Eingriffe in die menschliche Natur seien schon längst Teil unseres Alltags geworden – warum also nicht eine Pille zur Wiederversöhnung von Vernunft und Gefühl? «Was ich vorschlug, war nicht die Kastration der Gefühle, ich dachte nicht an die Soma-Pille aus Huxleys ‹Schöner Neuer Welt›, sondern an die Erzeugung eines dynamischen Gleichgewichts, eines inneren Ausgleichs...»

Doch so sehr sich Koestler auch gegen Missverständnisse abzugrenzen versuchte – er wurde richtig verstanden. Seine Harmonie-Pille war die Bankrotterklärung eines resignierten alten Mannes, der sich in seinem logischen Gebäude völlig verstiegen hatte. Er war gefangen in seiner Falle der richtigen Analyse. Mich machte dieses letzte Buch von ihm so wütend, dass ich es in Stücke zerriss. Warum denn überhaupt ein künstlich hergestelltes «Gleichgewicht» zwischen Vernunft und Gefühl? Ich fragte mich, wie weit sich Koestler schon von sich selber entfremdet hatte, dass er ernsthaft solche Vorschläge äussern konnte: Hätte er selbst denn lieber ein «harmonischer», gemässigter Mensch sein wollen? Hatte nicht gerade er stets das Extreme geliebt?

ERMÜDUNG

Am Fenster vorne stand ein kleingewachsener, alt gewordener Mann. Er kam auf mich zu, und ich sah in sein zerfurchtes, echsenartiges Gesicht. Das war also Koestler. Ich spürte, dass er krank war, denn er, der frühere grosse Debattierer, sprach nur langsam, schleppend, suchte nach Worten. Länger als eine halbe Stunde, sagte er, möge er nicht reden, es ermüde ihn. Wir sprachen vor allem über seinen einstigen Freund George Orwell – der eigentliche Anlass meines Londoner Besuchs –, und über Orwell und «1984» kamen wir auf die Zukunft zu sprechen. Koestler sagte: «Ich finde die Welt heute schlimmer denn je. Es gibt wenig Grund zu Optimismus.»

Aus dem «kurzfristigen Pessimisten» ist ein lebenslänglicher geworden, dachte ich. Er kommt nicht mehr davon los.

Beim Abschied sagte Koestler, er habe grosses Verständnis für die nofuture-Einstellung in der jungen Generation. Auch Bewegungen wie jene von Zürich 1980 könne er gut verstehen: «Es gärt in der Jugend, aber es gibt kein Programm, es kristallisiert sich nichts. Die Utopie, die Anziehungskraft fehlt. Deshalb wechseln die Kulte so rasch, deshalb die verzweifelte Suche nach einem positiven Inhalt.»

So wie er das sagte, kam es mir vor, als habe er selber bis zuletzt verzweifelt nach einem neuen positiven Lebensinhalt gesucht. Koestler hoffte zeit seines Lebens auf Lösungen von aussen – zuerst war es der Sozialismus, später ein neues Zeitalter, zuletzt eine billige Pille. Warum suchte er die «Lösung» nicht bei sich selbst? Er hoffte auf «eine Art neuen Glauben». Warum glaubte er nicht zuerst an sich selbst?

Hätte er Vertrauen in sich selber gefunden, dann hätte er spüren können, dass ein Ausweg aus der Ausweglosigkeit möglich ist. Denn der Mensch ist keine Maschine, die, einmal programmiert, in die logische Konsequenz rast; ein Mensch kann sich besinnen. Und wenn es der Einzelne kann, vermag es vielleicht auch die Menschheit als Ganzes. Weil Koestler nicht an das Naheliegendste glaubte, gab es in seinem Leben schliesslich nur noch die Logik, an der er sich zu wärmen versuchte. Und die Logik ist wie eine Gasflamme ohne Feuer:

Sie wärmt nicht, doch sie kann tödlich sein.

NACHSATZ

«Ich war 26 Jahre alt, als ich in die Kommunistische Partei eintrat, und 33, als ich sie verliess. Die Jahre dazwischen waren meine besten Jahre. Nie zuvor oder nachher schien mein Leben so übervoll an Sinn wie während dieser sieben Jahre. Sie hatten die Überlegenheit eines schönen Irrtums über die schäbige Wahrheit.»

Arthur Koestler in «Ein Gott, der keiner war» (1950)

*

Am 1. März 1983, nur ein Jahr nach meinem Besuch bei ihm, starb Arthur Koestler, 77-jährig, in London. Er hinterliess der Nachwelt seine zahlreichen Werke und ein Vermögen, das er für parapsychologische Forschungsarbeit bestimmte. Kinder hinterliess er keine.

Wie George Orwell und, mehr noch, Arthur Koestler war auch ich in jungen Jahren ein Linker – und wie sie überzeugt, es immer zu bleiben. 1975 trat ich der «Revolutionären Aufbauorganisation Zürich» (RAZ) bei. Sie war damals mit mehreren hundert Mitgliedern die grösste Gruppierung der Neuen Linken in Zürich, spaltete sich aber bald danach in einen spontaneistischen und einen kommunistischen Flügel, dem in der Folge auch ich angehörte. 1978 gründeten wir die «Schweizerische Kommunistische Organisation» (SKO).

An diesem Punkt setzt ein Referat ein, das ich Jahre später – 1995 – vor einem Rotaryclub gehalten habe. Darin schildere ich mein revolutionäres Engagement – und wohin es mich führte.

69

DIE BEFREIUNG

Mein Bruch mit der Linken
und der Weg zu einem persönlichen Denken

VORTRAG VOR DEM ROTARY-CLUB KÜSNACHT AM
16. MÄRZ 1995

«Mein Bruch mit der Linken», liebe Anwesende, das tönt
dramatisch. Wenn es zu einem Bruch kommt, dann ist anzunehmen, dass da vorher eine ganz starke Verbindung
war, eine Verbindung, die nur im Drama zu Ende gehen
konnte, eine Beziehung vielleicht voller Leidenschaft. Genau so war das bei mir. Ich war nicht nur mit dem Kopf
ein Linker, ich war es mit Leib und Seele, mein Herz gehörte dem Sozialismus. Genauer gesagt, es gehörte dem
Sozialismus chinesischer Prägung – es gehörte dem Maoismus.

Warum gerade dem Maoismus?

Damals, Ende der Sechziger Jahre, Anfang der Siebziger
Jahre war die Neue Linke entstanden, die sich – wie Sie
wissen – von der alten Linken, von der Sozialdemokratie
klar distanzierte. Die Sozialdemokratie beschränkte sich
seit langem schon auf Reformpolitik, die 68er-Linke dagegen wollte nichts weniger als die Revolution. Sie bezog
sich wieder auf Marx und Engels, auf das Kommunistische Manifest, sie schrieb die Abschaffung des Privat-
eigentums auf ihre Fahnen, und sie kämpfte für die Er-
richtung einer Diktatur des Proletariats als Vorstufe des
späteren Übergangs vom Sozialismus zum Kommunismus.

Ich verwende ganz absichtlich diese Begriffe, denn damals sprachen und dachten wir so. Auch ich dachte so,

und ich lebte so. Ich stand morgens um 6 Uhr auf, setzte mich in die Küche unserer Wohngemeinschaft, vertiefte mich in Lenins «Staat und Revolution», unterstrich über ganze Seiten hinweg jede einzelne Zeile und trank dazu starken Kaffee, um nicht wieder einzuschlafen.

Denn ich wollte wach sein – wach und bereit, um die Welt zu verändern. Nur die herrschenden Zustände anzuklagen, das hätte mich nicht erfüllt. Ich wollte *für* etwas sein, ich wollte ein grosses Ziel haben, und dieses Ziel war der Sozialismus.

Nun gab es ja den Sozialismus bereits. Doch die Sowjetunion und Osteuropa, das interessierte uns nicht. Das war bürokratischer Revisionismus, so nannten wir das. Anstelle der Arbeiterklasse herrschten dort die Parteibürokraten, das war noch schlimmer als der Kapitalismus. Unsere Hoffnungen lagen deshalb in China, denn das sozialistische China hatte die Gefahr des Revisionismus erkannt, China hatte die Kulturrevolution durchgeführt, China hatte das Banner des Sozialismus gerettet.

In meinem Zimmer hängt noch heute ein Bild aus einem chinesischen Revolutionskalender, das ich Ihnen beschreiben möchte. Auf dem Bild sind chinesische Berge zu sehen, über ihnen die flammende sozialistische Morgenröte; im Vordergrund die Weite der Steppe mit einem Reitertrupp, der sich nähert – und zuvorderst, von einem der Reiter mitgeführt, die rote Fahne, stolz und unbesiegbar im Winde flatternd.

Dieses Bild, verehrte Anwesende, bringt deutlicher als alle Worte zum Ausdruck, warum sich damals ein beträchtlicher Teil der Neuen Linken für China entschied, warum das China von Mao Tse-tung zu unserem weltanschaulichen Vorbild wurde. Das sozialistische China hatte etwas Grosses, etwas Heroisches, das uns beeindruckte, und die Kulturrevolution strahlte für uns eine Radikalität aus, eine Kompromisslosigkeit, die wir bewunderten. Was die Kulturrevolution in Wirklichkeit war – eine blutige, gnadenlose Säuberungswelle –, das wollten wir damals nicht wahr haben, das hätten wir als westliche Propaganda denunziert, oder wir hätten es zu rechtfertigen versucht mit dem Argument, dass eine echte Revolution eben auch ihre Opfer fordert.

Dieser Verdrängungsmechanismus, wie man das heute bezeichnen würde, funktionierte natürlich nur deshalb, weil China so schön weit weg war und zu jener Zeit nur so wenig Nachrichten in den Westen sickerten. Wir selber lasen die «Peking Rundschau», die chinesische Propagandazeitung; sie erschien jede Woche, war in perfektes Deutsch übersetzt und konnte zu einem Spottpreis abonniert werden. In dieser «Peking Rundschau» und natürlich in den Schriften Mao Tse-tungs wurde uns das Bild eines blütenweissen Sozialismus vermittelt, das Bild einer grossen, durchdachten Ordnung, in der sogar die Probleme, die es noch gab, die sogenannten «Widersprüche» rein und unverfälscht waren.

Doch genau dieses Bild und kein anderes wollten wir sehen – genau diese Verklärung der Wirklichkeit ermöglichte uns, dass wir unsere ganze politische Zuversicht aus dem fernen China bezogen.

Zu diesem Bild gehörten auch die stets glücklich lächelnden Gesichter der chinesischen Massen – jedenfalls glaubten wir, dass sie glücklich waren, sie mussten es sein! –, und zu diesem Bild gehörte, dass der grosse Steuermann Mao Tse-tung kein nüchterner Theoretiker war, sondern sich in seinen Werken einer sehr bildhaften, lebendigen Sprache bediente. Für seine Kampagnen wählte er Titel wie «Lasst hundert Blumen blühen, lasst hundert Schulen miteinander wetteifern!», und am Erstaunlichsten war, dass er sogar Gedichte schrieb, ebenso revolutionäre wie poetische Verse. Man stelle sich vor, der Führer des chinesischen Sozialismus findet neben seiner politischen Beanspruchung Zeit, Gedichte zu schreiben!

Unser Bild von China war ein vollkommenes Bild, und alles, was diese Vollkommenheit hätte trüben können, durfte nicht sein. Dass die chinesischen Kommunisten zum Beispiel Atomkraftwerke befürworteten, bereitete uns natürlich einiges Kopfzerbrechen. Aber auch in diesem Fall half uns Mao Tse-tung aus dem Dilemma heraus: mit seiner Grundhaltung nämlich, dass jedes Land seinen eigenen Weg zum Sozialismus finden müsse. Chinesische Atomkraftwerke waren nicht dasselbe wie schweizerische Atomkraftwerke .

Wenn ich von «uns» spreche, wenn ich «wir» sage, meine ich damit insbesondere jene maoistisch orientierte Partei, der auch ich angehörte. Aufgrund der kommunistischen Theorie glaubten wir auch in der Schweiz eine verschworene Kaderpartei aufbauen zu müssen, eine Partei in der heiligen Tradition der einstigen «Kommunistischen Partei der Schweiz» KPS, eine Partei, deren historische Aufgabe es war, als ideologische Vorhut der Schweizer Arbeiterklasse den·Sturz des Kapitalismus in die Wege zu leiten und eine wahrhaft sozialistische Schweiz zu errichten.

Wenn ich Ihnen das heute so erkläre, muss ich unweigerlich an die kleinen Playmobilfiguren denken, mit denen mein Sohn so gern spielt. Denn so ungefähr müssen Sie sich das vorstellen, das Revolutionskonzept, das wir hat-

73

ten: Es war eine Playmobil-Revolution mit roten Fähnchen, mit Kommunisten und Arbeitern auf der einen Seite und Kapitalisten auf der anderen Seite, die wir gegeneinander in Marsch setzen wollten; dazu ein kleines Bataillon Soldaten zur Unterstützung der Bourgeoisie und zwischen den Fronten ein paar unentschlossene Kleinbürger. Es geht mir nicht darum, mich im Nachhinein darüber lustig zu machen; aber unsere Vorstellungen waren tatsächlich so schablonenhaft, so weit von der Realität entfernt wie die Playmobilmännchen.

Dass wir das damals so sahen, hätte nicht sein müssen. Wir waren erwachsen, 25- bis 30-jährig die meisten von uns, und wir hätten die Schweiz auch differenzierter betrachten können. Wir hätten erkennen können, dass zwischen China und der Schweiz Welten sind; wir hätten vieles erkennen können. Aber offenbar wollten wir nicht. Unser Weltbild war ein ganz einfaches Weltbild, und das war auch das Schöne daran, dass es so klar und so gut war. Wir lebten in diesem Weltbild, wir gingen ganz darin auf.

Natürlich waren wir alle berufstätig oder machten ein Studium; wir engagierten uns in den Gewerkschaften, in der Bewegung gegen Atomkraftwerke, in den verschiedensten Komitees – doch wir blieben stets in unserer Welt, wir machten alles als Kommunisten, als Avantgarde, uns ging es immer um die Revolution, nicht nur um das konkrete Ziel. Wir theoretisierten das auch, indem wir sagten: Die Kommunisten dürfen sich nicht in der Praxis verlieren.

Mit der Praxis meinten wir die politische Praxis, das Engagement an der Basis. Aber eigentlich meinten wir etwas anderes: Eigentlich war das Leben gemeint.

Wir wollten uns nicht im Leben verlieren, im banalen, gewöhnlichen Leben, das wäre uns viel zu unpolitisch gewesen. Und deshalb war die Partei so wichtig.

Sie hiess «Schweizerische Kommunistische Organisation» SKO, und unsere Zeitung hiess «Kämpfer». So hatte schon die Zeitung der KPS geheissen, in den Dreissiger Jahren, und daran wollten wir anknüpfen. «Kämpfer», das war nicht gerade ein feministischer Name, gewiss nicht. Aber ich muss dazu sagen, dass nach kommunistischer Theorie der Widerspruch zwischen Mann und Frau zu den «Nebenwidersprüchen» gehörte; der «Hauptwiderspruch» war derjenige zwischen Bourgeoisie und Proletariat.

Dieser klaren Rangordnung beugten sich auch die Genossinnen: Auch sie waren in erster Linie Kommunistinnen und erst in zweiter Linie Frauen. Aber davon wird noch die Rede sein. Nebenwidersprüche können nämlich vorübergehend zum Hauptwiderspruch werden – auch das besagte die Theorie.

Neben der SKO gab es damals, in den späteren 70er-Jahren auch noch andere, ähnliche maoistische Gruppen. Doch unsere war die grösste – und ich merke, ich sage das heute noch mit einer gewissen Genugtuung. Wir hatten Sektionen sowohl in der Deutschschweiz als auch in der Romandie und im Jura, und wir waren etwa 200 Mitglieder. Für eine normale Partei wäre das wenig, doch die SKO war keine normale Partei, sie war eine Kaderpartei, da durfte nicht jeder hinein: Da war man zuerst Sympathisant, danach Kandidat – und erst dann wurde man aufgenommen, erst dann gehörte man zu den Auserwählten.

Wer einmal Mitglied war, stellte sich voll und ganz in den Dienst an der Revolution. Die Frage der Berufswahl, die Wahl des Wohnorts, das Einkommen, die Freizeit, alles wurde innerhalb der Partei besprochen, alles richtete sich nach dem, was politisch notwendig schien, was die Sache des Sozialismus vorantrieb. Vorantreiben – das war ein wichtiges Wort. Alles musste immer vorangetrieben werden: Wir wollten dem grossen Ziel endlich näherkommen, und wir fühlten eine Verantwortung, die uns keine Ruhepause liess. Sogar am Sonntag hatten wir Sitzungen. Wir sahen uns wirklich als Avantgarde, als die heimliche Elite des Landes – um so strenger waren die Ansprüche, die wir an uns selber stellten.

An diesem Punkt muss ich gestehen, dass ich zu denjenigen Mitgliedern gehörte, die die kommunistische Idee mit besonderer Konsequenz auf ihr Leben anwandten. Meine vielversprechende Laufbahn beim Schweizer Fernsehen gab ich kurzerhand auf – zum völligen Unverständnis meiner Kollegen –, um mich stattdessen auf einen Archivjob zurückzuziehen, der erst noch schlechter bezahlt war. Dieser Job jedoch war genau, was ich suchte: Er ermöglichte mir, meine ganze Energie auf die Arbeit für die Partei zu verwenden.

Wie gesagt, nicht alle meine Parteigenossen verzichteten so radikal auf ihre «bürgerlichen Privilegien». Aber ein schlechtes Gewissen hatte jeder, der noch das Ferienhaus seiner Eltern benutzte, jeder, der es sich leisten konnte, morgens auszuschlafen, weil er vielleicht nur studierte.

Denn grundsätzlich hatten wir alle dieses Gefühl der Verpflichtung, diese Opferbereitschaft; grundsätzlich wirkte in uns allen diese bedingungslose Hingabe an das höhere Ziel. Und da stellt sich nun die grosse Frage nach dem

Motiv – die Frage, was uns bewegte zu diesem Engagement, warum wir das alles so wollten? Diese Frage betrifft ja nicht nur die maoistische Linke der 70er-Jahre, sie betrifft die revolutionäre Linke ganz allgemein: Warum diese Hingabe an den Sozialismus? Warum dieser Glaube damals an die kommunistische Utopie?

Die naheliegendste Antwort ist, dass man im Sozialismus den einzigen Ausweg aus der Misere der heutigen Zeit sah. Das haben damals auch wir gesagt, das hat die gesamte Linke gesagt: Man hat im Kapitalismus das Übel gesehen und im Sozialismus die Lösung. Die Begründung für unser Engagement war eine rein politische, doch sie genügte.

Viele sind ja heute noch dieser Ansicht, viele stehen heute noch links. Aber auch sie würden inzwischen wohl zugeben, dass das politische Motiv nicht das einzige war, welches sie damals bewegte, den Sozialismus zu ihrer Weltanschauung zu machen. Heute, aus der Distanz, ist man doch zunehmend bereit, zu anerkennen, dass die Gründe für das damalige revolutionäre Engagement auch im persönlichen Bereich, in der spezifischen Biografie jedes Einzelnen lagen.

Und da möchte ich nun auf mich selbst zu sprechen kommen, auf eine kleine Begebenheit, die mir bei diesem Thema jedesmal sofort einfällt. Denn es gibt da in meiner Biografie einen Zettel, der aus heutiger Sicht betrachtet offenbar wichtig war. Dieser Zettel lag eines Tages, als ich noch zu Hause wohnte und in Zürich zur Schule ging, auf dem Tisch in meinem Zimmer. Das war 1971, ich war noch nicht einmal 17, und ich wollte am Abend zum erstenmal an eine politische Veranstaltung gehen. Wenn ich mich recht erinnere, war es eine Protestveranstaltung im

Volkshaus gegen die politisch motivierte Entlassung von zwei progressiven Dramaturgen am Schauspielhaus. Was mich an diese Veranstaltung trieb, war sicher vor allem Neugier und der Wunsch, endlich hautnah dabei zu sein, bei den turbulenten Ereignissen jener Tage. Denn damals war die 68er-Bewegung noch immer in vollem Gang.

Aber da lag nun dieser Zettel auf meinem Tisch, als ich am Nachmittag von der Schule heimkam. Meine Mutter war aus dem Haus gegangen, und sie wusste vermutlich, dass sie mich nicht mehr sehen würde, bevor ich nach Zürich an die Veranstaltung fuhr. Deshalb hinterliess sie mir diesen Zettel, und darauf stand der eine Satz:

«Werde nicht fanatisch!»

Es folgte ein zweiter Satz, dass Fanatismus das vernünftige Denken verunmögliche. Aber entscheidend war dieser erste Satz, den ich heute noch weiss: Werde nicht fanatisch. Es war eine besorgte Warnung, aber sie hatte zugleich etwas Autoritäres, etwas Verbietendes, sie machte mich wütend, und sie hatte zur Folge, dass ich erst recht an die Veranstaltung ging.

Die Tatsache, dass dieser Zettel so stark in meiner Erinnerung haftet, ist psychologisch gesehen sicher aufschlussreich: Offenbar traf mich die Warnung, nicht fanatisch zu werden, an meiner damals empfindlichsten Stelle. Man könnte zum Schluss kommen, dass dieser Zettel – und die dahinterstehende Haltung, die meine Mutter dann auch bei anderer Gelegenheit äusserte –, dass diese Haltung meine politische Radikalisierung geradezu provoziert hat. Eigentlich erscheint es nur logisch: Wenn Eltern ihren 17-jährigen Sohn, der sowieso in der Ablösungsphase steht, vor Extremismus warnen, dann muss dieser Sohn ja extrem werden! Ich bin es geworden, und ich bin überzeugt, viele spätere Linke hatten solche Zettelerlebnisse.

Ohne Zweifel ist es also ein Fortschritt, dass man politisches Engagement heute nicht nur politisch, sondern auch psychologisch zu erklären versucht, dass man erkennt, wie sehr auch persönliche Motive, Erlebnisse aus der Kindheit die spätere Weltanschauung mitbestimmt haben.

Aber auch diese Erkenntnis hilft uns nicht weiter. Warum ich später bereit war, meine beruflichen Ambitionen, mein Privatleben, mein ganzes junges Leben dem Ziel des Sozialismus unterzuordnen, das kann die Psychologie allein nicht erklären. Und obwohl sie es natürlich versucht, obwohl sie unsere damalige fanatische Begeisterung jugendpsychologisch, gruppenpsychologisch oder sonstwie analysiert – sie kommt der Sache nicht auf den Grund.

Das heisst, wir müssen tiefer graben. Und die Frage ist, auf welche Schicht wir da stossen.

Ob es eine tieferliegende Schicht überhaupt gibt, darüber ist sich die heutige Zeit allerdings nicht einig. Es gibt viele Leute, die neben der politisch-sachlichen Ebene nur noch die psychologische Ebene, die Gefühlsebene anerkennen. Etwas Drittes, Weitergehendes anerkennen sie nicht; und auch für mich existierte damals, als ich ein Linker war, keine tiefere Schicht.

Heute sehe ich das anders. Heute glaube ich an einen Bereich, der ganz tief in uns schlummert, und ich würde ihn bezeichnen als den spirituellen Bereich. Und weil dieser Bereich in uns existiert, haben wir alle, nach meiner Überzeugung, das mehr oder weniger ausgeprägte, mehr oder weniger bewusste Bedürfnis, an etwas Höheres glauben zu können.

Ich sage Ihnen natürlich nichts Neues, wenn ich vom Sozialismus als Religionsersatz spreche. Ich muss aber doch davon sprechen, denn gewöhnlich ist das Wort Religionsersatz eher spöttisch gemeint. Ich aber meine es weder spöttisch noch abschätzig, sondern ernst. Es stimmt, der Sozialismus war für uns tatsächlich eine Ersatzreligion; und wenn ich «uns» sage, meine ich damit die gesamte 68er-Linke. Die Religion der Kirche lehnten wir ab. Die Kirche sprach nicht unsere Sprache, und die Kirche verteidigte die Moral der Gesellschaft.

Der Sozialismus dagegen war eine zeitgemässe, eine zukunftsweisende Religion, er war eine Religion, die uns Freiheit verhiess, eine Religion des Widerstands, der Veränderung: Nicht der einzelne Mensch war nach sozialistischer Ansicht sündhaft und schlecht – die Gesellschaft war schlecht, die Gesellschaft musste sich ändern. Das sprach uns an, das begeisterte uns, und so traten wir in die Kirche des Sozialismus ein. Wir wurden Gläubige, obwohl wir Atheisten waren.

Unsere Prozessionen waren Demonstrationen, unsere Heiligenbilder – Sie erinnern sich – die Portraits von Marx, Lenin, Che Guevara und Ho-Chi-Minh, unsere Bibelzitate waren Sätze wie «Religion ist Opium fürs Volk» und unser kleines Gebetbuch war das Rote Büchlein von Mao Tse-tung. Erst Jahre später erkannte ich, wie gross die Verwandtschaft des Sozialismus mit einer Kirche tatsächlich ist, wieviel der Marxismus-Leninismus mit dem Katholizismus gemeinsam hatte: Dasselbe geschlossene Denksystem, dieselben unanfechtbaren Dogmen – dieselbe Intoleranz gegenüber Andersdenkenden.

Aber damals war mir das nicht bewusst; damals hatte ich nicht das Bestreben, den Sozialismus kritisch zu hinterfragen. Damals hatten wir allein das Bedürfnis, zu *glauben*.

Was aber war es denn, das dem Sozialismus die Kraft und die Ausstrahlung einer Religion gab? Was fanden wir darin – die Linke im allgemeinen und wir, die Maoisten, im besonderen –, das uns so unglaublich faszinierte?

Sie haben vielleicht vorhin gespürt, dass ich heute noch mit einer gewissen nostalgischen Wehmut von den Jahren erzähle, als mein Leben so uneingeschränkt der sozialistischen Utopie gehörte. Es waren dogmatische und fanatische Jahre – und doch tendiere ich noch heute dazu, die damalige Zeit zu verklären. Warum tue ich das?

Lassen Sie mich ein elementares Bild verwenden: Dieser spirituelle Bereich in unserem Innern – ich möchte ihn vergleichen mit einem Waldsee, dessen grünes Dunkel eine unergründliche Tiefe erahnen lässt. Wenn ich deshalb sage: wir müssen der Sache auf den Grund gehen, ist das eigentlich lächerlich, denn wir sehen nie bis zum Grund hinab. Man kann aber doch versuchen, ein Stück weit hinabzutauchen – und da finden wir eine Antwort auf die Frage, warum es damals diese fast religiöse Begeisterung gab für den Sozialismus, da finden wir eine Antwort, die der Wahrheit vielleicht etwas näherkommt.

Nicht nur das Christentum, auch andere Religionen, andere Mythen erzählen ja in irgendeiner Weise vom Paradies, aus dem die Menschheit vertrieben wurde. Sofern Sie für diese Dinge offen sind – Sie brauchen nicht einmal religiös zu sein –, werden Sie mit mir einig gehen, dass ein Mythos, der so stark ist, nicht nur ein archaisches

Hirngespinst ist. Da muss tatsächlich etwas geschehen sein. Offenbar hat die Menschheit am Anfang ihrer Entwicklung eine Metamorphose durchgemacht. Offenbar, so könnte man sich denken, ist sie von einem höheren, eher geistigen Zustand in ihren physischen Zustand gefallen, in das irdische Jammertal, in dem sich die Menschheit seither befindet, in dem wir uns noch heute befinden, von der ersten bis zur letzten Lebensstunde.

Wobei es natürlich immer wieder Momente gibt, das muss ich hinzufügen, wo wir das Jammertal ein wenig vergessen können. Das Mittagessen vorhin war so ein Moment – es hat mir sehr gut geschmeckt. Aber grundsätzlich ist es doch so, dass das tägliche Leben nicht nur ein Honigschlecken ist. Auch der Honig, die Reinheit des Honigs ist ja ein Symbol für das Paradies, das wir verloren haben: Wir leben nicht mehr im Land, wo Milch und Honig fliessen.

Achten Sie einmal darauf, was für ein Gesicht die meisten Menschen machen, wenn sie sich unbeobachtet fühlen. Ein fröhliches, ein glückseliges Gesicht machen wir selten. Warum nicht? Unsere Mienen sind meistens ernst oder bekümmert, unzufrieden, angespannt, vielleicht sogar leidend. Ich sage nicht, dass wir alle unglücklich sind, aber glücklich sind wir ebensowenig. Wann haben Sie das letztemal von sich selber gesagt, dass Sie glücklich sind? Und wenn jemand von sich behauptet: Mir geht es ausgezeichnet! – dann wissen wir alle, dass dieses Wohlgefühl, wenn es überhaupt echt ist, irgendwann wieder kippen wird.

Deshalb sind wir schon dankbar, wenn wir sagen können, dass wir zufrieden sind. Aber selbst dann, wenn wir wirklich zufrieden sind, wenn es uns wirklich gut geht, sogar dann ist es immer ein wenig so, dass uns doch etwas fehlt. Immer sind wir getrieben von irgendwelchen Gelüsten und Ambitionen, immer haben wir Wünsche, die unerfüllt sind, immer ist die Wirklichkeit schäbiger als unsere Traumvorstellung.

Daran leiden wir. Wir leiden an der Unvollkommenheit des Lebens, und unser ganzes Sehnen und Hoffen strebt nach Vollkommenheit. Wir wollen uns nicht damit abfinden, dass unser irdisches Schicksal die Unvollkommenheit ist, wir wollen nicht nur «zufrieden» sein, wir wollen nicht, wie man so sagt, nur eine «halbe Sache». Wir wollen mehr. Wir wollen den Fünfer und das Weggli – eine Redewendung, die offenbar aus den Jahren stammt, als das Weggli noch 5 Rappen kostete; eine volkstümliche Redewendung, die aber eigentlich sehr philosophisch ist. Denn sie bedeutet, dass wir alles wollen. Obwohl man uns immer gesagt hat, man könne im Leben nicht alles haben, wollen wir alles.

Was aber bedeutet *alles*? Es bedeutet, wenn wir es konsequent zu Ende denken, dass wir den Himmel auf Erden wollen. Auch das ist so eine Redewendung, aber es gäbe sie nicht, wenn sie nicht letztlich doch ernstgemeint wäre, wenn sie nicht sogar wörtlich gemeint wäre. Hinter dem Wunsch nach dem vollkommenen Glück, hinter dem Wunsch nach der heilen Welt steht im Grunde die Sehnsucht nach dem Himmel auf Erden, die Sehnsucht nach dem verlorenen Paradies, nach der Rückkehr in jenen geistigen Zustand der Unschuld, in dem die Menschheit einst göttliche Harmonie, vollkommene Gerechtigkeit und vollkommenen Frieden erfahren hatte.

Diese menschliche Ur-Sehnsucht schien der Sozialismus erfüllen zu können. Die neue Gesellschaft, die er verhiess, war eine vollkommene Gesellschaft, der zukünftige neue

Mensch ein vollkommener Mensch. Bis zum Endziel, bis zum Erreichen des Kommunismus, war natürlich ein weiter Weg, das wussten wir, das wussten auch die grossen marxistisch-leninistischen Theoretiker. Sie sprachen nur vage vom Kommunismus, nur unbestimmt – aber diese Unbestimmtheit, diese Realitätsferne, sie musste so sein. Wir wollten kein «realistisches» Ziel. Die Realität – wir nannten sie Kapitalismus – war uns viel zu nüchtern, viel zu begrenzt; wir wollten sie nur noch abschaffen.

Keine Alternative jedoch war für uns der sozialdemokratische Sozialismus. Dagegen sträuben sich mir noch heute die Haare, diese lauwarme Sozialismusvorstellung war das Letzte, das wir gewollt hätten. Wir kämpften für eine echte Utopie – und kein anderer Sozialismus war dafür ein leuchtenderes Beispiel als der chinesische. Das sozialistische China, so schien es uns, war unbefleckt, unberührt von allem, was irdisch war. Und genau das erhofften wir uns, genau das erhofften sich letztlich alle, die sich damals für die Utopie des Sozialismus begeisterten: Sie erhofften sich vom Sozialismus die Befreiung vom Irdischen.

Vergessen Sie nicht, ich spreche hier von unseren unbewussten Motiven, von jenen Beweggründen, die ganz in unserem Inneren lagen. Bewusst war uns dies alles natürlich nicht. Und doch, nach meiner heutigen Auffassung war das der tiefere Grund, warum wir den Kapitalismus so radikal ablehnten: Er war uns zu unvollkommen, zu sehr beschmutzt von der Realität. Der Sozialismus dagegen versprach uns jene höhere, göttliche Dimension, die wir vermissten, nach der wir uns insgeheim sehnten.

Auch die Partei, der ich angehörte, auch sie war ein Ausdruck dieser Sehnsucht. Ihr ganzes Wesen hatte etwas

Klösterliches; und so wie man ins Kloster eintritt, um näher bei Gott zu sein, so waren wir in der SKO, um dem Sozialismus näher zu sein. Das niedrige kapitalistische Leben kam nicht mehr so ganz an uns heran, und das strenge Aufnahmeverfahren sorgte dafür, dass sich niemand in unseren Kreis verirrte, der nicht ebenso gläubig war. In dieser ganzen Burg, an der wir bauten, wehte nicht der Hauch eines Zweifels. Natürlich gab es interne Diskussionen, verschiedene Ansichten über Strategie und Taktik. Aber das höhere Ziel blieb davon unberührt wie ein Heiligtum. Die Utopie des Kommunismus war die schöne ferne Gewissheit, die uns über alle Schwierigkeiten erhob.

Sie merken schon, an der Wahl meiner Worte, dass sich nun gleich etwas ändern wird. Es sollte sich alles ändern. Doch am Anfang, wie immer, war es nur ein Gefühl. Es war nur ein Unbehagen.

Das Unbehagen entstand, weil wir trotz unserer unermüdlichen Aktivitäten, trotz unserer ganzen Agitation und Propaganda offensichtlich erfolglos blieben. Die Arbeiter, die wir gewinnen wollten, morgens um 6 Uhr vor dem Fabriktor – ich fühlte mich immer ein wenig unerwünscht, und ich fror an die Finger –, die Arbeiter liessen sich, bis auf einige Ausnahmen, einige Vorzeigeproletarier, nicht überzeugen. Und die Mitgliederzahlen stagnierten.

Natürlich hatten wir auch dafür eine Erklärung, die uns beruhigte: Die Avantgardepartei darf nur langsam wachsen. Ein zu rasches Wachstum gefährdet die ideologische Reinheit. Wir theoretisierten oder besser: rationalisierten alles auf diese Weise. Doch als dann aus unserer Sektion, der Sektion Zürich, kurz nacheinander mehrere Mitglieder austraten, konnten wir die Augen vor den Tatsachen nicht mehr verschliessen. Nur schon deshalb nicht, weil es vor allem Frauen waren, Genossinnen, die die Partei verliessen. Übrig blieben fast nur noch Männer: Es fehlte nicht viel, und wir wären tatsächlich eine Klostergemeinschaft geworden. Sie sehen, wie der Nebenwiderspruch plötzlich zuschlug. Er wurde ganz unerwartet zum Hauptwiderspruch.

Die Ausgetretenen, das muss ich hinzufügen, verliessen die SKO nicht aus politischen Gründen. Das Ziel des Sozialismus und die Notwendigkeit der Partei stellten sie nicht in Frage, den Glauben wollten sie nicht verlieren. Sie sagten nur: Wir schaffen es nicht mehr. Die ganze Parteiarbeit – sie wird uns zuviel.

Das war neu für uns. Plötzlich waren wir konfrontiert mit persönlichen Gründen. Plötzlich gab es nicht nur, wie bisher, das Kollektiv. Auf einmal wurde der Einzelne wichtig.

Diese ersten Austritte brachten immer mehr Steine ins Rollen. Auch bei uns, die wir noch dabei waren, regten sich individuelle Bedürfnisse. Und vor allem regten sich individuelle Gedanken. Aus dem anfänglichen Unbehagen wurden Zweifel, und aus den Zweifeln wurde Erkenntnis. Wie eine Lawine brach es über uns herein und war nicht mehr aufzuhalten: Nur wenige Monate nach der ersten grossen Krisendebatte, im Frühling des Jahres 1980, lösten wir die Sektion Zürich der SKO offiziell auf. In der übrigen Schweiz hielt sich die Partei nur noch kurze Zeit. Noch im gleichen Jahr existierte sie nirgends mehr.

Sie müssen sich das vergegenwärtigen: Da wird mit fast religiösem Eifer eine Partei gegründet, die sich eine vollkommene Gesellschaft zum Ziel setzt – und nur wenige

Jahre danach wird das alles, praktisch über Nacht, für null und nichtig erklärt.

Doch genau dasselbe, im Grossformat, ist später, 1989 geschehen, als die sozialistischen Staaten in Osteuropa zusammenbrachen, als die Sowjetunion auf einmal am Ende war. Alle diese Staaten hatten sich auf denselben Marxismus-Leninismus gestützt, wie wir es taten – 70 Jahre lang die UdSSR, 40 Jahre lang der übrige Ostblock. Und dann plötzlich, innert Monaten, innert Wochen sogar wurden die ganzen ideologischen Gebäude einfach weggefegt; all das, wovon man glaubte, es gelte für ewig, löste sich plötzlich in Luft auf.

Natürlich sind die früheren Kommunisten heute als Sozialisten zum Teil bereits wieder an der Macht. Doch der Kommunismus als Weltanschauung hat jede Bedeutung verloren. Bis zur Wende wurde an sämtlichen Schulen Osteuropas Marxismus-Leninismus gelehrt, und es war ein so wichtiges Pflichtfach wie Mathematik oder Deutsch. Dann, sozusagen von einem Tag auf den andern, konnte das einfach gestrichen werden. Die marxistisch-leninistischen Fakultäten, die Institute für Kommunismus, die marxistisch-leninistischen Grossverlage, die sozialistischen Denkmäler, die Strassennamen, die Städtenamen – all das wurde einfach aufgelöst, abgeändert und abgeschafft, wie wenn es absolut wertlos gewesen wäre.

Das war es auch. Die ganzen Theorien von der proletarischen Revolution, von der Partei als Avantgarde der Massen, vom Übergang des Sozialismus zum Kommunismus, all das war im Grunde vollkommen wertlos, und so konnte man es wegwerfen wie eine leere Verpackung. Dinge nämlich, die einen Wert haben, wirft man nicht so ohne weiteres weg. Man kann es zwar tun, doch man wird sie vermissen. Dem Marxismus-Leninismus dagegen weint niemand eine Träne nach. Er war die theoretische Legitimation für die sozialistischen Diktaturen. Sobald die Diktaturen entmachtet waren, verlor die Verpackung ihr Existenzrecht.

Dasselbe galt auch in unserem Fall. Das weltanschauliche Gebäude, das wir errichtet hatten, war ein Kartenhaus, ein intellektuelles Kartenhaus, eine Konstruktion ideologischer Phrasen. Und sobald wir uns ein wenig bewegten, geistig bewegten, sobald wir den ersten Luftzug des Lebens hereinliessen, stürzte das Kartenhaus ein.

Es tönt vielleicht sarkastisch, aber die Auflösung der Partei war unsere grösste Leistung. Es brauchte Mut, das eigene Werk wie einen Kehrichtsack vor die Tür zu stellen. Und wir stellten tatsächlich viele Kehrichtsäcke auf die Strasse hinaus, als wir unser Parteibüro räumten. Theoretische Schriften, Broschüren, Flugblätter, stapelweise interne Papiere, vor kurzem noch wichtig, dringend und zukunftsweisend – alles hatte sich in Makulatur verwandelt. Wir transportierten die Säcke eigenhändig in die Kehrichtverbrennungsanlage und warfen sie dort in den riesigen Schlund. Wir hätten das Ganze auch der Altpapiersammlung mitgeben können. Aber das wollten wir nicht. Manchmal ist Recycling nicht die beste Lösung. Der symbolische Akt des Verbrennens war irgendwie wichtig.

Und dann, was kam danach? – Das erste Gefühl nach der Auflösung der Partei war ein Gefühl des Befreitseins, das Gefühl, nichts mehr zu müssen, nicht mehr vorantreiben zu müssen, der gestrengen Partei nichts mehr schuldig zu sein. Doch was darauf folgte, war etwas ganz anderes. Was darauf folgte, war das schleichende Gefühl der Ernüchterung.

Wir hatten jahrelang an etwas Grosses geglaubt, für etwas Grosses gekämpft, das nichts wert war: Das merkten wir nun, es wurde uns voll bewusst. Mit einem Schlag holte uns die Realität auf den Boden zurück. Plötzlich waren wir keine Kommunisten mehr, keine Auserwählten, sondern Menschen wie andere auch. Plötzlich war nicht mehr alles, was wir taten, bedeutungsvoll und stets auf das grossartige Ziel ausgerichtet – plötzlich hatten wir ein normales Leben mit normalen Problemen. Der rötliche Schimmer, der über allem gelegen hatte, war weg, und alles wurde so, wie wir es gerade nicht gewollt hatten:

Alles wurde ganz irdisch.

Diese Ernüchterung, liebe Anwesende – sie war nicht nur unser Problem. Sie war das Schicksal der ganzen 68er-Linken.

Lassen Sie mich noch einmal zurückblicken: Am Anfang hatte sich die revolutionäre Linke nicht nur als Kämpferin gegen den Kapitalismus gesehen, sie sah sich in erster Linie als Kämpferin *für* etwas, *für* die Revolution, *für* den Sozialismus. Die Utopie stand im Vordergrund; alle konkreten politischen Themen, ob es nun der Vietnamkrieg war, ob es Chile war, der Kampf gegen Atomkraftwerke, der Kampf für das Recht auf Abtreibung, die Arbeit in den Gewerkschaften – alles war dem grossen Ziel der neuen Gesellschaft untergeordnet, jeder politische Fortschritt war ein Fortschritt auf dem Weg zur Revolution.

Auf diese erste Phase, auf die Phase der Gläubigkeit, folgte die Krise. Ich gebe zu, im Falle unserer Partei kam die Krise sehr plötzlich und radikal. Aber ich denke, das ist leicht zu erklären: Je grösser die Euphorie, um so steiler der Absturz. In der übrigen Linken vollzog sich derselbe Prozess in gemässigter Form, im Verlaufe von Jahren, allmählich. Doch was im Grunde genommen geschah, war dasselbe: Der Glaube an das grosse positive Ziel, die schwärmerische Überzeugung, eines Tages alles verändern zu können, eines Tages den neuen Menschen schaffen zu können – dieser Glaube verblasste, seine Kraft schwand. Und das einzige, was noch übrigblieb, war das Negative, war die Verneinung, war die Ablehnung des Kapitalismus. Immer mehr 68er-Linke traten sogar in die SP ein. Aus dem Sozialismus als Religion wurde sozialistische Realpolitik. Oppositionspolitik. Man beschränkte sich immer mehr auf die Kritik am System.

Die Ernüchterung war notwendig und heilsam. Doch das Verhängnisvolle und Tragische war, dass nachher nichts Neues folgte. An die Stelle dessen, was wir verloren hatten, trat keine Alternative. Die 68er-Linke blieb sitzen auf ihrer realistisch gewordenen Weltanschauung, sie blieb sitzen auf den Träumen, die sie begraben musste.

Ich sage das ohne Überheblichkeit, denn auch ich habe zur Linken gehört, und was seither geschehen ist, lässt mich nicht gleichgültig. Ich bin auf ein Bild gekommen: Damals, 1968, wurde ein Feuer entzündet, und dieses Feuer brannte, loderte während Jahren. Dann begann es zusammenzubrechen. Es brach zusammen, weil der grosse Traum in Wirklichkeit nur ein Dogma war, nur eine Fälschung, eine irdische Fälschung.

Aber noch immer stehen jene, die das Feuer mit ihrer Hoffnung damals entzündet haben, um die erkaltete Feuerstelle herum, versuchen vergeblich, ihre Hände zu wärmen, wünschen sich vergeblich, dass das Feuer vielleicht noch irgendwo glüht, dass es irgendwo wieder aufflackert, und kommen nicht los von ihm. Ein anderes Feuer haben sie nie zu entzünden versucht, sie wüssten nicht, was für eines. Sie können sich noch heute kein anderes Feuer vorstellen als das grosse, verlöschte Glaubensfeuer des Sozialismus.

Ich bin überzeugt, es ist die Mehrheit, die grosse Mehrheit der Neuen Linken, die heute noch so empfindet. Ein anderer Teil jedoch, eine Minderheit, hat den Platz an der Feuerstelle schon längst verlassen. Ich spreche von all jenen, die die Fronten gewechselt haben, die weltanschaulich und meist auch beruflich voll und ganz in den Schoss des Kapitalismus zurückgekehrt sind. Sie betrachten ihr früheres Engagement als Jugendsünde – und haben für ihre Genossen von damals, die noch immer in der Asche des einstigen Feuers herumstochern, nur ein nachsichtiges Lächeln übrig.

Beiden Gruppen gemeinsam ist, dass sie – weltanschaulich gesehen – realistisch geworden sind. Sowohl der Nicht mehr-Linke als auch der Immer-noch-Linke, beide sind sie zum gleichen, ernüchternden Schluss gekommen: Man kann nicht alles haben. Man kann nicht den Himmel auf Erden haben.

An diesem Punkt, verehrte Anwesende, möchte ich nun zurückkommen auf meine eigene Biografie. Auch ich fühlte damals diese Ernüchterung, nach dem Zusammenbruch der Partei, und auch ich könnte heute einer derjenigen sein, der noch immer am Feuer steht, am verlöschten, und noch heute beklagt, dass die politische Realität eben stärker war als die Utopie. Wie es kam, dass ich einen ganz eigenen Weg einschlug, das möchte ich Ihnen jetzt schildern.

Im Mai hatte sich unsere Parteisektion faktisch aufgelöst, im Mai des Jahres 1980. Diese Jahreszahl, Sie wissen es, sollte für die Stadt Zürich eine besondere Bedeutung bekommen – und dasselbe Jahr sollte auch für mich ein aussergewöhnliches werden.

Am Abend des 30. Mai – es war ein Freitagabend – begab ich mich mit einem Genossen zusammen an eine kleine Protestkundgebung. Die Kundgebung sollte vor dem Zürcher Opernhaus stattfinden, und der Anlass dafür war ein umstrittener 60-Millionen-Kredit für das Opernhaus. Früher hätte uns die Partei an die Kundgebung delegiert – diesmal war es zum erstenmal die rein persönliche Motivation, die uns antrieb.

Als wir beim Bellevueplatz ankamen, war die Stimmung vor dem Opernhaus recht aggressiv. Ein starker Polizeikordon schützte die eintreffenden Opernbesucher vor den paar Dutzend Demonstranten, die zum Teil in unserem Alter, Mitte bis Ende Zwanzig, zum Teil aber einiges jünger waren. Ein paar Eier und Farbbeutel wurden geworfen – doch nur wenig später, nach einem Scharmützel mit der Polizei, schien sich die Kundgebung aufzulösen, und der Genosse und ich, wir gingen Pizza essen.

Mitten im Essen hörten wir plötzlich den Knall von Petarden, dann Rufen und Johlen, neue Petarden und ständig die Polizeisirene. Ob wir die Pizza zu Ende assen, weiss ich nicht mehr; jedenfalls eilten wir, Minuten später, zum Bellevue zurück – und gerieten in eine Strassenschlacht, wie wir sie in Zürich noch nie erlebt hatten. Umgestürzte Container als Barrikaden, Steine werfende Demonstranten, Polizisten in Kampfmontur, dann die ersten Gummigeschosse, immer mehr Schaulustige, plötzlich Tränengas, Demonstranten, die durch die Gassen der Altstadt flüchteten, das Klirren von Schaufenstern: Zürich war wie verwandelt. Aus dem Funken der Opernhauskundgebung war ein Steppenbrand geworden – der Steppenbrand der «Bewegung».

Denn so hiess die Bewegung, die an diesem Abend entstanden war und Zürich für ein ganzes Jahr auf den Kopf stellen sollte: Sie hiess einfach «Bewegung», und das war sie auch, sie war eine Bewegung im ganz buchstäblichen Sinn – und vor allem war sie das völlige Gegenteil zu den Jahren, die ich hinter mir hatte, den Jahren in der Partei.

Es kommt mir noch heute so vor, als hätten wir die Bewegung vorausgeahnt. Denn Sie müssen zugeben, es war schon ein seltsamer Zufall, dass das Ende unserer Partei in genau diese Zeit fiel. Wir wollten bereit sein für die Bewegung, so scheint mir – oder vielleicht muss ich sagen: Ich wollte bereit dafür sein, ohne Vorbehalte, ohne ideologische Fesseln, bereit, das alles voll in mich aufzunehmen. Und ich möchte Sie schon jetzt um Verständnis bitten, wenn ich die Bewegung, die doch zum Teil so gewalttätig war, nur positiv darstelle. Aber sie hat in mir soviel ausgelöst, sovieles bewegt, dass jede andere Darstellung ungerecht wäre.

Nach jenem ersten Krawall ass ich keine Pizza mehr im falschen Moment. Ich war dabei – an jeder Vollversammlung, an jeder Demo. Ich war dabei, als wir zu Tausenden auf der Quaibrücke standen und die Polizei sich zurückziehen musste; ich erlebte, wie die Behörden, auf unseren Druck hin, das Autonome Jugendzentrum eröffnen mussten; ich erlebte, wie es wieder geschlossen wurde; wie es zu erneuten Krawallen kam, und wie diese Krawalle nicht mehr aufhören wollten, bis die Behörden das Jugendzentrum wieder freigeben mussten.

Ich war so leidenschaftlich dabei wie all die Jahre vorher als aktiver Kommunist. Doch während des ganzen ersten halben Jahres ergriff ich an den Vollversammlungen kein einziges Mal das Wort.

Ich hörte nur zu – und war sprachlos. Denn ich kannte nur die politische Sprache, die Sprache des Intellekts; die Sprache der Bewegung dagegen war neu für mich. Das ganze Wesen dieser Bewegung war neu für mich. Mein bisheriges Denksystem geriet aus den Fugen.

Ich hatte jahrelang auf ein politisches Ziel hin gearbeitet, auf ein Ziel hin gelebt – die Bewegung aber hatte keine politischen Ziele. Sie wollte nicht für die Zukunft leben, sie wollte *subito* leben, jetzt oder nie. Sie forderte zwar ein Haus, ein autonomes Territorium, aber sonst hatte sie keine Forderungen, keine realistischen Forderungen.

Wir als Kommunisten hatten die Abschaffung des Staates für die Endphase des Sozialismus vorgesehen – ein langer Weg bis dorthin. Die Bewegung sagte: «Macht aus dem Staat Gurkensalat!» So einfach war das. Was die Bewegung tat, war politisch nicht sinnvoll. Es war sogar völlig sinnlos. Die Arbeiterklasse hatte bestimmt kein Verständnis für eine Nacktdemo. Flugblätter ohne Forderungen, Demonstrationen ohne Transparente ermöglichten keinen politischen Fortschritt. Die legendäre Fernsehdiskussion, in der die Bewegten «müllerten» anstatt sich zu erklären, um Verständnis zu werben – ein solches Auftreten brachte der Bewegung gewiss keinen Goodwill. Aber das interessierte sie gar nicht. Sie wollte weder verstanden werden noch Goodwill schaffen, und überzeugen wollte sie auch nicht. Sie hatte keine Chefideologen, keine Cohn-Bendits und keinen Dutschke, sie besass kein Programm, keine Pressesprecher, keine Info-Broschüren, nichts, woran man sich halten konnte – und doch mobilisierte und bewegte sie eine grössere Zahl von Menschen, als es der 68er-Linken in Zürich jemals gelungen war.

Die Stadt war ein Jahr lang zweigeteilt in Bewegungsgegner und Bewegungssympathisanten, und ich wage zu behaupten, dass die heimlichen Sympathien in der Überzahl waren. Der «Eisbrecher», die Bewegungszeitung, bei der ich mitmachte, fand reissenden Absatz, und die Enttäuschung der Leser war gross, als wir auf dem Höhepunkt des Erfolges beschlossen, das Blatt wieder sterben zu lassen.

Nur eine kleine Episode: Als ich den «Eisbrecher» an der Bahnhofstrasse verkaufte, trat aus der Parfümerie nebenan auf einmal eine Verkäuferin – perfekt aufgemacht, wie es sich für die Bahnhofstrasse gehört – und wollte gleich mehrere Exemplare, für sich und ihre Kolleginnen, wie sie sagte. Sie verhielt sich, als würde sie etwas Verbotenes tun, aber den «Eisbrecher» musste sie unbedingt haben. Sie musste ihn haben, obwohl das Schaufenster der Parfümerie noch immer gezeichnet war von der jüngsten Krawallnacht.

Das war so ein Beispiel. Oder eine weitere Episode: Als ich die damalige Zürcher Klatschtante, Hildegard Schwaninger, für den «Eisbrecher» interviewte, was tat sie nachher? Sie bestellte 20 Stück davon, weil sie so stolz war, dass das berüchtigte Blatt der Bewegung mit ihr gesprochen hatte.

Solche Geschichten gab es unzählige, denn in diesem Widerspruch lebte die Stadt: Sie lebte im Widerspruch, dass sie die Radikalität der Bewegung politisch verurteilen musste, dass sie aber gleichzeitig fasziniert davon war.

Diesen Zwiespalt hatte auch ich zuerst in mir überwinden müssen. Radikalität ohne Sinn, ohne politisches Ziel, das hätte ich früher ablehnen müssen, ich hätte es politisch falsch finden müssen, «kontraproduktiv», wie es in der Politsprache heisst. Nun aber merkte ich, wie mich diese spontane, anarchische Radikalität gerade anzog, wie sie mich geradezu ansteckte.

Eines Abends sassen wir, ein paar Leute aus der Bewegung, in der Küche einer Wohngemeinschaft und berieten, was wir tun könnten. Ein Sympathisant der Bewegung hatte uns 1000 Franken zukommen lassen – Sie haben recht gehört: 1000 Franken – und es unserer Phantasie überlassen, was wir damit anfangen wollten. Nun hatten wir das ganze Geld in Farbkübel investiert und überlegten hin und her, wo all diese Farben wohl am besten zur Geltung kämen.

Es war schon 1 Uhr morgens, als wir uns endlich entschieden hatten. Wir packten die Kübel in ein Auto und begaben uns, die einen per Auto, die andern per Velo, in die nächtliche Innenstadt. Dort trafen wir uns, wie verabredet, in unmittelbarer Nähe eines Platzes, der tagsüber zu den Verkehrsknotenpunkten der City gehört. Oberhalb des Platzes verläuft eine grosse Mauer, und über diese Mauer hinunter leerten wir unsere Farbkübel aus, eine Farbe neben der andern – bevor wir uns, in getrennten Richtungen, im Dunkel der Nacht davonmachten.

Am andern Morgen kehrten wir dann, jeder einzeln, an den Tatort zurück, um unser Werk, wie viele andere Passanten, bei Tageslicht zu besehen. Und ich glaube, ich darf auch heute noch sagen, dass es wirklich sehr schön aussah.

Warum erzähle ich Ihnen diese Geschichte? Erstens einmal, weil ich sie endlich verraten möchte. Zweitens aber, um Ihnen zu illustrieren, wie mich die Bewegung veränderte. Vorher, in meinen Jahren als politisch engagierter Linker, hätte ich an einer solchen Aktion niemals mitgemacht. Stellen Sie sich das vor: 1000 Franken, einfach vergeudet für ein paar Kübel Farbe! Und die Farbaktion selbst – ohne jede politische Botschaft, nicht einmal ein Spruch an der Mauer, nichts! Es war eine Aktion völlig ohne Worte.

Aber genau das sagte mir zu, diese ganz andere Sprache, diese andere Dimension, die da plötzlich ins Spiel kam. Meine politischen Jahre erscheinen mir heute, im Rückblick, als eine vor allem «männliche» Zeit: Die freiwillige Aufopferung für eine grosse Idee, die Strenge und Konsequenz, mit der wir unsere Überzeugung vertraten, die Geringschätzung der persönlichen Bedürfnisse, die Überbetonung des Intellekts, alle diese doch eher männlichen Eigenschaften praktizierten wir teilweise bis zum Exzess.

In der Bewegung dagegen dominierte das Undogmatische, das Phantasievolle, das Nicht-Vernünftige, das Nicht-Realistische – Elemente, die bis anhin eher als «weiblich» galten. Die Bewegung durchbrach die Geschlossenheit, die Einseitigkeit meines Denksystems, und es strömte Leben hinein. So wie eine Frau einen Mann verändert, so war das, was ich damals erlebte. Und dazu passte auch, dazu passte sehr sogar, dass ich mich ebenfalls im Jahr der Bewegung unsterblich verliebte – und es übrigens heute noch bin.

Sie sehen, in diesem Jahr 1980 kam bei mir vieles zusammen. Sie kennen das vielleicht aus Ihrem eigenen Leben: Es gibt solche Jahre, da scheint sich alles gleichzeitig zu verändern. Doch den Zusammenhang merkt man meistens erst später.

Was die Bewegung für mich bedeutete, das war mir damals noch nicht bewusst. Es war erst ein Gefühl. Ich spürte, dass meine bisherige rationalistische Weltsicht – die auch mein ganzes Verhalten, meine Aktivitäten bestimmte –, dass diese Weltsicht zu eng und vielleicht sogar falsch war. Die Bewegung, würde ich heute sagen, verhalf mir zur Entdeckung der irrationalen Seite des Lebens. Ich hätte das Irrationale schon früher entdecken können, ich hätte es schon entdecken können in meinem Glauben an den Sozialismus. Dieser Glaube war nicht rational – ich habe davon gesprochen. Aber das alles durchschaute ich nicht, als ich mittendrin stand. Meine Hingabe an die sozialistische Utopie erschien mir in meiner Parteizeit überhaupt nicht als Glaube. Sondern stets als vernünftige politische Überzeugung.

Nun aber trat mir das Irrationale unverkleidet entgegen – in der Gestalt der Bewegung. Und damit begann die Veränderung, damit geriet bei mir alles in Fluss. Je mehr ich diesen Impuls erlebte und in mich aufnahm, um so mehr ahnte ich, dass die Erschütterung meines Denksystems notwendig war, dass sie gut war. Ich liess die Verunsicherung zu, ohne sogleich wieder abzublocken, ohne das alte Denken sogleich wieder einzuschalten. Ich wollte mich mitreissen lassen.

Als an einer Vollversammlung ein Linker aufs Podium trat und sein Votum mit den Worten begann: «Genossinnen und Genossen!» wurde er spontan ausgepfiffen. Und ich weiss noch, ich hatte kein Mitleid mit ihm, ich fand, er war selber schuld. Hätte er doch einfach mal zugehört, hätte er das alles erst einmal auf sich wirken lassen, dann hätte er merken können, dass hier niemand politisch agitiert werden wollte; er hätte merken können, dass die Bewegung nicht aus Genossinnen und Genossen bestand, sondern aus Individuen, deren Gemeinsamkeit kein abstraktes Ziel war, sondern der Augenblick, allein das Erleben des Augenblicks.

Der Genosse merkte es nicht. Er merkte nicht, warum er ausgebuht wurde.

Viele Linke und Alternative, viele aus all den Jahren seit 1968 schlossen sich der Bewegung an; und wer nicht aktiv teilnahm, war doch mindestens am Rande, an den grossen Demonstrationen dabei – oder fieberte innerlich mit. Die geballte Ladung an Phantasie und Radikalität, die da plötzlich zum Ausbruch kam, liess niemanden ungerührt. Auch waschechte 68er, solche, die schon weit über Dreissig waren, spürten das alte Kribbeln wieder. Das schleichende Gefühl der Ernüchterung, das ich Ihnen geschildert habe, war auf einmal wie weggeblasen. Aus dem verlöschenden Feuer – um noch einmal das Bild zu verwenden –, aus dem verlöschenden Feuer schlug eine neue Flamme.

Denn die erstaunliche Kraft dieser unverhofften neuen Bewegung, dieses Gefühl an manchen Wochenenden, dass die ganze Innenstadt uns gehörte, und die Erfahrung, diese berauschende Erfahrung, dass wir Macht hatten, dass die Stadt sich uns beugen musste, all das weckte von neuem die grosse Verheissung – die Hoffnung auf den Zusammenbruch der herrschenden Ordnung, die Hoffnung, alles werde sich ändern.

Diese Erwartung hatte auch ich. Seit der Auflösung unserer Partei wusste ich, dass ich mein Leben nicht für eine ferne utopische Zukunft hergeben wollte. Die Zukunft interessierte mich gar nicht mehr. Ich wollte jetzt leben, ich suchte die Utopie in der Gegenwart – und fand sie in der Bewegung. In ihrer Lebensgier, in ihrem Radikal-sich-ausleben-wollen erschien sie mir als der einzige, als der letzte Ausweg. Sie war für mich die wild wuchernde, blühende Pflanze, die aus den Ruinen einer kaputten Zivilisation emporwuchs.

Doch dann ging die Bewegung zu Ende. Und dieses Ende begann, wenn man es im Rückblick betrachtet, mit der zweiten und eigentlichen Eröffnung des Autonomen Jugendzentrums. Als die einzige «realistische» Forderung der Bewegung endlich erfüllt war, als die Bewegung konfrontiert war mit ihrem eigenen Alltag, mit dem Alltag im AJZ – an diesem Punkt begann sie ihre Ausstrahlungskraft zu verlieren. Man könnte auch sagen: Der Augenblick, als sie sich auf die Realität einliess, als sie gewissermassen vernünftig wurde, war der Anfang von ihrem Ende.

Die ersten Anzeichen des Zerfalls traten ein, man rieb sich auf an internen Problemen, und damit begann auch die Stunde der Abrechnung: Es kam zu den ersten Prozessen, Bewegte landeten im Gefängnis, die Stadt wurde wieder regierbar. Und als das AJZ später dann, eines Tages, von den Behörden geschlossen, unwiderruflich geschlossen und kurz darauf niedergerissen wurde – nur der Baum davor durfte stehenbleiben –, da war die Bewegung schon lange am Boden, und sie konnte sich nicht mehr erheben.

Dies alles zu spüren, dieses Abserbeln miterleben zu müssen, war natürlich schlimm. Es war unerträglich. Und weil es unerträglich war, versuchte die Bewegung mit allen Mitteln, sich am Leben zu erhalten. Sie war nicht mehr einfach Bewegung, sie wurde zu einer «Bewegung» in Anführungszeichen, sie forcierte, was nicht mehr von selbst entstand. Ihre Sprache, ihre ganze Art wurde immer politischer, ideologischer. Aus dem Staat machte man nicht mehr Gurkensalat – der Staat wurde wieder zum Feind, den es konsequent zu bekämpfen galt. Die Radikalität war noch da, aber sie wurde von Mal zu Mal phantasieloser, sie wurde gewalttätiger und verbissener, und im gleichen Masse schwanden auch die Sympathien für die Bewegung. Ein Sterbeprozess setzte ein, nur wollten wir es nicht wahrhaben.

Auch ich wollte es am Anfang nicht wahrhaben. Auch ich suchte nach den Schuldigen und klagte den Staat an, den Staatsapparat, der die Bewegung zu kriminalisieren versuchte, der überhaupt jeden militanten Widerstand unterdrücken wollte. Sie sehen, wie sich die Sprache veränderte, wie sie härter und kälter wurde. Auch meine Sprache verhärtete sich.

Es gab damals ein Thema, das immer wichtiger wurde: die Solidarität mit den Gefangenen. Zuerst ging es vor allem um Leute aus der Bewegung, aber dann sagten wir uns: Wir müssen alle Gefangenen unterstützen. Das war auf einmal ganz wichtig, dieses Thema Gefangensein und Isolationshaft, und es wurde auch für mich ein wichtiges Thema. Aber ich glaube, das hatte damit zu tun, dass ich mich selber gefangen fühlte – gefangen in diesem Gefühl der Ernüchterung, wie ich sie schon einmal erlebt hatte. Schonungslos nahm sie von uns Besitz.

Wir hatten ein Jahr lang im Rausch der Bewegung gelebt, im Rausch des Augenblicks, ohne uns um die Zukunft zu kümmern. Doch nun sah es plötzlich so aus, als hätten wir tatsächlich keine Zukunft mehr vor uns. No future –

das war nicht nur ein modischer Slogan in jener Zeit, das war eine Grundstimmung, die gegen das Ende der Bewegung immer schwärzer, immer bedrückender wurde; und es war eine Grundstimmung, die durch den Zustand, in dem sich die Welt befand, bedrohlich bestätigt wurde.

Ich nehme an, Sie erinnern sich an die damals, 1981, geplante Stationierung der NATO-Mittelstreckenraketen. Diese neue Steigerung im Wettrüsten der Supermächte, das war eine ernste Situation für Europa, auch wenn die NATO vielleicht gute Gründe hatte für die Raketenstationierung. Aber das Gefühl einer akuten Bedrohung war da. Und dieses Gefühl, diese Angst erhielt zusätzliche Nahrung durch die gleichzeitige wachsende Erkenntnis der weltweiten Umweltzerstörung. Die Horrorvision einer Menschheit, die nur noch mit der Gasmaske überleben konnte, schien auf einmal sehr realistisch. Man hatte damals, mehr denn je, den beklemmenden Eindruck, die Welt könnte jederzeit vor die Hunde gehen.

Diese apokalyptische Stimmung, in die man sich hineinsteigern konnte, und gleichzeitig die Bewegung, die in den Todeskrämpfen lag – all das liess keine Hoffnung mehr übrig. Die letzten Sprayfiguren an den Betonmauern der Stadt, diese später preisgekrönten Figuren, sie waren so kläglich dünn, dass sie fast im Beton verschwanden. Wie diese Strichfiguren, so waren auch wir. Wir spürten uns fast nicht mehr.

Mitten in dieser Endzeitstimmung fand am 5. Dezember 1981 in Bern eine Friedenskundgebung statt, eine der grössten Schweizer Friedensdemonstrationen der Nachkriegszeit. Schon im Zug dahin – es war ein Extrazug – schienen sämtliche Linken, Alternativen und ehemaligen Bewegten aus Zürich versammelt, die ganze Szene war da; und in Bern wuchs die Menge der Demonstranten auf mehrere zehntausend Menschen an. Sie alle waren gekommen, um zu demonstrieren für Frieden und Abrüstung. Und eigentlich hätte mich diese riesige Menschenmenge auf dem Bundeshausplatz beeindrucken müssen.

Aber sie beeindruckte mich überhaupt nicht. Sie deprimierte mich. Die Unverbindlichkeit dieser Massendemonstration für den Frieden, dieses brav nach Konzept verlaufende Kundgebungsritual mit der üblichen Resolution am Ende machte alles noch schlimmer. Das verstärkte in mir, was ich sowieso schon empfand: die Ohnmacht, nichts mehr verändern zu können. Nach der Erfahrung der Bewegung war es mir nicht mehr möglich, mich mit einer solchen Demonstration zu begnügen; und ich merke gerade, ich würde mich noch heute nicht damit abfinden können.

Da waren mehrere zehntausend Menschen versammelt – und alle diese Menschen, die aus der ganzen Schweiz hierhergereist waren, sollten im Grunde nur deshalb gekommen sein, um einige vorbereitete Friedenspostulate abzusegnen? Alle diese Menschen sollten wieder nach Hause fahren, ohne wenigstens ein Zeichen zu setzen?

Nein, das durfte nicht sein.

Und da geschah nun etwas ganz Unerwartetes, mit dem niemand gerechnet hatte. Vor allem war es etwas, mit dem auch ich nicht gerechnet hatte. Ich hatte das nicht geplant, ich schwöre es Ihnen, es überkam mich ganz plötzlich: Ich drängte mich nach vorn, zur Rednertribüne, ich erkämpfte mir das Mikrofon und rief in die Menge hinaus: Zu einer Schlussresolution für den Frieden gehöre auch die Forderung nach der Abschaffung der Armee.

Das Publikum reagierte darauf mit riesigem Beifall, und die Stimmung auf dem weiten Platz war nicht mehr wiederzuerkennen. Und obwohl die Organisatoren das Ganze abzubiegen versuchten, wurden sie schliesslich gezwungen – durch Sprechchöre und weitere Wortmeldungen –, über die Forderung abstimmen zu lassen.

Ich muss Ihnen nicht erzählen, wie diese Abstimmung ausging. Das Votum der Menge war unmissverständlich. Und Sie erinnern sich bestimmt an die Zeitungsberichte, am Montag danach: Friedensdemo fordert Abschaffung der Armee. Das löste damals grosses Erstaunen aus. Plötzlich war diese Forderung da. Und wir wissen heute auch, wie dann später, ein knappes Jahr später die ‹Gruppe für eine Schweiz ohne Armee› gegründet wurde, und wie es bereits 1989 zur Volksabstimmung kam. Damals in Bern hätte eine solche Entwicklung noch niemand für möglich gehalten. Auch ich nicht.

*

Verehrte Anwesende, was ich an dieser Stelle zuletzt möchte, wäre ein Abgleiten auf eine Armeediskussion. Ich möchte mit meinen Ausführungen auf der weltanschaulichen Ebene bleiben, auf der höheren Ebene sozusagen. Und sowieso ist die Frage Schweizer Armee Ja oder Nein auch heute noch eine schwierige, hypothetische Frage, die man nicht mit wenigen Worten erledigen kann.

Lassen Sie mich deshalb noch einmal zurückkehren zu jenem Augenblick, als ich mich in Bern nach vorne zum Podium drängte: Was geschah in jenem Moment?

Ich muss vielleicht klarstellen, dass die Forderung nach Abschaffung der Armee nicht von mir stammt, ich habe sie nicht erfunden. Sie wurde als ketzerische Idee schon früher einmal geäussert. Aber das wusste ich gar nicht. Ich hatte nur in der Zeitung gelesen, dass die Jungsozialisten ausgerechnet am Wochenende der Friedensdemo ein Seminar veranstalten wollten, mit dem Thema Abschaffung der Armee. Das hatte ich gelesen, und die Radikalität der Idee, das Utopische und zugleich Konkrete daran hatte mich angesprochen.

Aber ich reiste nicht nach Bern mit dem Vorsatz, die Abschaffung der Armee zu fordern. Darauf kam ich erst im letzten Moment, als die Schlussresolution schon fast verabschiedet war.

Und dann, Sekunden später, stand ich schon auf dem Podium. Was nun geschah, ist ganz wichtig. Ich sagte dem Sprecher des Organisationskomitees – ausser Atem natürlich –, dass ich auch noch eine Forderung hätte. Er fragte zurück, irritiert, überrascht:

«Von wem denn??»

«Von mir», sagte ich, «nur von mir!»

Das war meine Antwort. Seine verständliche Annahme, dass ich zu einer Gruppe gehörte, dass das Ganze eine vorbereitete Störaktion war – diese Annahme war falsch. Ich kam von keiner Gruppe, diesmal nicht. In diesem Augenblick meiner weltanschaulichen Entwicklung vollzog ich den Schritt vom «wir» zum «ich». Das war das Entscheidende, das für mich Entscheidende dieses Augenblicks. Nicht die Forderung selbst.

Seit meiner politischen Bewusstwerdung hatte ich immer nur «wir» gesagt. Jahrelang hatte ich «Wir Kommunisten» gesagt, danach empfand ich mich als Teil der Bewegung und letztlich natürlich als Linker. Immer dachte ich, wie die Gruppe dachte, immer sprach ich im Namen der gemeinsamen Sache, im Namen der gemeinsamen Weltanschauung.

Auch an die Friedensdemo war ich mit andern zusammen gereist, mit Leuten, die ich von der Bewegung her kannte. Doch die Bewegung, ich habe es Ihnen geschildert, sie war am Ende und das Wir-Gefühl kaum noch spürbar. Es gab nicht mehr diese starke Gemeinsamkeit zwischen uns, die uns ein Jahr lang getragen hatte. Das einzige Gemeinschaftsgefühl in diesem Moment war die Gemeinsamkeit der Zehntausenden, die da versammelt waren: die Gemeinsamkeit der Opposition, dieser Opposition im Land, der auch ich angehörte.

Aber ich sagte es Ihnen schon: Diese Gemeinsamkeit deprimierte mich. Weil sie passiv verharrte, weil sie nicht lebte. Das Gefühl des Gefangenseins in den Grenzen des Kollektivs – ich hatte es vielleicht nie extremer empfunden als an jenem grauen Dezembertag auf dem Bundesplatz. Ich musste ausbrechen. Anders gesagt, ich musste den Mut haben, mich dem Wir-Gefühl entgegenzustellen.

Das ist es, was am 5. Dezember 1981 bei mir geschah: Zum erstenmal, in weltanschaulicher Hinsicht, sprach ich nur für mich selbst. An jenem Dezembertag, der plötzlich nicht mehr grau und trübselig war, begann für mich der Weg zu einem persönlichen Denken.

Ohne das Jahr der Bewegung, das muss ich sogleich hinzufügen, hätte ich diesen Mut nicht gehabt. Allein nach vorne zu gehen, ohne eine Gruppe, die hinter mir stand, und das ganze Konzept einer Grossdemonstration zu durchbrechen, mit einer Forderung, die damals noch völlig utopisch war – das hätte ich mich davor nicht getraut, dazu brauchte es den Impuls der Bewegung. Durch die Bewegung lernte ich mich über Grenzen, vorhandene Grenzen hinwegzusetzen.

Was das im Grunde bedeutete, was es weltanschaulich, geistig bedeutete, wusste ich damals noch nicht. Aber ich weiss noch, dass ich auf der Heimfahrt von Bern ein so gutes Gefühl hatte wie schon lange nicht mehr.

Doch dann, was geschah dann? Die Stimmung in Zürich, innerhalb der linken und alternativen Szene, war noch immer dieselbe. Ein toter Punkt war erreicht – darüber hinaus gab es nichts. Ich hatte bereits im Sommer, noch im Elan der Bewegung, mit einem Kollektiv eine Wochenzeitung gegründet, eine unabhängige linke Wochenzeitung, die «WoZ», Sie kennen sie alle; und für diese Zeitung schrieb ich nun, ihr gehörte mein Engagement. Doch was konnte die Zeitung anderes sein als ein Spiegel der grossen Ernüchterung?

Diesen Zustand, diese Perspektivlosigkeit zu beklagen und immer wieder, unaufhörlich die Mächtigen anzuprangern – das konnte ich plötzlich nicht mehr. In Bern war in mir etwas aufgebrochen. Ich konnte nicht mehr zurück in das kollektive Kultivieren der Ohnmacht, in den kollektiven Zynismus, in die Selbstgerechtigkeit dieses Wir-Gefühls. Und ich fragte mich zum erstenmal, ob ich überhaupt noch ein Linker war. Denn ich spürte, dass ich zu niemandem mehr gehören wollte. Ich wollte kein Teil mehr sein. Ich wollte das Ganze sein.

Das war natürlich erst ein Gefühl. Doch als ich merkte, wie allein ich war mit diesem Gefühl, entstand in mir das Bedürfnis, tatsächlich, auch geographisch allein zu sein. Und so floh ich denn, nur wenige Wochen nach dem 5. Dezember, wo ich mich das erste Mal aus der Menge herausgewagt hatte – ich floh in die Berge. Ich ging ins Exil, um buchstäblich zu mir selbst zu kommen. Und das Exil war zuhinterst im Glarnerland.

In Braunwald.

*

Liebe Anwesende, ich komme damit zum letzten Teil der Odyssee, von der ich Ihnen erzählen wollte. Zum erstenmal ändert sich nun der Schauplatz: Alles, was ich Ihnen bisher schilderte, spielte in Zürich, in der Stadt. Und jetzt also der Schritt in die Berge, der Schritt in die Einsamkeit. Zum erstenmal brauchte ich nicht mehr die Inspiration durch andere Menschen, durch eine Gruppe – ich suchte die Inspiration in mir selbst.

Das konnte die Glarner Kantonspolizei natürlich nicht wissen, als sie von meiner Anmeldung in Braunwald erfuhr. Sie fragte in Zürich an, wer ich sei, und die Zürcher Kantonspolizei – das weiss ich inzwischen aus meiner freigegebenen Fiche – informierte darauf die Glarner Kollegen über meine Person. Dabei hatte ich doch zum erstenmal nichts anderes im Sinn, als nachzudenken.

Äusserlich geschah wenig – und doch passierte so viel wie noch nie. Ich fühlte mich in Braunwald erneut «in Bewegung», nur war es diesmal die Bewegung in meinem Innern, es war meine Bewegung.

Das äusserte sich zuallererst darin, dass ich kreativ wurde, dass ich das Schreiben als etwas Kreatives wiederentdeckte. Ich schrieb eine Kolumne für eine linksalternative Zeitschrift, «Briefe aus Braunwald», und worüber schrieb ich in dieser Kolumne? Ich schrieb vom Wetter und von den Einheimischen, von meinen Träumen, vom Erleben der Einsamkeit, von Liebeskummer, vom Genuss halluzinogener Pilze oder von meiner Idee – als der Sommer sich näherte –, das Glarnerland in einen See zu verwandeln, der zum Bade lädt. Sie sehen, das waren nicht mehr die gleichen Themen wie vorher. Das war nicht mehr der gleiche Nicolas Lindt wie derjenige, den die Glarner Kantonspolizei im Visier hatte.

Aus Ihren Gesichtern lese ich, dass Sie diese Entwicklung der Dinge mit einem Schmunzeln zur Kenntnis nehmen. Aber die linksalternativen Leser, die damals alle zwei Wochen meinen neuesten Brief aus Braunwald zu lesen bekamen, hatten kein Lächeln übrig für mich. Die meisten, die sich in einem Leserbrief äusserten, waren entrüstet.

Sie verstanden mich nicht. Sie konnten nicht verstehen, wie jemand, der doch immer so politisch gewesen war, sein Engagement in der Stadt plötzlich aufgeben konnte, um in den Bergen über seine Gefühle zu schreiben! – Hätte ich mich in die Berge verzogen und nichts mehr von mir hören lassen, dann wäre das begreiflich gewesen, dann hätte man, mit Bedauern, von politischer Resignation sprechen können. In meinen Briefen jedoch war überhaupt keine Resignation zu erkennen. Und was am meisten Anstoss erregte: Dass ich mich in den Mittelpunkt stellte. Dass ich darüber schrieb, was ich erlebte, was ich dachte und fühlte.

Die Konsequenz, mit der ich das tat, erregte fast schon Verdacht. Den Verdacht nämlich, es könnte weltanschaulich gemeint sein.

Der Verdacht war natürlich berechtigt. Ich verfasste nicht nur meine Braunwalder «Briefe», ich schrieb auch weiterhin Reportagen, über die Glarner Landsgemeinde zum Beispiel, über eine 1. Mai-Feier, über eine Reise nach West-Berlin, wo ich das erste Mal vor der Mauer stand – und ich schrieb über all diese Themen aus einer mehr und mehr persönlichen Sicht. Diese persönliche Sicht war damals natürlich noch völlig unausgegoren. Aber das Bestreben, die Welt auf meine Art zu betrachten, war da, und dieses Bestreben wurde immer stärker und grundsätzlicher.

«Schuld» daran, zu einem grossen Teil, waren die Berge. Die Landschaft, in der ich nun plötzlich lebte, liess mich nicht ungerührt. Wenn Sie selber gern in die Berge gehen, wenn es Sie geradezu in die Berge zieht, dann wissen Sie, wovon ich spreche. Der überwältigende Eindruck der Natur und vor allem: die grosse Stille, die mich umgab, das beeinflusste mich, das entrückte mich der politischen Welt; und es hatte die Wirkung auf mich, dass ich alles unwillkürlich gelassener sah.

Ich meine das nicht im Sinne von abgeklärt oder gleichgültig. Engagiert war ich immer noch, engagiert fühle ich mich noch heute – aber ich war zum erstenmal nicht mehr so verstrickt in mein Engagement. Es gelang mir zum erstenmal, die Dinge ein wenig von aussen zu sehen, ich möchte fast sagen, ein wenig objektiver zu sehen.

So geschah es auch beim Thema Bewegung. Seitdem ich da oben war, in den Bergen, hatte für mich etwas Neues begonnen; und dieses Neue, dieses Eigene, das noch überhaupt keinen Namen hatte, übertrug sich ganz allmählich auf meine Grundstimmung. Ich wurde freier in meinen Gedanken – und ich konnte die Bewegung zum erstenmal einfach betrachten, unvoreingenommen betrachten, ich konnte sie sehen als das, was sie wirklich gewesen war. Mit anderen Worten, ich konnte zu ihrem Wesen gelangen. Und da kam ich auf einen Vergleich, der heute vielleicht etwas handgeschnitzt wirkt, der für mich aber damals sehr wichtig war.

Ich sass vor dem Haus in Braunwald, ich sah den mächtigen Ortsstock, der sich über dem Haus erhob, ich sah die Grösse und die Gewalt der Natur – und da dachte ich, dass auch die Bewegung eigentlich eine Naturgewalt war. Ich verglich sie mit einem Gewitter, mit einem heftigen Gewitter nach einem schwülen, drückenden Sommertag. Auch die Bewegung, wie das Gewitter, lag in der Luft, die Entladung war notwendig, sie war extrem und nicht ungefährlich. Ein Gewitter kann gut tun, es kann belebend und reinigend wirken – aber danach ist man froh, wenn es wieder aufhört. Ein Gewitter ohne Ende wäre nicht auszuhalten.

Plötzlich wusste ich: Auch die Bewegung musste ein Ende haben, das musste so sein. Und sie wurde nicht abgewürgt, wie wir immer behauptet hatten, es war nicht die Repression, an der die Bewegung zugrunde ging: Sie starb von allein. Ihre Energie war aufgebraucht – die Repression spielte nur Totengräber.

Dieses Bild, liebe Anwesende, diese Art von Vergleich hat den Horizont meines Denkens erweitert. Natürlich wurde die Bewegung von Menschen verursacht. Wenn aber etwas so plötzlich ausbricht und solche Dimensionen erreicht, dann muss es eine Dynamik geben, die nicht logisch erklärbar ist. Wissen Sie noch, wie ratlos die Zeitungen waren nach den ersten grossen Krawallen im friedlichen Zürich? Die Ratlosigkeit, wie man sich das alles erklären sollte, wurde mit jeder Eruption grösser. Und auch wir, die Beteiligten, haben immer wieder gestaunt über das Ausmass dessen, was da geschah.

Ich begriff am Beispiel der Bewegung zum erstenmal, dass hinter den Dingen eine Kraft steht, die unabhängig von unserem Willen ist, unabhängig von unserem politischen Wunschdenken. Was ich während der Bewegung nur gespürt, nur geahnt hatte, das wurde mir jetzt bewusst: die Tatsache, dass das Leben eine irrationale Seite hat. Das Irrationale wurde zu einem Teil meines Denkens – obwohl ich ihm nicht diesen Namen gab. Aber ich wusste nun, es gibt diese andere Ebene, und ich musste sie einbeziehen. Sie sehen, ich war im Begriff, eine weitere Grenze zu überwinden: Nach dem Schritt vom Wir-Gefühl zum «Ich» folgte der Schritt vom Rationalen zum Irrationalen. Der Raum meiner Weltanschauung wurde grösser und grösser.

*

Es folgte eine weitere Konsequenz. Auch sie hatte ihre Vorgeschichte in der Bewegung.

An einem der Krawallabende war ich mit anderen Bewegten vor der Polizei in ein kleines Restaurant in der Altstadt geflüchtet. «Tüübli» hiess das Lokal, kleine Taube, ein symbolträchtiger Name, besonders an diesem Abend: Es war der 24. Dezember, der Heilige Abend, und die Innenstadt war der reinste Kriegsschauplatz.

Kaum hatten wir etwas bestellt, um uns aufzuwärmen, kaum fühlten wir uns ein wenig sicher, sahen wir plötzlich Polizei vor den Fenstern. Das Lokal war umstellt, und es kam die Order, sämtliche Gäste hätten es zu verlassen, schön der Reihe nach, zwecks Personenkontrolle. Da war nun gar nicht lustig, denn erstens hatten viele der Gäste keine Ausweise bei sich, und zweitens war die Polizei an diesem Abend besonders unfreundlich. Sie wollte uns die Überstunden, die Beschimpfungen und die Pflastersteine gebührend heimzahlen.

Ich muss gestehen, mein Herz klopfte mir bis zum Hals, denn mit Bestimmtheit war der Polizei bekannt, dass ich beim «Eisbrecher» mitmachte. Und der «Eisbrecher» war keine gute Referenz. Eine hintere Tür oder sonst eine Fluchtmöglichkeit gab es nicht und so blieb auch mir nichts anderes übrig, als irgendwann zum Ausgang zu gehen.

Ich trat nach draussen; die Polizei hatte ein Spalier gebildet, dahinter Schaulustige, und als Nächster war ich dran. Hilfesuchend sah ich mich um. Drüben stand der Arrestwagen, der uns mitnehmen würde, der auch mich mitnehmen würde – da entdeckte ich unter den Zuschauern ein Gesicht, das ich kannte. Es war ein Journalist, der als «Feind» der Bewegung galt, weil er für die «Neue Zürcher Zeitung» schrieb und mit der Polizei offenkundig auf gutem Fuss stand.

Ich vergass ihn aber gleich wieder, denn nun war die Reihe unwiderruflich an mir. Der Polizeioffizier, der die Kontrolle vornahm, forderte meinen Ausweis, er forderte ihn zum zweitenmal, und ich sagte ihm, dass ich keinen hätte. In diesem Augenblick drängte sich der NZZ-Journalist durch die Menge und erklärte, auf mich hindeutend, dem Beamten:

«Den da kenne ich, der ist auch von der Presse. Ich bürge für ihn.»

Er bürgte für mich, das sagte er wirklich, in diesen Worten, und schon konnte ich gehen, einfach gehen. Ich war so überrascht, dass ich nicht einmal auf die Idee kam, dem Journalisten irgendwie Danke zu sagen. Ich glaube, alles was ich zustande brachte, war ein verkrampftes Lächeln – und dann verliess ich die Gefahrenzone sicherheitshalber. Noch die längste Zeit aber konnte ich fast nicht glauben, was mir da widerfahren war. Der Feind hatte sich unerwartet als Freund erwiesen. Mein Koordinatensystem geriet durcheinander.

Das Erlebnis liess mich auch nachher nicht los – um so mehr vielleicht, weil es am Heiligen Abend geschehen war, ausgerechnet am Heiligen Abend. Wenige Tage später entschied ich mich, dem Journalisten einen Brief zu schreiben. Ich wollte ihm nachträglich danken, und ich habe diesen Brief heute mitgebracht. Wenn Sie erlauben, möchte ich eine Stelle daraus vorlesen.

Bitte vergessen Sie nicht, dieser Brief wurde mitten in der Zeit der Bewegung geschrieben, nach den schweren Krawallen am 24. Dezember, als die Fronten unversöhnlicher denn je schienen. Ich schrieb also folgendes:

«Was treibt eigentlich Menschen dazu, einander zu helfen, auch wenn sie politisch völlig entgegengesetzter Ansicht sind? Vermutlich eben die Tatsache, dass sie Menschen sind. Menschen können sich menschlich verhalten, über alle ideologischen Grenzen hinweg. Darin liegt auch die Chance der Menschheit, dass unser Bedürfnis nach Menschlichkeit schliesslich grösser ist als alle unsere Meinungsverschiedenheiten. Angesichts der Zukunft, die auf uns zukommt, ist das vielleicht sogar unsere Rettung».

Soweit die Stelle aus dem Brief, den ich damals, an Weihnachten 1980 geschrieben habe. Mitten in jener Stimmung, die so extrem polarisiert war, wurde mir die Gemeinsamkeit des Menschseins bewusst. Ich entdeckte, dass Menschsein nicht nur eine physische Gemeinsamkeit ist, nicht nur eine Gattungsbezeichnung, sondern etwas viel Grösseres. Und dieses Grössere offenbarte sich in jenem Moment, als der NZZ-Journalist für mich bürgte. Er half mir von Mensch zu Mensch, das war die einzige Gemeinsamkeit, die wir hatten, und sie war in diesem entscheidenden Augenblick stärker als alles, was uns trennte.

Was ich geschrieben hatte, das war nur ein Geistesblitz, das war noch keine bleibende Einsicht. Ich tauchte dann wieder ein in das Wir-Gefühl der Bewegung, ich unterschied wieder zwischen «uns» und denen auf der anderen Seite der Barrikade.

Dennoch blieb etwas hängen, etwas wuchs weiter in mir. Andere, ähnliche Erlebnisse folgten, und sie bewirkten, dass ich meine gewohnten Feindbilder nicht mehr aufrechterhalten konnte. Immer mehr suchte ich in einem Gegner den Menschen – und immer mehr spürte ich, wie sehr mich der Zwang des Kollektivs daran hinderte.

*

Damit, verehrte Anwesende, haben wir nun wieder Braunwald erreicht, die Berge, den Ort, wo das «Ich» seine ersten Gehversuche machte. Es brauchte nicht nur Mut, «ich» zu denken, noch mehr Mut erforderte es, «ich» zu schreiben. In der ersten Zeit schrieb ich die Sätze noch ohne das «ich»:

«Erschrecke jedesmal, wenn das Telefon schrillt. Merke hier oben, dass ich viel lieber Briefe schreibe.»

Erst allmählich war ich soweit, dass ich den gleichen Satz so formulierte:

«Ich erschrecke jedesmal, wenn das Telefon schrillt. Ich merke hier oben, dass ich viel lieber Briefe schreibe als zu telefonieren.»

Ich zeigte mich immer mehr. Und je mehr ich das tat, je mehr ich mich aus dem kollektiven Denken heraus löste – um so überflüssiger wurden die Feindbilder. Das war die Konsequenz. Wenn ich mich selber nur noch als Individuum sah, als Mensch mit einem eigenen Namen, mit einer eigenen Art, die Welt zu betrachten, dann war für mich auch jeder andere erst einmal Mensch. Was ich an Weihnachten 1980 in meinem Brief an den NZZ-Journalisten zum erstenmal instinktiv ausgesprochen hatte, begann ein Teil meiner Weltanschauung zu werden.

Von diesem Augenblick an gab es für mich im Prinzip keine Gegner mehr. Es gab weiterhin Menschen, die mir nicht so sympathisch waren, Menschen, die mir ganz und gar nicht sympathisch waren, die ich möglicherweise nicht ausstehen konnte – aber Feinde, im weltanschaulichen Sinn, hatte ich keine mehr. Jeder andere Mensch, welcher Partei er auch angehörte, welchen Beruf er auch hatte, welche Gesinnung: Ich versuchte ihn primär als Menschen zu sehen, als einen Menschen wie ich.

Wer aber keine Feinde mehr hat – im weltanschaulichen Sinn –, hat auch bald keine Freunde mehr, ich meine politische Freunde. Denn die politischen Freunde sind nicht zuletzt deshalb Freunde, weil sie gemeinsame Feinde haben. Wer diese Gemeinsamkeit nicht mehr teilen kann, verliert nicht nur seine Mitgliederkarte – er verliert, früher oder später, auch die Freunde. Und genau das kam auf mich zu, genau das erlebte ich, als ich gegen Ende des Jahres nach Zürich zurückkehrte.

Ich wollte nicht länger allein sein, es zog mich zu den Menschen zurück – zu einem ganz bestimmten Menschen vor allem –, und so behielt ich zwar mein Glarner Refugium, wohnte aber wieder in Zürich. Und wie zum Auftakt schrieb ich eines späten Abends mit meiner Spraydose an eine Mauer, mitten in der City, den Satz:

«Mir persönlich macht es mehr Freude, Menschen zu verstehen, als sie zu richten».

Der Satz stammte nicht von mir, sondern von Stefan Zweig, und das zeigt Ihnen, dass auch mein literarischer Horizont sich erweitert hatte. Ich las wieder Bücher und vermehrt literarische Werke – darunter auch eines von Stefan Zweig. Und als ich diesen Satz las, hatte ich das Gefühl, Zweig habe ihn extra für mich geschrieben. Der Satz war gleichsam eine Synthese meiner Zeit in Braunwald, also stand ich vor dieser Mauer und schrieb ihn so schön, so sorgfältig, wie es einem Linkshänder möglich ist. Ich liess mir Zeit, obwohl es noch Passanten gab, die vorübergingen, und ich gewärtigen musste, dass jemand die Polizei rief. So wie das meistens geschah, wenn ein nächtlicher Sprayer beobachtet wurde.

Aber niemand behelligte mich, erstaunlicherweise – und ich denke, das hatte auch damit zu tun, dass der Satz mit den Worten «Mir Persönlich» begann. Von Mauersprüchen ist man sich nicht gewohnt, dass sie so formuliert sind.

Ich selber war beim Schreiben auch gar nicht nervös, denn was ich da schrieb, das war doch ein guter Satz!

Mit derselben Haltung stieg ich wieder ein bei der «WochenZeitung», als regelmässiger Mitarbeiter, dieselbe Haltung prägte meine Reportagen, meine Berichte: Ich versuchte zu verstehen, anstatt zu verurteilen.

Es ging mir nicht darum, zu provozieren. Sondern ich hoffte, überzeugen zu können. Ich wollte die Leser und die Kollegen der WochenZeitung und überhaupt alle Linken und Alternativen davon überzeugen, das ideologische Denken zu überwinden. Ich wollte sie dazu motivieren, unvoreingenommen an die Dinge heranzugehen, eigene Gedanken, eigene Gefühle zu äussern – und zwar auch dann, wenn diese Gedanken oder Gefühle politisch «unkorrekt» waren.

Ich brauchte zu jener Zeit noch nicht dieses Wort. Aber die heute so viel zitierte «political correctness» war damals schon existent, noch nicht als Phänomen der ganzen Gesellschaft, aber dort bereits, wo sie eigentlich herkommt: in der linken und alternativen Szene. Ein politisch korrektes Verhalten, die richtigen Ansichten, die richtige Lebensweise – all das war Bedingung. Sonst gehörte man nicht dazu.

Wie aber lautete meine Botschaft? Sie lautete, nicht korrekt, sondern ehrlich zu sein, menschlich zu sein, sich den eigenen Sehnsüchten, den eigenen Zweifeln und Widersprüchen zu öffnen, sich jener anderen Dimension aufzutun, die über das Rationale hinausging. Das war natürlich naiv. Denn was verlangte ich von der Linken, im Grunde genommen? Ich verlangte von ihr, nicht mehr links zu sein. Und ich begreife heute, dass niemand sich das gefallen liess, niemand, der die gemeinsame Weltanschauung, die Gemeinsamkeit der Opposition nicht selber als beengend empfand.

Was ich schrieb, löste immer mehr Kontroversen aus, sowohl in der Leserschaft als auch im Redaktionskollektiv. An den wöchentlichen Sitzungen kam es immer wieder zu heftigen Diskussionen, zu Streit und einmal beinahe zu Tätlichkeiten. Und eines Tages dann war es soweit, dass darüber gesprochen wurde, ob ich als fester Mitarbeiter einer linken Wochenzeitung noch tragbar sei.

*

Ich hatte mit einer inhaftierten politischen Aktivistin, einer militanten «Anti-Imperialistin» einen Briefverkehr angefangen, weil ich es schlimm fand, dass die junge Gefangene aufgrund der Anklage damit rechnen musste, wegen terroristischer Aktivitäten jahrelang hinter Gittern zu bleiben. Ebenso schlimm aber fand ich die starre ideologische Haltung der Inhaftierten – eine Haltung, die sie offensichtlich nicht erkennen liess, in welche politische und persönliche Sackgasse sie geraten war. Und so schrieb ich der jungen Frau, die Claudia hiess, einen weiteren Brief, und diesmal war es ein Offener Brief in der WochenZeitung. In diesem Brief, der kurz vor dem Prozess veröffentlicht wurde, bat ich Claudia dringend, ihre sinnlose Konsequenz aufzugeben und zu bereuen, was zu bereuen war – in der Hoffnung auf ein milderes Urteil.

Auch in diesem Fall war es natürlich naiv von mir, zu glauben, eine überzeugte «Revolutionärin» wie sie zur politischen Umkehr bewegen zu können. Aber es gibt ein gewisses Recht auf Naivität, solange die Realität nichts anderes lehrt.

Diese Lehre folgte sogleich. Denn für die politischen Freunde von Claudia war ich mit diesem Brief ins Lager des Gegners übergetreten: Wer andere zum Bereuen auffordert, ist ein Verräter an der gemeinsamen politischen Sache.

Damit hatte ich mich definitiv entlarvt. Und als ich am Morgen nach dem Erscheinen des Offenen Briefes das Haus verliess, stand mit grosser Schrift auf der Mauer gleich gegenüber: «Hier endet Nicolas Linth. Der Staatsschutz grüsst».

Meine erste Reaktion war: Die haben Lindt mit «th» geschrieben. Doch dann spürte ich, wie mir der Spruch in die Glieder fuhr. Als ich darauf in der Innenstadt meinem Namen erneut begegnete, als ich von weiteren Sprays gegen meine Person erfuhr; als ich mir an einem Konzert in der «Roten Fabrik» anhören musste, dass ich hier nicht erwünscht sei; als Leute, die mich persönlich kannten, glaubten, mich nicht mehr grüssen zu müssen – da war es aus mit der Naivität. Was ich getan hatte, das spürte ich, konnte mir nicht verziehen werden.

Was hatte ich getan? Ich hatte die Inhaftierte beschworen, das «ich» über das «wir» zu stellen, ihr Leben nicht länger einem Dogma zu opfern. Und da es sich um einen Offenen Brief handelte, war mein Appell an Claudia zugleich eine Forderung an die gesamte Linke. Es war die Forderung, zuerst auf die eigene, innere Stimme zu achten – und damit beging ich tatsächlich Verrat. Claudias Antwort war erwartungsgemäss klar und eindeutig: Sie werde sich niemals beugen. Die Antwort erschien ebenfalls in der WochenZeitung. Sie war zugleich das Ende unserer Brieffreundschaft.

Es gab auch jetzt wieder Leserbriefe, die meine Haltung befürworteten. Aber das nützte mir alles nichts mehr. Fast zehn Jahre waren vergangen, seitdem ich vom «Tages-Anzeiger» ein Schreibverbot erhalten hatte, weil ich zu links war. Diesmal war es nun eine linke Zeitung, die das, was ich schrieb, nicht mehr tragbar fand. Die Kollegen der WochenZeitung kündigten mir das feste Mitarbeiterverhältnis, und die logische Folge war, dass damit auch die Freundschaft endete. Alles, was uns menschlich verbunden hatte, schien auf einmal wertlos zu sein. Es war eine schmerzliche Lehre über das zerstörerische Wesen der Ideologie.

*

Ich zog mich erneut, für einige Wochen, in mein Exil in den Bergen zurück , an diesen Zufluchtsort, von dem es mir heute erscheint, dass er wie ein Ausdruck meines Inneren war. Die Berge, so glaube ich, haben für mich auch heute noch diese Bedeutung: In die Berge zu gehen, heisst für mich, mein Inneres aufzusuchen – vielleicht deshalb ist es mir auch so ein Anliegen, dass die Bergwelt unversehrt bleibt. Ich begab mich also erneut nach Braunwald, aber diesmal nicht nur, um nachzudenken, sondern diesmal, um mich zu entscheiden. Diesmal, um innerlich den Schritt zu vollziehen, der jetzt notwendig war: den Schritt, mit der Linken zu brechen.

Es war mir klar, dass ich gehen musste, dass ich mich selbständig machen musste, um mich wirklich entfalten zu können. Und das bedeutete, ich musste meinerseits einen Trennungsstrich ziehen.

Aber das war nicht bloss eine intellektuelle Angelegenheit. Diesen Schritt zu vollziehen, tat weh. Denn eine Weltanschauung ist ein Zuhause, eine Sicherheit, und deshalb ist es so schwierig, eine Weltanschauung aufzugeben, selbst dann, wenn man sich darin unfrei fühlt: Wer verlässt schon gern ein Zuhause?

So war das auch für mich. Die linke und alternative Szene, das war seit jeher auch meine Szene gewesen. In dieser Szene hatte ich mein ganzes Beziehungsnetz, und vor allem: diese Szene stand mir entschieden näher als jede andere Szene. Denn die Linken, die Alternativen, das waren doch die Leute, die etwas verändern wollten! Und verändern, etwas verändern, wollte auch ich. Das wollte ich immer noch. Das will ich heute noch.

Aber nach all den Auseinandersetzungen, die ich hinter mir hatte, wusste ich, dass meine Auffassung von Veränderung eine grundsätzlich andere geworden war. Die Linke sagte: Wir müssen die Gesellschaft verändern. Ich aber fand immer mehr: Wir müssen uns selbst verändern – nicht im psychologischen, aber im weltanschaulichen Sinn, durch eine Befreiung unseres Denkens. Die Linke sagte: Wir müssen die Grenzen des Kapitalismus sprengen. Ich aber fand immer mehr: Die Grenzen, gegen die wir ankämpfen, sind vor allem unsere eigenen, geistigen Grenzen, die Grenzen des Kollektivs, die Grenzen des Rationalismus: Darunter leiden wir, darin sind wir gefangen, darin liegt der tiefere Grund für unsere Ohnmachtsgefühle, unseren Pessimismus, unsere Wut. Sprengen wir zuerst diese Grenzen!

Das war die Erkenntnis, zu der ich gelangte, die für mich im Vordergrund stand. Und es war auch die Quintessenz einer gross angelegten Bilanz, in der ich darlegte, warum ich kein Linker mehr war. Der dreiteilige Aufsatz erschien in einer alternativen Zeitschrift, die bereits die Kühnheit gehabt hatte, meine Briefe aus Braunwald abzudrucken. Unter dem Titel «Die Schweiz ist stärker – warum ich kein Linker mehr bin» erklärte ich meinen Ausstieg und unternahm zugleich den Versuch, meine neue Weltanschauung zu formulieren.

Heute, etliche Jahre später, weiss ich natürlich, dass eine wirklich eigene, tiefergehende Sicht der Dinge Zeit braucht, dass sie Jahre braucht, um sich zu entwickeln. Damals stand ich noch ganz am Anfang.

Der entscheidende Schritt jedoch war getan, ich hatte mit der Linken gebrochen. Mein Bekenntnis führte zu einer Vielzahl von Reaktionen; und es führte vor allem zur allgemeinen Erwartung, dass ich nun, da ich kein Linker mehr sei, wohl ein Rechter würde. Etwas anderes war gar nicht vorstellbar.

Doch dann, irgendwann kehrte Ruhe ein, irgendwann war meine Zeit bei der Linken unwiderruflich zu Ende. Sie hatte über zehn Jahre gedauert; meine ganzen Jahre zwischen 20 und 30 hatte ich dafür hergegeben. Freiwillig, das muss ich betonen, niemand zwang mich dazu: Ich selber wollte das alles erfahren.

Doch was nun? Wie würde es weitergehen?

In einem Radiointerview über meinen Ausstieg wählte ich zum Schluss ein Stück von den Rolling Stones. Zehn Jahre früher hätte ich «Street fighting man» gewählt – diesmal kam nur eines in Frage: «I'm free». Denn genauso war es. Ich war kein Rechter, und ich war auch kein Linker mehr, und das bedeutete, dass ich frei war. Ich musste nicht mehr «solidarisch» sein, wenn ich nicht wollte. Ich war geistig niemandem mehr verpflichtet ausser mir selbst.

Aber ich war auch allein, weltanschaulich allein. Es gab Leute aus der linken Szene, die zu mir kamen und mir sagten, dass sie ähnlich dachten wie ich. Wir hätten uns zusammentun können. Aber das wollte ich nicht. Ich spürte, dass ich dieses geistige Alleinsein aushalten musste. Nur aus diesem Alleinsein heraus konnte etwas Neues entstehen, das nicht nur eine Variante des Alten war. Ich musste lernen, weltanschaulich ganz auf mich selbst zu vertrauen. Mein Denken musste mir heilig werden.

*

Sehr geehrte Anwesende, ich habe für meine Ausführungen das Bild des Feuers gewählt, das Bild des verlöschten Feuers der Utopie, diese längst erkaltete Feuerstelle, an der sich die Linke noch immer zu wärmen versucht, von der sie noch heute nicht wegkommt. Ich habe Ihnen die Ernüchterung geschildert, diesen Zustand der Resigniertheit und oft auch Verbitterung, in dem sich die Linke seither befindet; und ich habe Ihnen dann zu beschreiben versucht, wie ich diese Ernüchterung überwinden konnte, wie ich als Einzelner ausbrechen konnte aus der Enge des Kollektivs.

Ich möchte damit zurückkommen auf den Ausgangspunkt meines Gedankengangs, ich möchte zurückkommen auf die Sehnsucht. Die Sehnsucht nach der Utopie, sie hat das Feuer damals entfacht, mit ihr hat alles begonnen – und ich habe sie heute noch.

Es würde mir noch heute niemals genügen, nur das Machbare anzustreben, nur Realpolitik zu betreiben. Ich strebe noch immer nach einem höheren Ziel, nach einem Ziel, für das zu leben und zu kämpfen sich lohnt, nach einem Ziel, das über dem Irdischen liegt, über der Halbherzigkeit der Realität: Ich möchte immer noch alles und sehne mich immer noch nach dem verlorenen Paradies.

Aber wo liegt es? Wo liegt der Himmel, den wir uns auf Erden erhoffen?

Sie kennen jetzt meine Geschichte: Ich suchte die Utopie in der Zukunft, im Sozialismus, ich suchte sie in der Gegenwart, im Lebensgefühl der Bewegung – aber ich suchte am falschen Ort. Ich suchte solange am falschen Ort bis zu jenem Tag, an dem ich den Mut hatte, «ich» zu sagen.

An jenem Tag begann sich meine Optik zu ändern: Ich entdeckte meine eigenen Möglichkeiten. Und ich ahnte zum erstenmal, dass die Utopie nicht ausserhalb von uns liegt. Das, was ich suchte, lag in mir selbst – und ich wollte es finden. Ein neuer Lebensabschnitt hatte begonnen.

DIE PERSÖNLICHE SICHT DER DINGE

TEXTE UND AUFSÄTZE AUS DEN JAHREN 1982–83

Die folgenden ausgewählten Texte und Aufsätze aus den Jahren 1982–83 zeigen die ersten Gehversuche eines persönlichen Denkens. Sie beginnen mit zwei meiner Briefe aus Braunwald, in denen ich meine Leidenschaft, das Erzählen, wiederentdecke.

Es folgen Texte, die nach meiner Rückkehr nach Zürich entstanden. Sie illustrieren, wie weit ich mich von der linken Weltanschauung bereits entfernt hatte und wie unvermeidlich der in jener Zeit erfolgte Bruch mit der Linken war.

Sämtliche Texte habe ich, wo es mir notwendig erschien, stilistisch leicht überarbeitet. An ihrer Aussage jedoch muss ich nichts ändern.

Brief aus dem Exil
BRAUNWALD, IM MÄRZ 1982

Ganz freiwillig habe ich Zürich, die Stadt, verlassen – und doch kommt es mir vor, als hätte ich keine andere Wahl gehabt. Beinahe fluchtartig zog ich mich ins Exil zurück. Gerade noch rechtzeitig.

Angefangen hat alles damit, dass wir, ein paar Leute aus unserer WG, ein Haus in den Bergen suchten, in erreichbarer Nähe, um uns dann und wann von der Stadt zu erholen. Ein einziges Inserat in den «Glarner Nachrichten» genügte, um fündig zu werden. Es ist ein altes Haus, ganz aus Holz gebaut, mit verwitterten schwarzen Schindeln und türkisgrünen Läden. Wenn man zum Fenster hinausschaut, nichts als die Natur, und in der Stube der Kachelofen. Genau, wie wir es uns vorgestellt hatten. Zu einem unglaublich günstigen Mietzins.

Doch dann überstürzten sich die Ereignisse. Kaum war ich das erste Mal hier oben, spürte ich von Stunde zu Stunde deutlicher, dass ich nicht mehr zurück wollte. Ich merkte plötzlich, wie wenig mich in Zürich gehalten hatte. Die «Bewegung» war für mich eine Hoffnung gewesen; jetzt, nach ihrem Ende, erschien mir die Stadt wie tot, und ich sah für mich keinen Grund, weiterhin in Zürich zu leben. Ich reiste nur noch zurück, um meine Sachen zu holen.

Jetzt bin ich hier, seit drei Monaten. Manchmal, hauptsächlich am Wochenende, sind wir zu viert, zu fünft, doch während der Woche bin ich allein. Dann schaufle ich Schnee und spalte Holz, sinniere über die Welt und schreibe mir die Seele vom Leib: wie ich es mir insgeheim schon so oft gewünscht habe. Die Berge lassen mich gewähren;

sie sind mächtig, aber nicht arrogant, sie erdrücken mich nicht, schauen nur zu und sind immer da. Sie sind das erste, was ich sehe, wenn ich am Morgen aufwache.

Schon so oft war ich in den Bergen, aber ich betrachtete sie wie Postkartenbilder. Erst jetzt, zum erstenmal nehme ich wahr, was ich sehe. Das Wetter fällt mir besonders auf, die Stimmungen draussen, die so verschieden sind. Heute zum Beispiel ist der Himmel tiefblau, fast dunkelblau. Ich fange schon an, verschiedene Arten von Blau unterscheiden zu lernen.

Doch am meisten Eindruck macht mir der Ortsstock. Er ist der älteste Einwohner von Braunwald, und er ragt empor wie das Matterhorn: Wenn ich aus dem Haus trete, muss ich den Kopf nach hinten strecken, um den Gipfel zu sehen. Der Anblick dieses Berges erfüllt mich jedesmal mit Respekt, ich empfinde fast Ehrfurcht ihm gegenüber. Manchmal, wenn ich ihn so anschaue, oder wenn er nach einem Schneesturm plötzlich zwischen den Wolken auftaucht, wird mir ganz religiös zumute. Dieser Berg ist für mich wie der liebe Gott.

Jetzt denkt ihr vermutlich, ich spinne.

Gestern nacht, als der Mond aufging, war die verschneite nächtliche Szenerie auf einmal gespenstisch erleuchtet. Ich fuhr mit dem Schlitten den Weg zum Haus hinab, es war schon fast Mitternacht, und die Berge glichen im Mondlicht riesenhaften Kulissen. Kurz vor dem Haus ist ein kleines Tobel. Ich stieg vom Schlitten und setzte den Weg zu Fuss fort – als auf einmal der Mond verschwand. Im Tobel herrschte plötzlich dunkle Nacht, der Weg war kaum noch zu sehen. Nur das Rauschen des Baches erklang.

Schnell ging ich weiter, dem Haus entgegen. Noch bin ich es nicht gewohnt, so allein zu sein.

Wenn die Sonne nicht wiederkäme

BRAUNWALD, IM JUNI 1982

Eigentlich widerstrebt es mir, im Sommer über den Winter zu schreiben. Aber das Buch hat mich gepackt, und ich möchte jetzt schon davon erzählen. Es heisst «Wenn die Sonne nicht wiederkäme„ und geschrieben hat es der welsche Dichter Charles Ferdinand Ramuz, 1937. Zwei Jahre später begann der Zweite Weltkrieg.

Das Buch ist nur noch antiquarisch erhältlich, obwohl es ein ewig gültiges Buch ist, eines, das nie vergriffen sein dürfte. Wäre mir der Roman *vor* der «Bewegung» und *vor* Braunwald in die Hände geraten – ich hätte ihn wohl nicht einmal zu Ende gelesen. Er wäre mir unverständlich geblieben.

Der Schauplatz: Ein winziges Bergdorf im Wallis, weit über dem Tal, von Auge kaum sichtbar, halb verdeckt durch eine vorgeschobene Bergkuppe; umringt von *hoch auf ragenden Felszinken* – derart, dass das Dörfchen den ganzen Winter ohne Sonne auskommen muss.

Am 25. Oktober jeweils, um die Mittagsstunde, war über dem Gebirge im Süden noch ein feuriger Streifen zu sehen, eine Funkengarbe, wie sie entsteht, wenn man mit einem Stecken in der Glut schürt; danach war für sechs Monate alles zu Ende. Erst am 13. April erschien die Sonne wieder.

Als sie am 25. Oktober des Jahres 1936 verschwindet, wird auch das Wetter schlecht. Und es bleibt schlecht. Eine trübe Stimmung legt sich über das kleine, sonnenlose Dorf, eine Stimmung, die nicht mehr weggehen will. In anderen Wintern, bei schönem Wetter, war wenigstens der blaue Himmel zu sehen. Aber diesmal bleibt alles grau und verdüstert. Immer nur Nebel. Und dazwischen heftiger Schneefall, der alles zudeckt.

Anzevui, ein weiser alter Mann, der sich in Heilkräutern auskennt und Kranke wieder gesund macht, ist in einem alten Buch auf eine Weissagung gestossen. Sie betrifft das Jahr 1937.

«Es ist gesagt», erklärt Anzevui dem Bauern Revaz, «dass sich der Himmel verfinstern wird und dass wir die Sonne nie mehr wiedersehen werden.»

«Nie mehr?» fragt der Bauer ungläubig.

«Nie mehr», bestätigt Anzevui.

«Nur wir?»

«Nein, die ganze Welt.»

Der Bauer begibt sich eilig ins Bistro, wo er die Prophezeiung des Alten weitererzählt. Darauf verbreitet sich die Kunde im ganzen Dorf, das kaum hundert Seelen zählt, und eine unbestimmte Furcht kommt über die Menschen, eine Furcht, der sich niemand entziehen kann. Sogar die Jungen im Dorf werden unsicher. Cyprian, einer von ihnen, beschliesst, der Sonne nachzugehen. Frühmorgens macht er sich auf und steigt im dichten Nebel hinauf zu den Felsen. Aber die Sonne zeigt sich nirgends, auch dort nicht, wo sie sonst zwischen den Kuppen der Berge hervorkommt. Endlich, für einen Augenblick, lichtet sich der Nebel, und Cyprian sieht etwas – *etwas, das die Sonne hätte sein können: zerzaust, von Gewölk umbrandet, umschlungen von Nebelschlangen, blutrünstig rot wie Gerinnsel von Blut.*

Auf dem Rückweg ins Dorf verliert sich Cyprian im Nebel und stürzt. Man findet ihn, nach langer Suche, verletzt und völlig verstört.

Die Sonne, hat Anzevui ausgerechnet, wird sich genau dann von der Welt endgültig abwenden, wenn man sie im Dorf wieder sehen könnte: in den Tagen vor dem 13. April. «Dann wird es nicht heller werden, sondern dunkler und immer dunkler.»

«Und dann, Anzevui?»

«Dann wird es Nacht sein. Die Lampen werden den ganzen Tag brennen müssen. Und es wird immer kälter werden.»

Die Dorfbewohner, in angstvoller Vorahnung, sammeln Holz im Wald, häufen Vorräte an. Die alte Brigitte schlägt jeden Sonntag einen Nagel in den Türrahmen. Ein alter Mann, dem die Tochter davongelaufen ist, ins Tal hinunter, verliert bereits jede Lebenskraft. Er verkauft sein letztes Stück Land, vertrinkt das ganze Geld und stirbt. Auch ein anderer stirbt; er war todkrank, und Anzevui wurde herbeigerufen, wie immer, um ihn zu heilen. Aber der weise Alte sagt diesmal nur: «Martin, du musst jetzt gehen. Wir müssen jetzt alle gehorchen.»

Doch nicht alle denken ans Sterben. Ein Sonntagmorgen, im März: Isabelle, eine junge Einheimische, liegt mit ihrem Mann im Bett, beide sind wach, obwohl es noch früh ist. Der junge Mann will aufstehen, er ist voller Unruhe.

«Denkst du an die Geschichte von Anzevui?» fragt ihn seine Frau, während sie ihn streichelt. Er schweigt. Darauf lacht sie und sagt: «Wenn die Sonne wirklich nicht wiederkäme, weisst du, was wir dann täten? Wir würden einfach im Bett bleiben und uns warm geben.»

Die jungen Männer lassen sich von der bedrückenden Stimmung eher anstecken als die Frauen. Vielleicht, überlegen sie, hat Anzevui wirklich recht? Einer von ihnen sagt zu seiner Freundin: «Merkwürdig ist es schon, dass es während der ganzen Zeit seit Oktober keinen einzigen schönen Tag gab. Nicht ein einziges Mal ist es richtig hell geworden, kein einziger Tag war nebelfrei…»

Aber die junge Frau gibt zur Antwort: «Vielleicht kommt es gar nicht nur auf diese eine Sonne an. Denn, weisst du, es gibt noch eine andere Sonne.»

«Wo ist sie, diese andere?»

Sie lächelte und neigte den Kopf, denn sie war scheu und zart. Und dann hat sie ihre Hand auf ihre Brust gelegt, etwas nach links.

Es wird April, und die alte Brigitte schlägt schon den sechzehnten Nagel ins Holz. Die Mädchen und die jungen Frauen jedoch nähen sich Kleider für den Sommer, wie wenn sie Anzevuis Prophezeiung gar nicht ernst nehmen würden. Isabelle sagt: «Gerade dann, wenn alles so trüb und hässlich ist, muss man sich schön machen. Wenn wir damit anfangen, bekommt vielleicht auch das Wetter besseren Mut.»

Der junge Cyprian spürt, was die Frauen meinen. Als er mit seinen Freunden, ein Glas Wein trinkend, im Bistro sitzt, zeigt er auf das Glas mit dem roten Wein und sagt: «Da, ist das nicht Sonne?… Würde man nicht meinen, sie komme zurück, die Sonne?»

Und doch scheint Anzevui mit seiner dunklen Voraussage recht zu haben. *Denn der Schnee blieb grau. der Himmel niedrig. alles war traurig; und in diesen letzten Tagen hätte man sogar meinen können, das wenige Licht sei noch schwächer geworden.*

«Die Sonne ist eben krank», sagt der alte Mann zu den Dorfbewohnern. «Sie hat nicht mehr die Kraft, die Nebel zu teilen.»

Dann, schon fast Mitte April, stirbt Anzevui. Wie er es vorausgesagt hat: «Wenn die Sonne stirbt, sterbe auch ich.» Die Älteren und die Alten im Dorf ziehen sich, starr vor Angst, in ihre Häuser zurück und wagen sich nicht mehr ins Freie. Nur ein paar Junge haben sich verabredet – am frühen Morgen des 13. April auf dem Dorfplatz. Die jungen Frauen schmücken sich mit bunten Tüchern und Ohrringen, einer der Burschen nimmt ein Gewehr mit und steckt 13 Patronen in seine Tasche, ein anderer hat sich ein Jagdhorn umgehängt. So ziehen sie los, mit Herzklopfen in der Brust, zu den Felsen hinauf. Der Sonne entgegen.

Sie haben die Hoffnung nicht aufgegeben.

Die Kientaler haben auch eine Meinung und nicht einmal die gleiche

EINE REPORTAGE AUS DEM BERNER OBERLAND (1982)

Das erste Mal war ich in Kiental in einem Ferienlager. Das ist lange her. Dann stiess ich das zweitemal auf den Namen Kiental – im Zusammenhang mit dem Sozialismus. Ich staunte: War das wirklich dasselbe Dorf? Die Vorstellung, dass in Kiental einst eine sozialistische Friedenskonferenz abgehalten worden war, eine Geheimkonferenz, an der sogar Lenin und Trotzki teilnahmen – diese Vorstellung passte absolut nicht zum Kiental meiner Erinnerung. Aber das Treffen hatte stattgefunden, im Jahre 1916, und so stieg Kiental in meiner Wertskala vom verschlafenen Feriendorf zum weltoffenen Bergdorf, das russischen Revolutionären freimütig Gastrecht gewährte.

Für geheime Treffen gab es damals natürlich Gründe. Mitten im Ersten Weltkrieg eine oppositionelle Friedenskonferenz durchführen zu wollen, war kein leichtes Unterfangen. Auch in der Schweiz nicht.

Treffpunkt war der Berner Hauptbahnhof, wo der Schweizer Sozialist und Nationalrat Robert Grimm den 45 Delegierten Fahrkarten für die Lötschbergbahn verteilte. Niemand ausser Grimm selbst wusste, wohin die Reise führte. In Reichenbach verliess man die Bahn, und weiter ging es mit Ross und Leiterwagen – nach Kiental. Das war das Ziel. Im Hotel «Bären» bezog die Reisegesellschaft Logis.

Robert Grimm erzählte später über die historischen Tage im Berner Oberland: «Die Bevölkerung in Kiental hatte keine Ahnung vom Sinn unserer Zusammenkunft. Nach aussen erschien das Treffen als rein touristische Veranstaltung.»

Zwar fanden es die Dorfbewohner schon etwas seltsam, dass die Feriengäste fast eine Woche lang und fast pausenlos mit rauchenden Köpfen im grossen Saal des «Bären» sassen und palaverten. Aber misstrauisch waren sie nicht. Warum sollten sie auch? Am Abend des letzten Tages bescherte der Kientaler Jodlerchor den Fremden sogar noch ein Stück Oberländer Folklore.

Wenige Tage später dann mussten die Kientaler aus der Zeitung erfahren, dass die Fremden nicht wegen Kiental nach Kiental gekommen waren. Ohne eigenes Dazutun geriet das Dörfchen im Berner Oberland in die Wogen der Weltpolitik. Kiental – ebenso wie Zimmerwald, eine Ortschaft bei Bern, der es ein halbes Jahr vorher ähnlich ergangen war – wurde zu einem Begriff, zu einer internationalen Metapher. Der Pariser Korrespondent der «Neuen Zürcher Zeitung» zum Beispiel wusste am 13. Mai 1916 zu berichten:

«Die französische Presse beschäftigt sich ausführlich mit der Kientaler Konferenz und den französischen Sozialisten, die an ihr teilnahmen.» Im Pariser Le Matin sei bereits von der Wallfahrt nach «Kiental» die Rede, und die Zeitung frage polemisch: «Was gab es denn in Kiental zu suchen?»

Eine berechtigte Frage.

66 Jahre danach. Wieder soll Kiental im Brennpunkt der Aktualität stehen – diesmal als Ausgangspunkt einer Bewegung zur Abschaffung der Schweizer Armee. Hinter

dem tollkühnen Vorhaben stehen die Jungsozialisten, und stattfinden soll die Gründungsversammlung ganz bewusst an jenem Ort, wo schon die geistigen Väter der Jungsozialisten Geschichte schrieben.

Noch wissen die Kientaler nichts von ihrem erneuten Glück – bis dann die Organisatoren den Konferenzort offiziell bekanntgeben: Der «Bären» in Kiental. «Wir machen Kiental wieder aktuell!» erklären die jungen Sozialisten der 80er-Jahre mit geschwellter Brust. «Bis bald in Kiental!»

Die Ankündigung erregt einiges Aufsehen. Zwei Tage später, diesmal etwas kleinlauter, muss die Presse erneut orientiert werden: Die Versammlung könne nicht in Kiental durchgeführt werden. Der «Bären»-Wirt habe abgesagt.

*

Der Erste, den ich in der Gemeinde antreffe, ist der Bauer Hans von Känel. «Das wäre nicht gut herausgekommen», meint er, «das hätte man im Dorf nicht goutiert.»

Hans von Känels Vater war damals, 1916, ein junger Bursche. «Ja, er war auch dabei, als sie vor dem Lenin und den andern gesungen haben. Das hat er nie vergessen», erzählt der Einheimische. «Er sagte immer zu mir, wenn ich damals gewusst hätte, was das für Leute sind, hätte ich denen die Hütte über dem Kopf angezündet. Dann wäre der Kommunismus in Russland nie gekommen.»

Nun, der Bauer von Känel aus Kiental hat die Oktoberrevolution seinerzeit nicht verhindert: Der «Bären» steht noch, ein typischer alter Berner Gasthof, stattlich und bodenständig. Ich nehme Zimmer 23, das Zimmer natürlich, in dem Lenin damals logierte. Lenin und ich, wir sind uns zwar ideologisch nicht mehr einig – aber eines wenigstens haben wir doch noch gemeinsam: Wir haben im gleichen Zimmer geschlafen.

Am selben Tischchen hat er gesessen, vielleicht auf demselben Stuhl! Nur das Bett ist neu und auch der Grund, warum ich hier bin, ist nicht derselbe. Für Lenin damals war es irgendein Zimmer. An irgendeinem Ort.

Im ehrwürdigen Speisesaal des «Bären» dinieren an diesem Abend vornehmlich ältere Herrschaften, die letzten Sommergäste, einzelne Deutsche, aber auch Berner, mehrbessere Stadtberner mit dem etwas gehobenen Dialekt: Wer würde besser in diese Umgebung passen als sie? – Und dann stelle ich mir vor, dass in diesem Speisesaal die Konferenz zur Abschaffung der Armee getagt hätte, und ich kann es mir überhaupt nicht vorstellen. Wie die Faust aufs Auge, so hätte das zusammengepasst, und niemandem wäre es ganz behaglich gewesen dabei.

«Doch, doch, das wäre schon gegangen», meint die Serviertochter, die den versammelten Armeegegnern mit einer Kollegin zusammen das Mittagessen hätte servieren müssen. Ihre Zuversicht bezieht sich auf die logistische Frage, und da mag sie recht haben, das weiss sie besser als ich. Aber sonst wäre es nicht gegangen. Denn auch diesmal wäre mit Kiental nicht Kiental gemeint gewesen, sondern das Kiental eines politischen Tagtraums, und das liegt nicht im Berner Oberland. Das gibt es eigentlich gar nicht.

Der Wirt des «Bären» wird bei der nächsten telefonischen Saalbestellung vorsichtiger sein. Am Telefon hatten sich ihm die Jungsozialisten als «Gruppe Schweizer Friedensfreunde» vorgestellt, und da dachte er gutgläubig, es werde sich um eine religiöse Veranstaltung handeln:

«Die reden doch auch immer vom Frieden!»

Bis ihm dann nach den Presseberichten mehrere Stammgäste telefonierten und ihn vor die Wahl stellten: Entweder die Armeegegner oder wir. Da wurde dem «Bären»-Wirt klar, dass der Ruf seines Gasthofs auf dem Spiel stand. Aber nicht nur das − auch das Dorf hätte die Konferenz nicht geschluckt. Diesmal nicht mehr. Und so entschloss sich der «Bären»-Wirt, die Armeegegner wieder auszuladen.

Die bestellten 60 Mittagessen muss er nun auch wieder streichen. Ich denke, er wird es mit Erleichterung tun.

Am anderen Morgen, nach Beendigung meines Augenscheins, reise ich wieder ab. Ich verlasse das Dorf, das kein zweites Mal betrogen sein wollte. Was nicht bedeutet, dass die Schweizer Armee die heiligste aller Kientaler Kühe wäre! Über Sinn oder Fragwürdigkeit der Armee lässt sich auch im Berner Oberland reden.

Doch darum geht es hier nicht. Sondern darum, dass wir den Kientalern ihren Frieden lassen.

Die Gründungsversammlung des Armeeabschaffungsvereins wurde dann, statt in Kiental, in Solothurn durchgeführt – im Saal einer Genossenschaftsbeiz. Aber noch immer wollte man Kiental mit sanfter Gewalt vor das eigene Marketing spannen: «Gruppe Kiental» sollte die Gruppe heissen – worauf ich als Teilnehmer der Versammlung das Wort ergriff und erklärte, ich hätte einen ganz anderen Vorschlag. Schon im Namen der Gruppe müsse programmatisch zum Ausdruck kommen, dass das Engagement für die Abschaffung der Armee auch ein Engagement für die Schweiz sei.

Damit war der Name geboren, der bald zum Begriff werden sollte: «Gruppe für eine Schweiz ohne Armee». Er fand die Zustimmung der Versammlung – und das Dörfchen im Berner Oberland erhielt definitiv seine Freiheit zurück.

Der Hauptfeind

WIR UND DER «BÖSE FRIEDRICH» (1982)

Unser Feind. Der Hauptfeind. Der Gefährliche. Zynische. Eiskalte. Neurotische. Hölzerne. Das Böse an sich. Alle unsere Warnungen vergebens, unser Protest eine Parodie seiner selbst. Gewählt in die Landesregierung trotz unserer ausserparlamentarischen Gegenstimmen: Rudolf Friedrich, 58, der fünfte Jurist im Bundesrat, ledig.

Zurück bleibt, einmal mehr, unsere Ohnmacht, unsere Wut, unser Ins-Leere-Laufen, das entweder in Gleichgültigkeit enden wird, oder aber, jetzt erst recht, umschlagen wird in eine geradezu persönliche Feindschaft zu Friedrich, in persönliche Hassgefühle und in Zynismus. Unser Zynismus.

Ich mag nicht mittun, diesmal nicht mehr. Ich mag Friedrich weder verurteilen noch psychologisieren, und ich möchte nicht noch einmal und immer wieder nur über ihn reden, über sein Verhältnis zu uns: Interessant finde ich auch unser Verhältnis zu ihm.

Friedrich provoziert uns, das ist offensichtlich. Seine harte, kompromisslose Haltung, seine kalte Direktheit stachelt unseren Widerspruch an. Man muss auf Friedrich reagieren.

Bis man merkt, dass es nicht seine Argumente sind, die uns so sehr emotionalisieren. Von der sowjetischen Bedrohung, von «moskaugesteuerten Pazifisten», von der «linksextremen Unterwanderung unseres Staates» reden auch andere bürgerliche Politiker. Friedrich jedoch ist ein Fall für sich. Nicht seine schroffen Sprüche, sondern die Schroffheit selbst, die von ihm ausgeht – nicht was er sagt, sondern, wie er es sagt und überhaupt, wie er öffentlich auftritt: Das ist es, was uns so herausfordert.

Es lässt uns keine Ruhe, das Bild von Friedrich, immer wieder müssen wir in dieses Gesicht schauen, in diese Visage mit den asketischen Zügen, in diesen lauernden, scharfen Blick, der sich uns schon so eingeprägt hat, dass wir vielleicht sogar davon träumen: Dieser Gesichtsausdruck lässt uns nicht los.

Einer, der so selten lächelt wie er und offenbar nie wirklich lacht, so einer hat etwas Abschreckendes und zugleich Faszinierendes. Man möchte hinter sein Geheimnis kommen, möchte wissen, warum er so unnahbar ist. Und man wünscht sich vielleicht, ihn endlich einmal verletzen zu können, um ihn lebendig zu machen, um ihn menschlich zu sehen. Man wünscht sich, ihn, den bösen Friedrich, vom Bösen erlösen zu können.

In der Friedensbewegung reden alle von Angst. Friedrich, Gegner der Friedensbewegung, redet nie von Angst. Deshalb vielleicht die unbewusste Beklemmung, die wir ihm gegenüber empfinden. Man wünscht sich, dass er, der Furchtlose, plötzlich sagt: Auch ich habe manchmal Angst.

Doch diesen Gefallen tut er uns nicht. Friedrich wird sich weiterhin keine Blöße geben. Was wir auch tun, er wird unverletzbar bleiben. Und je aggressiver wir gegen ihn ankämpfen, umso mehr wird er sich in seiner Haltung bestätigt fühlen, um so unerbittlicher wird er werden.

Warum sind wir so fixiert auf ihn? Weil wir ihm ähnlicher sind, als wir glauben. Sein Problem mit uns ist auch unser Problem mit ihm. Friedrichs Dogmatismus ist, in einem gewissen Sinn, das verzerrte Spiegelbild unseres eigenen Dogmatismus, seine Aversion gegen alles Linke ist im Grunde dieselbe wie unsere Feindseligkeit gegen alles, was rechts steht. Friedrich ist der Ideologe auf der anderen Seite: So wie er uns braucht, zur Aufrechterhaltung seines Feindbildes, so brauchen wir ihn. Unsere Feindbilder bedingen sich gegenseitig, das eine ohne das andere ist nicht denkbar, nicht lebensfähig. Man könnte auf beide verzichten.

Die Frage ist nur, wer den ersten Schritt tut.

Rudolf Friedrich, der von 1982–84 als Mitglied der FDP und Justizminister dem Bundesrat angehörte, war für die Linke in der Schweiz schon als Nationalrat ein Hassobjekt, weil er im Parlament und in den Medien als entschiedener Anti-Kommunist mit scharfen Worten gegen die Neue Linke zu Felde zog – was im August 1984 sogar zu einem Sprengstoffanschlag auf sein Haus in Winterthur führte. Wenige Wochen später trat er überraschend aus der Landesregierung zurück. Als er sich in den Jahren danach vor allem für die Mitgliedschaft der Schweiz in der UNO einsetzte, milderte sich sein Tonfall. Zeitlebens alleinstehend geblieben, starb er 2013 mit 90 Jahren.

E.T. tut gut
ZUR KRITIK AN EINEM HOLLYWOOD-FILM (1983)

Jetzt, nach meiner Begegnung mit «E.T.», dem Kinderfilm der 80er-Jahre, zweifle ich ernsthaft, ob die Filmkritikerin der «WochenZeitung» den Film überhaupt gesehen hat. Natürlich hat sie ihn gesehen, lassen wir die Polemik – und sie wird sich deshalb bestimmt an die junge Mutter von Elliott erinnern, die vor lauter Einkaufssorgen und Eheproblemen das kleine Wesen aus dem Weltall die längste Zeit gar nicht wahrnimmt, obwohl es mehrmals sogar direkt vor ihr steht. Genau so kommt mir nämlich die Filmkritikerin vor, genau wie die Erwachsenen im Film, die gar nicht merken, was da geschehen ist.

Anstatt in das Innere dieses Films einzudringen, wiederholt die Journalistin, was man schon lange weiss und worüber man auch in diesem Fall kein Wort mehr verlieren müsste: nämlich, dass «E.T.» ein weiterer Blockbuster ist, der alle Rekorde bricht, ein Millionengeschäft. Verweilen wir keine Zeile länger bei diesem Aspekt, reden wir vom Film selbst.

Gewiss, wie bei den meisten Hollywoodproduktionen hat es auch bei «E.T.» zuviel des Guten, und es wird allzu dick aufgetragen, sodass dem kultivierten Europäer unweigerlich das Wort Kitsch einfällt. Aber auch das ist nichts Neues, dass amerikanische Filme den amerikanischen Geburtstagstorten und Wolkenkratzern verwandt sind, dass die Grössenordnung eine andere ist als bei uns; und ebenso wissen wir aus unzähligen Filmen – oder haben es selbst schon erlebt –, dass den Amerikanern Bekenntnisse wie «I love you» etwas allzu schnell, allzu unbekümmert über die Lippen kommen.

Doch was soll's? Das für unseren Geschmack leicht Überladene, Überzuckerte dieses Films ist jedenfalls nicht das spezielle Problem von Spielbergs «E.T.». So sind sie nun einmal, die Amis. Und dass sich unsere Kritikerin – am Beispiel von «E.T.» – über die amerikanische Filmkultur glaubt, mokieren zu müssen, finde ich eher belustigend. Wer sich so leidenschaftlich mit Film und Fernsehen beschäftigt wie sie, müsste für den American way of life, das Leben via Screen zu erleben, eigentlich viel Verständnis haben...

Nun zu dem, was die Journalistin offenbar nicht gesehen hat. Gerade sie als kritisch denkende Erwachsene hätte eigentlich erfreut feststellen müssen, dass «E.T.» ein Film ist, der auf radikalste Weise die Partei der Kinder ergreift. Eine Szene wird mir speziell in Erinnerung bleiben: Das moderne Eigenheim in der Vorstadtsiedlung, wo der junge Elliott das ausserirdische Wesen versteckt hält – dieses Haus wird, kaum haben die Erwachsenen den Aufenthaltsort von E.T. entdeckt, militärisch gesichert und in ein einziges Laboratorium verwandelt: In seinem Innern ein Wirrwarr von eifrigen Ärzten und NASA-Spezialisten, Computerdiagrammen und Reanimationsapparaten – und inmitten von all diesem Rummel ein schrumpfliges kleines Geschöpf, kaum einen Meter gross, heimwehkrank und verstört, von den Menschen gefangengenommen, an ein Bett gefesselt, mit Sensoren an Kopf und Körper, ohne die geringste Chance, in diesem klinischen Terror zu überleben.

Da verirrt sich ein Wesen von einem fremden Planeten auf unsere Erde – und die Menschen beweisen an ihm einmal mehr ihre ganze Unreife und Beschränktheit, indem sie es schlimmer als ein Versuchskaninchen behandeln.

Aber es sind nicht einfach die Menschen – es sind Erwachsene, die E.T. so behandeln, weil sie ihn nicht verstehen, weil er nicht in ihre Denkkategorien hineinpasst. Die Kinder und Jugendlichen dagegen nehmen E.T., wie er ist, sie haben ihn gern, und bevor er von den Erwachsenen zu Tode analysiert wird, verhelfen ihm die Kinder zur Rückkehr in seine ausserirdische Heimat. Sie spüren, dass sie E.T. nicht behalten, nicht wie ein Stofftier besitzen können. Sie spüren, dass er auf der Erde vor Heimweh gestorben wäre.

Über pädagogische Theorien weiss ich wenig, aber so viel verstehe auch ich, dass «E.T.» ein pädagogisch wertvoller Film ist. Er lehrt die Kinder, dass alle Lebewesen die gleiche Berechtigung haben und keines vom andern zu egoistischen Zwecken missbraucht werden darf. Und ich brauche nicht hinzuzufügen, dass der Film aus demselben Grund auch für Erwachsene wertvoll wäre.

Als ich aus dem Kino trat, traf ich einen Bekannten, der fürs Fernsehen Dokumentarfilme macht. Auch er hatte «E.T» gesehen.

«Aha», stellten wir beide fest, «du auch!» Als hätten wir uns gewissermassen ertappt.

Ob ich den Film auch so schlecht fand, fragte mich mein Bekannter und lachte. «Nein, eigentlich nicht», erwiderte ich, und er lachte nicht mehr. «Es könnte ja sein», fuhr ich fort, «dass eines Tages tatsächlich ein solches Wesen zu uns auf die Erde kommt...»

Die Begleiterin meines Bekannten blickte mich ungläubig an. «Warum nicht?» wiederholte ich, und es war mir ernst. Ist es denn völlig ausgeschlossen, dass ein ausserirdisches Wesen irgendwann bei uns auftaucht?

Doch in der Welt der Erwachsenen hat nur die Welt Platz. «E.T.» ist bloss ein modernes Märchen, etwa nicht? Die Erwachsenen haben vergessen, dass sie auch einmal Kinder waren. Und sie haben vergessen, was sie damals geglaubt haben:

Sie glaubten, dass Märchen wahr sind.

«Niemand darf Dich daran hindern, umzukehren und zu sagen: Ich bereue, was ich getan habe»

OFFENER BRIEF AN EINE INHAFTIERTE
ANTIIMPERIALISTIN (1983)

Im Januar 1982 wurde Claudia, damals 30-jährig, zusammen mit ihrem Freund Jürg in Zürich verhaftet. Die danach erhobene Anklage lautete auf Diebstahl, Verbergen und Weitergabe von Sprengstoff in verbrecherischer Absicht – an Terroristen im Umfeld der deutschen «Rote Armee Fraktion».

Mein Offener Brief an Claudia erschien unmittelbar vor dem ersten Prozesstag in der «WochenZeitung». Zu diesem Zeitpunkt hatte Claudia bereits 13 Monate Einzelhaft hinter sich. Dazu gehörten folgende weitere Einschränkungen: 30 Minuten Hofgang pro Tag ohne Gesprächsmöglichkeit, strenge Post- und Briefzensur, limitierte Möglichkeit, selber Bri̇fe zu schreiben, limitierte und überwachte Besuche, Gespräche mit Trennscheibe.

Ein privater Briefwechsel zwischen der Inhaftierten und mir war dem Offenen Brief vorangegangen.

Liebe Claudia,
das ist der erste öffentliche Brief, den ich dir schreibe. Öffentlich deshalb, weil ich mich mit diesem Brief nicht nur an dich wende, sondern auch an Jürg, deinen Freund, der im Bezirksgefängnis in Winterthur sitzt. Ebenso wende ich mich an alle, die von euch wissen und Anteil nehmen an eurem Schicksal.

Euer Prozess steht bevor. Und das zu erwartende Urteil gegen euch wird ein exemplarisches Urteil sein. An eurem

Fall wird der Staat, der Justizapparat seine ganze Entschlossenheit demonstrieren, euren Widerstand, euren Willen, eure Überzeugung ein für allemal zu brechen. Damit sollen gleichzeitig all jene abgeschreckt werden, die denselben politischen Weg gehen wollen.

Doch was rede ich: Du weisst, um was es geht, jeder weiss es, der die Sache verfolgt hat. Du und Jürg, ihr seid nicht einfach Militärverweigerer oder «Bewegte», die wegen Steinewerfen verurteilt werden. Du und Jürg, ihr gehört zu den Leuten, die sich dem antiimperialistischen Kampf verschrieben haben, dem Kampf in den Metropolen, im Herzen des Imperialismus. Ihr befürwortet den militanten Widerstand, der Gewalt gegen Sachen und vielleicht auch Gewalt gegen bestimmte Personen nicht ausschliesst. Ihr seid an einem Punkt angelangt, wo es für euch kein Zurück mehr gibt, wo der frontale Angriff gegen Monopolkapital und Staat zur revolutionären Notwendigkeit wird.

Ihr seid euch deshalb auch voll bewusst, dass von diesem Staat euch gegenüber keinerlei Pardon zu erwarten ist, dass er so knallhart zurückschlägt, wie er von euch attackiert wird. Eure Verhaftung, eure bereits über ein Jahr dauernde U-Haft – eure ganze persönliche Situation habt ihr nie an die grosse Glocke gehängt. Mit all diesen Konsequenzen hat man ja rechnen müssen, nicht wahr, da wird nicht gejammert, und bemitleiden soll man euch bitte auch nicht: «Wir wollen kein Mitleid», hast du selber erklärt, «denn wir fühlen uns nicht als hilflose Opfer».

Die Haltung des Staates euch gegenüber ist zynisch, denn obwohl die Unmenschlichkeit von Isolationshaft bekannt ist, hält man euch systematisch darin gefangen. Ist aber diese zynische Haltung nicht im Grunde dasselbe wie eure eigene Kälte dem System gegenüber? Fällt dir nicht überhaupt auf, Claudia, wieviel Übereinstimmung zwischen euch und eurem Gegner besteht?

Sowenig Illusionen ihr habt, was die Politik des Staates betrifft, sowenig Illusionen macht sich der Staat über euch: Beide Seiten erwarten voneinander nichts anderes, beide Seiten rechtfertigen ihre Methoden mit den Methoden des Gegners, beide setzen klar auf Gewalt zur Schwächung des andern, so geht das seit Jahren schon hin und her, in Deutschland, Italien und abgeschwächt auch bei uns; eine absurde Spirale, ein erbarmungsloses Rollenspiel zwischen «Anti-Imperialisten» und «Imperialisten», das einer gemeinsamen Logik gehorcht: Auge um Auge, Zahn um Zahn, gekleidet in dürre Strafparagrafen auf der Seite des Staates, revolutionäre Bekennerbriefe auf eurer Seite.

Du hast recht, Claudia, du bist nicht einfach «hilfloses Opfer». Du hast gehandelt, wie auch immer, bist auch «Täterin». Aber am Schluss bleibst eben doch du die Betrogene, zuletzt seid doch ihr die Verlierer in diesem Spiel, das ihr mit dem Staat, der Staat aber vor allem mit euch treibt. Zuletzt ist euer Gegner der Stärkere, denn hinter seinem Zynismus steht Staatsgewalt, hinter eurem Zynismus dagegen – abgesehen vielleicht von ein paar Kilogramm Sprengstoff – nichts als Hass und hilflose Wut.

Ihr könnt den Staat nicht kaputtmachen. Aber der Staat kann euch kaputtmachen, und wenn ihr seine Logik zur euren macht, hat er es um so leichter, euch zu erledigen. Denn das konsequente, unerbittliche Handeln ist ihm vertraut, darin kennt er sich aus, euer Gegner, und sollte es nicht zu vermeiden sein, geht er sogar über Leichen: über eure nämlich. Wenn ihr weitermacht, so wie bisher, die Rolle der anti-imperialistischen Kämpfer grimmig entschlossen, konsequent bis zum Ende spielt, dann wird es ein bitteres Ende – dann braucht sich der Staat wegen euch kein Gewissen zu machen und er braucht sich vor der Öffentlichkeit nicht zu legitimieren. Dann scheint es fast logisch: Ihr habt ihn angegriffen – er hat zurückgeschlagen. Strafe muss sein.

Protestieren dagegen werden nur wenige.

In allem, was du schreibst, Claudia, vermittelst Du mir den Eindruck, als hättest Du Dich bereits abgefunden mit Deiner Haft und den Jahren im Knast, die mit Sicherheit auf Dich warten. Manchmal denke ich, du und Jürg, ihr betrachtet es als eure politisch-moralische Pflicht, nicht von euch selber zu reden, keine Gefühle zu zeigen und auch nicht Gefühle von Anderen zu beanspruchen, sondern stolz und aufrecht zu leiden: Als wäre dieses Märtyrertum die Rechtfertigung eures Kampfes, der Stachel in eurem Fleisch, der eure Konsequenz am Leben erhält, euer Selbstverständnis als unbeugsame politische Gefangene – dieses Image, von dem ihr erwartet, wir draussen sollen es euch glauben.

Claudia, ich glaube es dir nicht. Deine Briefe haben mir – wenn auch meist nur zwischen den Zeilen – gezeigt, dass du dich mit deiner Situation und den Gefängnisjahren, die dir bevorstehen, nicht wirklich abfinden kannst. Du wünschest dir im Grunde genommen nichts sehnlicher als die Freiheit – möchtest am liebsten heute schon deinem Käfig entrinnen, möchtest hinaus an die frische Luft, hinaus zu den Menschen, die dir etwas bedeuten. Ich kann nicht in dein Herz sehen. Aber ich wage zu behaupten, dass es so ist.

Claudia, gibt es etwas Wichtigeres im Leben eines Menschen als die Freiheit? Willst du, nur um der Konsequenz willen, Jahre im Knast verbringen? Ich finde, du musst nicht konsequent sein um jeden Preis. Du musst es nicht dem Staat gleichtun, für den Unnachgiebigkeit zu den ersten Geboten gehören.

Sei inkonsequent! – Wir sind es täglich in kleinen Dingen, warum soll Inkonsequenz nicht erlaubt sein, wenn es um eine Entscheidung fürs Leben geht? Um es konkreter zu sagen: Verweigere dich der Rolle, die sie von dir erwarten. Sie erwarten von dir, dass du am Prozess eine eiskalte politische Erklärung verliest. Tu' es nicht! Sie rechnen damit, dass du dich so rebellisch aufführst, bis sie dich von der Verhandlung ausschliessen können: Tu' ihnen nicht den Gefallen! Sie erwarten, dass du keine persönlichen Aussagen machst. Tu' es doch! Sprich von dir, durchbrich die Anonymität!

Und vor allem: Sie erwarten, dass Du nichts bereust.

Claudia, warum eigentlich nicht? Bereust Du es nicht, dass Du wegen ein paar Kilogramm Sprengstoff jahrelang ohne Freiheit sein wirst?

Sophie Scholl, die junge Frau, die als Mitglied der «Weissen Rose» in München Widerstand gegen Hitler leistete, erklärte vor ihrer Verurteilung: «Ich würde es immer wieder tun.» Für sie gab es nichts zu bereuen. Für uns jedoch ist nicht alles so eindeutig. Die Verhältnisse sind heute ganz andere, es gibt in der Schweiz und überhaupt in Westeuropa, trotz aller Missstände, kein derart schreiendes Unrecht wie damals in Deutschland.

Das heisst, wir befinden uns nicht mehr in einer Situation, die politischen Widerstand und Militanz geradezu lebensnotwendig macht. Wir sind nicht mehr gezwungen, zu handeln und so kompromisslos wie möglich zu handeln. Hier und heute, wo dieser äussere Zwang weitgehend fehlt, liegt es an uns, an unserer eigenen Motivation, wie entschieden wir uns engagieren wollen. Und wenn wir eines Tages erkennen, dass wir, nur um ein politisches Ziel zu erreichen, unsere Freiheit geopfert haben, dann darf uns niemand daran hindern, umzukehren und zu sagen: Ich bereue, was ich getan habe. Ich würde es nicht mehr tun.

Niemand von uns, Claudia, hätte das Recht, dich deswegen moralisch zu kritisieren, niemand dürfte dich des Verrats an der gemeinsamen Sache bezichtigen. In der heutigen Situation in der Schweiz ist es töricht, für ein abstraktes gemeinsames Ideal die persönliche Freiheit zu opfern und als Kanonenfutter des Gegners zu enden.

Bereuen heisst nicht resignieren, heisst nicht, jedes Engagement aufgeben. Bereuen heisst zugeben, dass man zuwenig an sich selber gedacht hat und dies jetzt nachholen will – auch vor Gericht. In der Hoffnung auf ein milderes Urteil.

Ich selber, Claudia, stand kürzlich vor einer ähnlichen Entscheidung, obwohl die Sache hundertmal unbedeutender ist. Ich bekam vor einigen Monaten einen Stellungsbefehl der Armee. Eingeteilt war ich im Hilfsdienst, ein Aufgebot hatte ich aber noch nie erhalten. Doch nun, überraschend, hätte ich einrücken müssen.

Was tun? Konsequentes Handeln hätte für mich bedeutet, das Aufgebot zu verweigern und vor Gericht zu erklären,

dass ich für eine Schweiz ohne Armee bin. Zunächst gefiel ich mir in der Rolle des konsequenten Verweigerers,
der für seine politische Überzeugung, ohne mit der Wim-
per zu zucken, ein Jahr Gefängnis in Kauf nimmt. Aber
dann kamen mir Zweifel. Ein ganzes Jahr ohne Freiheit?
Ohne das Recht, mich frei zu bewegen? Ein ganzes Jahr
getrennt von dem Menschen, der mir am liebsten ist?

Nein, ich konnte es nicht, ich wollte es nicht. Und ich
musste es nicht – endlich einmal musste ich nicht konsequent sein. Ich erkannte, dass es eigentlich keinen Grund
gibt, mich von selbstgewählten Prinzipien tyrannisieren
zu lassen. Es gibt auch andere Werte in mir, andere «Prinzipien», die ich ebenso ernst nehmen muss. Ich entschloss
mich, inkonsequent zu handeln – und wählte den Weg
durch die Hintertür. Ich wählte das ärztliche Zeugnis. Es
war kein leichter Entscheid, denn Abschleichen liegt mir
nicht, und früher hätte ich bestimmt anders entschieden.

Und doch war es richtig. Weil ich es vor mir selber verantworten konnte.

Alles Gute und ganz viel Mut wünscht Dir
Nicolas

*

Was ich in meinem Brief nur andeutete, Claudia – hier
sage ich es direkt: Mein Offener Brief zielt auf das ganze
Konzept des «militanten anti-imperialistischen Kampfes».
Mit dem bevorstehenden Prozess gegen euch ist dieser
Kampf nach meiner Überzeugung auch in der Schweiz an
einem ähnlichen toten Punkt angelangt wie seine deutschen und italienischen Vorbilder. Bereuen, was man getan hat, würde auch die Einsicht bedeuten, dass man ge-

scheitert ist: dass die Politik, die man verfolgte, in die Sackgasse des Knastes geführt hat und sonst nirgends hin.

Claudia reagierte auf meinen Offenen Brief mit einer Entgegnung, in welcher sie ihre politische Haltung verteidigte und mein Ansinnen zurückwies. Ihre Antwort, nachzulesen in der «WochenZeitung» 51/1983 trug den Titel: «Wenn sie zu dir kommen und sagen: Bereue! – dann gibt es nur eins: Sag' nein!»

Nach insgesamt 18 Monaten Untersuchungshaft wurden Claudia und Jürg im Juli 1983 vom Zürcher Bezirksgericht zu je 5.5 Jahren Zuchthaus verurteilt.

Die Berliner Mauer
und die Schweizer Armee

ZUR GEPLANTEN VOLKSINITIATIVE FÜR EINE SCHWEIZ
OHNE ARMEE (1983)

Als ich vor einem Jahr das erste Mal in Berlin war, galt
mein erster Besuch der Berliner Mauer. Ich musste sie
nicht lange suchen. Irgendwann führt jede Strasse zu ihr.
Als ich dann vor ihr stand, blickte ich an ihr empor –
und konnte es fast nicht glauben. Diese Zweiteilung einer
Stadt durch eine Wand aus Beton wollte mir nicht in den
Kopf, so absurd, so verrückt fand ich das. Und doch stand
sie da, diese Wand, stumm und unüberwindbar. Ich fragte meine deutschen Bekannten, warum unternehmt ihr
eigentlich nichts gegen die Mauer?

Die Reaktion war Achselzucken und sogar Unverständnis:
Was willst du gegen die Mauer schon machen? In die Luft
sprengen vielleicht?

Mir wurde bewusst, wie sehr diese Mauer ein deutsches
Tabu ist – erstaunlicherweise vor allem für jene, die doch
sonst gerne von sich behaupten, alle Mauern am liebsten
niederreissen zu wollen. Aber die gigantische Sperre in
ihrer eigenen Stadt lassen sie stehen, dagegen erhebt sich
keine Bewegung, kein Widerspruch, obwohl diese Mauer
der offensichtlichste, sichtbarste Ausdruck von Unfreiheit
ist.

Wieder zurück im eigenen Land, in der Stadt, die nicht
von Mauern zerschnitten wird, lief im Kino ein kaum be-
achteter deutscher Film: «Der Mann auf der Mauer» – die
Geschichte eines jungen Mannes, der von Ostberlin nach
Westberlin flüchtet, in den Osten zurückkehrt, um doch

wieder in den Westen zu wechseln, seine Geliebte im Osten aber dennoch wiedersehen will. Es ist die Geschichte eines Berliners, den die Mauer daran hindert, sich frei zu entfalten, dem es aber mit Tricks und Schlichen gelingt, sich darüber hinwegzusetzen.

Als ich aus dem Kino trat, kam mir die Schweizer Armee in den Sinn. So unvergleichbar die beiden Institutionen auch sein mögen, dachte ich – es gibt doch Parallelen: Wie die Berliner Mauer, so ist auch eine Armee etwas Unbewegliches, scheinbar Unabänderliches. Denn wie man sich Berlin ohne Mauer fast nicht mehr denken kann, vermag sich auch niemand ein Land ohne Armee vorzustellen. Das gilt auch für uns, in der Schweiz. Die Armee gibt es einfach, weil es sie immer gab, und wie die Mauer ist auch die Existenz der Armee ein Tabu, und zwar eines bis weit in die Friedensbewegung und bis weit in die Linke hinein. Das Militär wird belächelt, verspottet und kritisiert – aber grundsätzlich, ernsthaft in Frage gestellt wird es nicht.

Warum nicht? Warum machen wir das Undenkbare nicht denkbar: Ein Berlin ohne Mauer – eine Schweiz ohne Armee?

Ob der Plan eines Volksbegehrens zur Abschaffung der Armee eine Verrücktheit ist oder nicht, wer weiss das schon? Die Welt bleibt nicht stehen, sie verändert sich vielleicht sogar schneller, als uns lieb ist; und was heute noch utopisch erscheint, kann morgen bereits Bedeutung bekommen und übermorgen Wirklichkeit sein.

Auch die Mauer in Berlin wird nicht ewig stehen.

Der Text «Die Berliner Mauer und die Schweizer Armee» erschien im November 1983. Genau sechs Jahre später, im November 1989 wurde in Berlin die Mauer niedergerissen – und in der Schweiz über die Abschaffung der Armee abgestimmt. Bei einer Stimmbeteiligung von siebzig Prozent wurde das Volksbegehren zwar abgelehnt, doch entgegen aller Prognosen votierten 1 052 442 Bürgerinnen und Bürger (35,6 %) für eine Schweiz ohne Militär.

*

Die Jahre, die auf meinen Bruch mit der Linken folgten, wurden zu einer Zeit des Rückzugs und der Neuorientierung. Ich verliess die Stadt, gab mein politisches Engagement auf und konzentrierte mich ganz auf das Schreiben. Anfänglich war ich noch als Autor und Gerichtskolumnist für die «Schweizer Illustrierte» tätig – und dort bekannt für nicht-enden-wollende Manuskripte –, doch seit 1989 und der Gründung meiner Familie bin ich freier Schriftsteller.

In dieser Zeit, in der meine ersten Bücher erschienen, habe ich mich weltanschaulich oder politisch kaum mehr geäussert. Was ich zu sagen hatte, sagte ich mit meinen Erzählungen und Geschichten. Erst 1990, als mich der Schriftstellerverband einlud, für sein Jahrbuch einen Beitrag zur 700-Jahr-Feier der Schweiz zu verfassen, begann ich wieder meine Gedanken zu formulieren.

Vom Neid der Besitzenden

DIE «700-JAHR-FEIER» UND DIE SCHWEIZER
SCHRIFTSTELLER (1991)

Diese Fernsehbilder werde ich nie mehr vergessen.

Ich war Zeuge, wie ungarische Grenzsoldaten das erste
Stück des Eisernen Vorhangs zerschnitten, ich habe die
Berliner Mauer fallen gesehen, ich habe Dubceks gefeierte Rückkehr auf dem Prager Wenzelplatz mitverfolgt,
und ich habe das zu Tode erschrockene Staunen in Ceau-
cescus Gesicht am Bildschirm beobachten können, als das
rumänische Volk, statt ihm ein weiteres Mal zuzujubeln,
sich plötzlich gegen ihn zu erheben begann. Aufgewachsen zwischen den starren Fronten des Kalten Krieges,
habe ich zum erstenmal miterlebt, wie überraschend sich
die Menschheitsgeschichte verändern kann.

Doch so sehr mich die gezeigten Bilder zu begeistern und
zu berühren vermochten – sie erinnerten mich schmerz-
lich daran, dass ich bloss ein Zuschauer war. Nie zuvor
fühlte ich mich so sehr als Europäer und zugleich so
sehr von Europa abgeschnitten; nie zuvor empfand ich
die Schweiz so ausgeprägt als Provinz wie in diesen vergangenen Wochen. Während sich halb Europa in Aufruhr
befand – blieb bei uns, einmal mehr, alles ruhig.

Unser Land ist nicht Osteuropa, und die Freiheiten, um
die dort gekämpft werden musste, sind bei uns längst
verwirklicht. Wir haben ein Ausmass an Wohlstand, an
Umweltschutz, an kulturellen Angeboten, von dem die
Osteuropäer nur träumen können. Und wo auch bei uns
Reformen notwendig sind, fehlt es uns nicht an den Möglichkeiten, sie zu verwirklichen.

Es geht uns gut. Wer kann es bestreiten? Und eben darin besteht unsere Not: Dass wir uns eigentlich nicht beklagen können. Der bevorstehende 700. Geburtstag der Schweiz wird uns dies unangenehm in Erinnerung rufen. Während in Prag und Berlin und in Bukarest die Menschen ihre eigenen Siege errungen haben, sollen wir die Siege unserer Väter feiern. Das fällt uns schwer.

Wir, und damit meine ich nun im Besonderen auch die Schriftstellerinnen und Schriftsteller – wir alle gehören zur Schweiz, doch wir wissen sie nicht mehr zu schätzen, und wir mögen sie nicht mehr feiern. Die schweizerische Demokratie ist für uns derart selbstverständlich, dass sie uns meistens langweilt, und diese Langeweile durchzieht als Grundgefühl sehr viele unserer Werke.

Wenn wir uns dann vergleichen mit den Schriftstellern in der Dritten Welt und in Osteuropa; wenn wir an ihre Schwierigkeiten und Entbehrungen denken, an ihre bedeutende Rolle im Kampf für die Demokratie ihres Landes – dann regt sich geradezu Neid in uns. Wir sind neidisch auf den Existenzkampf der andern, und dieser Neid der Besitzenden schürt unseren Überdruss, unsere Unzufriedenheit über die wohlgeordneten Verhältnisse im eigenen Land.

Wir können zwar, anders als Vaclav Havel, der tschechische Autor und Regimekritiker, keine «Briefe aus dem Gefängnis» schreiben, weil man Schriftsteller hierzulande nicht einsperrt – dennoch zeichnen wir ein Bild von der Schweiz, als wäre sie eine Art seelischer Knast. Unaufhörlich beschwören wir das in «diesem» Land herrschende «Klima der Unfreiheit und Intoleranz», als wäre die Schweiz eben doch eine Diktatur. Wir sprechen selten von «unserem» Land, wie wenn wir selber nicht Teil davon wären: Unsere geistige Grundhaltung ist die Dissidenz.

In den Medien findet unsere Denkweise grösstenteils lobende Zustimmung. Ein jüngeres, prägnantes Beispiel dafür ist ein Leitartikel im Berner «Bund» mit dem angriffigen Titel «Schriftsteller sind gefährlich». Die Zeitung nimmt die Ereignisse in Osteuropa zum Anlass, um sich mit der gesellschaftlichen Rolle des modernen Autors zu befassen, und kommt zum Schluss: «Subversiv» und «gefährlich» zu sein, gehöre auch in der Schweiz zur Grundaufgabe des Schriftstellers – sofern er mehr sein wolle als ein «gefälliger Geschichtenerzähler».

Ist das richtig? Müssen Schriftsteller unter allen Umständen Regimegegner sein? – Der oppositionelle Autor Vaclav Havel ist inzwischen tschechischer Staatspräsident. Er hat durch das eigene Beispiel gezeigt, dass sich die Rolle des Schriftstellers mit dem Übergang zur Demokratie zu ändern beginnt. Ich nehme an, Havel wird es als befreiend empfinden, kein Oppositioneller mehr sein zu müssen. Ich glaube nicht, dass die Dissidenz die einzige Triebfeder seines Schaffens war.

Widerspruch als Prinzip – in der Diktatur ein Gebot des Gewissens – kann in der Demokratie zur Pose erstarren. Solange wir uns lediglich als «Kritische», als «Unbequeme» und «Ketzer» verstehen, solange wir uns beschränken auf den Nimbus der Nestbeschmutzer, beschränken wir unsere geistigen Möglichkeiten.

Ich plädiere dafür, dass wir uns weiterentwickeln – dass wir unser Verhältnis zur Schweiz überdenken und vielleicht erkennen, mit allen Vorbehalten, wie wertvoll sie für uns ist. Weder zwingt sie uns in die Dissidenz noch in die Einsamkeit des Exils; wir müssen nicht für selbstverständliche Rechte kämpfen, und es bleibt uns erspart, für das Lebensnotwendige Schlange zu stehen. Gibt es bessere Voraussetzungen für die freie Entwicklung des Menschen? Für die Weiterentwicklung von Kunst und Literatur?

In totalitären Verhältnissen diktiert uns das Leben, was wir schreiben müssen. In einer Demokratie jedoch, die so weit entwickelt ist wie die unsere, können wir aus uns selbst heraus schöpferisch sein. Wir haben die Freiheit, die sich Osteuropas Schriftsteller immer gewünscht haben. Darin liegt zugleich unsere bisher grösste Herausforderung. Die Frage ist, ob wir die Freiheit ertragen können: Ob sie uns weiterhin langweilt, unzufrieden und zynisch macht – oder ob sie uns Flügel schenkt.

Das Ende des Kalten Krieges nach dem Zusammenbruch der Sowjetunion und des Ostblocks nährte die Hoffnung auf eine weltweite Friedenszeit, die jedoch bereits im Januar 1991 wieder bedroht schien. Nach dem Überfall des Iraks auf Kuwait beschloss die westliche Welt unter Führung der USA – legitimiert durch eine Resolution des UNO-Sicherheitsrates – am 16. Januar 1991, militärisch einzugreifen und Kuwait zu befreien. Damit sah sich der Irak der grössten Kriegskoalition seit dem Zweiten Weltkrieg gegenüber.

Der Ausbruch des Krieges führte zur weltweiten Befürchtung, der Konflikt könnte sich auf den gesamten Nahen Osten ausdehnen und die Welt in eine neue bedrohliche Krise stürzen. An jenem 16. Januar standen die Zeichen deshalb auf Sturm – was auch mich ernsthaft verunsicherte. Schreibend versuchte ich meiner Beklemmung Ausdruck zu geben.

Die Stunde vor dem Krieg
JANUAR 1991

Sonst bekomme ich eigentlich immer Post, irgendwelche Briefe oder mindestens Einzahlungsscheine.

Heute, an diesem Mittwochmorgen, ist der Briefkasten leer. Jede Stunde, jeden Moment kann der Krieg losgehen.

Noch am Vortag habe ich selbst mehrere Briefe zur Post gebracht und Rechnungen einbezahlt. Beides hätte warten können, aber ich wollte es unbedingt noch erledigen, als wäre nachher keine Gelegenheit mehr.

Nachher – das ist jetzt. Heute werde auch ich keine Briefe mehr schreiben. Ich könnte jetzt nicht so tun, als ginge das Leben trotz allem weiter. Im Augenblick geht es nicht weiter. Ich könnte jetzt nicht einmal dem Elektriker telefonieren, der uns schon vor Tagen versprochen hatte, zu kommen. Alles Alltägliche, alles Kleine hat stillzustehen, bis die Weltpolitik sich entschieden hat.

Auch mein Termin beim Zahnarzt, den ich schon vor Wochen vereinbarte, steht quer in diesem heutigen Tag. Was soll ich heute beim Zahnarzt? Im Grunde, denke ich, verbietet mir der Ernst der Stunde, dass ich meine Zähne, die doch nicht einmal schmerzen, so wichtig nehme.

Der Zahnarzt, ein Bekannter von mir, hat soeben seine Praxis eröffnet, ich gehe zum erstenmal hin. Wir begrüssen uns freundschaftlich – und eigentlich glaubte ich, wir könnten nicht anders, als sogleich den drohenden Krieg zu erwähnen.

Doch beide verlieren wir darüber kein Wort. Stattdessen zeigt mir der Zahnarzt seine neueröffnete Praxis, wir unterhalten uns über die Arbeit und natürlich über den Zustand der Zähne. Immer wieder wäre dazwischen Gelegenheit, das Thema doch noch zur Sprache zu bringen – doch wir tun es nicht. Wir übergehen die Lage am Golf, als hätten wir das stillschweigend abgemacht.

Mein Verhalten irritiert mich zunächst. Ich sitze auf dem Zahnarztstuhl und wundere mich, warum ich einen Krieg, der unmittelbar vor dem Ausbruch steht, einfach unerwähnt lassen kann. Ich empfinde eine Art Pflichtgefühl, darüber zu sprechen. Ob es auch ein Bedürfnis ist, weiss ich allerdings nicht. Ich stelle fest, dass ich mich – der akuten Kriegsbedrohung zum Trotz – über harmlose Dinge ganz gut unterhalten kann.

Und plötzlich weiss ich, warum. Während mich der Zahnarzt bittet, den Mund weit zu öffnen und den Kopf ein wenig zur Seite zu drehen, wird mir klar, dass der mich umgebende Alltag in diesen Stunden der weltweiten Ungewissheit das einzig Sichere, das einzig Verlässliche ist.

Die kühle Sachlichkeit dieser Praxis, die klinisch-helle Beleuchtung, die weissgelb gestrichene Decke; dann, beim Spülen, der Blick aus dem Fenster, das Schulhaus, der Sportplatz unter dem Hochnebelhimmel, die gleichmässig zirkulierenden Autos auf der Strasse im Hintergrund; und die ruhige Stimme meines Bekannten, der Zahn um Zahn kontrolliert und beurteilt – all dies widersetzt sich der Verunsicherung durch den drohenden Krieg. Während die Welt wie gelähmt scheint, beharrt dieser Alltag auf seinem unbeirrbaren Rhythmus. Macht einfach weiter. Obwohl er doch stillzustehen hätte.

Wenig später verlasse ich die Praxis meines Bekannten. Ich komme an einem Kiosk vorbei, ich sehe die Schlagzeile auf dem Aushang und bin sogleich wieder mitten in der Ungewissheit des drohenden Krieges.

Doch da fällt mir die Karte ein, die kleine weisse Karte in meiner Hand. Sie hat auf mich eine eigenartig beruhigende Wirkung. Auf der Karte steht: 22. Februar, 13 Uhr 15.

Mein nächster Termin beim Zahnarzt.

Beklemmung
JANUAR 1991

Ich habe mir manchmal eine Katastrophe herbeigewünscht. Ich glaubte, nur die Naturgewalten oder ein
Krieg vermöchten die Menschen noch aufzurütteln. Vielleicht ging es auch darum, dass ich mein eigenes Leben
als zu wenig aussergewöhnlich empfand. Ich, der ich nie
einen Krieg erlebt hatte, sehnte mich insgeheim nach einem dramatischen Eingriff der Weltgeschichte in mein
geordnetes Leben, ich sehnte mich nach dem Ausnahmezustand, der alles umstürzen, alles verändern würde.

Dann, vor fast genau einem Jahr, gegen das Ende des
Winters, kam über dem Atlantik ein Sturm auf. Er brach
mit aller Gewalt über den Westen Europas herein, und
er verschonte auch unser Land nicht. Ich sass am Fenster und schaute beeindruckt zu, wie die Natur draussen
plötzlich in Aufruhr geriet, wie immer heftigere Wind-
stösse herbeifegten, wie alles, was nicht niet- und na-
gelfest war, aufgescheucht, niedergedrückt und zerzaust
wurde. Die unsichtbaren Hände des Sturms griffen wahl-
los in Bäume, Hecken und Sträucher hinein, rissen, zerr-
ten, knickten Zweige und Äste, wie es ihnen beliebte. Die
beiden jungen Tannen im Nachbargarten wurden immer
bedrohlicher hin- und hergeworfen; zwischendurch, Momente lang, standen sie da wie benommen, bis sie der
nächste Angriff erfasste. Selbst die älteren, die grossen
Bäume wurden vom Sturm zum Tanzen gezwungen – die
Naturgewalt hatte auch vor ihnen keinen Respekt.

Der See, der sich in ferner Sichtweite meines Fensters befindet, war bewegt wie noch nie, die hochgehenden Wellen
und ihre Schaumkronen konnte man von blossem Auge
erkennen: Das sonst so friedlich daliegende Wasser hatte

sich in eine rollende See verwandelt – und es wäre gewiss eindrücklich, dachte ich, jetzt am Bootshafen unten zu stehen und die sturmgepeitschten, an der Mole aufklatschenden Wellen aus der Nähe zu sehen.

Doch eigentlich – eigentlich war ich ganz froh, im sicheren Innern des Hauses zu sein. Ein so unheimlich wildes Wetter war ich mir nicht gewohnt, und obwohl es mir nichts anhaben konnte, kam es mir doch fast ein wenig zu nahe. Die Windböen brandeten so wuchtig gegen mein Fenster, dass ich den Hochdruck des Sturms förmlich spüren konnte: Er pfiff durchs Kamin, er rüttelte an den Läden – war nicht zu stoppen, nicht zu stillen in seiner Gier, er hörte auch nach Stunden, auch am Abend nicht auf, er setzte sich sogar in die Nacht hinein fort.

Und er war am folgenden Morgen, als ich erwachte, noch immer am Werk.

Als die entfesselte Windgewalt, begleitet von ebenso heftig hernieder prasselnden Regenschauern, auch den ganzen zweiten Tag andauerte und jede scheinbare Beruhigung nur die Ruhe vor der nächsten Attacke war; als der Sturm dann plötzlich das Bretterdach des Gartenschuppens hinwegriss, als kurz danach die ersten Ziegel vom Hausdach herunterschlugen und das Regenwasser bereits von der Zimmerdecke herabtropfte; als draussen, im selben Moment, der aufscheuchende Sirenenton der Feuerwehr zu vernehmen war – da geschah etwas in mir. Auf einmal, ganz unwillkürlich wusste ich, dass ich diesen Sturm nicht mehr wollte. Ich hoffte, und ich wünschte mir, er möge aufhören. Ich hatte Angst bekommen, Angst vor dieser rohen Gewalt da draussen, die durch nichts zu bändigen war. Ich sah mein normales, alltägliches Leben plötzlich gefährdet.

Der Kitzel nach dem Ausnahmezustand war weg.

Ein Jahr, wie gesagt, ist seither vergangen. Jetzt, seit zehn Tagen schon, herrscht im Golfgebiet Krieg, und ich habe diesen Krieg, der einen Weltenbrand auslösen könnte, keine Sekunde herbeigewünscht. Ich brauche ihn nicht, um mich geistig zu stimulieren. Ich will nicht, dass die Weltpolitik mir meine Gedanken und mein Leben diktiert. Ich möchte nicht mehrmals täglich beunruhigt, beklommen die Nachrichten hören. Ich möchte in mich selbst hineinhören – meiner inneren Stimme möchte ich folgen.

Ich wünsche mir Frieden.

Die Befürchtung, der Golfkrieg könnte sich ausweiten, traf dann glücklicherweise nicht ein. Schon nach fünf Wochen endete der Konflikt mit der Befreiung Kuwaits und dem vollständigen Rückzug der irakischen Truppen. Doch heute wissen wir, dass sich die Hoffnung auf eine Beruhigung in der Region schon zehn Jahre später als Illusion erwies.

Die Zeichen, die wir uns wünschen

ÜBER DEN OSCARGEKRÖNTEN SCHWEIZER
SPIELFILM «REISE DER HOFFNUNG» (1991)

Ein türkischer Bauer aus einem kleinen Dorf versucht
mit seiner Frau und seinem achtjährigen Sohn in die
Schweiz zu gelangen, um hier im Paradies, wie er glaubt,
ein neues, besseres Leben zu haben. Zusammen mit anderen Ausgewanderten werden sie von Schleppern an die
italienisch-schweizerische Grenze gebracht, wo man sie
mitten im alpinen Gebiet ihrem Schicksal überlässt. Vom
Einbruch der Dunkelheit überrascht, irren die Migranten durch Kälte und Schnee; und während einige mit viel
Glück einen Fremdenverkehrsort erreichen, sind die anderen die ganze Nacht unterwegs, unter ihnen auch der
türkische Vater mit seinem Sohn. Als er am frühen Morgen, der Erschöpfung nahe, endlich gerettet wird, ist das
Kind in seinen Armen erfroren.

«Reise der Hoffnung» heisst der Film, dem diese wahre
Geschichte zugrundeliegt – der erste Schweizer Spielfilm,
der in Hollywood einen Oscar erhielt. Der Film lässt niemanden ungerührt. Ergreifend und voller Mitgefühl schil-
dert er die Geschichte der Türkenfamilie auf ihrem leid-
vollen Weg in die Schweiz.

Der Film klagt an – uns klagt er an, uns Schweizer. Wir
sehen durchfrorene, verstörte Menschen, deren Odyssee
spätabends vor dem hellbeleuchteten Hallenbad eines
Grandhotels endet: ihr erstes Bild von der Schweiz. Wir
sehen Asylsuchende, die von unseren Zöllnern aufgegrif-
fen und wie Verbrecher behandelt werden. Wir erleben
die Szene, wie der Schweizer Arzt, der das erfrorene
Kind untersucht, dessen Vater ins Wartezimmer verweist,
obwohl der Türke, noch immer hoffend, nichts anderes

möchte, als in der Nähe seines Sohnes bleiben zu dürfen. Wir erleben, wie er danach zu seiner Frau gebracht wird, die er auf dem nächtlichen Irrweg aus den Augen verlor; wir betreten mit ihm das noble Hotel, wo die Türkin mit anderen zusammen die Nacht über bleiben durfte, wir hören, wie eine Schweizer Hotelangestellte zu einem der Zöllner sagt, man müsse diesen Menschen doch helfen, und wir hören den Beamten, während er ein Salamibrot isst, mit unerbittlicher Miene erwidern, da könnte ja jeder kommen.

Und wir stehen daneben, als der Türke seiner Gattin beibringen muss, was geschehen ist: Wir sehen die Frau aufschreien in Schmerz und Verzweiflung, und wir müssen mitansehen, wie der Mann unmittelbar danach von ihr getrennt und zur genaueren Abklärung des Geschehenen inhaftiert wird.

Wäre die Geschichte erfunden oder wäre sie übertrieben, unrealistisch dargestellt, könnte man sich immerhin damit trösten, dass die Wirklichkeit vielleicht doch nicht ganz so schlimm ist. Aber es hat sich alles so zugetragen, und ich nehme an, sogar die extremsten Bilder sind wahr, sogar das hellbeleuchtete Hallenbad im Dunkel der Nacht, das den Umherirrenden wie eine Fata Morgana erscheint; der Schweizer Hoteldirektor, der sich im dampfenden Bassin vom Stress des Tages erholt; der dann plötzlich an der Scheibe die Gesichter der Türken sieht und ihnen darauf mit abwehrender Handbewegung bedeutet, das Hotel sei leider besetzt – selbst diese Szene hat sich vielleicht wirklich so abgespielt.

Ich bin aus dem Kino mit hängendem Kopf, mit Traurigkeit und Bitterkeit auf die Strasse getreten. Andere Zuschauer haben den Film wohl so schnell wie möglich vergessen wollen; und wieder andere haben erneute Wut, erneute Ohnmacht empfunden gegen die Fremdenpolizei und gegen die schweizerische Asylpolitik. So versuchen wir alle, jedes auf seine Weise, das Schuldgefühl loszuwerden, das der Film in uns weckt.

Etwas anderes bewirkt er nicht. «Reise der Hoffnung» ist im Grunde ein zynischer Titel, denn der Film enthält keine Hoffnung. Warum verlässt er nicht die grimmige Zone der Tatsachen? Warum darf es nicht sein, dass ein Schweizer Hoteldirektor hilfsbereit ist, auch wenn die Migranten keine zahlenden Gäste sind? Warum darf nicht geschehen, dass ein Schweizer Zöllner, zwischen zwei Bissen seines Salamibrots, ein wenig Verständnis zeigt?

Und vor allem: Warum darf nicht geschehen, dass das Türkenkind überlebt?

Ich weiss, der Film darf das alles nicht. Er darf die Wirklichkeit nicht beschönigen. Und doch: Insgeheim wünschte ich mir die ganze Zeit, der Film möge gut ausgehen. In einem Winkel meines Herzens hoffte ich auf ein Happy-End.

Es gab dieses Happy-End nicht. Wir alle haben den Bericht in der Zeitung gelesen. Der Regisseur hätte uns also nichts vormachen können. Und gerade deshalb, denke ich, hätte er sich entschliessen können, am Ende des Films ein Zeichen zu setzen. Eine kleine, absichtliche Korrektur der Realität.

Ich bin sicher, ich hätte das Kino in einer anderen Stimmung verlassen. Mitzuerleben, wie der türkische Junge im letzten Augenblick doch noch gerettet wird, das Glück seiner Eltern zu sehen und die Erleichterung der betei-

ligten Schweizer – dies mitzuerleben, wenigstens auf der
Leinwand, hätte mir gutgetan. Es hätte mich ermutigt.

Und warum soll uns ein Film nicht ermutigen?

GEDANKENGÄNGE 1994–2005

Angefragt, mich als Schriftsteller über die Zukunft zu äussern, hielt ich im April 1994 an einer Zukunftstagung ein Referat. Und bei diesem Vortrag spürte ich, wie sich meine weltanschauliche und inzwischen vielleicht auch philosophische Seite entfalten wollte.

Ich nahm den «Gedankengang», wie ich ihn nannte, auf Band auf, um ihn danach – beträchtlich erweitert – niederzuschreiben. Es folgten zahlreiche weitere öffentliche Gedankengänge, in denen ich die mündliche Form, mich auszudrücken, vollends entdeckte. Die hier publizierten Vortragstexte bringen zum Ausdruck, wie sich mein persönliches Denken im Laufe der Jahre entwickelte. Ich habe sämtliche Texte für die Buchveröffentlichung überarbeitet. Die Hinwendung an das Publikum jedoch habe ich beibehalten.

Bei den Vorträgen handelt es sich zum Teil um Reden am Nationalfeiertag und Ansprachen an Maturitätsfeiern. Inhaltlich kreisen die Gedankengänge um die Themen Freiheit, Schweiz, Glaube, Berufung und Lebenssinn, sodass sich gewisse thematische Parallelen ergeben – jedoch immer wieder betrachtet aus einem anderen Blickwinkel. In weiteren Referaten geht es um Themen wie Zeit, Musik, Sucht, Ostern und Pfingsten, Sprache und Selbständigkeit.

Es empfiehlt sich, die Gedankengänge nicht alle am Stück zu lesen, sondern immer wieder einen der Texte herauszugreifen und auf sich wirken zu lassen.

*

In den Jahren nach 2005 trat ich öffentlich als Schriftsteller nur noch sporadisch auf. Das Hauptgewicht meiner
Tätigkeit lag nun beim Gestalten von freien Trauungen,
Taufen und Abdankungen. Daneben war ich als Kolumnist
für den «Zürcher Oberländer» tätig und verfasste in dieser
Eigenschaft Hunderte kurzer Geschichten, Beobachtungen
und Gedanken. Erst 2016 mit «Von Schuld und Unschuld»
erschien wieder ein grösseres Werk von mir.

Zukunftsgedanken

Über den Pessimismus

Verehrte Anwesende!

Gestern Abend, als ich Ihnen Geschichten aus meinen Büchern zum Besten gab, konnte ich mich an den Büchern festhalten. Heute nun, beim Thema Zukunft, halte ich mich an nichts mehr, nur noch an diesem Tisch, der da vor mir steht. Ich habe kein Manuskript verfasst, sondern mich gleichsam innerlich vorbereitet. Darin zeigen sich zwei ganz verschiedene Zukunftswege, in diesem Unterschied zwischen dem Ablesen eines Manuskripts und dem Versuch, vielleicht auch dem Wagnis des frei gesprochenen Worts. Was ich damit meine, wird im Verlauf meines Vortrags klarer werden.

Zuerst möchte ich über unser Verhältnis zur Zukunft sprechen, genauer gesagt über den Zukunftspessimismus, über die Angst vor der Zukunft – eine Angst, die uns ja heute fast täglich begegnet, sei es dadurch, dass wir selbst eher pessimistisch denken oder dass es andere tun; sei es auch dadurch, dass wir Optimisten antreffen, deren Optimismus keine echte Zuversicht ist, sondern eher, wie soll ich sagen, eine Art Doping.

Beginnen möchte ich aber nicht in der Gegenwart, sondern bei George Orwell, dem berühmten englischen Schriftsteller, und seinem Zukunftsroman «1984», mit dessen Entstehungsgeschichte ich mich ausführlich auseinandergesetzt habe.

Für jene unter Ihnen, denen der Inhalt vielleicht nicht präsent ist, resümiere ich kurz: Der nach Kriegsende geschriebene Roman handelt von einem totalitär beherrschten Europa im damals noch weit entfernten Jahr 1984. Orwell zeichnet kühl, scheinbar emotionslos das Bild eines stalinistischen Superstaates, der das Leben der Menschen bis in ihre privateste Sphäre hinein überwacht. Positive menschliche Gefühle sind lebensgefährlich, erlaubt ist einzig die Liebe zum Grossen Bruder, so heisst der Diktator, unter dessen Regime die Menschen zu fanatischen und gleichzeitig stumpfen Befehlsempfängern geworden sind.

Inmitten dieses systematischen, unentrinnbaren Grauens hat Winston, der Romanheld, eine Ecke in seiner Wohnung entdeckt, die nicht überwacht werden kann. Dort formuliert er in einem Tagebuch seine Gedanken und wird innerlich zum Systemgegner. Er verliebt sich in Julia, die seine Ansichten teilt, sie treffen sich heimlich, immer wieder – bis sie eines Tages verhaftet werden und erkennen müssen, dass ihre verbotene Liebe dem System vom ersten Tag an bekannt war. In der Haft, gepeinigt sowohl von körperlicher als auch von Gedankenfolter, gibt Winston seinen verzweifelten Widerstand auf. Am Ende des Romans bekennt auch er seine Liebe zum Grossen Bruder.

Das Buch, wie Sie wissen, wurde ein Welterfolg. In seiner Furchtbarkeit, in seiner alles durchdringenden Hoffnungslosigkeit blieb es bis heute nahezu unerreicht. Und so stellte sich mir die Frage: Wie kommt ein Mensch dazu, ein so grauenhaftes Zukunftsbild zu entwerfen?

Um eine Antwort zu finden, unternahm ich eine Reise zur schottischen Insel Jura. Auf dieser ziemlich verlassenen

Insel hat George Orwell damals, 1948, sein Buch geschrieben. Meine Fahrt nach Jura und der Weg bis zu Orwells Haus, das immer noch steht, war zunächst eine äussere Reise; aber zugleich war es eine innere Reise, eine Reise auf den Spuren von Orwells Biografie, ein Mich hineinversetzen in sein Leben, Schritt für Schritt – und das allmähliche Erkennen, wie dieses «1984» entstehen konnte.

Der damals erst 45-jährige Schriftsteller war ein schwer kranker und einsamer Mann, als er sich nach Jura zurück zog. In London war ihm seine Frau gestorben, und er selber litt an Tuberkulose. Er schrieb seinen Zukunftsroman, um es drastisch zu sagen, mit der Tinte des Blutes, das ihm bei seinen schweren Hustenanfällen aus Mund und Nase schoss. Und er überlebte sein Buch nur um knappe zwei Jahre.

Mir ist vieles aufgegangen durch die Auseinandersetzung mit Orwell. Sein Name geistert ja heute noch durch die Medien. Immer wieder stösst man auf ihn: Von «Orwell'schen Visionen», «Orwell'schen Verhältnissen» ist die Rede, «Big Brother is watching you» hiess ein Slogan – Orwell wurde zum Inbegriff einer schrecklichen Zukunft.

Aber das konnte bloss deshalb geschehen, weil die meisten Leute, wenn überhaupt, nur das Buch kennen, nicht den Menschen dahinter, nicht die Umstände, unter denen es damals entstanden ist. Wüsste man darüber Bescheid, man würde «1984» mit anderen Augen betrachten. Man würde erkennen, dass die Art und Weise, wie Orwell die Zukunft sah, sehr viel mit ihm ganz persönlich zu tun hatte, mit seiner Einsamkeit, mit seinem Todeskampf, von dem er spürte, dass er ihn verlieren würde. Der Zusammenhang zwischen Orwells eigenen Schmerzen und den Folterungen, die seine Romanfigur erleidet – der Zusammenhang könnte nicht deutlicher sein.

Was können wir daraus lernen? Hinter jedem Zukunftsbild steht der Mensch, der es entwirft, der es prägt mit seiner Weltanschauung, mit seinem Charakter, mit seiner Biografie. Ob das Zukunftsbild sich bewahrheiten wird, ist eine andere Frage. Die Prophezeiung von Orwell jedenfalls hat sich nicht erfüllt, glücklicherweise nicht, so schlimm ist es bisher doch nicht geworden.

Aber achten wir darauf? Achten wir darauf, dass all die düsteren Zukunftsvisionen, all die negativen Voraussagen, die Horrorszenarien, die uns von den Medien – und auch von der Wissenschaft – fast täglich geliefert werden, dass all dies von Menschen gemacht wird? Von Menschen, die möglicherweise ihren Glauben an sich selber so sehr verloren haben, dass sie weder die Kraft noch die Bereitschaft aufbringen, die Zukunft anders als hoffnungslos darzustellen?

Und ist uns bewusst, wie sehr auch wir uns von dieser ständigen pessimistischen Sicht der Dinge beeindrucken lassen? Merken wir, wie schnell wir bereit sind, irgendwelche Zahlen, Fakten oder Beschwörungen für bare Münze zu nehmen, ohne zumindest die Methode zu hinterfragen?

Auch der Sprachgebrauch in den Medien, die Dramatisierung durch Sprache hat dieselbe fatale Wirkung auf uns. Immer wieder lesen wir – wir lesen es völlig unbewusst –, wie sich eine Lage «verschärft» oder «zuspitzt». Täglich spitzt sich irgendwo eine Lage wieder zu, und sie spitzt sich am Tag darauf weiter zu. Würde man diese Lage mit einem Bleistift vergleichen, den man zu stark zuspitzt, dann wäre die Spitze längst abgebrochen. Und doch flösst uns jede Verschärfung, jede Zuspitzung der Weltlage wieder Angst ein und verunsichert uns.

Ein anderes Beispiel: Nach einem Tankerunglück heisst es, die sich ausbreitende Ölpest werde möglicherweise die Flora und Fauna der ganzen Küstenregion auf Jahre hinaus vernichten. Einen Tag später liest man, schon etwas weniger fettgedruckt, dass nun doch nicht soviel Öl an die Küste gelangt sei. Und ein Jahr später wird in einer winzigen Meldung berichtet, dass sich die Tier- und Pflanzenwelt, entgegen den ersten Prognosen, schon erstaunlich erholt habe.

Ich denke, Sie verstehen mich recht. Es geht mir keineswegs darum, zu beschönigen oder zu verharmlosen. Die Bilder von sterbenden, ölverklebten Seevögeln haben auch mich traurig gemacht, weil die Tiere sich ja nicht wehren können gegen die Gleichgültigkeit der Menschen. Und doch muss man zugeben, dass sich die von den Medien hochgeputschten Befürchtungen auch in diesem Fall nicht erfüllten. Der «ökologische Holocaust» – ein Wort, das nicht ich erfunden habe – blieb aus, die Lebenskräfte waren auch diesmal stärker als die Zerstörungskräfte.

Aber die Medien, die auf unser Denken heute so grossen Einfluss haben, fahren fort mit ihren Schreckensszenarien. Immer wieder werden neue Teufel an die Wand gemalt, immer wieder – in einem Tonfall, als gäbe es kein Entrinnen – wird schematisch extrapoliert in die Zukunft. Wenn sich das Waldsterben im gegenwärtigen Ausmass weiter verbreitet, so hiess es vor etlichen Jahren, dann, so wurde anklagend prophezeit, wird es schon bald keine Wälder mehr geben. Und dazu wurden Bilder gezeigt, Bilder von tschechischen Mondlandschaften – wo vorher

Wald war –, deprimierende Bilder, die zusammen mit den düsteren Prognosen zur Folge hatten, dass unzählige Menschen auch hierzulande glaubten, dem unaufhaltsamen Krepieren des Waldes ohnmächtig zusehen zu müssen.

Ich selber glaubte das auch; ich schrieb sogar eine Geschichte, «Der letzte Herbst», in der ich das Fallen der Blätter beschrieb, als erlebte ich es wirklich zum letzten Mal. Und wenn ich in jenem Jahr durch den Wald ging – es war das unheilvolle Jahr 1984, das Jahr von Orwell –, sah ich überall nur noch kranke Bäume. Die gesunden vermochte ich nicht mehr zu sehen.

Ich greife auf dieses Beispiel zurück, weil wir heute mit vorsichtiger Erleichterung feststellen können, dass der Wald noch lebt. Damit meine ich nicht, wir brauchten uns keine Sorgen zu machen. Und doch könnte man noch zahllose andere Beispiele aufführen, die alle dasselbe zeigen, nämlich, dass die Dinge sich anders entwickeln, als man geglaubt hat.

Ein unbekanntes Phänomen wie das Waldsterben, liesse sich darauf entgegnen, kann einer breiteren Öffentlichkeit vielleicht nur auf eine so drastische Weise bewusst gemacht werden. Die Tatsache aber, dass die Medien keine Gelegenheit auslassen, Katastrophenstimmung heraufzubeschwören, muss an dieser Grundhaltung liegen – daran, dass man die Zukunft prinzipiell schwarz malt, weil man sich eine andere Zukunft schon gar nicht mehr vorstellen kann.

Die Medien – und ich meine damit nicht nur die Zeitungen, Radio und Fernsehen, sondern auch den Grossteil der sogenannten Sachbücher, deren Pessimismus ganz sachlich, ganz wissenschaftlich, dafür mit um so grösserer Wirksamkeit unser Denken ergreift –, die Medien sind sich ihrer diesbezüglichen Wirkung viel zuwenig bewusst. Sie gehen mit ihrer Verantwortung gegenüber der Gesellschaft fahrlässig um. Das ist die eine Seite.

Die andere Seite sind wir. Die Medien tragen nicht alle Schuld; denn obwohl der Pessimismus die besten Schlagzeilen liefert, wurde er nicht von Journalisten erfunden. Er ist ein Ausdruck, ein Geist unserer Zeit. Er ist eine Art seelische Migräne, eine Reaktion auf die Überdosis an Materialismus, die wir in diesem 20. Jahrhundert genossen haben.

Pessimistische Gefühle kennen wir alle. Wir sind vielleicht sogar überzeugt, dass Pessimismus die einzig realistische Haltung ist. Deshalb glauben wir, was uns täglich über die Zukunft gesagt wird. Wir wehren uns nicht gegen die Einseitigkeit der Betrachtung. Ob die Schreckensprognose von gestern heute Wirklichkeit wird – wir überprüfen es nicht. Denn wir starren schon wie gebannt auf die nächsten an die Wand gemalten Zukunftsdämonen.

Manchmal kommt es natürlich vor, dass die Zukunft nicht besser, sondern schlimmer ist, als wir erwartet haben – das hat uns der Krieg in Ex-Jugoslawien brutal vor Augen geführt. Was dort, nur wenige Autostunden von uns entfernt, an niederen menschlichen Trieben, an Rohheit und Sadismus zum Ausbruch kam, hätten wir nicht für möglich gehalten. Für die Pessimisten ist Jugoslawien deshalb der klare, erneute Beweis dafür, wie recht sie haben.

Eine seltsame Beweisführung! Niemand hat voraussagen können, was in Ex-Jugoslawien heute geschieht. Es hätte auch alles ganz anders herauskommen können, viel weniger tragisch. Nicht jeder Nationalitätenkonflikt führt zu

Gemetzel und Blutvergiessen in diesem Ausmass. Und so beweist auch der Fall Jugoslawien im Grunde nur dies: Die Zukunft folgt ihrer eigenen Logik. Und diese Logik kennen wir nicht. Da wirken Kräfte, unsichtbare Kräfte, von denen wir keine Ahnung haben.

Die Zukunft stellt ihre Weichen selber – auch in unserem Land, indem sie zum Beispiel den ständig gewachsenen Strom von Migranten vorübergehend zurückgehen liess. Wurden nicht bereits erste Befürchtungen ausgesprochen: Neue Rekordzahlen? Armeeeinsatz an der Grenze? Brandanschläge auf Asylantenheime?

Die Zukunft hat sich, bis auf weiteres, anders entschieden. Als ob sie genau wüsste, was sie will. Und was sie nicht will. Was für uns zumutbar ist – und was nicht. Selbst in Ex-Jugoslawien zog sie immer wieder die Notbremse: Oft gerade dann, wenn alles auf eine neue Eskalation hin deutete, verhalf sie den leidenden Menschen zu einer Atempause, zu einem Lichtblick – vielleicht, um sie daran zu erinnern, dass Hoffnung immer berechtigt ist. Und aus der Hoffnung, wir wissen es, wächst Überlebenswille: Aus der Hoffnung wird Kraft.

*

Verlassen wir die Weltbühne, nehmen wir unsere eigene Biografie. So ist es doch: Wir legen uns alles so schön zurecht, wir träumen, planen, bereiten uns vor – doch erstens kommt es anders und zweitens, als wir denken. Plötzlich liegen wir im Spital, plötzlich verlieben wir uns, unerwartet fallen wir durch die Prüfung, plötzlich kommt der Brief, das Angebot, mit dem wir niemals gerechnet haben.

Warum sollte für die Zukunft der Welt nicht dasselbe gelten? Was morgen sein wird, wissen wir nicht. Würden wir diese banale Wahrheit wirklich beherzigen und in unser tägliches Leben tragen, gäbe es weniger Zukunftsangst, weniger Hoffnungslosigkeit auf der Welt. Denn wie kann uns etwas pessimistisch stimmen, bevor wir es kennen?

Ich will damit keineswegs sagen, dass ich Zukunftsängste nicht ernstnehme, gewiss nicht. Auch mir sind solche Ängste nicht fremd. Und ich verstehe die Frau, die keine Kinder mehr in diese Welt hineinstellen will; ich verstehe sie ebensogut wie jene andere Mutter, die dank ihrer Kinder erst recht an die Zukunft glaubt. Diese zweite Haltung liegt mir allerdings näher, vor allem seitdem ich eigene Kinder habe. Ihre Lebensfreude beschämt mich in meinen erwachsenen Zweifeln, in meiner Voreingenommenheit dem gegenüber, was morgen sein wird.

Kinder sehen die Zukunft prinzipiell positiv, das ist ihre Grundhaltung, die sie mit sich bringen; auch in dieser Beziehung können wir lernen von ihnen. Die Ungewissheit des Lebens empfinden sie nicht als Bedrohung, nicht als Verunsicherung, sondern als das nächste Kapitel eines unglaublich spannenden Buches.

Ich weiss nicht, ob es auch Ihnen so geht, aber ich selber möchte weder meine eigene noch die Zukunft der Welt heute schon kennen. Hypothesen und Spekulationen über die Zukunft interessieren mich vielleicht im ersten Moment, dann fangen sie meistens an, mich zu langweilen oder zu ärgern. Sie riechen mir zu sehr nach Gegenwart. Unser ganzes heutiges Scheuklappendenken wird da einfach ins nächste Jahrtausend verlängert. Viel zu eng ist mir das, viel zu beschränkt.

Um es mit positiven Worten zu sagen: Ich möchte der Zukunft unbelastet entgegengehen. Ich möchte am Abend einschlafen mit dem Gefühl, dass der nächste Tag wie ein unbeschriebenes Blatt Papier vor mir liegt. Das inspiriert mich, daraus schöpfe ich meine Zuversicht, dass ich weiss: Ich kann jeden Morgen ein bisschen neu anfangen.

Die Zukunft stellt sich mir nicht in den Weg. Die Zukunft ist nicht pessimistisch. Ihre Ungewissheit ist unsere Chance oder noch mehr: unser Glück. In der Zukunft liegt die Freiheit des Menschen.

Über den Techniker und den Künstler

Sehr geehrte Anwesende, dass uns die Zukunft, wie auch immer sie sein wird, vor grosse Herausforderungen stellt, darüber sind wir uns einig, das hat auch diese Tagung gezeigt. Wie begegnen wir diesen Herausforderungen? Wie bereiten wir uns vor auf das nächste Jahrhundert, mit dem ja zugleich ein neues Jahrtausend beginnt – worauf wird es ankommen, ganz allgemein, im geistigen Sinn?

Um vielleicht eine Antwort darauf zu erhalten, haben Sie mich eingeladen, und Sie haben mein Referat an das Ende der Tagung gesetzt. Das heisst, nach den verschiedenen Fachvorträgen geben Sie dem Schriftsteller die Ehre des letzten Wortes. Ich denke, das ist kein Zufall. Sie erwarten von mir etwas anderes, etwas grundsätzlich anderes, und das hat sehr viel mit der Zukunft zu tun.

Was unterscheidet denn einen Schriftsteller von einem Fachexperten, von einem Wissenschaftler oder Politiker? Was unterscheidet ihn von anderen Anwärtern auf das letzte Wort, von einem Pfarrer, Philosophen oder Psychologen? – Hauptsächlich zwei Dinge sind es. Ein Schriftsteller ist im klassischen Sinn kreativ, künstlerisch tätig, das ist das Eine. Und das Zweite: Was immer er schreibt oder sagt, es stammt aus seinem eigenen Garten. Schriftsteller sind gewissermassen geistige Selbstversorger. Hinter ihnen steht keine bestimmte Fachrichtung, kein Parteiprogramm, keine Kirche, keine philosophische Denkrichtung, hinter ihnen steht auch kein psychologischer «Archetyp», weder Freud noch Jung. Schriftsteller können nur sich selbst zitieren.

Natürlich werden auch sie, wie alle Kulturschaffenden, von Philosophien oder Gesellschaftstheorien beeinflusst.

Aber prinzipiell muss es doch ihr Bestreben sein, persönliche Empfindungen und Gedanken zu äussern, nichts anderes. Das ist es, was wir uns von einem Schriftsteller erhoffen: einerseits das Persönliche – andererseits das Schöpferische. Auf diese zwei Eigenschaften und ihren Zusammenhang mit der Zukunft möchte ich nun zu sprechen kommen; und zuerst soll die Rede sein vom Schöpferischen, von der Kreativität.

Wie könnte man das Denken bezeichnen, das heute vorherrscht? Von einem technokratischen Denken zu sprechen, wäre wohl nicht mehr ganz richtig, so blind sind wir nicht mehr. Aber ein grundsätzlich neues, anderes Denken lässt sich auch nicht erkennen. Was heute mehr und mehr Allgemeingut wird, ist lediglich eine Abwandlung des bisherigen Denkens: nämlich ein öko-technokratisches Denken. Hinzugekommen ist der moralische Zeigefinger des Umweltschutzes – darüber hinaus hat sich wenig geändert.

Die allgemein übliche Grundhaltung ist noch immer dieselbe, nämlich, dass man die Welt rein funktional, rationalistisch betrachtet und letztlich nur das Kriterium der Nützlichkeit, der Zweckmässigkeit gelten lässt. Wenn ein Haus gebaut wird, muss es zweckmässig sein, das ist nach wie vor das Entscheidende, allein darauf kommt es an. Das neuentwickelte, ökologische Heizsystem passt hervorragend da hinein. Indem es die Umwelt schont, hilft es indirekt Kosten sparen und ist damit sogar noch zweckmässiger als die bisherige Heizung. Das meine ich mit öko-technokratischem Denken: Man muss kein schlechtes Gewissen mehr haben – und bleibt doch stecken im alten Weltbild.

Das Interessante ist nun aber, dass wir jedesmal geradezu dankbar sind – vielleicht ohne zu wissen, warum –, wenn wir vor einem Haus stehen, das nicht einfach nur funktionell und zweckmässig ist, sondern sich durch eine künstlerische Bauweise auszeichnet. Manchmal genügt schon eine einzige Bogenform, eine Rundung, eine geschwungene Linie, manchmal reichen schon ein paar Schnörkel an der Fassade, ein paar schlichte Verzierungen, irgendein Detail, das nicht nützlich und nicht genormt ist, irgendein Zeichen dafür, dass am Bau dieses Hauses eine schöpferische Hand gewirkt hat: Dies zu erkennen, genügt schon, dass uns der Anblick eines solchen Hauses erfreut – dass er uns gut tut.

Unsere ganze Umgebung, in der wir leben, ist ja noch immer gezeichnet vom Ungeist der 60er- und 70er-Jahre, von einer Architektur, die den Funktionalismus bis zum Exzess trieb. Grundsätzlich, wie gesagt, hat sich noch nicht viel geändert. Und doch: Unsere Gefühle, sofern sie noch einigermassen unverbaut sind, wollen keine Blöcke mehr, keine Reihenhaussiedlungen, wo das eine Haus wie das andere ist, ein Briefkasten wie der andere, ein Kinderspielplatz wie der andere. Der Anblick dieser allgegenwärtigen gesichtslosen Zweckmässigkeitsarchitektur ist wie eine Faust in unsere Augen.

Wir merken es vielleicht nicht einmal, aber diese Häuser – wenn man sie überhaupt als Häuser bezeichnen darf – schmerzen uns in der Seele, ihre moderne Hässlichkeit verletzt uns im Innersten. Das ist es, was wir empfinden: Das Funktionelle und Genormte ist hässlich. Es stillt nicht unser Schönheitsbedürfnis. Nur individuelles, nur künstlerisches Gestalten bringt Schönheit hervor.

Warum besichtigen wir so gern alte Kirchen, Schlösser, Herrschaftshäuser, Museen? Wir tun das nicht nur aus Nostalgie, weil wir uns nach einer Welt zurücksehnen, die noch scheinbar in Ordnung war. Diese Gebäude, diese Bauten üben deshalb eine Anziehungskraft auf uns auf, weil sie schön sind, weil sie nicht serienmässig hergestellt werden können, sondern weil sie einmalig sind, weil jede Kirche, jedes Schloss seine Besonderheit hat.

Früher, so scheint mir, gehörte das Künstlerische ganz selbstverständlich dazu. Das liegt nicht nur daran, dass früher alles Handarbeit war. Der Zimmermann hätte seinen Tisch auch ohne jede Verzierung abliefern können, ganz nüchtern, schmucklos. Aber das tat er nicht. Alles, was hergestellt wurde, musste auch schön sein. Man gewinnt fast den Eindruck, dass die Zweckmässigkeit früher sekundär war.

Erst die Industrialisierung, das 20. Jahrhundert hat den Menschen reduziert auf das Prinzip der Maschine. Wir erleben es täglich: Der moderne Mensch, vor allem der Mann, der berufstätige Mann, muss funktionieren, er muss eine messbare Leistung erbringen. Ob er auch kreatives Talent besitzt, ist während der Arbeitszeit nicht gefragt. Für das Kunstvolle, für die Kunst sind heute nur noch die Künstler zuständig, da besteht eine völlige Trennung. Das Künstlerische wurde aus dem Alltagsleben verdrängt. Es wurde verdrängt in den Freizeitbereich, in den Luxusbereich.

Heute sind Gegenstände entweder Nutzgegenstände oder Ziergegenstände: die einen sind nützlich und damit notwendig, die anderen nicht, weil sie nur der Verzierung dienen. Heute gibt es Handwerker, und es gibt Kunsthandwerker und dazwischen sind meistens Welten. Der

Schlosser im Haus nebenan macht in seiner Werkstatt nur zweckmässige Gartentore. Wenn ich ein schönes Gartentor möchte, muss ich zu einem Kunstschlosser gehen. Und weil das dann viel zu teuer käme, verzichte ich auf die Schönheit. Die künstlerische Form, der kreative Aspekt ist zu einer reinen Preisfrage geworden. Selbst darin sind wir zweckmässig.

Ich glaube, ich übertreibe nicht, wenn ich von einem schizophrenen Zustand spreche. Einerseits sehnen wir uns nach Schönheit, nach Ästhetik, wie ich am Beispiel der Architektur zu zeigen versuchte; einerseits laden wir einen Schriftsteller ein und erhoffen uns von ihm einen möglichst kreativen, möglichst phantasievollen Beitrag an unsere Tagung. Doch gleichzeitig, in unserem Alltag behandeln wir das Künstlerische so, als ob es auch ohne ginge. Wir denken schon gar nicht daran.

Wer überlegt sich zum Beispiel, dass auch ein Auto ganz anders aussehen könnte? Ich meine die Autos, die wir alle fahren, die Mittelklassewagen, die Kleinwagen: Sie unterscheiden sich äusserlich nur durch die Marke – sonst sehen sie alle gleich aus. Die meisten sind entweder schwarz oder weiss. Muss das so sein? Warum können wir uns nicht vorstellen, dass unser Auto bemalt ist, kunstvoll gespritzt, verziert vielleicht mit Symbolen und Zeichen? Warum bietet eine Garage nur den üblichen Service, warum keinen Kreativservice? «Wir verschönern Ihr Auto nach Ihren Wünschen» – wäre das nicht eine echte Marktlücke?

Für die Zukunft, davon bin ich überzeugt, muss das Künstlerische wieder ein Teil von uns werden – nicht nur abends, im Opernhaus, nicht nur an der Vernissage zu Weisswein und Salzgebäck, nicht nur in Florenz, beim Besuch der Uffizien; sondern tagtäglich, in unserem Alltag. Das kann einerseits dadurch geschehen, dass wir selber künstlerisch tätig werden und damit eine Dimension in uns öffnen, die vielleicht seit unserer Jugendzeit brach liegt; und andererseits, indem wir den kreativen Aspekt in unsere berufliche Tätigkeit einbeziehen.

Ich meine damit nicht nur die «Kreativität»„ wie sie heute an Managementseminaren geübt wird. Es geht um etwas viel Grundsätzlicheres – nämlich darum, dass wir ein neues Berufsverständnis entwickeln. Wir dürfen uns nicht länger damit zufriedengeben, dass wir Schlosser sind, auch dann nicht, wenn wir gute, sogar sehr gute Schlosser sind. Unser Ehrgeiz müsste dahingehen, dass wir Kunstschlosser werden. Anders gesagt: Der Schlosser der Zukunft müsste ein Kunstschlosser sein, und natürlich gilt das für alle Berufe und auch für die Lehrtätigkeit an einem Technikum.

Es dürfte nicht nur unser Bestreben sein, effizienter, innovativer und umweltbewusster zu werden, sondern die Zukunft, so glaube ich, erwartet von uns darüber hinaus, dass wir im künstlerischen Sinn an die Dinge herangehen; dass wir nicht nur immer bessere, sondern vor allem schönere, kunstvollere Häuser, Gartentore und Autos in die Welt setzen, und dass wir diese Grundhaltung, wenn wir Dozenten sind, auch an unsere Studierenden weitergeben.

Was das für den einzelnen Beruf, für das einzelne Unterrichtsfach bedeuten könnte, lässt sich hier nicht näher erläutern. Ich kann nur an Ihre Phantasie appellieren. Sollte für die Zukunft entscheidend sein, dass wir die künstlerische Dimension in uns fördern, dann ist die erste Voraussetzung dafür Phantasie. Und die Phantasie kann nur spriessen, wenn wir die richtige Einstellung dazu haben. Was wir brauchen, ist eine Lebenshaltung, die auch neugierig ist und auch bereit ist, Neues zu wagen: Darauf, denke ich, kommt es an, dass wir überhaupt die Bereitschaft haben, uns dem Kreativen zu öffnen.

In dieser Beziehung sind die Frauen den Männern voraus, das künstlerische Element ist viel mehr integriert in ihr Leben, es gehört fast natürlich zu ihnen. Wenn Frauen etwas machen, legen sie mehrheitlich Wert darauf, dass es schön gemacht ist. Das geht bis in die alltäglichsten Dinge hinein; und auch allgemein, glaube ich, ist das Bedürfnis der Frauen nach Kultur und Ästhetik nach wie vor grösser.

Bei den Männern dagegen zeigt sich sehr oft ein Entweder-oder. Entweder sind sie kulturell – um es freundlich zu sagen – nur mässig interessiert, begnügen sich mit dem reinen Konsum von Kultur und gehen eigentlich nur ins Theater, weil man halt ins Theater geht. Entweder also haben sie zum Kreativen keine echte Beziehung – oder aber, sie machen es gleich zum Beruf. Und so stehen sich dann der Künstler und der Nicht-Künstler ziemlich verständnislos gegenüber, weil jeder nur die eine Seite seines Menschseins lebt.

Die Alternative wäre, beide Seiten in sich zu entwickeln – damit der Techniker, der Manager etwas mehr Künstler wird; und der Künstler etwas weniger weltfremd. Das ist es wohl, was die Zukunft von uns erwartet: Dass wir diese Einseitigkeit, dieses vor allem männliche Entweder-oder-Denken in uns überwinden.

Ich gebe zu, ich muss mich da an der eigenen Nase nehmen. Als freier Schriftsteller neige ich dazu, allzu materi-

elle Dinge, allzu technische Dinge möglichst von mir fern-
zuhalten. Das ist meine Einseitigkeit, und deshalb weiss
ich es sehr zu schätzen, dass Sie mich eingeladen haben.
Ich empfinde es als Herausforderung, an einer Techni-
kumstagung sprechen zu dürfen, und ich hoffe, es gelingt
mir, eine Brücke zu schlagen zwischen mir und Ihnen.

Wir könnten eine Abmachung treffen. Ich besuche einen
Computerkurs, oder noch besser: ich nehme Autofahrstunden, das kann ich nämlich immer noch nicht – wenn
Sie dafür zum Beispiel einen Aquarellkurs besuchen. Sie
können auch etwas anderes wählen, es muss überhaupt
kein Kurs sein; wichtig ist nur, dass Sie sich dazu überwinden, etwas für Sie Ungewöhnliches auszuprobieren.
So wie auch ich mich dazu überwinden müsste, mich ans
Steuer eines Autos zu setzen und es beherrschen zu lernen.

Vielleicht ist Ihnen kreatives Denken, kreatives Tun sowieso schon vertraut; wenn nicht, dann werden Sie die
Erfahrung machen, wie fruchtbar es sein kann, Prioritä-
ten manchmal zu ändern. Wie auch immer Sie das Künstlerische und Schöpferische in Ihr Leben hineintragen: die
Kosten-Nutzen-Rechnung wird zu Ihren Gunsten ausfallen. Kreativität ist nie ein Verlustgeschäft.

Über Expertendenken und persönliches Denken

Damit, verehrte Anwesende, komme ich zur anderen Eigenschaft, die den Schriftsteller auszeichnet: Dass er keine Theorie, keine Wissenschaft und kein Dogma vertritt, sondern allein aus sich selbst heraus schöpft, dass er sich zu allem seine eigenen Gedanken macht. Wir erwarten von ihm, wie von niemandem sonst, geistige Unabhängigkeit. Wenn er trotzdem Mitglied einer Partei ist, haben wir das eigentlich nicht so gern. Nur als *er selbst* soll er sprechen, nur in seinem eigenen Namen. Frei soll er sprechen.

Offensichtlich verkörpert der Schriftsteller ein Ideal – das Ideal eines persönlichen, freien Denkens. Darauf möchte ich näher eingehen.

Wie war es denn früher? Noch bis ins letzte Jahrhundert hinein prägte ja vor allem die Kirche das Denken. Die sonntägliche Predigt war für die meisten Menschen die einzige geistige Nahrung. Das reichte dann wieder für eine Woche – bis zur nächsten Speisung.

Inzwischen hat die Sonntagspredigt ihre Bedeutung schon lange verloren; den Platz der Kirche nimmt die Wissenschaft ein, und auf der Kanzel, das heisst vor der TV-Kamera stehen heute die Fachleute, die Experten. Sie erklären uns heute die Welt. Wenn es um ein Thema wie Krebs geht, fragt man die Onkologen, und die Antwort, die man bekommt, ist eine medizinische Antwort. Wenn es um Erdbeben geht, fragt man die Erdbebenforscher und bekommt eine seismologische Antwort. Der Soziologe erklärt uns die Welt aus soziologischer Sicht, der Psychologe aus psychologischer Sicht, der Sektenspezialist aus sektenspezialistischer Sicht.

Dass man Fachleute fragt, finden wir heute selbstverständlich. Wer weiss es besser als sie? – Doch genau da fängt das Problem an. Ohne es zu merken, haben wir, die Menschen der Gegenwart, das Korsett des Glaubens gegen ein anderes eingetauscht: das Korsett des Expertentums. Und diese Grenzen sind genauso eng. Sie sind sogar enger. Denn die Kirche hatte immerhin noch ein Weltbild, eine Gesamtschau der Dinge, auch wenn es eine dogmatische war. Der Experte jedoch hat nur noch ein Fachbild, er urteilt nur aufgrund seines Schubladenwissens. Ob er auch ein Weltbild hat, ist während der Arbeitszeit nicht gefragt, ist sowenig gefragt wie seine künstlerische Begabung.

Vorstellungsgespräche, überlege ich mir, müssten eigentlich völlig anders verlaufen. Angenommen, der Leiter eines Instituts für Erdbebenforschung sucht für sein Team eine Verstärkung und der erste Interessent wäre ein junger Mann. Dann dürfte die berufliche Laufbahn allein nicht genügen. Ebenso wichtig wäre die Frage, ob der junge Bewerber ein Instrument spielt. Oder vielleicht, ob er gerne malt. Oder Gedichte schreibt. Das müsste schon in der Stellenausschreibung stehen: Kreatives Interesse erforderlich. Musikinstrument mitbringen.

Und die zweite Bedingung wäre ein Weltbild. Die Frage müsste erlaubt sein, ob sich der zukünftige junge Seismologe neben seinem Interesse an der Materie auch geistig mit der Welt auseinandersetzt, ob er sich allgemeine Gedanken zur Welt macht und – auf die Erdbebenforschung bezogen – ob er sich schon gefragt hat, was ihn daran fasziniert, welches seine Motive sind, sich gerade mit Erdbeben zu befassen?

Die letzte Frage, die der Professor dem jungen Mann stellen müsste, wäre im Grunde die wichtigste: Haben Sie sich schon einmal überlegt, was ein Erdbeben im geistigen Sinne bedeuten könnte?

Die Kirche in früheren Zeiten hätte gesagt: Erdbeben sind eine Strafe Gottes. Diese Erklärung hat den Menschen irgendwann nicht mehr genügt. Sie wollten eine präzisere Antwort, eine wissenschaftliche Antwort.

Jetzt haben wir sie, die wissenschaftliche Antwort – und darüber hinaus braucht sich der junge Erdbebenforscher keine Gedanken zu machen. Der tiefere Sinn gehört nicht zum Anforderungsprofil seiner Stelle.

Aber genügt sie uns, die Expertenantwort? Ist sie befriedigender für uns als die Antwort der Kirche damals? Erdbeben, überhaupt Naturkatastrophen haben ja nach wie vor etwas Unerklärliches, Irrationales: Plötzlich, unerwartet brechen sie aus - ohne Rücksicht auf die Berechnungen und Prognosen der Wissenschaft, die sich häufig als falsch erweisen.

Dennoch muss uns dieselbe Wissenschaft jedesmal wieder beruhigen; dennoch muss sie uns Erklärungen liefern, obwohl sie gar keine hat. Wen erstaunt es, dass die Beunruhigung bleibt? Jedesmal, wenn die Naturgewalten ihr Spiel mit uns treiben, sind wir wieder verunsichert: Ist es nicht doch ein Zeichen des Himmels? Bekommen wir nicht doch eine Quittung für unser Verhalten? – Diese Zweifel kennen wohl die meisten von uns.

Auch beim Thema Krebs kann uns die Verunsicherung niemand ausreden. Denn noch immer gibt es kein wirksames Mittel dagegen, noch immer werden Menschen aus scheinbar heiterem Himmel von der Krankheit befallen. Medizinische Fortschritte im Kampf gegen den Krebs verbreiten zwar jedesmal wieder Hoffnung, helfen uns aber im Grunde nicht weiter. Ein neues Medikament ist noch keine neue Erkenntnis. Eigentlich, vielleicht unbewusst, möchten wir etwas ganz anderes hören. Eigentlich möchten wir den Sinn einer Krankheit erfahren, die noch immer so etwas unerklärlich Bedrohliches für uns hat.

Niemand kann behaupten, diesen Sinn zu kennen. Aber ich glaube, es wäre schon viel erreicht, wenn es zu den Aufgaben eines Onkologen gehören würde, darüber nachzudenken. Es wäre viel erreicht, wenn er seine Forschungstätigkeit auch in diese Richtung ausdehnen würde. Das könnte schon damit beginnen, dass er mit Krebspatienten Gespräche führt. Dass er zu ergründen versucht, ob Gemeinsamkeiten bestehen, ob eine seelische Gesetzmässigkeit hinter dem Ausbruch der Krankheit besteht. Oder er könnte sich – ein ganz anderer Weg –, in die Erkenntnisse des Paracelsus vertiefen, dessen medizinisch-philosophisches Werk nicht zufällig wieder Bedeutung bekommen hat. Verstehen Sie mich recht, ich erwähne Paracelsus nur als mögliches Beispiel, um zu zeigen, wie ein Mediziner sein Gesichtsfeld erweitern könnte.

Doch bei den Ärzten ist es nicht anders als bei den Erdbebenforschern: Sie brauchen sich keine Gedanken zu machen. Schon beim Staatsexamen fragt sie niemand nach ihrem Welt- oder Menschenbild. Und wenn sie doch eines haben, darf es zuhause bleiben. Im Büchergestell.

*

So ist es ja überall. Die Wissenschaft hat uns Wissen gebracht, notwendiges Wissen, dessen Bedeutung ich in keiner Weise geringschätze – und doch bleibt ein Manko. Es bleiben Fragen, lebenswichtige Fragen, auf die die Wissenschaft keine Antwort weiss, weil sie nur Fachwissen kennt und sich nicht darüber hinauswagt.

Aber genau das verlangt die Zukunft von uns: dass wir weiterdenken. Dass wir über die Grenzen unseres Berufs, unserer Spezialisierung hinausdenken. Es klingt vielleicht seltsam, aber ich glaube, wir müssen zum erstenmal wirklich denken lernen.

Ich will nicht behaupten, Sie denken nicht. Doch wir alle haben gelernt und sind uns gewohnt, als Fachleute zu denken. Und abends, wenn wir nach Hause kommen – ich nehme die klassische Situation –, denken wir als Eltern von Kindern. Oder als Partner. Wenn wir kochen, denken wir als jemand, der kocht und keine Zutat vergessen darf, wenn wir Tennis spielen, als jemand, der Tennis spielt, und wenn wir einkaufen gehen, als Konsument.

Natürlich geschieht das alles nicht so schematisch. Und doch ist es so, dass wir den ganzen Tag von einer Rolle in die nächste wechseln. Immer, oder sagen wir: meistens ist unser Denken beeinflusst von der Funktion, die wir gerade einnehmen – nicht nur beeinflusst, sondern gefesselt. Die Rolle, die wir spielen, fesselt unser Denken.

Wann aber denken wir als wir selbst? Beim Betrachten der Tagesschau? Bei der Zeitungslektüre? – Ist es da nicht eher so, dass wir als Stimmbürger denken? Oder als Mieter, als Steuerzahler? Als Parteimitglied? Oder wieder als Fachmann oder Fachfrau, weil es um unsere Branche geht? Deshalb noch einmal die Frage: Wann denken wir nicht als Interessenvertreter, sondern einfach als Mensch? Ich will damit sagen: Wieviele Momente gibt es in unserem Alltag, wo wir aus unserer Rolle heraustreten, wo wir versuchen, ein wenig Distanz zu gewinnen, um das Leben, die Welt aus unserer ganz persönlichen Sicht zu betrachten? Wieviele Momente gibt es, wo wir unser Denken nicht von vornherein kanalisieren und eingrenzen?

Ich glaube, wir alle haben manchmal dieses Bedürfnis, unsere Gedanken schweifen zu lassen. Dass das so ist, beweist auch der Ort dieser Tagung. Theoretisch hätte man sie ebensogut in der Aula des Technikums durchführen können, das wäre billiger gewesen. Warum aber finden solche Tagungen auswärts statt, in schönster Umgebung – warum so oft an erhöhter Lage, wie hier auf der Rigi, mit diesem wunderbaren Blick in die Ferne? Keine Frage: Hier oben fühlt man sich freier. Die Sachzwänge des Alltags sind vom Nebelmeer zugedeckt, hier oben – so hoffen wir –, inmitten der Bergwelt, erweitern wir unseren gedanklichen Horizont. Hier oben fühlen wir uns inspiriert zu geistigen Höhenflügen.

Und welches Thema wäre dafür geeigneter als die Zukunft? Auch die Zukunft liegt in unserer Vorstellung eher oben. Rechts oben, ungefähr dort ist die Zukunft für mich, und links unten ist die Vergangenheit. Warum aber ist das so? – Lassen Sie mich ein wenig ausholen.

Es gibt im Volksmund den Satz: Alles Gute kommt von oben. Solche Sätze klingen vielleicht simpel, aber sie enthalten eine tiefe Wahrheit, und sie könnten nicht anders lauten. Es heisst nämlich nicht: Alles Gute kommt von unten. Selbst die Pflanze, die uns ernährt, kann von unten nur wachsen, weil von oben das Licht kommt. Also strebt sie nach oben, zum Licht. Ebenso strebt der Mensch nach oben, nicht nur physisch, auch seelisch und geistig. Wenn jemand unten ist, geht es ihm nicht etwa gut. Es geht ihm schlecht. Erholt er sich, dann sagen wir, es geht aufwärts mit ihm; eine Höherentwicklung ist eine «positive», keine «negative» Entwicklung – denn das Gute steht über dem Schlechten.

Doch warum ist das Gute oben? – Vielleicht, weil oben sich dort befindet, wo der Himmel ist, und der Himmel ist für uns gefühlsmässig noch immer der Ort, wo das Göttliche wohnt. In der Not senden wir unser Stossgebet nicht zum Boden, sondern zum Himmel, das hat uns nicht bloss die Kirche gelehrt, das tun wir instinktiv. Dort oben, wo das Licht ist, wo die Sonne ist – dort ist das Göttliche, von dort kommt das Gute, und dort, ungefähr dort liegt die Zukunft.

Mit anderen Worten: Die Zukunft hat für uns mit dem Guten zu tun, mit dem Göttlichen, da besteht ein Zusammenhang – und auch dies widerspricht dem pessimistischen Zukunftsbild, dem sich heute so viele Menschen ausgeliefert fühlen. Würden wir nicht doch im Innersten an eine Entwicklung zum Guten glauben, dann würden wir die Zukunft nicht oben sehen, sondern unten.

Die Zukunft ist oben, trotz allem, sie liegt höher als die Gegenwart, und in diesem Bild erfahren wir ihre ganze Bedeutung: Nach der Zukunft streben, bedeutet, nach dem Höheren streben, und dem entspricht auch unser Bedürfnis, uns zu erheben über den Alltag, denn der Alltag ist ja die Gegenwart; dem entspricht unser Wunsch nach Gedanken und nach Gesprächen, die uns Klarheit bringen, mehr Klarheit über uns selbst und über die Welt.

Dennoch sind die äusseren Höhenmeter nicht das Entscheidende. Geistig abheben können wir auch in den Niederungen, in unserem täglichen Leben – und wir tun es auch, Sie kennen diese Erfahrung so gut wie ich.

Meistens sind es Momente, wo wir allein sind oder wenigstens ungestört: im Zug zum Beispiel, wenn wir zum Fenster hinausschauen; an einer Bushaltestelle zum Beispiel, beim Betrachten eines Werbeplakats; zuhause, beim Zeitunglesen; wenn wir am Radio ein bestimmtes Musikstück hören; spätabends vielleicht, wenn wir allein in der Küche sind - plötzlich kann es sein, dass wir über den Sinn unseres Lebens nachdenken. Plötzlich geschieht es sogar, dass wir überhaupt über das Leben sinnieren, über Zufall und Schicksal, über den Tod und was wohl danach kommt.

In solchen Momenten, ohne dass wir es beabsichtigen, fallen alle Verkleidungen von uns ab; in solchen Momenten denken wir ganz als wir selbst. Das Problem ist nur, dass wir es nicht bewusst tun. Wir lassen diese Gedanken, die wir mehr *empfinden* als denken, an uns vorüberziehen, ohne sie festzuhalten. Sie haben keine Auswirkungen auf unser Leben. So zufällig, wie sie meistens auftauchen, verblassen sie wieder.

Aber das müsste nicht sein. Wir könnten das ändern.

Wir könnten solche Gedanken bewusster denken – indem wir uns innerlich darauf einstellen. Indem wir unsere Sachzwänge, unsere Sonderinteressen, die sich ständig in unser Denken mischen, ein wenig zurückbinden, indem wir Raum schaffen für die Persönlichkeit, die wir sind. Denn der Mensch ist ja nicht nur ein Gruppentier; in seinem Innern ist ein persönlicher Kern, der ihn prägt und zu einem persönlichen Denken befähigt.

Ich kenne, ehrlich gesagt, nur wenige Menschen, von denen ich den Eindruck habe, dass sie wirklich eigenständig zu denken versuchen. Die meisten Leute, so scheint mir manchmal, denken heute wie ihre Tageszeitung. Des halb sind wohl die Zeitungen erfunden worden: Damit man täglich weiss, was man denken soll. Wir haben heute eine geistige Freiheit wie nie zuvor in der Menschheitsgeschichte - doch wir nutzen sie nicht. Wir nutzen sie nicht für uns selbst. Stattdessen übernehmen wir fremdes Denken, Expertendenken, Parteidenken, Leitartikeldenken. Und wer sich doch um eigene Gedanken bemüht, muss damit rechnen, dass er plötzlich allein steht. So ist es mir ergangen.

Wie vielleicht einige von Ihnen wissen, war ich früher politisch sehr engagiert, auf der extrem linken Seite des Spektrums. Als ich mich dann von der Linken löste, öffentlich lossagte und mir endlich erlaubte, die Welt auf *meine* Art zu betrachten, da merkte ich, dass dieser Schritt als sehr ungewöhnlich erachtet wurde. Die geistige Freiheit, die ich mir nahm, meinen eigenen Weg zu gehen, führte mich in ein Niemandsland.

Dieses Unverständnis, dem ich damals begegnete, hat damit zu tun, dass wir eine aktive Auseinandersetzung mit der eigenen Weltanschauung im allgemeinen nicht für nötig erachten. Die meisten von uns kennen das gar nicht, diese grundsätzliche Infragestellung. Wir sind eher links, eher rechts, eher religiös oder atheistisch, und von dort, wo wir ungefähr stehen, beziehen wir dann gewöhnlich unsere Informationen, unsere Ansichten, unsere Bestätigung, all das, von dem wir glauben, es sei unsere eigene

Meinung. Die meisten von uns bleiben mehr oder weniger dort, wo das Leben sie weltanschaulich hingestellt hat. Wir wechseln eher den Wohnort, eher den Beruf als unser Weltbild.

Da muss schon sehr viel geschehen, ein persönlicher Schicksalsschlag, ein langjähriger Auslandaufenthalt, der starke Einfluss eines anderen Menschen – viel muss geschehen, bis jemand zu zweifeln beginnt; bis er sich nicht mehr zufrieden gibt mit den Antworten, die uns täglich geliefert werden, bis er weitersucht, nach differenzierteren Antworten sucht. Viel muss geschehen, bis jemand immer zuerst darauf achtet, was er selber fühlt, was er selber denkt. Die meisten Menschen tun das nicht, wenn es um weltanschauliche oder philosophische Fragen geht. Die meisten Menschen versuchen schon gar nicht, das Potential zu entfalten, das sie in sich tragen - weder das kreative, von dem ich gesprochen habe, noch das geistige.

Dabei steckt so viel in uns! So viel mehr als nur unser fachliches Können!

Machen Sie einmal den Versuch, in einer ruhigen Minute, wenn Sie allein sind, und stehen Sie vor den Spiegel. Schauen Sie sich an; aber prüfen Sie diesmal nicht, wie alt Sie schon sind - oder wie jung Sie noch sind -, sondern blicken Sie sich in die Augen, ganz ernsthaft, ganz ruhig.

Es gibt Menschen, die das gar nicht aushalten würden, sich selbst in die Augen zu blicken. Sie würden sich wie betroffen fühlen, wie durchschaut. Aber wenn Sie es können, liebe Anwesende, wenn Sie den Mut aufbringen, sich in die eigenen Augen zu sehen, dann werden Sie plötzlich spüren, dass Sie Respekt vor sich haben. Sie werden spüren, dass Sie nicht nur der Mensch sind, als den

Sie sich normalerweise erleben. Sie werden erkennen, im Ausdruck Ihrer Augen, dass in Ihnen etwas Grösseres ist.

Genau das meine ich mit unserem geistigen Potential, und genau dem entspricht auch die Redewendung, dass man geistig «über sich selbst hinauswachsen» kann. Wenn wir die Bereitschaft dazu haben, können wir den Alltagsmenschen in uns überwinden. Wir müssen nur wollen.

Dass die Fähigkeit zu geistigen Erkenntnissen in uns allen lebt, dass sie keine Frage des Titels ist, keine Frage der akademischen Laufbahn, das zeigt sich zum Beispiel in einer Talkshow am Fernsehen, wenn eine Mutter und Hausfrau – man sagt dann jeweils: eine «gewöhnliche Hausfrau» – viel interessantere Gedanken äussert als der Psychologe, der neben ihr sitzt. Oder es zeigt sich, wenn die Krankenschwester – die einfache Krankenschwester –, die täglich mit Krebspatienten zu tun hat, tiefere Einsichten formuliert als der Arzt, der die Krankheit nur wissenschaftlich beurteilt.

Ich habe vielleicht auch hier nicht zufällig Frauen als positive Beispiele gewählt – als Beispiele für ein Denken, das weniger spezialisiert, weniger abgegrenzt ist als jenes der Männer. Weibliches Denken bezieht viel mehr die persönliche Erfahrung mit ein, und vor allem: weibliches Denken ist ein eher suchendes, ein beweglicheres Denken, eher bereit, die Dinge auch einmal ganz anders zu betrachten. Es glaubt nicht schon alles zu wissen – nun ja, meistens jedenfalls nicht –, und diese Grundhaltung ist ein grosser Vorzug.

Darin liegt schon beinahe die erste Bedingung, wenn man sich geistig weiterentwickeln möchte: Dass man sich trennt von der typischen Expertenhaltung des Besserwissers. Dass man sich sagt: Ich habe zwar ein grosses Fachwissen, ich bin Akademiker – aber weiss ich mehr als der Bauer, der mir im Winter das Brennholz bringt?

Es gibt diesen Bauern, er hat uns Winter für Winter das Holz für die Ofenheizung geliefert. Und einmal, als wir es wieder zusammen aufstapelten und dabei – ich weiss nicht mehr, wie – auf den Tod zu sprechen kamen, sagte der Bauer: «Niemand stirbt umsonst.» Das sprach er einfach so aus, als würde er bloss vom Wetter reden. Er sagte oft solche Sätze; und jedesmal dachte ich, dass dieser Bauer etwas hat, das ich nicht habe.

Sie merken, worauf ich hinaus will: Was wir brauchen, ist nicht nur Wissen, sondern Weisheit. Weisheit kann man nicht in der Schule lernen, das weiss ich natürlich, sie eignet sich nicht als Unterrichtsfach. Aber die Schulen, die wir besuchen, könnten uns darauf vorbereiten - indem sie uns lehren, das Leben tiefsinniger, philosophischer zu betrachten.

Es stimmt etwas nicht mit unserer Bildung, wenn einfache Menschen mehr Weisheit haben als Intellektuelle oder hochkarätige Wissenschaftler, wenn einfache Bürger mehr Weisheit haben als Regierungsmitglieder. Aber es ist so, und ich frage mich, warum akademische Bildung noch immer als höhere Bildung bezeichnet wird. Wo zeigt sich denn dieses Höhere? Der sogenannt höher Gebildete verfügt zwar über enormes Wissen, doch im Grunde weiss er noch nichts.

Wir können erklären, wie ein Computer funktioniert, wir können die politische Lage in Ruanda analysieren, wir können das Spätwerk von Picasso interpretieren – doch der schlichte Satz eines Bauern, dieser eine Satz:

«Niemand stirbt umsonst» macht uns, wenn wir ehrlich sind, sprachlos. Solche Sätze sind wir uns nicht gewohnt.

*

Sehr geehrte Anwesende, jetzt wissen Sie, was ich mir von der Zukunft erhoffe: Dass wir einerseits mehr Kreativität in unser tägliches Leben bringen, und dass wir andererseits philosophischer werden, offener für neue Einsichten, offener für Gedanken, die den Horizont des Alltags hinter sich lassen. Nicht nur hier auf der Rigi, einmal pro Jahr, als bezahlte Weiterbildung, sondern ebensosehr in unserem täglichen und beruflichen Umfeld, ebenso an einem Technikum.

Ich erkundigte mich, welche Fächer es am Technikum gibt – und mir wurde bestätigt, was ich im Grunde schon ahnte: Das Musische und das Geistige fristet an Ihrer Schule ein bescheidenes Dasein. Ich bin sicher, dasselbe liesse sich von allen technischen Hochschulen sagen. Solange das aber so bleibt, solange ein Technikum nicht den ganzen Menschen im Sinn hat, werden Sie weiterhin Technokraten in die Berufswelt entlassen. Oder eben Öko-Technokraten.

Ein Technikum der Zukunft, stelle ich mir vor, wird auch musische Fächer anbieten, Musik, Zeichnen, Kreatives Gestalten. Und ein Technikum der Zukunft wird auch Philosophie anbieten, oder vielleicht besser: philosophische Menschenkunde, ein Fach jedenfalls, in dem es nicht um philosophisches Fachwissen geht, sondern – ja, wie soll ich sagen, ein Fach, in dem es um alles geht. Um den Sinn des Lebens.

Aber ist das schon das Entscheidende? Wenn über Menschheitsfragen, über die letzten Dinge nur in der letzten Stunde vor dem Wochenende gesprochen wird, hat sich noch nicht viel geändert. Wirklich geändert hat sich erst dann etwas, wenn das Geistige in die anderen Fächer hineingetragen wird, in die naturwissenschaftlichen und sogar in die technischen Fächer. Jedes einzelne Fach, auf seine besondere Weise müsste ganzheitlich werden. Dozenten und Lehrer müssten bestrebt sein, in jeder Unterrichtsstunde – und ich meine wirklich in jeder Stunde – nicht nur Stoff zu vermitteln, sondern auch Sinn. Darin sehe ich das grosse Prinzip einer Schule der Zukunft.

Vor einigen Tagen – und ich komme damit zum Schluss – stand eine Meldung in der Zeitung, die mein Interesse weckte.

«Höllenfeuer und Eiszeit – Amerikanische Astrophysiker zur Entwicklung der Erde», hiess der Titel. Und so begann die Meldung: «Das Schicksal der Erde ist untrennbar mit dem Altern der Sonne verknüpft. Als Roter Riese wird die Sonne die Felsen auf der Erde zum Schmelzen bringen und danach die Erdoberfläche in einen Tiefkühler verwandeln. Das haben Modellberechnungen amerikanischer Astrophysiker ergeben.»

Auch hier wieder eine schematische Extrapolation in die fernste Zukunft: Wenn sich die Verhältnisse so und so weiterentwickeln, wird die Erde in so und so viel Milliarden Jahren – ich zitiere – «in der dunklen Weltraumkälte versinken. Spätestens dann wird alles Leben erloschen sein.»

Diese Meldung, liebe Anwesende, ist für mich der reinste Surrealismus. Aber sie lässt uns erkennen, zu welch absurden Resultaten die Einseitigkeit des heutigen Denkens führt. Was soll diese Art von wissenschaftlicher Forschung? Was löst sie in uns aus, wenn nicht erneute Ängste – oder Belustigung allenfalls?

Spätestens jetzt, denke ich, könnte es dazu kommen, dass wir uns sagen: Ich will diesen Weltraum, in dem dies alles geschehen soll, einmal anders betrachten. Nicht als physikalisches Phänomen, nicht im Reagenzglas der Naturwissenschaft, sondern in seiner wahrhaften Grösse. Ich will diesen Weltraum als Kosmos betrachten. Und sobald wir vom Kosmos sprechen, ist auch das Kosmische drin – und das Kosmische ist nicht nur Materie. Da befinden wir uns plötzlich in einer unsichtbaren Dimension, in einer viel geistigeren Betrachtungsweise des Weltalls. Und vielleicht erinnern Sie sich in diesem Moment unwillkürlich an die Zeit Ihrer Jugend, an die Zeit, als Sie sich zum ersten Mal fragten, wo das Weltall zu Ende ist – und wer es erschaffen hat.

Wir als Erwachsene fragen uns das schon lange nicht mehr, und wir reden auch nicht mehr darüber. Warum eigentlich nicht? Weil unser wissenschaftliches Weltbild keinen Platz dafür hat?

Vielleicht sind diese Fragen ja gar nicht so unwissenschaftlich. Ich könnte mir vorstellen, dass sich schon im nächsten Jahrhundert eine ganz andere Art von Wissenschaft entwickeln wird. Eine höherstehende Wissenschaft.

Eine Wissenschaft, die das Geistige und die Materie wieder zusammenführt.

Das seltsam leere Gefühl der Freiheit

ANSPRACHE AN DER MATURAFEIER DER
KANTONSSCHULE RÄMIBÜHL ZÜRICH (1995)

Guten Morgen, liebe Anwesende!

Zuerst möchte ich euch, liebe Schüler, zur bestandenen
Maturität gratulieren. Herzlichen Glückwunsch! Aber ich
möchte nicht unterlassen, auch euren Eltern zu gratulieren. Ich glaube, die Eltern sind mindestens so stolz, dass
sie heute hier sitzen dürfen. Ich sage das deshalb, weil
ich inzwischen selber Vater bin, und als Vater, das weiss
ich jetzt, möchte man stolz sein. Allerdings bin ich zurzeit
noch mit anderen Dingen konfrontiert, als Sie es sind:
Unser Sohn befasst sich im Augenblick vor allem mit Peter Pan, und unsere beiden Töchter sind noch ganz auf
der Ebene von Benjamin Bärchen. Ich hoffe, dass Sie mir
trotzdem zuhören.

Zwei Indizien zeigen Ihnen schon gleich zu Beginn, dass
wir uns nicht mehr in den Sechziger- oder Siebzigerjah-
ren befinden – also nicht mehr in jener Zeit, in der Sie,
liebe Eltern, Ihren Schulabschluss hatten, in der auch ich
die Matura machte.

Das erste Indiz: Ein Referent, der damals eine Maturan-
sprache hielt, wäre wohl nicht ohne Krawatte erschienen.
Und das zweite Indiz: Ein Referent hätte für seine Ansprache wohl kaum einen solchen Titel gewählt, wie ich
ihn gewählt habe: «Das seltsam leere Gefühl der Freiheit».
Aus der Sicht von damals ein sicher unkonventioneller
Titel, ebenso unkonventionell wie der Verzicht auf die

Krawatte. Aber beides sehr symptomatisch, sehr passend zum Thema, von dem ich nun sprechen werde.

Ich erinnere mich, dass ich 1972, nach bestandener Matur an der Kantonsschule Freudenberg – merkwürdig, dieser Name, für eine Schule – am letzten Schultag das Schulgebäude verliess und auf den weiten Platz hinaustrat, der sich davor erstreckt. Und als ich auf diesen Platz kam, das weiss ich noch, dachte ich: Jetzt bist du frei. Jetzt hast du erreicht, wonach du dich so gesehnt hast!

Ich muss erwähnen, dass die letzten Jahre am Freudenberg eine Qual für mich waren, eine einzige Durststrecke. Wie weit diese Qual mit der Schule zu tun hatte und wie weit mit mir selbst, wollen wir heute nicht näher erörtern. Aber da stand ich nun, und der weite Platz vor mir war vielleicht ein Symbol für das Leben, das vor mir lag. Und da, ganz plötzlich, spürte ich dieses Gefühl in mir. Dieses leere Gefühl der Freiheit.

Es war eine seltsame, unerklärliche Leere, denn eigentlich hätte ich mich doch jetzt freuen müssen, und ich glaube, ich fragte mich auch: Warum freust du dich nicht? Warum jubelst du nicht?

Ich spürte, vielleicht zum erstenmal, was Freiheit bedeutet. Ich war zum erstenmal auf mich selber gestellt. Von nun an kam es auf mich an. Welchen Weg ich einschlagen wollte, musste ich selbst entscheiden. Dies zu erkennen, war in diesem ersten Moment wie ein Schock für mich – ein Schock, der alles ganz sinnlos machte.

Doch dann verschwand das Gefühl, und es kehrte nicht wieder, ich spürte es nie mehr. Die Entdeckung der Freiheit erfüllte mich, ich sog sie gierig in mich hinein, und ich musste mir nicht überlegen, was ich mit ihr anfangen sollte. Denn zu jener Zeit war die Freiheit, die moderne Freiheit des Individuums noch überhaupt nicht selbstverständlich. Die frühen Siebziger Jahre, das war noch immer die 68er-Zeit, und das meiste, was wir heute normal finden, war damals noch völlig neu, völlig revolutionär. Vieles war soeben entdeckt, soeben erobert worden, vieles musste erst noch erkämpft werden.

Im Kanton Zürich zum Beispiel war es zu jener Zeit noch immer verboten, im Konkubinat zusammenzuleben. Das erscheint heute lächerlich; doch damals durfte ein Paar nur zusammenwohnen, wenn es verheiratet war. Nun gab es aber, hart an der Grenze des Kantons Zürich, das Bauerndorf Spreitenbach. Und auf einmal wuchsen am Rande des Dorfes Hochhäuser in die Höhe, die ersten Wohntürme damals, nicht schön, aber günstig und vor allem begehrt. Denn im Kanton Aargau – ausgerechnet in diesem so oft und zu Unrecht verspotteten Kanton Aargau war das Zusammenleben im Konkubinat schon erlaubt. Mit dem Resultat, dass viele unverheiratete junge Paare in den Aargau und nach Spreitenbach zogen.

Was wollten sie dort? Sie wollten frei sein, frei von der Moral ihrer Eltern, frei von den Zwängen der geltenden Ordnung. Was damals begonnen hat und heute unter dem Stichwort «68» bereits zum Geschichtsunterricht gehört, war viel mehr als nur ein politischer Aufbruch. Was damals geschah, war eine Explosion der Freiheit, nicht weniger. Eine ganze Generation wollte frei sein, und zu dieser Generation gehörten auch Sie, liebe Eltern, ebenso wie auch ich, zu dieser Generation gehörten alle, die in den Sechziger und Siebziger Jahren erwachsen wurden.

Freies Zusammenleben, freie Liebe, Haschischkonsum, Miniröcke, lange Haare, Popmusik hören, nach Griechenland trampen, aus der Kirche austreten, anti-autoritäre Erziehung – ich bin überzeugt, mindestens eine dieser Freiheiten haben auch Sie sich damals genommen. Oder gleich alle zusammen. Man wollte sein Leben selber bestimmen, radikaler als jede vorangegangene junge Generation. Alle Grenzen wurden gesprengt, die nicht mehr zeitgemäss waren.

Und begleitet war diese ganze Befreiung – um es bildhaft zu sagen – von den Farbbeuteln des Protests. Das war die andere Seite der Flower-Power-Bewegung: der Protest gegen die Konsumgesellschaft, die Rebellion gegen die Mächtigen, die Kritik am Establishment. Man kann diese Reizwörter heute fast nicht mehr aussprechen, sie wirken fürchterlich abgedroschen. Aber damals waren sie es noch nicht.

Und damit sind wir schon mitten im Thema.

*

1968 gab es eine Parole, eine sehr wichtige Parole, die auf Transparenten immer wieder zu lesen war und auf Protestknöpfen demonstrativ herumgetragen wurde. Sie hiess: «Rebellion ist berechtigt». Dieser Slogan wird euch, liebe Maturanden, nicht gerade sehr geistreich erscheinen, nehme ich an. Ist ja klar, dass Rebellion manchmal notwendig und berechtigt ist!

Aber damals war das überhaupt noch nicht klar. Widerspruch gegen die Obrigkeit, Widerspruch gegen die bestehende Ordnung, Widerspruch gegen die Eltern, gegen die Lehrer: All das wurde noch bis in die späten Sechziger

Jahre hinein als moralisch verwerflich betrachtet. Zwar liess sich Widerstand nicht vermeiden – aber eigentlich war jede Opposition, die von unten kam, etwas Schlechtes. Sogar die parlamentarische Opposition war im Grunde genommen schlecht. Jemand, der rebellierte, jemand, der nur schon kritisierte, war ein weniger guter Mensch als jemand, der die Ordnung billigte und verteidigte. Die Moral befand sich ganz auf der Seite der Macht. Und die Kirche, nicht zu vergessen, gab ihren Segen dazu.

Natürlich war dieses Wertesystem durch die beiden Weltkriege bereits heftig erschüttert worden. Aber es hatte standgehalten. Für die Generation meiner Eltern – die heutigen Grosseltern – war es trotz der Erfahrung des Krieges nach wie vor selbstverständlich, dass sie grundsätzlich Ja sagten. Sie stellten die Verhältnisse nicht in Frage. Sie setzten auf Leistung, das war das Wichtigste. Zu ihrem grossen Schlager, vor allem in Deutschland, wurde das Lied «Schaffe, schaffe, Häusle baue und ned nach de Mädle schaue...»

Unsere Eltern hatten gar keine Zeit, auf andere Gedanken zu kommen. Der atemberaubende Fortschritt der Nachkriegszeit hat sie mit sich gerissen. Bitte verstehen Sie mich nicht falsch. Ich möchte der Generation meiner Eltern damit nicht Unrecht tun. Die Segnungen der Konsumgesellschaft, der plötzliche kleine Wohlstand für alle, der begeisternde Aufstieg von Technik und Forschung, die erste Weltraumrakete, das Fernsehen, die Mobilität durch das Auto, die Wegwerfprodukte – all das war noch viel zu neu, viel zu verlockend, um es bereits in Frage zu stellen. Der Schock des Krieges dagegen, die Judenvernichtung, Hiroshima musste verdrängt werden. Das hätten auch wir verdrängt, hätten wir es erlebt. Auch wir hätten uneingeschränkt Ja zum Fortschritt gesagt.

Natürlich gab es damals schon, Anfang der Sechziger Jahre, eine Minderheit, die Nein sagte. Aber das war wirklich eine Minderheit. Da gab es zum Beispiel Max Dätwyler, der Friedensapostel mit dem weissen Bart und der weissen Fahne, der im Land herumzog, der sogar bis nach Moskau zog, bis auf den Roten Platz, obwohl ihn niemand empfing, weder in Washington noch in Moskau. Diesen Max Dätwyler habe damals auch ich erlebt, wenn er jeweils im Bus sass und von Zumikon, wo er wohnte, nach Zürich fuhr, um wieder irgendwo für den Frieden zu demonstrieren. Wir als Jugendliche haben ihn angestaunt, aber die Erwachsenen belächelten ihn, und so begannen auch wir über ihn zu lachen. Ein Friedensapostel war damals ein Spinner.

Natürlich gab es die Linke. Aber auch die Linke wollte den Fortschritt, auch die Linke wollte den Konsum und den Wohlstand. Sie wollte ihn bloss ein wenig anders verteilen.

So war das, wie gesagt, bis in die späten Sechziger Jahre hinein, soweit ich es miterlebte als Kind und später als Jugendlicher. Es herrschte eine Atmosphäre des käuflichen Glücks, es herrschte ein Warenhauswohlstand. Dieser Wohlstand liess die alten Werte unangetastet. Er hätte sie niemals abschaffen wollen, er hatte ja keine anderen. Doch er höhlte sie aus. Er machte sie wirkungslos.

Die Konsumgesellschaft propagierte nicht den Kirchenaustritt, gewiss nicht. Aber sie wollte am Sonntagmorgen lieber ausschlafen. Die Konsumgesellschaft sagte nicht: Politiker sind korrupt. Aber sie interessierte sich mehr für den Sport am Wochenende als für politische Fragen. Und dieselbe Gesellschaft sagte auch nicht: Heiraten ist altmodisch. Aber sie machte die Möglichkeit, sich wieder scheiden zu lassen, zu etwas Alltäglichem. Sie hielt die Traditionen zwar äusserlich aufrecht, aber sie entzog ihnen jeglichen Sinn. Sie sagte äusserlich weiterhin Ja, doch innerlich sagte sie Nein, innerlich bildete sich ein Vakuum, ein moralisches Vakuum. Aussen fix, innen nix, oder wie es damals hiess: Aussen fix, innen Phillips. Auch die Produkte waren billig gemacht, damals schon. Aber die Fassade glänzte.

In diesem Widerspruch, in dieser Verlogenheit, wie wir es später nannten, in dieser Doppelmoral sind wir aufgewachsen. Wir ahnten schon früh, dass das alles nicht stimmte, dass dieser ganze Fortschritt, dieses ganze Wirtschaftswunder einseitig war, innerlich hohl, ohne wirklichen Sinn. Wir ahnten es, weil uns langweilig war. Oft war uns langweilig. Ich bin überzeugt, wir haben uns mehr gelangweilt als die Jugendlichen früherer Generationen. Wir erlebten diese moderne Langeweile, diesen schleichenden Überdruss, den ich nicht näher beschreiben muss. Ich glaube, Sie kennen dieses Gefühl.

Unsere Eltern erzogen uns zwar noch im alten Stil. Die äusseren Strukturen waren noch da, sogar die Ohrfeigen, die gab es noch. Aber auch die Erziehung hatte keine wirkliche Kraft mehr. Sie konnte uns nicht mehr disziplinieren. Bis zu einem gewissen Alter vielleicht, aber dann nicht mehr. Ein Schulfreund von mir schlug zurück, als er mit 14 eine Ohrfeige bekam. Man stelle sich vor, unsere Eltern hätten in ihrer Jugend zurückgeschlagen! – Die Ordnung, in der wir aufwuchsen, war für uns bloss noch ein Papiertiger. Wir hatten keinen Respekt mehr.

Was tat die Gesellschaft, um uns zufriedenzustellen?

Sie liess uns am Überfluss teilhaben – mit dem Resultat, dass ein neuer Begriff geschaffen werden musste, der Begriff der Wohlstandsverwahrlosung. Wir, die Fernsehgeneration, wir hatten vieles, wir durften vieles, doch innerlich, seelisch blieben wir unterernährt, wir blieben uns selbst überlassen.

Ich erinnere mich an Mitschüler, die zur Konfirmation eine Aktie bekamen. Das ist vielleicht ein extremes, aber doch sehr treffendes Beispiel für die Mentalität, für das Monopoly-Denken, das damals herrschte. Man schenkte uns allen gewissermassen Gratisaktien, Aktien der Fortschritts-AG, um uns frühzeitig zu beteiligen. Man gab uns Taschengeld, Transistorradios und Plattenspieler, ein Moped mit 14, Autofahrstunden ab 18. Wir durften zuhause ausziehen, wenn es uns nicht mehr passte, wir konnten reisen, wohin wir wollten, wir konnten die Stelle jederzeit wechseln – die Hochkonjunktur machte es möglich. Man gab uns mehr Bildung, grössere Chancen, wir hatten mehr Freizeit als jede andere Jugend vor uns, und schliesslich, ein weiteres Symbol jener Zeit: Man gab uns die Pille, die Anti-Baby-Pille. Auch in dieser Beziehung stand uns die Welt plötzlich offen. Sie hatte einer jungen Generation noch nie so offen gestanden.

Und wozu das alles? Wozu diese ganzen Möglichkeiten, die man uns bot? – Damit wir nichts spürten. Das war der tiefere Grund. Wir sollten nur leisten und konsumieren, nur Wissen in uns hineinschaufeln und geniessen, das moderne Leben geniessen, aber bitte nichts spüren, bitte nichts merken. Die Generation meiner Eltern wollte auch uns, auch die Jugend dazu verleiten, die Kunst des Verdrängens zu lernen. Man wollte uns die gleiche Lebenseinstellung, das gleiche Konsumverhalten einimpfen, wie es unsere Eltern besassen. Genau das geschah: Man wollte uns impfen gegen den Virus des Zweifels. Dahinter stand keine Berechnung, keine Taktik. Unsere Eltern wollten vielleicht wirklich nur unser Bestes.

Heute wissen wir, liebe Anwesende, dass die Rechnung nicht aufging. Alles Impfen nützte nichts – die Wohlstandsgesellschaft war nicht das, was wir suchten. Wir konsumierten ihr Angebot, wir profitierten von ihr, sie machte uns sogar süchtig – fernsehsüchtig, geschwindigkeitssüchtig, drogensüchtig –, aber sie vermochte uns nicht zu ernähren. Das Hungergefühl blieb. Das Hungergefühl war durch nichts zu verdrängen.

*

Doch nun kommt das Entscheidende: Diese innere Leere, die wir damals erlebten, dieses moralische Vakuum war nicht nur Schicksal, sondern auch Chance. Es war die Voraussetzung für die 68er-Bewegung. Wenn die Lebensweisheit zutrifft, dass jede Sache zwei Seiten hat, wenn es stimmt, dass jede negative Entwicklung sich auch positiv auswirkt, dann hat sich diese Regel damals für uns erfüllt. Die innere Leere, in der wir aufwuchsen, war einerseits lähmend und öde, aber gleichzeitig auch befreiend. Wenn moralische Werte nur noch äusserlich gelten, ist man innerlich ungebunden, und so war das bei uns.

Vielleicht hätte die Jugend schon früher ausbrechen wollen. Aber sie konnte nicht. Uns dagegen, uns war es möglich. Dass wir uns selbst überlassen blieben, bedeutete auch, dass wir frei waren.

Ich selber kam auf den Geschmack der Freiheit am Tag der Konfirmation. Die Konfirmation, dieses Sich bekennen zur Kirche fand ich eigentlich sinnlos, es widerstrebte mir, und ich machte nur mit, weil ich mir als Konfir-mationsgeschenk endlich ein Tonbandgerät erhoffte. Aber ich und ein anderer Konfirmand, wir weigerten uns, an der Feier eine Krawatte zu tragen. Und die Erwachsenen hatten nicht mehr die moralische Autorität, uns davon abzuhalten.

Wir nahmen uns die Freiheit, stattdessen im weissen Roll-kragenpullover vor den Pfarrer zu treten. Das war schon fast revoluzzerisch – obwohl wir bestimmt auch im Roll-kragenpullover wie brave Konfirmanden aussahen. Trotz-dem, wir hatten den Schritt gewagt, und es war meine erste kleine öffentliche Demonstration: Keine Krawatte! Ich demonstriere noch heute dagegen, wie Sie sehen.

Die Ablehnung der Krawatte war nur der Anfang, dabei blieb es natürlich nicht. Ein Jahr später trat ich aus der Kirche aus. Und weitere drei Jahre später zog ich eines Nachts mit andern zusammen verschwörerisch von Haus zu Haus und warf Kirchenaustrittsformulare in die Brief-kästen. Auf den persönlichen Protest, auf die Verweige-rung folgte der Schritt zur Agitation.

Lassen Sie mich heute, zwei Jahrzehnte später, betonen: Ich mache aus diesen Dingen absolut keine Tugend. Weder sage ich, man soll aus der Kirche austreten noch rufe ich dazu auf, an einer Maturafeier keine Krawatte zu tragen. Ein Blick in die Runde zeigt mir, dass das heute sowieso überflüssig wäre. Ich wollte nur schildern, an meinem eigenen Beispiel, wie dieses «68» entstanden ist. Zuerst sagte ich Nein zur Krawatte, dann sagte ich Nein zur Kirche, und dieses Nein zur Institution der Kirche war gleichzeitig ein Nein zum herrschenden Denken. Wir woll-ten nicht nur materielle Freiheit, nicht nur Freiheit vom Krawattenzwang, wir wollten auch geistige Freiheit.

So kam es zur grossen Revolte, die Anfang der Siebziger Jahre, als ich aus der Schule kam, noch in vollem Gange war. Wir begannen Fragen zu stellen. Wir begannen *in Frage* zu stellen. Wir erkannten, dass die Gesellschaft etwas ganz anderes lebte, als sie uns predigte. Die Gesellschaft sprach von Gerechtigkeit, aber sie handelte ungerecht. Sie sprach von Moral, aber sie handelte unmoralisch. Und vor allem: Sie sprach von Frieden und führte Krieg. Amerika, die moralische «Leitgesellschaft» der westlichen Welt, das grosse Vorbild Amerika führte in Vietnam Krieg, Europa unterstützte diesen Krieg, und auch das schweizerische Bürgertum unterstützte ihn. Dies alles wurde uns damals bewusst – dies alles empörte uns.

Vietnam, Sie wissen es, war der Funke, der die 68er-Bewegung entzündete. Die jungen Amerikaner wollten sich nicht von ihren Vätern in einem Krieg verheizen lassen, der nicht zu gewinnen war. Sie wollten nicht ein kleines Volk der Dritten Welt, auch wenn es kommunistisch regiert war, in Schutt und Asche bombardieren. Sie empfanden diesen Krieg als ungerecht. Und sie demonstrierten für Frieden.

Diesmal waren es nicht nur einige Pazifisten, diesmal war es die ganze Jugend, die gegen den Krieg protestierte – sowohl in Amerika als auch in Europa. Es war eine ganze Generation, die sich gegen die Doppelmoral der Gesellschaft wandte und alles herunterriss, was nicht echt war. Und wenn ich sage: die ganze Generation, übertreibe ich keineswegs.

Erinnern Sie sich an das Peace-Zeichen? – Das war kein Signet einer Minderheit, das war ein Symbol, mit dem sich junge Leute im hintersten Bergdorf identifizierten.

«Make love, not war», das war nicht bloss eine Weltanschauung, die neben anderen existierte, das war die Weltanschauung der ganzen Jugend. Es war die Botschaft von Woodstock, die Botschaft der Popmusik; und die Musik, mindestens die Musik hörten wir alle, die Musik überbrachte die Botschaft in sämtliche Herzen.

«Make love, not war» bezog sich nicht nur auf den Krieg. Das war viel grundsätzlicher gemeint – und wenn es heute naiv klingt, dann ist gerade diese Naivität ein Beweis dafür, wie ehrlich und wie ernst wir es meinten. «Make love, not war» war der dringende Appell der 68er-Jugend an die moderne Gesellschaft, sich zu besinnen. Auf diese Weise, mit dieser Botschaft wurde die junge Generation zum Gewissen der westlichen Welt.

Sie wurde zum Gewissen, indem sie sagte: Ihr sprecht von Frieden – also stoppt den Krieg in Vietnam! Ihr sprecht von Gerechtigkeit: Also beendet die ungerechte Verteilung des Reichtums! Ihr sprecht von Toleranz: Also lasst auch Andersdenkende zu Wort kommen! Ihr sprecht von Menschlichkeit: Also jagt nicht nur dem Profit nach!

Sie merken, ich brauche dieselben Worte, die wir damals verwendeten. In diesen Worten – die dann später zu Ideologien erstarrten – klagten wir unsere Eltern an, in diesen Worten verurteilten wir die Gesellschaft. Wir, die 68er-Generation, waren das Gewissen, das die westliche Welt in ihrem Fortschrittstaumel verloren hatte. Und diese westliche Welt war unsere Welt, mit ihr mussten wir uns auseinandersetzen.

Warum hätten wir gegen die Sowjetunion demonstrieren sollen? – Natürlich war es dort schlimmer als hier, natürlich gab es dort keine Freiheit. Aber der Sozialismus, das war nicht unser System, die Kommunisten, das waren nicht unsere Eltern. Wir lebten im Westen, wir erlebten den westlichen Materialismus. Und wir sahen, wie die Generation unserer Eltern bereit war, diesem Materialismus alles zu opfern.

Dagegen protestierten wir, dagegen mussten wir protestieren. Sehen Sie, das ist es, was ich aufzeigen möchte: diese Notwendigkeit des Protests, diese innere Verpflichtung dazu, die wir damals spürten. 1968 wurde das Prinzip in die Welt gesetzt, dass Widerstand gerechtfertigt ist – dass er vielleicht nicht legal, aber legitim ist. So bekam der Spruch «Rebellion ist berechtigt» seine Bedeutung. Was zunächst nur ein Gefühl war, wurde Erkenntnis.

*

Den provokativen Titel, den die Neue Zürcher Zeitung im Sommer «68» nach dem Globuskrawall über ihren Leitartikel setzte: «Wehret den Anfängen» – diesen Titel würde die gleiche Zeitung heute nicht mehr verwenden. Ein Jugendkrawall wurde heute auch von der NZZ differenzierter beurteilt. Man würde heute nach Gründen suchen. Man würde vielleicht sogar ein gewisses Verständnis zeigen. Die autoritäre Geste «Wehret den Anfängen», der blosse Ruf nach Ruhe und Ordnung würde nicht mehr genügen.

1968 nahm diese Veränderung ihren Anfang, und sie war durch nichts mehr zu unterdrücken. Dass wir uns auflehnten, dass wir protestierten und kritisierten, wurde von der Gesellschaft im Lauf der Jahre mehr und mehr akzeptiert. Kritik, so wurde erkannt, muss man ernstnehmen – und immer häufiger wurde eine kritische Einstellung nicht nur toleriert, sie wurde begrüsst, ja sie wurde gefördert. Sie erinnern sich, das begann bereits in der Schule, wo junge Lehrer sogar die Schüler dazu ermutigten, sich kritisch zu äussern und den Autoritäten nicht einfach zu glauben. Das zeigte sich im Bereich der Kultur, wo man auf einmal auch kritische Filme oder politisches Theater subventionierte; und es zeigte sich, nicht zuletzt, in den Medien, wo die Sicht der Behörden, die Sicht der Obrigkeit nicht mehr die einzige war.

Die Sicht der Betroffenen wurde ebenso wichtig; die Probleme von Randgruppen, die Forderungen von Minderheiten, sie wurden auf einmal ein Thema; alles, was sich der «konservativen» Mehrheit entgegenstellte, alles, was oppositionell oder alternativ war, bekam einen immer höheren Stellenwert. Je mehr die 68er-Generation in die gesellschaftlichen Institutionen gelangte, um so mehr wurden Widerspruch und Protest buchstäblich salonfähig. Wenn heute Greenpeace-Leute sogar bei Rotary-Clubs zu Gast sind – ich habe das kürzlich gehört –, dann wird uns vollends klar, was seit 1968 geschehen ist. Es ist sehr viel geschehen. Wenn man fragt, was hat die 68er-Bewegung bewirkt, ist das die Antwort: Noch in den Sechziger Jahren war die Gesellschaft mehrheitlich konservativ. Sie hielt am scheinbar Bewährten und Etablierten fest. Heute ist sie mehrheitlich kritisch im Sinne von «fortschrittlich». Die Protesthaltung der 68er-Generation ist zur Grundhaltung der ganzen Gesellschaft geworden. In nur zwei Jahrzehnten hat sich der Zeitgeist völlig geändert.

Natürlich kommt es noch immer vor, dass Kritik unerwünscht ist, dass man sie mundtot zu machen versucht, ich will das in keiner Weise herunterspielen. Aber wenn es geschieht, wird es in der Regel verurteilt. Man hat ein Recht auf Kritik, ein Recht auf «progressive» Ideen. Dasselbe, was zur Zeit meiner Jugend noch als schlechte Charaktereigenschaft galt, ist zur Tugend geworden. Ein «fortschrittlich» eingestellter, kritischer Mensch ist heute der bessere Mensch. Wenn wir heute von jemandem sagen, er sei unkritisch, dann meinen wir es abschätzig. Konservativ ist von gestern. Kritisch-fortschrittlich ist modern.

Ich glaube, ich darf für uns alle sprechen: Heute sind wir nicht mehr nur Konsumenten, wir sind kritische Konsumenten. Heute sind wir nicht mehr Patienten, die dem Arzt blind vertrauen, wir sind kritische Patienten. Wir sind kritische Mieter, kritische Stimmbürger, kritische Eltern, ihr alle seid mehr oder weniger kritische Schüler, und die Lehrer sind kritische Lehrer – sobald die Erziehungsdirektion von Reformen spricht.

*

Das alles wäre natürlich nicht möglich gewesen ohne die grosse Erziehungsarbeit, die von den Massenmedien geleistet wurde. Die Medien haben eine ungeheure Bedeutung bekommen, gerade seit den Sechziger Jahren. Ich habe vorhin gezeigt, wie die 68er-Generation zum Gewissen der Gesellschaft geworden ist. Und dieses kritische Gewissen, diese Anwaltschaft wird heute repräsentiert durch die Massenmedien. Die Medien sind es, die diese Funktion übernommen haben, diese Funktion des Gewissens. Ihre Aufgabe ist es, das moralische Vakuum, von dem ich gesprochen habe, das Loch der Konsumgesellschaft mit Inhalt zu füllen, die Medien liefern uns täglich Weltanschauung, sie liefern uns Tag für Tag Religionsersatz.

Mit anderen Worten: Sie sind nicht nur ein Spiegel des Zeitgeists – der Name des deutschen Magazins «Der Spiegel» ist irreführend –, die Medien *prägen* den Zeitgeist. Sie erziehen uns. Ganz im Sinne der 68er-Bewegung erziehen sie uns zum sozialen, fortschrittlich-kritischen Denken. Es gibt heute keine grössere Zeitung mehr, keine bedeutende Radio- oder TV-Station, die nicht kritisch im Sinne von «progressiv» ist. Auch die Boulevardpresse ist kritisch, auch sie berichtet engagiert über Hungersnöte, über Tierquälerei, über Umweltverschmutzung, auch sie nennt die Namen der Verantwortlichen, appelliert an das soziale Gewissen der Leser. Und sogar eine Zeitung wie die «Neue Zürcher Zeitung» hat sich zu ändern begonnen: Nur das Sprachrohr der Mächtigen will sie nicht mehr sein. Sie recherchiert, sie macht Interviews, sie wagt es, kritische Fragen zu stellen und progressive Postulate zu unterstützen – wie alle andern.

Ein Wort noch zum Fernsehen. Das Fernsehen ist ja ein Bildmedium, mit anderen Worten: ein «sinnliches» Medium – und Bilder, Filmaufnahmen, für sich allein, sind nicht kritisch. Erst ihre Auswahl, ihre Kommentierung macht sie zu kritischen Bildern. Ich habe mehrere Jahre am Fernsehen gearbeitet und selber aus Bildern kritische Bilder gemacht, ich weiss ein wenig, wovon ich rede. Auch das Fernsehen sieht seine primäre Aufgabe darin, eine «fortschrittliche» Haltung in uns zu fördern. Informationssendungen am Fernsehen sind prinzipiell kritische Sendungen, das Bild steht ganz im Dienste des Wortes, im Dienste der Botschaft, die progressiv ist. Selbst wenn dies auf Kosten der Bilder geht. Selbst wenn die Bilder dabei vergewaltigt werden.

Soviel wollte ich zu den Medien sagen, zur Bedeutung der Medien seit 1968, und speziell zum Fernsehen. Das Fernsehen bringt mich auf ein weiteres Beispiel, ein letztes Beispiel, das vielleicht am deutlichsten zeigt, wie gross die Veränderung ist, die sich vollzogen hat. Ich meine das

Wort zum Sonntag, oder allgemeiner: unser christliches Glaubensbekenntnis. Auch das Wort zum Sonntag ist kritisch geworden, sowohl am Fernsehen wie in der Kirche. Es will nicht nur Trost spenden, so wie früher, es will aufrütteln, es will beunruhigen.

Ein Pfarrer ist heute ein kritischer Pfarrer, und die christliche Botschaft, wie sie die Kirche versteht, hat sich längst zu einer gesellschaftskritischen Botschaft entwickelt. Wenn sogar Jesus Christus heute als Revolutionär betrachtet wird, als der erste «68er» sozusagen, dann, so glaube ich, ist dies der letzte Beweis, den es noch brauchte, für das Denken, das heute vorherrscht. Nichts ist mehr heilig.

*

Liebe Anwesende, auch wenn es vielleicht so erscheint – es geht mir nicht darum, das kritische Denken zu kritisieren. Diese ganze Entwicklung war notwendig, und sie war auch gut so. Ich sage das deshalb, weil ich selber dieser kritischen Generation angehöre, und weil ich mir das Recht, Nein zu sagen, das Recht, auf die Barrikaden zu steigen, niemals wieder wegnehmen lassen würde. Der Mensch, so glaube ich, hat ein Stadium seiner Entwicklung erreicht, wo er keine Autoritäten mehr braucht, die das Denken für ihn besorgen. Eine Obrigkeit im alten, patriarchalen Sinn kann es nicht mehr geben. Der Mensch, als Individuum, will frei sein.

Nun sind aber die Söhne und Töchter der 68er-Zeit schon längst keine Söhne und Töchter mehr. Sie sind heute selber Väter und Mütter. Sie sind Eltern – und solche Eltern sind auch versammelt in diesem Saal, ein solcher Vater steht auch vor Ihnen. Wir sind diese Eltern, und wir befinden uns heute in derselben Situation, in der sich unsere Eltern befanden, als wir erwachsen wurden.

Wie haben wir uns über sie aufgeregt damals, weil sie doch so unkritisch waren, so konventionell und so angepasst!

Wir sind nicht so geworden. Wir sind kritische Bürger, fortschrittlich – auch in Sachen Sexualmoral –, pädagogisch auf dem neuesten Stand und problembewusst: Können sich Kinder bessere Väter und Mütter wünschen, als wir es sind?

Nun ja, seitdem ich selber Vater bin, habe ich gelernt – nicht ganz freiwillig –, die Dinge ein wenig differenzierter zu sehen, ein wenig selbstkritischer. Ich erzähle Ihnen ein Beispiel: die Autos.

Bevor wir Kinder hatten, war meine Grundhaltung auch zu den Autos eine sehr kritische Grundhaltung, und ich machte aus der Tatsache, dass ich selber nicht autofahre, eine weltanschauliche Tugend: Ich – Autofahrstunden? Nie im Leben!

Heute, mit drei Kindern, empfinde ich meine Tugend eher als Handicap. Aber noch zur Zeit, als erst Fabian, unser erstes Kind, auf der Welt war, lehnte ich Autos fast grundsätzlich ab. Ich unterschied zwischen Menschen und Autofahrern und ertrotzte mir den Vortritt auf dem Fussgängerstreifen ganz prinzipiell. Niemals hätte ich dankend genickt, wenn ein Autofahrer für mich anhalten musste, denn ich sagte mir: Wer war zuerst auf der Welt, die Menschen oder die Autos?

Ich hatte eine tägliche Wut auf die Autos; und als dann Fabian älter wurde und ich allmählich damit begann, ihm die Welt zu erklären – oder glaubte, ihm die Welt erklären zu müssen –, hatte ich die Wut immer noch. Jedesmal, wenn wir einer Strasse entlanggehen mussten, sagte ich zu Fabian: Immer diese Autos – ich kann dir ja die Geschichte gar nicht in Ruhe erzählen! Oder ich sagte: Diese Abgase, dieser Gestank, riechst du ihn? Oder wir standen am Strassenrand, und ich machte Fabian anklägerisch darauf aufmerksam, dass der Lastwagen, der da eben vorbeidonnerte, uns fast überfahren hätte.

Doch diese ganze Indoktrination ging an meinem Sohn absolut spurlos vorüber. Schon beim nächsten Lastwagen rief er entzückt: Schau' mal, der grosse Lastwagen! Mit Anhänger! Und beim Sportwagen, der vorbei raste, rief er aus: Geiles Auto!

Dass er die Autos geil fand, erschütterte mich natürlich, und ich fragte mich schon besorgt, wie mein Sohn auf dieses unkritische Denken kam. Doch dann, mit der Zeit, erkannte ich, wie recht er eigentlich hatte. Wie recht er hatte, die Welt nicht von vornherein kritisch zu sehen, sondern sie zunächst einmal erleben zu wollen. Mein Sohn will die Autos zuerst einmal kennenlernen, er will von ihnen begeistert sein – bevor er sie dann später möglicherweise kritischer sieht. Und wenn er nicht will, muss er auch später muss er nichts gegen Autos haben.

Ein zweites Beispiel. Vor etlichen Jahren beschloss ich, Vegetarier zu werden. Meine neue Gewohnheit trug ich von da an wie ein Schild vor mir her und erklärte bei jedem Anlass, bei jeder Einladung: Nein danke, ich esse kein Fleisch. Ich fühlte mich unglaublich gut dabei.

Dann aber wollte mein Sohn unbedingt Metzger werden. Ich schwöre Ihnen, das ist kein Witz, er wollte wirklich Metzger werden. Und jedesmal, wenn wir an einer Metzgerei vorbeikamen, zeigte er auf die Würste im Schaufenster und erinnerte mich fröhlich an seinen Berufswunsch. Ich versuchte mich so aus der Affäre zu ziehen, indem ich jeweils sagte, ich komme dann zu dir in die Metzgerei und kaufe Salzgurken oder Pommes chips. Oder vielleicht verkaufst du auch Fisch? Dann kaufe ich Fisch bei dir.

Aber das genügte Fabian nicht. Und jedesmal, wenn es für die Kinder zum Beispiel Salami gab und meine Liebste, die nicht so fürchterlich konsequent ist wie ich, auch davon ass; jedesmal also, wenn ich wieder als Einziger den Salami nicht anrührte, war mein Sohn nicht etwa beeindruckt vom Durchhaltewillen des Vaters, sondern enttäuscht. Und alle meine Erklärungen, dass mir die Tiere leid täten, die man zum Schlachthof führt, nützten wenig.

Bis ich dann eines Tages eine der Bratwürste ass, die wir unterwegs irgendwo kauften. Ich war hungrig, wie die ganze Familie, und ich hatte dem Duft in der Nase nicht widerstehen können – also nahm ich einen Biss Bratwurst, einen zweiten und einen dritten: Und siehe da, die Wurst schmeckte mir, genau so wie früher. Ich gab es zu und natürlich staunte mein Sohn. Von diesem Tag an wollte er nicht mehr Metzger werden. Wirklich, der Wunsch, eine Metzgerei zu eröffnen, verschwand und kehrte nicht wieder. Denn seit jener familienhistorischen Bratwurst bin ich etwas flexibler geworden. Im Sommer, wenn wir am Waldrand ein Feuer machen, halte auch ich meine Wurst übers Feuer.

Ich bin immer noch Vegetarier. Doch ähnlich wie bei den Autos, so war es auch hier: Die Kritik am Fleischkonsum war nicht das erste, was mein Sohn von mir hören wollte. Er möchte das Fleisch zuerst mal versuchen, er möchte herausfinden, ob es ihm schmeckt – ohne Begleitkommentar seines Vaters. Vegetarier kann er später immer noch werden, dann überzeugt ihn vielleicht, wie sein Vater es macht. Aber jetzt war ich kein Vorbild für ihn. Meine kritische Haltung empfand er als einschränkend, und sie schränkte auch mich ein, sie machte mich nicht beweglicher, sondern dogmatischer, sie machte mich stur.

Ich merkte auf einmal, dass ich von meinem Sohn, der doch nur ein Kind ist, etwas lernen konnte. Ich lernte, dass unsere kritische Einstellung, die für uns alle so selbstverständlich geworden ist, ihre problematische Seite hat. Wenn man es nicht schon vorher gemerkt hat, merkt man es in der Kindererziehung.

Nehmen Sie das Beispiel Umwelt. Vor allem, seitdem ich selber Kinder habe, fällt mir auf, wie früh die Umwelt, die Umweltverschmutzung ein Thema ist. In Kindersendungen am Radio, am Fernsehen, in Kinderbüchern und im Schulunterricht, überall konfrontieren wir die Kinder schon früh damit, wie sehr die Natur an vielen Orten bedroht ist und wie wichtig es ist, sie zu schützen.

Natürlich ist die Natur bedroht; aber an mindestens so vielen Orten ist sie noch immer intakt, geht es ihr gut, geht es ihr vielleicht sogar besser als noch vor einigen Jahren. Viele von uns, viele fortschrittlich, ökologisch denkende Eltern vergessen das manchmal. Vor lauter berechtigter Sorge über die Umweltverschmutzung vergessen wir ganz das Naheliegendste: die Natur selbst – ihre Schönheiten, ihre Wunder und ihre unermessliche Vielfalt.

Wenn wir zu einem Bach kommen, denken wir doch fast automatisch daran, ob er verschmutzt ist. Das geschieht vielleicht, ohne dass wir es wollen. Wir sind uns so sehr gewohnt, sogleich das Problem zu suchen, sogleich nach dem Missstand zu fragen, dass wir gar nicht mehr anders können. Ich überzeichne natürlich ein wenig, aber unser ökologisches Denken geht doch in diese Richtung.

Dadurch entgeht uns vieles. Dadurch entgeht uns vielleicht die Sonne, die sich im Wasser des Baches spiegelt; es entgeht uns der kleine Staudamm, den da jemand gebaut hat; es entgehen uns die beiden Libellen, die sich, über dem Wasser schwirrend, zu paaren versuchen. Wir übersehen die Dinge selbst, wir verlernen das reine Betrachten, das In-uns-aufnehmen – unsere kritische Brille verunmöglicht es.

Solange wir damit nur uns selber im Wege stehen, ist es unsere Sache. Sobald wir aber unsere Kinder in diesem Sinne erziehen wollen, sind wir im Grunde nicht besser als unsere eigenen Eltern. Unsere Eltern haben uns beibringen wollen, die Welt «positivistisch» zu sehen – wir dagegen leben unseren Kindern vor, die Welt permanent in Frage zu stellen, der Welt zu misstrauen. Unsere Eltern haben uns, ganz plakativ gesagt, mit Konsum- und Leistungsdenken gefüttert. Wir dagegen füttern unsere Kinder mit kritischem Denken.

Ich sage nicht, dass das falsch ist. Wenn aber unsere progressiv-kritische Grundhaltung zum Erziehungsideal wird, dann schaffen wir damit nur eine neue Einseitigkeit – so gutgemeint sie auch sein mag.

Nun, solange die Kinder noch Kinder sind, müssen sie von uns schlucken, was sie bekommen. Je mehr sie aber

Jugendliche werden, je mehr sie Teenager werden – und damit, liebe Maturanden, komme ich allmählich in euren Bereich –, um so mehr werden sie fähig, zu reagieren. Eltern von 13- und 14-jährigen Jugendlichen haben mir kürzlich erzählt, sie hätten ihre kritischen Zeitschriften, ihre WWF- und ihre Greenpeace-Broschüren immer auf den Tisch in der Küche gelegt – in der Hoffnung, ihre Kinder würden sie lesen und sich vielleicht sogar dafür engagieren.

Eines Tages jedoch hatten der Sohn und die Tochter die Nase offenbar voll, und sie erklärten den Eltern: Müsst ihr das immer auf den Küchentisch legen? Wir können es nicht mehr hören, dieses Umweltgejammer!

Ein anderes Beispiel. Eine bekannte grüne Politikerin – sie ist politisch tätig in einer grösseren Schweizer Stadt und hat zum Teil bereits erwachsene Kinder –, diese Politikerin wurde in einem Interview unter anderem zum Thema Erziehung befragt. Und wie alle Eltern der 68er-Generation hat natürlich auch sie versucht – als engagierte Grüne in besonderem Masse –, ihr progressives Denken an ihre Kinder weiterzugeben. Im Interview formuliert sie es so:

«Ich hoffe, meine Kinder haben gelernt, dass sie zu vielen Dingen auch Nein sagen müssen.»

Diese Aussage, liebe Anwesende, ist so typisch für die heutige Zeit. Dass man lernen muss, Nein zu sagen – mit welcher Selbstverständlichkeit wir das heute schon aussprechen! Stellen Sie sich vor, jemand würde heute erklären, man müsse lernen, Ja zu sagen! – Sofort wären wir misstrauisch.

Doch nun zur Passage, die für unseren Zusammenhang wichtig ist. Die grüne Politikerin wird gefragt, ob ihr Sohn eigentlich die Rekrutenschule besuche?

«Er hat sie schon gemacht», erwidert seine Mutter.

Frage des Journalisten: Obwohl Sie selbst öffentlich eine Schweiz ohne Armee befürworten?

«Ich habe mich geärgert, als er dem Aufgebot der Armee folgte.»

Haben Sie mit Ihrem Sohn darüber diskutiert?

«Natürlich. Ich sagte ihm: Du musst wissen, was für dich das Richtige ist. Wenn du dich aber für den Dienst in der Armee entscheidest, geht mich das überhaupt nichts an. Ich habe dann auch kein einziges Hemd gewaschen, wenn er am Wochenende nach Hause kam. Und das Gewehr habe ich nicht in der Wohnung geduldet.»

Was zeigen uns diese Äusserungen? Sie zeigen zunächst das Dilemma der Mutter. Die grüne Politikerin ärgert sich im Grunde genommen darüber, dass ihr Sohn – mindestens, was die Armee betrifft – nicht so kritisch ist wie sie selbst. Das ärgert sie sehr. Und deshalb hat sie ihm auch das Hemd nicht gewaschen. Er musste es selber waschen.

Damit komme ich zum Dilemma des Sohnes – und er ist nicht der einzige seiner Generation mit diesem Dilemma. Dass man sein eigenes Hemd waschen muss, darum geht es ja nicht, das lernt sich leicht. Aber wie man auf Eltern reagieren soll, die für die Abschaffung der Armee sind – und solche Eltern gibt es heute sehr viele –, das ist schon schwieriger. Vielleicht findet man die Armee selber nicht mehr so sinnvoll: Also Zivildienst leisten? Oder sich psychiatrisch ausmustern lassen? Beides wäre ganz im Sinne der Eltern. Aber will man das, im Sinne der Eltern handeln? Will man überhaupt tun, was sie erwarten, will man sich nicht unterscheiden von ihnen? Will man nicht anders sein?

Darin liegt das Problem. Darin, liebe Maturanden, liegt auch euer Dilemma, wenn ich das so sagen darf. Wie könnt ihr euch abgrenzen von der Generation eurer Eltern, geistig und weltanschaulich? In welche Richtung wollt ihr gehen?

Für uns war es einfach, anders zu denken als unsere Eltern. Wohin wir gehen wollten, mussten wir uns nicht überlegen: Die Freiheit war unser Ziel – der Protest das Band, das uns einte. Für euch dagegen, heute, ist das alles nicht mehr so klar; und ich glaube, das seltsam leere Gefühl der Freiheit, die so alltäglich geworden ist, dieses Gefühl kennt ihr besser als ich. Heute gibt es kein neues Lebensgefühl, das eine ganze Generation mitzureissen vermöchte, kein neues Denken, das die Eltern schockieren könnte. Eure Eltern sind selber kritisch, sie wollen selber noch ein bisschen rebellisch sein und nicht als konservativ oder angepasst gelten: Was bleibt da für euch noch übrig?

Die eine Möglichkeit ist, dass man noch kritischer wird als die Eltern. Diese Beispiele gibt es natürlich, dass die Eltern in einer ökologischen Genossenschaftssiedlung wohnen, während die Tochter sogar in der Hausbesetzerszene verkehrt; oder dass die Eltern zwar kein Auto mehr haben, nur noch Freilandeier und Weidefleisch kaufen, dass ihr Sohn aber findet, das genüge noch nicht – und ein militanter Kämpfer bei Greenpeace wird.

Das ist die eine Variante: dass man die Eltern an Radikalität und Konsequenz überholt. Die Reaktion auf das kritisch-fortschrittliche Denken kann aber auch die gegenteilige sein. Ich möchte ein einziges Beispiel bringen, aber ein sehr bezeichnendes, wie mir scheint.

Jugendliche in eurem Alter, vielleicht etwas älter, haben vor kurzem eine Initiative angekündigt zur Wiedereinführung der Todesstrafe. Wer von Ihnen die Meldung gelesen hat, war sicher entsetzt oder fand es zumindest bedenklich. Wir glaubten die Geisteshaltung der Todesstrafe ein für allemal überwunden zu haben, glaubten auch unsere Kinder davon überzeugt zu haben, dass das Töten eines Menschen nie eine Lösung ist, sondern im Grunde nur ein neues Verbrechen – und da kommen diese jungen Erwachsenen und wollen den Ungeist der Vergangenheit wiederaufleben lassen!

Ich möchte diese neuen Todesstrafe-Befürworter nicht psychologisieren, das wäre eine unzulässige Vereinfachung und letztlich auch ein Nicht-Ernstnehmen. Aber ich denke doch, dass ihre Forderung auch ein Ausdruck ist für die Hilflosigkeit dieser Jugendlichen, wie sie reagieren sollen auf eine Elterngeneration, die natürlich klar gegen die Todesstrafe ist. Wir sind so klar dagegen, dass wir glauben, wir müssten uns mit einer so barbarischen Idee schon gar nicht mehr auseinandersetzen.

*

Ich habe zwei Möglichkeiten skizziert: die eine, dass man zurückfällt in ein «konservatives» Denken, die andere, dass man sich nicht mit Kritik begnügt, sondern sich radikalisiert und für eine neue Gesellschaft kämpft. Der Grossteil der Jugend jedoch, so scheint mir, fällt weder ins eine noch ins andere noch in ein drittes Extrem – sondern begnügt sich damit, dem Zeitgeist einfach Folge zu leisten. Die meisten Jugendlichen lesen, wenn überhaupt, dieselbe Zeitung wie ihre Eltern; während es zu meiner Zeit gerade Ausdruck der Rebellion war, *nicht* dieselbe Zeitung zu lesen. Die meisten Jugendlichen, so habe ich den Eindruck, sind heute so selbstverständlich umweltbewusst, sozial gesinnt, emanzipiert und konsumbewusst wie ihre Eltern.

Das ist mir vor einigen Wochen wieder aufgefallen.

Als Maturaexperte für Deutsch habe ich einige eurer Maturaufsätze gelesen. Und da hiess es zum Beispiel in einem ausgezeichneten Aufsatz, dass die heutige westliche Welt geprägt sei von «materiellem Überfluss und geistiger Leere». Als ich das las, war mein erster Gedanke: Das haben doch wir schon gesagt vor 25 Jahren! – Ich meine das nicht als Vorwurf, bitte versteht mich richtig. Und doch: Etwas Neues habe ich darin nicht gelesen.

Noch ein Beispiel. In einem anderen Aufsatz hiess es:«Weihnachten sollte das Fest der Liebe sein – aber gleichzeitig ist an Weihnachten die Selbstmordrate am höchsten.»

Auch diese Erkenntnis haben doch wir schon gehabt! Auch wir haben diesen Kontrast angeprangert, dass man Weihnachten feiert, fromme Lieder singt und sich mit teuren Geschenken überhäuft – während andere, draussen vor der Tür, vergessen und einsam bleiben. Wir haben das damals zum erstenmal ausgesprochen und der Gesellschaft, die so unbewusst war, den Spiegel vorgehalten, wir haben gesagt: Merkt ihr nicht, wie konsumsüchtig ihr seid und wie selbstzufrieden!

Jetzt lese ich noch immer dieselbe Analyse, dieselbe Kritik, nicht nur in unseren Zeitungen, sondern auch in euren Aufsätzen. Wie gesagt, das ist kein Vorwurf, aber ich stelle fest, dass wir alle geistig irgendwie steckenbleiben – in dieser Grundhaltung, die Welt, wie sie ist, nur kritisch, nur negativ zu betrachten.

Ich sage wir alle, denn nicht nur die heutige Jugend, sondern auch unsere Generation – auch wir selbst kommen mit unserer Weltanschauung nicht weiter, auch wir sind desorientiert. Die Begeisterung, die Euphorie von einst ist vorbei; die Hoffnung auf eine bessere, gerechtere Welt hat sich nicht erfüllt; und die Enttäuschung darüber hat in der ganzen 68er-Generation viel Pessimismus, viel Resignation und auch Zynismus entstehen lassen.

Ausgerechnet die Generation, die das Alter erreicht hat, wo sie zur Entscheidungsträgerin in der Gesellschaft wird, wo sie verantwortlich wird für die Leitartikel, die Personalentscheide und die nächsten Bundesratskandidaten – ausgerechnet die Generation, die doch jetzt vorangehen sollte, steht da ohne Zukunftsperspektive; festgefahren in gescheiterten Utopien, festgefahren in der Eindimensionalität des kritischen Denkens.

Eine der grossen 68er-Koryphäen, Daniel Cohn-Bendit, äusserte in einem Interview die folgende Erkenntnis:

«Wir sind damals von einem falschen Menschenbild ausgegangen. Wir dachten: Der Mensch ist gut, man muss ihn nur von den falschen Strukturen befreien. Das trifft nicht zu. Der Mensch ist weder gut noch schlecht.»

Bei diesem Satz habe ich aufgehorcht. Das also ist das Fazit, das ein profilierter Vertreter unserer Generation nach all diesen Jahren zieht. Die Desillusionierung darüber, dass der neue, bessere Mensch offenbar nicht zu verwirklichen ist, mündet in die Schlussfolgerung, dass der Mensch nicht nur gut, sondern auch schlecht ist, dass er gut und böse ist – und das Böse, mit anderen Worten, jederzeit hochkommen, jederzeit triumphieren kann, so wie zur Zeit des Nationalsozialismus, so wie heute, angesichts des Krieges in Ex-Jugoslawien.

Nein, dachte ich, das kann doch nicht die Moral von der ganzen Geschichte sein, das kann doch nicht alles sein, was wir an euch, an die junge Generation weiterzugeben haben!

«Der Mensch ist weder gut noch schlecht» – dieser Satz hat so etwas Endgültiges, Ausgloses, vor allem, wenn er so stehenbleibt. Cohn-Bendit hat dem Satz nichts hinzugefügt. Aber ich möchte etwas hinzufügen; und damit, liebe Maturanden, liebe Anwesende, komme ich zu meiner Schlussfolgerung.

«Der Mensch ist weder gut noch schlecht» – stimmt das denn überhaupt? Ich würde sagen, ein Tier ist weder gut noch schlecht. Aber der Mensch hat etwas, das ihn vom Tier unterscheidet. Er hat das Bedürfnis zum Guten, er hat den Willen zum Guten; und er hat die Fähigkeit, das Gute zu tun.

Dieses Streben nach dem Guten, man erkennt es doch überall. Man erkennt es zum Beispiel daran, dass dieser Tage der 50. Jahrestag der Befreiung von Auschwitz gefeiert wird. Man feiert das Ende von Auschwitz, das Ende des Krieges. Wir freuen uns über den Sieg des Guten – das bedeutet, mit anderen Worten: Unser Ziel ist das Gute, nicht das Böse. Das beweist selbst unser Verhältnis zum Wetter, um ein Beispiel aus dem Alltag zu nehmen: Unser Ziel ist das gute Wetter, wir streben nach Sonnenschein, nicht nach Regen.

Es könnte ja auch umgekehrt sein: dass wir uns so schlechtes Wetter wie möglich wünschen. Wir könnten auch den Beginn eines Krieges feiern, wir könnten die Eröffnung von Auschwitz feiern, wir könnten uns prinzipiell über das Negative, über das Böse freuen. Doch wir tun es nicht – und wenn es doch jemand tut, wenn jemand Freude hat an Gewalt, Freude am Quälen anderer Menschen, dann spüren wir: Da liegt eine Störung vor. Mit diesem Menschen stimmt etwas nicht.

Ob wir unser persönliches Leben oder das gesellschaftliche Leben betrachten – stets zeigt sich uns der elementare Wunsch nach dem Positiven, das prinzipielle Bedürfnis: Wir wollen es besser machen. Auch wir, die kritische Generation, wir haben rebelliert mit dem Ziel, die Welt zu verbessern. Dieser Grundstrom ist durch nichts auszurotten, er liegt tief in uns drin – und das vermisse ich in der heutigen Zeit: Das Eingeständnis, dass der Mensch nach dem Guten strebt. Die Macht des Bösen bestreite ich damit nicht, gewiss nicht. Doch jede Erkenntnis über die menschliche Schattenseite bleibt eine Halbwahrheit, solange wir nicht gleichzeitig anerkennen, dass im Menschen der Wille ist, dieses Böse, dieses Negative zu überwinden.

Woher aber kommt die Kraft, die uns befähigt, das Gute nicht nur zu wollen, sondern es auch zu erreichen? Was ermöglicht uns, Kriege schliesslich doch zu beenden, die Natur schliesslich doch zu schützen, anderen Menschen zuguterletzt doch zu helfen? Was ermöglicht uns, nach dem Streit eben doch die Versöhnung zu suchen?

Und da bitte ich Sie nun, mir zu erlauben, dass ich ein Wort ausspreche, mit dem unsere Generation nicht mehr umzugehen weiss. Die Kraft, die das Gute will, ist die Liebe. Von der Kraft der Liebe darf heute nur noch der Pfarrer sprechen. Wenn wir von Liebe sprechen, ist damit stets nur die sexuelle, die erotische Liebe gemeint. Die Liebe im höheren Sinn kommt in unserem Denken, in unserem alltäglichen Sprachgebrauch nicht mehr vor; und wer von der Liebe als «Himmelsmacht» spricht und dies nicht nur ironisch oder symbolisch, sondern wörtlich meint, wird entweder belächelt oder macht sich verdächtig, ein Frömmler zu sein, der die Augen verschliesst vor der Wirklichkeit.

Und doch existiert sie, die Kraft der Liebe, obwohl sie unsichtbar ist. Die Liebe ist es, die uns hilft, der Gewalt und dem Hass, auch in uns selbst, zu begegnen – nicht die Kritik. Die Kritik kann das Ungerechte, das Böse anklagen, sie kann es entlarven und analysieren, doch überwinden kann sie es nicht. Dazu braucht sie die Liebe. Und genau das, liebe Maturanden – ihr seht, ich sage nicht: böse Maturanden –, genau das könnte der Schritt sein, der über das heutige kritische Denken, über die Einstellung unserer Generation hinausführt, genau das könnte euer eigener Weg sein: dass ihr die Liebe hinzufügt. Dass ihr die Welt zwar weiterhin kritisch, aber mit Liebe betrachtet, dass ihr Stellung bezieht und euch engagiert nicht nur im Namen der Wahrheit, sondern im Namen der Liebe. Oder, wenn ihr es vorzieht, auf englisch: In the name of love!

Natürlich müsste auch meine Generation diesen Schritt tun. Der moralische Anspruch, mit dem wir damals aufgebrochen sind, dieser Anspruch, eine bessere Welt zu schaffen, ist immer noch legitim. Doch es fehlt diesem Anspruch die Bereitschaft zur Liebe. Diese Bereitschaft spüre ich heute nur selten, und deshalb ist unsere kritische Weltanschauung so kraftlos geworden, so resigniert und verhärtet. Eine Moral, gleichgültig, wie progressiv, wie bewusst und emanzipiert sie auftritt – eine Moral ohne Liebe ist wie ein Feuer, das keine Wärme gibt.

Um auf das Beispiel der grünen Politikerin zurückzukommen: Wie hätte sie sich verhalten können, als ihr Sohn sie vor die Tatsache stellte, er werde die Rekrutenschule besuchen? – Trotz ihres Neins zur Armee, denke ich, hätte sie ihrem Sohn die militärischen Hemden ruhig waschen können. Und ich finde, sie hätte ihm auch erlauben können, das Sturmgewehr in die Wohnung zu stellen. Sie hätte mit Liebe reagieren können.

Wenn ich aber von Liebe spreche, meine ich damit nicht nur das, was man als Nächstenliebe bezeichnet. Ich meine etwas viel Grösseres. Ich meine diesen Satz, der vor 2000 Jahren zum erstenmal in die Welt gesetzt wurde. Sie müssen nichts befürchten, liebe Anwesende, ich bin aus der Kirche ausgetreten und in keine andere eingetreten. Aber dieser eine Satz ist eigentlich der grösste Satz, den es gibt: Liebet eure Feinde. Zweitausend Jahre sind inzwischen vergangen, und wir lieben die Feinde, das uns Feindliche immer noch nicht. Wir lieben nur unsere Meinung; die andere Meinung, das andere Denken lieben wir nicht. Wir lassen es bestenfalls demokratisch gelten, doch wir öffnen ihm nicht unser Herz.

Wenn ihr in der Zeitung, liebe Maturanden, oder sonst irgendwo auf eine Einstellung stösst, auf ein Weltbild, das ganz anders ist als das eure, dann habt ihr prinzipiell zwei Möglichkeiten, zu reagieren: Ihr könnt so reagieren wie wir, wie die Generation eurer Eltern, indem ihr innerlich sogleich auf Distanz geht.

Ihr könnt aber auch einen Schritt weitergehen – indem ihr euch ohne Vorurteile und ohne Berührungsangst auf die andere Einstellung einlässt; auch wenn es euch vielleicht unbegreiflich erscheint, dass man so denken kann. Eure eigene Haltung braucht ihr deshalb nicht aufzugeben. Aber ihr könnt das Andere, das Feindliche zu lieben versuchen – und, wer weiss, vielleicht ist die andere Einstellung gar nicht so dumm. Vielleicht erweitert sie den Horizont eures eigenen Denkens.

Damit bin ich am Schluss, und ich möchte aufhören mit einem ganz einfachen Bild: Unsere Generation, die kritische Generation hat Gräben geschaffen, unvermeidliche Gräben, gewiss, notwendige Gräben sogar – eure Generation jedoch könnte Brücken errichten. Denn die Gräben sind längst tief genug; was aber fehlt, sind Brücken, Brücken der Liebe. Ich gebe zu, das ist ein hoher Anspruch. Doch vielleicht, wenn ihr davon überzeugt seid, gelingt es euch, diese Brücken zu schaffen, einerseits in der Gesellschaft, andererseits in eurem persönlichen Leben. Die Freiheit, die vor euch liegt, sie bekäme Sinn, sie bekäme ein Ziel, und es wäre ein neues Ziel.

Falls euch aber die Kraft der Liebe noch immer ein wenig abstrakt erscheint, dann braucht ihr nur an das Gefühl zu denken, wenn ihr verliebt seid. Jenes Brennen im Herzen, das ihr dann spürt und das euch fast überwältigt – das ist die Kraft der Liebe. Und wenn ihr fähig seid, einen anderen Menschen zu lieben, echt zu lieben, dann seid ihr noch zu viel mehr fähig:

Dann seid ihr fähig, die Welt zu verändern. Auf eure Art.

Wilhelm Tell für Fortgeschrittene
ANSPRACHE AM 1. AUGUST 1996 IM SCHLOSS USTER

Liebe Mitbürgerinnen und Mitbürger,
verehrte Anwesende!

Dies ist meine erste Rede zum Nationalfeiertag, und ich gestehe Ihnen, dass ich mich auf diesen Moment sehr gefreut habe. Ich bin zwar in erster Linie Mensch und in zweiter Linie Schriftsteller, aber spätestens dann bin ich Schweizer, und ich bin es mit Leib und Seele.

Ein solches Bekenntnis zur Schweiz von jemandem, der zur 68er-Generation gehört, mag Ihnen ungewöhnlich erscheinen. Aber ich bin überzeugt, dass die meisten Dinge, die man tut oder sagt, nicht in erster Linie politische oder weltanschauliche Gründe haben. Wenn jemand sagt: Ich bin Schweizer mit Leib und Seele, dann hat das auch mit ihm selbst zu tun, mit seinem Temperament vielleicht. Bei mir ist das so. Ich habe einen Hang zur Romantik, und ich könnte nicht auf die Dauer in einem Land leben, wenn ich nicht von ihm schwärmen könnte.

Andere haben ein viel nüchterneres Verhältnis zur Schweiz als ich, und ich verstehe das heute, oder sagen wir: Ich versuche es zu verstehen. Mein eigenes Verhältnis zur Schweiz kann nur dann als nüchtern bezeichnet werden, wenn unser Land im Fussball verliert. Mit jedem Tor, das die Schweiz kassiert, werden meine Gefühle zurückhaltender und am Ende des Spiels, wenn die Niederlage düstere Wirklichkeit ist, bin ich geistig am Auswandern.

Doch schon beim nächsten Länderspiel ist die Enttäuschung wieder vergessen. Allein das Erklingen der Nationalhymne lässt mein Herz wieder höher schlagen, und ich meine das nicht ironisch. «Trittst im Morgenrot daher» gefällt mir tatsächlich – auch wenn ich den Text ehrlich gesagt noch immer nicht auswendig kann. Aber ich höre es gern und ich habe schon etliche Male um Mitternacht in der Küche Radio DRS1 eingestellt. Nicht wegen der Nachrichten – sondern einfach nur deshalb, weil ich die Nationalhymne hören wollte, die um Mitternacht jeweils gesendet wird.

Einmal wurde sie in einer Jazzversion ausgestrahlt. Das störte mich – aber auch das hat wieder mit mir zu tun. Menschen mit einer romantischen Ader sind meistens auch harmoniebedürftig: Eine disharmonische National-hymne widerspricht meinem Schönheitsempfinden zu-tiefst.

Nun ist natürlich die Disharmonie der letzten Jahrzehnte nicht spurlos an mir vorüber gegangen. Im Gegenteil – ich selber habe während der 70er-Jahre beigetragen zum gesellschaftlichen Diskurs; ich selber habe aufgerufen zum Widerspruch. Wie viele damals, ja wie die meisten, die damals erwachsen wurden, habe auch ich den «Schlaf der Gerechten» in unserem Land, die goldenen Jahre der Hochkonjunktur als verlogen empfunden, als Scheinhar-monie, als moralisches Doppelleben. Statt Geist, das sagte auch ich, regierte bloss noch das Geld.

Seit den 70er-Jahren sind auch die 1. Augustreden in Ver-ruf geraten. «Schöne Worte von Neutralität», haben wir damals gespottet, «und dahinter Waffenexporte». «Schöne Worte von Brüderlichkeit und Entwicklungshilfe – und dahinter Schweizer Konzerne die sich bereichern am Hunger der Armen».«Schöne Worte von Demokratie – und dahinter ein undurchdringlicher Filz von Wirtschaft und Politik».

Solche Phrasen tönen heute fürchterlich abgegriffen. Doch in den 70er-Jahren waren sie neu und hatten ihre Berechtigung. Die heile Welt der Schweiz, wie sie Jahr für Jahr an den Reden zum Nationalfeiertag aufs Neue beschworen wurde – diese Welt durfte nicht heil und unangetastet bleiben, weil sie es im Innersten gar nicht mehr war. Auch der Mythos der Schweiz, das heroisch verklärte Bild von der wehrhaften kleinen Eidgenossenschaft, die keine fremden Vögte duldet und sich selber genügt – auch dieses Bild durfte nicht stehen bleiben.

Wir, die damals junge Generation, hatten den Krieg nicht erlebt, die jahrelange Bedrohung durch Nazi-Deutschland. Das kannten wir nur von den Schilderungen unserer Eltern oder aus dem Geschichtsunterricht. Was der Mythos der Schweiz in den Jahren des Krieges bedeutet hatte, wie wichtig der Rütlischwur war, die Sage des Wilhelm Tell, die Landeshymne, der 1. August – wie wichtig das alles für den Zusammenhalt der Nation gewesen sein muss, interessierte uns wenig. Wir erlebten diese Verklärung ganz anders: nämlich als Bollwerk gegen jede Reform und Veränderung. Und auf dieses Bollwerk rannten wir los mit gesenkten Hörnern wie junge Uristiere.

Einer der ersten, der den kritischen Geist, der damals aufkam, in Worte fasste, war Peter Bichsel in seinem Essay «Des Schweizers Schweiz».

«Ich kann mir einfach nicht vorstellen» schrieb er, «dass die alten Eidgenossen idealere Gestalten waren als mein Nachbar und ich.»

Das war mehr als nur ein origineller Gedanke – das hatte Sprengkraft. Andere Intellektuelle doppelten nach, und zehn Jahre später, Anfang der Achtzigerjahre war der Mythos Schweiz bereits so lädiert, dass sogar ihre hehre Festung, die Institution der Armee ungestraft hinterfragt werden konnte. Und ein paar weitere Jahre später geschah das Ungeheuerliche, dass hier in Uster, in der drittgrössten Stadt des Kantons Zürich, ein Kandidat die Wahl in die Stadtregierung gewann, der ebenfalls zu den Landesverrätern gehörte: Er hatte sich offen und mutig für die Initiative zur Abschaffung der Armee eingesetzt.

Ich selber lebte in Uster zu jener Zeit und habe das miterlebt. Der junge Sozialdemokrat entschied die Wahl natürlich auch deshalb für sich, weil er ein Ustermer ist, weil er im Fussballklub spielte und in Uster bekannt und beliebt ist. Trotzdem – zehn Jahre vorher wäre es unvorstellbar gewesen, dass jemand in eine Exekutive gewählt wird, der die Landesverteidigung abschaffen will.

Sie sehen, der Mythos wankte. Und es folgten weitere vernichtende Lanzenstösse: 1989, als 35 % aller Stimmenden – über eine Million – die Initiative für eine Schweiz ohne Armee tatsächlich befürworteten; 1991, als die «700-Jahrfeier» der Eidgenossenschaft von den Intellektuellen und Kulturschaffenden boykottiert wurde; und 1994 schliesslich, als an der Weltausstellung in Sevilla am Eingang des Schweizer Pavillons die Aussage stand: «Die Schweiz gibt es nicht».

Dieser Satz war keine Entgleisung, keine subversive Aktion eines linken Kulturfunktionärs. Dieser Satz gelangte ganz regulär an den Eingang des helvetischen Pavillons.

Worin besteht seine Botschaft? Den Besuchern der Weltausstellung wird damit erklärt: Was ihr unter dem Namen Schweiz kennt, das gibt es nicht. Die Wilhelm Tell- und die Heidi-Schweiz, das war nur ein Mythos. Diesen Mythos haben wir abgeschafft. Das Einzige, was es gibt, ist eine Vielfalt von Bergen, Tälern, Regionen und Städten, eine Vielfalt von Minderheiten, die den Namen Schweiz trägt. Aber der Name tut nichts zur Sache. Ebenso gut könnte die Schweiz auch anders heissen.

Liebe Anwesende, wie konnte es dazu kommen, dass so ein Satz zur geistigen Visitenkarte unseres Landes wird? Und vor allem: Warum hat sich die schweizerische Öffentlichkeit so wenig darüber empört? Warum wurde der Direktor der staatlichen Kulturstiftung «Pro Helvetia» nicht auf der Stelle entlassen?

Aus dem einfachen Grund, weil der Satz «Die Schweiz gibt es nicht» zwar extrem formuliert – aber eigentlich wahr ist. Er ist die logische Konsequenz nach all den Jahren der Entmystifizierung. Unser Glaube an die Besonderheit der Schweiz ist verloren gegangen. Der patriotische Geist ist verblasst. Das hängt natürlich auch mit dem Wechsel der Generationen zusammen, mit dem Rückzug der Aktivdienstgeneration. Bald wird auch das letzte Porträt von General Guisan, das in so vielen Stuben prangte, abgehängt sein.

Zwar gibt es, hauptsächlich auf dem Land, nach wie vor junge Leute, die mit geschwellter Brust zu ihrem Schweizer sein stehen. Doch wir alle wissen, der Zeitgeist geht in die andere Richtung. Mit dem Mythos der Schweiz ist es aus.

Ich möchte Ihnen dazu eine kleine Begebenheit schildern, die für mich zu einem Schlüsselerlebnis wurde. Als ich an einem Sonntagmorgen – es war ein schöner sonniger Morgen – an einem Goldküstenbahnhof auf den Zug wartete, kam mir auf dem Bahnsteig eine Mutter mit ihren Kindern entgegen. Aber es war keine Schweizer Mutter, das sah ich von weitem. Sie trug ein Kopftuch und mehrere Röcke übereinander, die fast bis zum Boden reichten.

Als sie sich näherte, sah ich in ein dunkles, abgearbeitetes, früh altgewordenes Antlitz. Die Frau, die bestimmt sogar jünger als ich war, hatte bloss noch ein paar bräunliche Zahnstummel, und ihre Augen sprachen von Erniedrigung und früh begrabenen Hoffnungen. Ihre Röcke waren zwar nicht verschlissen, aber verblichen. Die Farben glänzten nicht mehr. Nur das Weiss des Kopftuchs durfte sein Leuchten ein wenig behalten. An jeder Hand hatte die Mutter ein Kind, und weitere Kinder liefen neben ihr her. Sie alle sahen genauso armselig aus wie ihre Mutter. Langsam, schleppend beinahe bewegte sich die Frau mit ihren Kindern an mir vorbei, ohne mich zu beachten. Das Bild war erschreckend. Es kam aus dem tiefsten Innern des Balkans und strahlte etwas Gespenstisches aus.

Was hat diese Mutter bei uns verloren? Das war mein erster Gedanke. Daheim in Rumänien oder im Kosovo lebte sie bestimmt unter noch ärmeren Umständen. Aber wenigstens war dort ihre Heimat. Hier ist sie entwurzelt. Sie wird hier nicht glücklich werden.

Doch dann kam der zweite Gedanke. Ich empfand so etwas wie Dankbarkeit dieser Frau gegenüber. Sie mahnt mich daran, dachte ich, dass es nicht nur die Schweiz gibt, nicht nur den schweizerischen Komfort, nicht nur dieses intakte, geordnete Leben, das ich so selbstverständlich finde. Diese Mutter mit ihren fünf Kindern repräsentierte die Welt, die Probleme der Welt, das Gefälle von Arm und Reich. Zum ersten Mal wurde mir klar an jenem Sonntagmorgen an der Goldküste, warum die Migranten und die Ausländer hier sind. Weil sie uns gut tun. Sie sind Menschen wie wir, aber sie haben die schlechteren Karten gezogen. Wir besitzen die besseren, doch haben wir sie verdient? Weil wir tüchtiger sind? Weil wir klimatisch begünstigt sind? Weil wir uns aus sämtlichen Kriegen heraushalten konnten?

Man fühlt sich schon etwas auserwählt, als fast einziges Land in Europa all die Wirren, die hinter uns liegen, unverletzt und heil überstanden zu haben. Auch der Reichtum der Schweiz und ihre von aller Welt gepriesene Schönheit haben uns dieses privilegierte Gefühl immer wieder bestätigt. Aber vielleicht hatten wir einfach auch Glück. Vielleicht haben wir die Bevorzugung durch das Leben gar nicht «verdient». Wir haben sie bloss geschenkt bekommen. Das beschämt uns gegenüber all denen, die weniger haben als wir. Ein unverdientes Geschenk hinterlässt gemischte Gefühle. Auch deshalb sind wir vom hohen Ross der Selbstgerechtigkeit heruntergekommen.

*

Die heutige Selbstwahrnehmung der Schweiz, vier Jahre vor der Jahrtausendwende, empfinde ich als ein sehr nüchternes, realistisches Selbstbild – und das ist wohl gut so. Ernüchterung schützt vor Selbstüberschätzung, vor Illusionen und Hochmut. Diese selbstkritische Stimmung im Land wird heute, 1996, viele 1.-August-Reden prägen.

Glücklich macht uns die Selbstkritik nicht. Wir sind Europäer und Weltbürger, denken globalisiert und ökologisch vernetzt, wir haben uns angewöhnt, alles zu hinterfragen – doch was aus dem Land, in dem wir leben, werden soll, wissen wir nicht. Wir sind heute Schweizer mit Vorbehalt, und unsere Dichter und Denker, die Intellektuellen, die Medien, sie alle erinnern uns täglich daran, diese Vorbehalte nicht zu vergessen.

Eine kritische Sicht der Schweiz war nötig, sie war sogar heilsam. Aber es kommt der Punkt, wo die intellektuelle Selbstzerfleischung an die Substanz geht – wo sie Gegenkräfte hervorruft, die zu einer Polarisierung führen, zu Fronten, zu Unverständnis und Feindseligkeit. Auch uns selber tut es nicht gut, ständig zu kritisieren und anzuklagen. Es zermürbt uns. Wir bleiben im Oberflächlichen stecken. Den Grund der Dinge erreichen wir nicht.

Um zu begreifen, was uns Schweizer, uns Berner Oberländer und Zürcher, Jurassier, Basler und Tessiner zusammenhält, was uns letztlich, trotz aller Unterschiede verbindet – um dies zu verstehen, müssen wir durch das kritische Denken hindurch zu den Gefühlen, zum Herzen vorstossen.

Liebe Mitbürgerinnen und Mitbürger, ich wünsche mir eine Wiederentdeckung der Schweiz. Lassen Sie mich erklären, wie ich das meine.

Wir haben uns in diesem zu Ende gehenden Jahrhundert daran gewöhnt, die Dinge «politisch» zu sehen, alles sogleich in seinem gesellschaftlichen Zusammenhang zu betrachten. Beim Stichwort Drogensucht – um ein Beispiel zu nennen – denken wir nicht an die Gefühle des Süchtigen, sondern an die Frage der Drogenlegalisierung. Beim Stichwort Moorlandschaft denken wir nicht an das Unheimliche, das ein Moor in sich birgt, sondern an den

Naturschutz. Und sprechen wir von der Schweiz, dann meinen wir meistens den Staat Schweiz, die schweizerische Demokratie, die Schweiz, die noch immer nicht in der UNO ist, die Schweiz und die Dritte Welt, die Schweiz im Sport, die touristische Schweiz.

Warum meinen wir nicht den Charakter der Schweiz? Warum meinen wir nicht das Wesen der Schweiz?

Jeder Mensch hat sein persönliches unverwechselbares Gesicht, seine spezielle Geschichte, seine Talente, seine Interessen. Warum sollte dasselbe nicht für ein Volk, für eine Nation gelten? Die Schweiz hat eingesehen, dass sie ein Land ist wie jedes andere auch. Trotzdem empfinde ich sie als ein ganz besonderes einzigartiges Land. Und zwar deshalb, weil jedes Land ein ganz besonderes einzigartiges Land ist.

Ich sehe die Welt nicht als Reihenhaussiedlung. Sie ist ein buntes Einfamilienhausviertel mit eigenwilligen Häusern und exotischen Gärten. Und jedes Volk hat das Bedürfnis, in seinem Haus seine Individualität zu entfalten. Das kommt auch darin zum Ausdruck, dass unterdrückte Völker ihre Unabhängigkeit wollen, dass künstlich getrennte Nationen sich wieder vereinigen, dass supranationale Systeme zusammenbrechen und die Slowenen, die Letten, die Mazedonier und die Moldavier ihren Nationalcharakter entdecken – oder wiederentdecken.

Wie bei Menschen ist auch bei Nationen die Eigenart, der Charakter am Ende die entscheidende Kraft. Wäre die Schweiz nicht so, wie sie ist, dann wäre sie wohl schon lange in der EU. Letztlich sind es keine politischen Gründe, warum wir immer noch ausserhalb stehen. Es ist eine Gefühlssache. Es hat mit unserer Art zu tun.

Was soll daran schlecht sein, wenn ein Volk seine Eigenart pflegt, wenn es stolz ist auf seine Sprache, seine Geschichte, seine Mentalität? Schlecht daran ist, wenn das alles zum Instrument der Politik und des Staates wird. Genau das geschah in der Schweiz. Je mehr Bedeutung der Staat bekam, umso mehr wurde das Wesen der Schweiz staatlich vereinnahmt. Unsere mythischen Wurzeln wurden zum Mythos.

Deshalb wollte meine Generation vom Wilhelm Tell nichts mehr wissen – weil er dem Staat gehörte, weil er nicht mehr auf seiner Alp lebte, sondern im Bundeshaus. So ging es uns mit allem, was schweizerisch war. Vielleicht hätten wir es geliebt. Stattdessen mussten wir uns davon distanzieren, weil wir täglich erlebten, wie die Politik den Mythos der Schweiz benützte für gute und andere Zwecke. Die Heimat, ohne die man nicht leben kann – sie war für uns bloss noch ein Reizwort.

Von Heimat spricht heute fast niemand mehr. Der Mythos ist abgeschafft. Wir können deshalb die Schweiz, wenn wir wollen, ganz unbelastet wieder entdecken. Jetzt werden Sie auch verstehen, warum ich Ihnen am Anfang sagte, dass ich Schweizer mit Leib und Seele bin. Ich liebe die Schweiz – aber ich liebe das Land, nicht den Staat. Das ist der entscheidende Unterschied, der mir lange nicht klar war.

*

Ich fragte mich immer: Warum habe ich positive Gefühle zur Schweiz, wenn doch die Leute aus meiner Generation mit dieser Schweiz nichts mehr anfangen können? Jetzt wurde mir klar: Ich spüre in mir eine Liebe zur Schweiz, die über dem Patriotismus steht, eine ganz und gar unverdächtige Liebe – eine Heimatliebe für Fortgeschrittene. Ich kann die Schweiz heute zum ersten Mal seit meiner Kindheit wieder ganz unvoreingenommen betrachten, ganz ohne Vorurteile. Und ich entdecke mehr und mehr, was für ein kleines Wunder sie ist, und welche Bedeutung sie haben könnte.

Unser Land kann kleinlich und engherzig sein. In seiner Mitte jedoch steht ein Berg, der das Gegenteil ist. Nur schon dieser faszinierende Name «Gotthard»: Das ist kein gewöhnlicher Berg. Er repräsentiert die Mitte, das Herz der Schweiz. In seinem Massiv entspringen Ströme und Wege nach Norden, Süden, Westen und Osten.

Er ist auch das Zentrum des Schweizerkreuzes. Das weisse Kreuz im roten Feld, das offenbar schon seit 1339, seit der Schlacht bei Sempach besteht, symbolisiert für mich die vier Himmelsrichtungen – als wäre die Schweiz die Mitte, die Mitte Europas und dazu erschaffen, der Verständigung und dem Ausgleich zu dienen. Das Schweizer Kreuz, sich widerspiegelnd im Roten Kreuz, ist ein starkes Bild.

Sehen Sie, das alles darf man sagen. Man darf es aussprechen. Weil es nicht überheblich gemeint ist.

Zum Bild des Kreuzes passt auch die Viersprachigkeit. Es berührt mich, wie das alles zusammenhängt. Auch die Geschichte der Schweiz, ihre Unabhängigkeit, die schon so lange währt, ihr Verschontsein von Kriegen und Katastrophen, dieses zwar nicht verdiente, aber offenkundige Glück, von dem ich gesprochen habe: Das alles, denke ich, kann doch nicht Zufall sein. Das alles prädestiniert doch die Schweiz, auch im nächsten Jahrhundert innerhalb von Europa und in der Welt eine Rolle zu spielen – eine vermittelnde oder auch eine beispielgebende Rolle!

Ich sehe einen Sinn im Wesen der Schweiz, eine Zukunftsaufgabe, aber ich habe den Eindruck, dass wir heute gar nicht bereit dafür sind, dass uns der Mut und vor allem der Glaube fehlt. Wir glauben nicht mehr an die Schweiz. Der Glaube an die Bedeutung der Freiheit, die wir als Schweizerinnen und Schweizer geniessen dürfen, ist uns in den letzten Jahrzehnten abhanden gekommen.

Liebe Bürgerinnen und Bürger, wir haben vergessen, dass am Anfang der Schweizer Geschichte einer gestanden hat, der diesen Glauben an die Freiheit gelebt hat. Und weil er in sich diesen Glauben trug, hat er getroffen. Er traf den Apfel auf dem Kopf seines Buben und er verhöhnte damit den Tyrannen, den Landvogt Gessler, der ihm die grausame Aufgabe auferlegt hatte. Unser 20. Jahrhundert erkannte zwar mit wissenschaftlichem Scharfsinn, dass es Tell und den Apfelschuss gar nicht gab, dass das Ganze lediglich eine Sage ist. Aber kommt es darauf an, ob Tell tatsächlich gelebt hat? Kommt es darauf an für die Griechen, ob Odysseus gelebt hat? Macht es einen Unterschied für die Briten, ob König Artus gelebt hat, ob es Parzifal gab?

Armselige Zeit, die nur solche Massstäbe kennt! Wilhelm Tell ist für mich so real und so sagenhaft wie Odysseus. Er ist eine grosse mythische Figur, ein wunderbares Symbol und seine Geschichte wie jede Sage, wie jede Legende wird nie veralten. Beide Sagen enthalten Wahrheiten, die von ewigem Wert sind. Wenn ich mir heute eine Wiederentdeckung der Schweiz wünsche, dann wünsche ich mir auch eine Wiederentdeckung des Wilhelm Tell. An uns, liebe Schweizerinnen und Schweizer, liegt es, dem Mann aus Uri wieder die Ehre zukommen zu lassen, die ihm gebührt, ihn zu ehren nicht als patriotische Kühlerfigur der Nation, nicht als männlichen Superman, sondern als Edelstein, als Bergkristall in unseren Herzen.

Ich liebte den Tell schon, als ich ein Kind war, die Verfilmung seiner Geschichte mit Robert Freitag als Wilhelm Tell sah ich mehr als nur einmal. Doch die stärkste Sequenz darin war für mich nicht die Apfelschussszene. Eine andere Szene hat mich noch mehr beeindruckt. Sie dauert nur kurz, aber ich glaube, ich habe von keiner anderen Szene so viel gelernt wie von dieser. Sie zeigt den Moment, als Tell und der Landvogt Gessler zum ersten Mal aufeinandertreffen. Sie begegnen sich völlig unerwartet auf einem schmalen Pfad mitten in einer Felswand. Tell steht mit dem Rücken zur Wand, Gessler muss sich an ihm vorbeischieben – und er weiss, sein Leben ist in diesem Moment in der Hand des Bauern. Mit Leichtigkeit könnte Tell ihn hinunterstossen, in den Abgrund hinab, er könnte es tun, und die Tyrannei des Vogtes hätte ein Ende.

Hätte ich es getan? fragte ich mich. Tell hat es nicht getan.

Sternenberg gibt es nur einmal
NEUJAHRSANSPRACHE IN STERNENBERG
AM 2.JANUAR 1996

«Wenn man aus dem Zürcher Tösstal in die Wälder hinauf-
steigt, durch die steilen Tobel immer weiter hinauf, kommt
man zuletzt, wo man längst kein Dorf mehr vermutet, nach
Sternenberg. Vom Tal aus sieht man es nicht, weil es über
dem Wald liegt: Auf den Kuppen und Kämmen sind die Häu-
ser verstreut, es ist das letzte Dorf vor dem Himmel.

Zuoberst auf einem der Hügel steht eine kleine Sternwarte.
Ein Sternenberger hat sie gebaut, und in klaren Nächten be-
gibt er sich zu seinem Observatorium und richtet das Tele-
skop gegen das weite All. Das nächtliche Firmament über
dem Dorf ist gross. Hier oben entdeckt man Sterne, die man
sonst vielleicht nirgends sieht.»

Aus Nicolas Lindt «Die Freiheit der Sternenberger»

Liebe Sternenberger

ich möchte es mir zur Feier des Tages nicht nehmen lassen, eine kleine Neujahrsansprache zu halten. Sie müssen
aber keine kritischen Worte zum Thema Schweiz und EU
befürchten. Ich werde ausschliesslich über Sternenberg
reden. Irgendwelche Parallelen sind unbeabsichtigt und
reiner Zufall.

Was berechtigt mich als Auswärtiger, für ein paar Stunden zu Ihnen hinauf zu kommen und über ihre Gemeinde
zu sprechen? Nun, seitdem die Freiheit der Sternenberger
zur Titelgeschichte meines vorletzten Buches wurde, bin
ich nur noch für Sie, liebe Einheimische, ein Auswärtiger.

Für alle anderen Leserinnen und Leser des Buches – und das sind mittlerweile einige Tausend – gelte ich heute, so scheint es, als geradezu waschechter Sternenberger. Wo immer ich öffentlich auftrete, fragen mich die Leute am Ende der Lesung, ob ich wirklich aus Sternenberg käme?

Wenn ich dann sage, dass ich zwar inzwischen im Zürcher Oberland wohne, aber nicht in Sternenberg, sind die Fragesteller fast ein wenig enttäuscht. Die Vorstellung, ich wäre ein Sternenberger hätte ihnen gefallen. Das hätte ihnen noch mehr gefallen als dass ich ein Schriftsteller bin. Schriftsteller gibt es in unendlicher Zahl, aber als Sternenberger gilt nur, wer hier oben zu Hause ist oder hier seine Wurzeln hat.

Warum halten mich die Leute für einen Sternenberger? Weil sie es naheliegend finden, dass hier oben ein Dichter wohnt. Schriftsteller, glauben die meisten Menschen, wohnen nicht in Schlieren oder Effretikon. Schriftsteller lieben das Extreme. Entweder wohnen sie mitten in Zürich, im Herzen der Grossstadt – oder sie leben in Sternenberg.

Der zweite, wichtigere Grund jedoch, warum die Leute denken, ich sei ein Sternenberger, ist der Freiheitsdrang. Von den Schriftstellern, überhaupt von den Künstlern glaubt man, dass sie wie niemand sonst ein freies Denken für sich beanspruchen. Dasselbe, Sie wissen es, glaubt man auch von den Sternenbergern. Kein anderes Dorf im Kanton Zürich war in seiner Geschichte so eigensinnig und unbelehrbar wie Sternenberg. Mit anderen Worten: Die grössten Individualisten weit herum sind die Schriftsteller und die Sternenberger. Wenn ein Schriftsteller dazu noch über Sternenberg schreibt, wohnt er garantiert selber dort.

Als vermeintlicher Sternenberger zog ich also durchs Land, um in Bibliotheken, Kleintheatern und Schulen, ja sogar in Hotels die Geschichte von Sternenberg zu erzählen. Und immer wieder fand ich bestätigt, was ich beim Schreiben schon merkte: Wie beliebt dieses Sternenberg ist, und wie sehr es als etwas Besonderes gilt. Wenn ich nur schon den Namen erwähne, wird den Zuhörern warm ums Herz – und wenn ich dann zu berichten beginne, lauschen sie mit besonderer Andacht.

Bereits in der Pause kommt bestimmt jedes Mal jemand nach vorn, um mir nicht ohne Stolz zu verraten, dass ein Onkel zweiten Grades in Sternenberg Lehrer war, dass ein Schulkollege auf dem Sternenberg Pfarrer war, oder dass man sogar selber mütterlicherseits aus Sternenberg stammt. Vor allem das Letztere wird mir berichtet, wie wenn es sich um eine adlige Abstammung handelte, wie wenn Sternenberger Blut ein besonders kostbarer Tropfen wäre.

Ich übertreibe natürlich ein bisschen, aber wahr daran ist, dass es den Menschen offensichtlich gefällt, wenn sie mit Sternenberg in irgendeiner Weise persönlich verbunden oder verschwägert sind. Es gibt ihnen das Gefühl, auch ein wenig Sternenberger zu sein – und vielleicht ebenfalls aus dem Nebelmeer des Grossraums von Zürich herauszuragen, wo es keinen grossen Unterschied macht, ob man in Opfikon oder Wetzikon wohnt, in Mönchaltdorf, Nürenstorf oder Birmensdorf.

Wäre ich in einer dieser Gemeinden zu Gast, würde ich meine Worte behutsamer wählen – nicht nur aus Höflichkeit, sondern deshalb, weil auch diese Ortschaften ihre Besonderheit haben. Dennoch ist den Bewohnern all dieser Orte klar, dass Sternenberg etwas anderes ist, etwas ganz anderes.

Wer sagt, ich wohne in Wetzikon oder: ich wohne in Birmensdorf, muss damit rechnen, dass sein Gesprächspartner irgendwann nachfragt: Wo haben Sie gesagt, wo Sie wohnen?

Sternenberg dagegen, das bleibt den Leuten – Sternenberg gibt es nur einmal. Und wer möchte nicht an einem Ort leben, der als einmalig gilt? Oder noch extremer gesagt: Wer möchte nicht einmalig sein?

Dass Sternenberg und die Sternenberger etwas Besonderes sind, das habe ich in meiner Geschichte dokumentiert, das gehört schon fast zum Wesen dieser Gemeinde. Ich beschrieb auch, wie sich immer wieder von neuem gezeigt hat, dass die Uhren in Sternenberg anders gehen. Und vor allem beschrieb ich, wie das den Zürcherinnen und Zürchern gerade gefällt, dass die Sternenberger so sind, wie sie sind. Es gefällt uns, dass ihr es immer wieder geschafft habt, ein Sonderzüglein zu fahren. Es gefällt uns, dass kantonale Vorschriften für die Sternenberger meistens nur Empfehlungen bleiben, die erst Jahre danach – denke ich an die Ortsplanung – auch hier oben umgesetzt werden.

Welche andere Gemeinde würde sich das noch getrauen? In welcher anderen Gemeinde wurde das Steuerregister noch bis vor kurzem von Hand geführt, nicht einmal mit der Schreibmaschine! Und welche andere Gemeinde hat ihr Naturschutzinventar noch immer nicht abgeliefert, zehn Jahre nach dem Termin!

Typisch Sternenberg könnte man immer noch sagen. Und doch verkläre ich damit die Wirklichkeit. Denn Tatsache ist, dass Sternenberg seine Ortsplanung inzwischen erstellt und nach Zürich geschickt hat – wie alle anderen. Tatsache ist, dass das Sternenberger Steueramt inzwischen auf EDV umgestellt wurde wie überall; und Tatsache ist, dass der Gemeinderat inzwischen beschlossen hat, das vom Kanton verlangte Naturschutzinventar gelegentlich nachzuliefern.

Das sind nur drei Beispiele. Aber ich habe auch sonst die leise Befürchtung, dass euer Dorf, liebe Sternenberger, auf dem schlechtesten Weg ist, eine Gemeinde zu werden wie alle anderen. In den Zürcher Verkehrsverbund integriert seid ihr auch schon. Es ist zum Heulen, jedes Mal, wenn es mir vor die Augen tritt: Sternenberg als Taste an den Automaten der S-Bahn. Korrekt eingereiht, eine Station unter vielen, zwischen Steinmaur und Tann, weil das Alphabet es so will.

Ich erzähle den Leuten landauf landab von der Freiheit der Sternenberger – doch wo ist sie geblieben? Woran erkennt man es noch, das eigenwillige Wesen der höchsten Gemeinde im Kanton Zürich?

Ganz einfach: Kaum steht man hier oben, spürt man es wieder. «Arme Schlucker mochten sie sein», erzähle ich in meiner Geschichte, «doch über ihnen regierte niemand: Über ihnen war nichts als der Himmel. Das ganze Land lag ihnen zu Füssen, bis zu den fernsten Alpen schweifte der Blick. Das war die Freiheit der Sternenberger. Wenn ein Beamter aus Zürich kam, musste er zu ihnen heraufsteigen; sie aber sahen ihn kommen und blickten auf ihn hinab.»

*

Ob ihr wollt oder nicht: Euer Dorf, liebe Sternenberger, bleibt ein aussergewöhnlicher Ort, manche würden sagen: ein Kraftort. Man hört es schon aus dem Namen heraus: Sternenberg – was für ein strahlender, gesegneter Name. Eure Gemeinde ist mehr als nur ein geografischer Ort. Sternenberg ist eine lebende Legende, und Legenden entstehen nur, wenn ein Stück Wahrheit dahinter liegt. Diese Wahrheit spüren die Menschen, wenn sie mit Sternenberg in Berührung kommen. Und weil sie das spüren, wünschen sie sich, dass Sternenberg seine Freiheit bewahrt. Innerlich, aber auch äusserlich.

Ich lege euch deshalb ans Herz, liebe Sternenberger: Bleibt euch treu!

Was ihr mit eurer Freiheit anfangen wollt, entscheidet ihr selbst. Ich sage nur: Wenn ihr euren eigenen Weg geht, als Gemeinde, als Dorfgemeinschaft, als Menschen – dann kommt das nicht allein euch zugute, sondern auch uns, die wir unten wohnen, unten im Tal. Die Freiheit der Sternenberger ist uns ein Ansporn, selber ein bisschen freier zu werden. Kein Dorf muss bloss eine Taste sein an den Automaten der S-Bahn. Jedes Dorf kann, wenn es will, ein bisschen Sternenberg sein. Und jeder Mensch kann sich selber sein. Nach den Sternen greifen, wenn wir es wollen, können wir alle.

Seit dem 1. Januar 2015 ist Sternenberg mit seinen 350 Einwohnern keine eigene Gemeinde mehr. An diesem Tag erfolgte der Zusammenschluss mit der Gemeinde Bauma unten im Tal. Faktisch gehört das Dorf jetzt zu Bauma. Doch der Geist von Sternenberg lässt sich nicht fusionieren.

Die Geschichte und das Wesen des Dorfes beschrieb ich in meinem Buch «Die Freiheit der Sternenberger. Reiseberichte & Dorfgeschichten» (1991, Neuausgabe 2018)

Unser Kampf mit der Zeit

VORTRAG VOR DER ANTIQUARISCHEN GESELLSCHAFT
WETZIKON AM 23. JANUAR 1997

Verehrte Anwesende, wir alle – ich glaube für uns alle
sprechen zu dürfen – haben zur Zeit ein gespanntes Verhältnis. Wir hadern mit ihr, auch wenn wir heute Abend
so schöngeistig über sie sprechen. Die Zeit ist für uns
ein Problem, ein ständiges Ärgernis, das uns täglich, ja
stündlich wieder bewusst wird.

Am vergangenen Montagmorgen – Montagmorgen, das
passt natürlich – sass ich im Zug in die Stadt, und wurde
von Minute zu Minute nervöser. Denn um 7.45 Uhr musste ich in der Kantonsschule Rämibühl sein, wo ich einmal
jährlich Maturexperte für Deutsch bin. Ich erwähne das
lediglich deshalb, um das Gewicht des Termins zu betonen. An einer mündlichen Maturprüfung hat man pünkt-
lich zu sein.

Der Zug sollte um 7.31 Uhr in der Stadt ankommen –
tatsächlich erreichte er den Bahnhof um 7.34 Uhr. Es
blieben mir 11 Minuten vom Stadelhofen ins Rämibühl.
Zu Fuss hätte ich das geschafft. Aber ich hatte ein Manuskript bei mir, das ich vorher kopieren und per Express
abschicken musste. Ich hätte es schon zwei Tage vorher
abschicken müssen; jetzt, an diesem Morgen war der letzte Termin.

Eigentlich hatte ich vorgehabt, die Seiten des Manuskripts
noch vor der Abfahrt bei uns im Dorf, in der Bahnstation
zu kopieren. Doch der Kopierapparat, der sonst immer
pannenfrei funktioniert – an diesem Morgen war er defekt gewesen. So blieb nur der städtische Bahnhof, jene
Station vor dem Hauptbahnhof, an der ich aussteigen

musste. Sobald die Zugtür sich öffnete – unendlich langsam, so kam es mir vor –, sprang ich hinaus und eilte ins Untergeschoss des Bahnhofs, wo es einen Kopierladen gab. Das Geschäft war vielleicht schon geöffnet – so hoffte ich.

Doch am Montagmorgen soll man nicht hoffen. Der Laden war noch geschlossen, und die Uhren, von denen es in unserem Land nicht zu wenige gibt, zeigten 7.35 Uhr.

Ich eilte hinauf in die Schalterhalle, wo ich mich an einen Kopierapparat zu erinnern glaubte. Doch am Montagmorgen soll man nicht glauben. Nirgends stand ein Kopierer, und der Zeiger der grossen Uhr in der Halle rückte bereits auf 7.36 Uhr. Was nun? Ich sah, dass die junge Dame am Bahnhofschalter im Augenblick keine Kunden hatte und erklärte ihr meine Lage. Flehentlich, mit gehetzter Miene fragte ich sie, ob sie keinen Kopierer hätte?

7.37 Uhr. Die junge Dame zögerte, die Beamtin und der Mensch stritten in ihr, Vorschrift stand contra Mitgefühl. Um 7.38 Uhr gewann überraschend das Mitgefühl, und die Angestellte begab sich tatsächlich mit meinen 18 Seiten in das Büro hinter dem Schalter. Ich hätte mich über diese unbürokratische Geste eigentlich freuen müssen – doch die grosse Uhr zeigte gnadenlos 7.39 Uhr. Hinter mir standen zwei Kunden und hatten es eilig. Ihr habt es eilig? dachte ich mir. Niemals so eilig wie ich. 7.40 Uhr. Hinter mir standen drei Kunden und hatten es eilig. Ich unterliess es, mich umzudrehen. 7.41 Uhr. Wo blieb die nette junge SBB-Dame?

Endlich, um 7.42 Uhr trat sie aus dem Büro, die Kopien hatte sie in der Hand. Ich schob ihr fünf Franken zu, dankte ihr tausend Mal, begab mich, verfolgt von bösen

Blicken zum Ausgang, und eilte im Laufschritt, vorwärts-
getrieben von den Prügeln der Zeit, zur nahegelegenen
Post. 7.45 Uhr. Nur ein einziger Schalter war offen, und
davor standen zwei Leute. Ich stellte mich in die Reihe,
schob die Kopien ins vorbereitete Kuvert und fragte dann
den vor mir stehenden Herrn, ob ich nicht ausnahmsweise –?

Auch ich habe es eilig, sagte der Herr. Immer noch Montagmorgen. Alle hatten es eilig.

7.46 Uhr zeigte die Uhr in der Post. Nun war ich bereits
1 Minute zu spät 7.47 Uhr. Noch nie hatte ich eine Post-
angestellte so langsam arbeiten sehen. 7.48 Uhr. Fand
sie den Stempel absichtlich nicht? Ich bezog jetzt alles
auf mich.

Dann, um 7.49 Uhr war die Reihe an mir, um 7.51 Uhr
war ich draussen, und um 7.59 Uhr – ich weiss nicht, wie
ich es schaffte – stand ich im Prüfungszimmer der Schule, ein verspäteter, verschwitzter Experte mit hochrotem
Kopf. Amüsiertes Grinsen der Examinierten, ein tadeln-
der Blick des prüfenden Lehrers: Muss ich beschreiben,
wie peinlich ich diesen Augenblick fand?

25 Minuten waren vergangen seit meiner Ankunft am
Bahnhof. 25 Minuten Atemlosigkeit. Wann hatte ich Zeit-
druck das letzte Mal so extrem, so physisch erlebt wie an
diesem Montagmorgen in Zürich? Die Minutenzeiger der
Uhren waren voranmarschiert wie Sekundenzeiger. Kein
Bitten und Händeringen hatte sie aufhalten können. Ich
war ihnen ausgeliefert gewesen.

*

Derselbe Schauplatz, abends um neun. Ich war den ganzen Tag in der Stadt geblieben und erst jetzt an den Pendlerbahnhof zurückgekehrt. Die Uhr zeigte diesmal 21.05 Uhr, mein Zug fuhr um 21.28 Uhr. Ich war viel zu früh.

Unschlüssig stand ich vor dem Bahnhofsgebäude, ein feuchtkalter Abend, ich begann schon zu frieren. Mein erster Gedanke war, ins Café an der Ecke zu gehen. Aber bis ich bestellen konnte und das Gewünschte erhielt, war der Zug schon fast da. Das lohnte sich nicht. Also beschloss ich, in der Schalterhalle zu warten.

Es war die gleiche Halle, die ich am Morgen aufgesucht hatte – doch jetzt, da der Ticketschalter geschlossen war, wirkte sie leer und verwaist. Ich setzte mich auf eine der beiden Bänke. Auf der anderen Bank sass ein Paar, Händchen haltend, an der Wand gegenüber lehnte ein junger Mann und blätterte in den Reiseprospekten der Bahn, die sich in einem Ständer für Prospekte befanden.

Sonst wartete niemand. Die grosse Uhr in der Halle, dieselbe, die mir am Morgen den Puls in die Höhe getrieben hatte, zeigte 21.09 Uhr. Das Warten begann. Die Zeitung in meinem Rucksack hatte ich schon gelesen. Ich könnte sie noch einmal hervorholen, dachte ich. Doch eigentlich wusste ich, dass ich alles gelesen hatte.

Suchend blickte ich um mich. Vielleicht lag irgendwo eine andere Zeitung. Ich sah keine. 21.10 Uhr. Ich überlegte mir, aufzustehen und einige der Prospekte aus dem Ständer zu holen. Aber ich hatte keine Lust auf Werbeprospekte.

Immer noch 21.10 Uhr. Ich verfolgte den Sekundenzeiger bis zum Moment, an dem er oben ankommen würde. Obwohl es sich bloss um Sekunden handelte, musste ich mich gedulden. Dann war der Zeiger oben. Er stand einen winzigen Augenblick still, bis der Minutenzeiger zu wechseln geruhte. 21.11 Uhr, endlich. Dieser kurze Still- stand der grossen Uhr irritierte mich jede Minute aufs neue. Das wirkte jedes Mal so, als würde die Bahnhofuhr Zeit verlieren. Komisch, sinnierte ich, dass die Zeit Zeit verliert. Ich verfolgte erneut den Sekundenzeiger, aber eigentlich interessierte er mich überhaupt nicht.

21.12 Uhr. Mein Blick schweifte hinüber zum Liebespaar auf der anderen Bank, doch die beiden weckten nicht meine Neugier. Sie sprachen so leise und flüsternd, dass ich kein Wort verstand. Der junge Mann vis-a-vis blätter- te noch immer in den Prospekten. Ich langweilte mich. Ich langweilte mich unendlich – und es war noch immer 21.12 Uhr.

Um 21.13 Uhr ging die automatische Tür auf, ein paar Jugendliche platzten herein. Ich hoffte auf etwas Ab- wechslung, aber sogleich verschwanden sie wieder. Offen- bar fuhr ihr Zug. Meiner nicht.

21.14 Uhr. Wieder ging die automatische Tür auf, doch niemand betrat die Halle, nur ein Kälteschwall drang he- rein. Ich zog die Jacke fester zusammen um nicht wieder zu frieren. Noch immer drang Kälte ins Innere. Wie konn- te die Tür aufgehen, wenn doch niemand herein kam?

21.15 Uhr. Noch 13 Minuten, fast eine Viertelstunde. Ich überlegte mir, schon zum Bahnsteig hinüberzugehen. Die Läden im Untergeschoss waren geschlossen, aber ich könnte mir die Schaufenster ansehen. Keine Lust. Hier drin war es wenigstens warm.

Aber ungemütlich. Ein kaltes Licht. Ein kalter Luftzug, von irgendwoher. Ich schloss die Augen, um nichts mehr sehen zu müssen. Ich schloss die Augen um 21.16 Uhr. Als ich sie wieder öffnete, war es immer noch 21.16 Uhr.

21.17 Uhr wollte und wollte nicht kommen. Ich versuchte an meine Arbeit zu denken, aber ich konnte mich nicht konzentrieren.

21.18 Uhr. Ich gab es auf, etwas denken zu wollen. Ein paar jüngere Frauen, die jetzt die Halle betraten, brachten Betrieb in die Monotonie. Ich studierte ihr Aussehen und hoffte, von ihrem Geplauder etwas erhaschen zu können. Doch sie verliessen die Halle wieder. Mein Blick blieb erneut am grossen Zifferblatt hängen, und so drehte ich eine weitere sinnlose Runde mit dem Sekundenzeiger. Meine Gedanken flogen in alle Richtungen – doch nirgends fanden sie Halt.

Um 21.20 Uhr setzte ich meinem Leiden ein Ende. Abrupt stand ich auf und ging durch das Untergeschoss hinüber zum Bahnsteig, wo ich um 21.22 Uhr eintraf. Dort fror ich weitere 6 Minuten, bis mich um 21.28 Uhr endlich der Zug und das Leben erlöste.

Wieder, wie schon am Vormittag waren fast 25 Minuten vergangen seit meiner Ankunft am Bahnhof. Doch wie anders hatte ich diese 25 Minuten am Abend erlebt – was für ein vollkommener Gegensatz in meiner Empfindung: Am Morgen 25 Minuten, die mir vorgekommen waren wie drei oder vier Minuten. Am Abend 25 Minuten, die mir wie eine Stunde erschienen. Am Morgen die Zeit als Stress, am Abend dieselbe Zeit als unsägliche Langeweile. Das eine Mal das Gefühl, der Zeit hinterher zu rennen – das andere Mal, in ihr steckenzubleiben.

Mit anderen Worten: Am Abend ebenso wie am Vormittag dieses Gefühl der Ohnmacht gegenüber der Zeit. Am Morgen stresste sie mich, am Abend liess sie mich warten. Beide Male zappelte ich hilflos in ihrem Netz.

Liebe Anwesende, ich habe hier zwei Extremsituationen beschrieben. Aber eigentlich ist es doch immer so: Immer vergeht die Zeit entweder zu schnell oder zu langsam. Immer sagen wir entweder: Was, schon so spät! oder: Erst so spät? Immer sind wir gezwungen, uns zu beeilen oder zu warten, uns zu gedulden oder zu hetzen, immer hat uns die Zeit in der Hand.

Man könnte etwas pathetisch sagen, dass wir Gefangene sind, Gefangene der Zeit, ihrem Diktat unterworfen. Warum ist das so, dass wir lebenslänglich im Clinch mit der Zeit stehen? Könnte es anders sein?

Da Sie sich, wie ich aus Ihrem Programmheft schliesse, gern mit geistigen Fragen befassen, sind Sie vielleicht mit mir darin einig, dass am Anfang einer Sache nicht die Materie steht, sondern Geist; dass vor der Ausführung die Idee steht, sozusagen der Geistesblitz. Wenn es aber im Kleinen so ist – beim Bau eines Hauses zum Beispiel –, dann war es im Grossen nicht anders, dann war überhaupt am Anfang der Geist. Oder Manitu oder Gott, wie Sie wollen. Wir bewegen uns hier natürlich als gewöhnliche Sterbliche in den Dimensionen des Glaubens. Hier geht es nicht um Wissen, sondern allenfalls um Gewissheit.

Besitzen wir aber diese Gewissheit, glauben wir an die Existenz eines grossen allumfassenden Geistes – dann wird uns auch der Gedanke nicht fremd sein, dass Gott über der Zeit steht. Gott ist unbegrenzt. Und weil das so sein muss, ist es im Grunde auch lächerlich, das Göttliche in Worte fassen zu wollen. Worte sind eine Form von Begrenzung, Worte sind ein Ausdruck von Zeit. Für die Ewigkeit gibt es eigentlich keine Worte.

Das Göttliche nun, das über dem Raum und der Zeit steht, hat den Raum und die Zeit geschaffen. Warum ist das so?

Raum und Zeit ermöglichen uns, dass wir sind, was wir sind. Sie begrenzen uns, sie geben uns eine Lebensspanne und einen Körper dazu. Das beginnt schon im Mutterleib, wo wir die ersten irdischen Grenzen erfahren, innerhalb derer wir uns entwickeln. Wir sind Kinder, wir kommen zur Schule, und wir erleben die erste Prüfung. Simple Rechenaufgaben mögen es sein, aber das Prinzip der Prüfung ist wichtig. Sie ist ein Sinnbild für unser Leben: Innerhalb einer bestimmten Zeit müssen wir eine Aufgabe lösen. Oder, umgesetzt auf die ganze Schulzeit: Innerhalb einer bestimmten Zeit müssen wir etwas lernen.

Darum geht es im Leben, vermute ich, dass wir lernen.

Warum wir lernen, ist eine Frage, die heute Abend zu weit geht. Ich möchte mich konzentrieren auf unser jetziges momentanes Leben – auf die Erkenntnis, dass die Begrenzung durch die Zeit ihren Sinn für uns hat, dass sie notwendig und im Grunde genommen ein Segen ist.

Jedes Ding hat seine Zeit, heisst ein Sprichwort. Hätten die Dinge im Leben keinen Anfang und vor allem kein Ende – wir könnten sie nicht ertragen. Wir könnten zum Beispiel nicht existieren, wenn immer Winter wäre, wir brauchen die Jahreszeit, die Vegetationszeit. Auch könnten wir nicht überleben, wenn wir immer arbeiten müssten, wir brauchen die Schlafenszeit und die Freizeit. Wir würden es auch nicht verkraften, wenn ein Vortrag einfach nicht aufhören würde!

Und schliesslich könnten wir auch nicht leben, wenn unser Leben kein Ende hätte. Wie viele alte Menschen sagen: Wenn ich nur sterben könnte. Sie sind vom Leben ermüdet, sie spüren, dass ihre Zeit abläuft, und sie wünschen sich deshalb den Tod herbei – was uns zeigt, dass die Zeit, die begrenzende Zeit sogar eine Gnade ist.

Dennoch, liebe Anwesende, ist es doch so, dass uns der Sinn der Zeit überhaupt nicht interessiert, wenn wir «keine Zeit» haben, wenn sie uns wieder mal jagt und vorantreibt – oder wenn wir zu viel von ihr haben und sie uns wieder mal langweilt, zum Warten verurteilt, Geduld von uns fordert, obwohl uns doch die Ungeduld besser schmeckt.

Im täglichen Leben – und ich komme damit auf den Anfang zurück – sehen wir nicht den Sinn der Begrenzung sondern bloss die Last der Begrenzung. Wir fühlen uns eingeschränkt durch die Zeit, wir fühlen uns wie gesagt als ihr Opfer.

Zu den häufigsten Aussprüchen meines Vaters, als ich ein Kind war, gehörte der Satz: «Keine Zeit». Meinen Vater störte und ärgerte es, dass ihm für alles immer die Zeit fehlte. Doch mir geht es heute genauso. «Keine Zeit!» – diesen Ausspruch kennen auch meine Kinder, sie kennen ihn zur Genüge, und ich hoffe, sie spüren, dass ich sie nicht zurückweisen will, sondern dass ich den Mangel an Zeit als Leiden empfinde. Es gibt wenig Dinge, mit denen ich so sehr ringe wie mit diesem ständigen «keine Zeit» haben. Und es tröstet mich nicht, dass die meisten Leute so reden. Es tröstet mich nicht, dass unsere Zeit keine Zeit hat.

Was aber heisst das eigentlich: Keine Zeit haben?

Lassen Sie mich an dieser Stelle ein Bild skizzieren. Wenn ich an den Begriff der Zeit denke, was sehe ich vor mir? Die Zeit ist für mich eine Linie, eine schlichte einfache Linie, die von der einen Seite her kommt und nach der anderen Seite hin geht. Wo ihr Anfang ist und ihr Ende, ist nicht so klar. Das ist die Zeit für mich.

Auf der Linie zeichne ich nun eine Strecke ein. Die Eigenschaft der Strecke ist ihre klar definierte Begrenzung: Hier der Anfang und hier das Ende. Genauso empfinden wir heutzutage, umzingelt von unserem hektischen Leben, die Zeit: Wir empfinden sie nicht als Linie, sondern als Strecke. Und natürlich tragen die Fahrpläne und die Stundenpläne, die Öffnungszeiten, die Abgabetermine, die Stempeluhren und alle anderen Uhren Tag für Tag, Stunde für Stunde fast permanent dazu bei, dass uns das Bild der Strecke immer mehr dominiert. Unser Leben ist eingeklemmt zwischen A und B. Gefangen im Gefängnis der Strecke.

Wenn wir deshalb sagen, dass wir keine Zeit haben, dann bedeutet das mit anderen Worten, dass wir uns sehnen nach der wirklichen, unendlichen Zeit. Wir möchten «Zeit haben», auch wenn wir wissen, wie schwierig es ist, damit umzugehen. Wir möchten die engen Grenzen, die Fesseln der Strecke sprengen und die Zeit als Linie erleben, als eine Linie mit fliessenden Grenzen. Wir möchten uns treiben lassen – im Fluss der Zeit.

Die Spinne Sachzwang

Verehrte Anwesende und vor allem: liebe Maturanden!

Als ich in eurem Alter war und die Matur gerade bestan-
den hatte, war ich nicht stolz darauf. Ich war erleichtert,
ich atmete auf – aber stolz, wirklich stolz war ich nicht.
Obwohl ich doch so viele Stunden gebüffelt hatte, mich so
sehr angestrengt und zwischendurch auch gezittert hatte, war das Bestehen der Matur keine Leistung, in deren
Glanz ich mich sonnte. Auch später nicht. Wenn jemand
mich fragte, hast du eigentlich die Matur gemacht, sagte
ich: Ja – aber noch heute begreife ich nicht, wie ich es
schaffte, sie zu bestehen.

Im gleichen Tonfall sprach ich über die ganze Zeit im
Gymnasium – im gleichen Tonfall spreche ich noch heute
darüber. Ich erwähne nie, in welchen Fächern ich gut war,
sondern betone immer nur, wo ich schlecht war. Dass ich
im Maturazeugnis in Deutsch eine 5-6 hatte, braucht niemand zu wissen. Aber dass ich in der Mathematik eine 3
hatte, erzähle ich nach wie vor gern. Im letzten Schuljahr
damals, bei der Behandlung der Logarithmen, bei der Dif-
ferenzial- und Integralrechnung – immerhin weiss ich die
Namen noch! –, las ich während der Mathematikstunde
bloss noch demonstrativ die Zeitung. Der Lehrer, der es
aufgegeben hatte mit mir, bat mich lediglich darum, beim
Umblättern nicht zu rascheln.

Ich erinnere mich auch mit Genugtuung an die Versetzung
ins Provisorium – eine besondere Auszeichnung, die nicht
jeder schaffte. Und ich denke ebenso gern an die vielen
Prüfungen, die ich nur Dank Abschreiben und Spicken

über die Runden brachte. Ich brauche Ihnen allen, liebe Anwesende, die Tricks, die wir damals entwickelten, nicht zu schildern. Sie kennen sie. Wie sagt doch der Volksmund? In der Schule lernt man nicht schreiben, sondern abschreiben. Der Volksmund bin in diesem Fall ich. Aber stimmen tut es. Die zentrale Frage meiner Mittelschulzeit war nicht etwa: Was kann ich lernen? Sondern: wie schaffe ich es bis zur Matur, möglichst ohne etwas lernen zu müssen?

Wer als Jugendlicher im Sport gewinnt, wer Sieger in einem Wettbewerb wird, darf sich feiern lassen. Doch wer in der Schule brilliert, ist ein Streber. So war es wenigstens damals, bei uns. Allzu gute Noten zeugten schon fast von Charakterschwäche. Warum war das so? Warum ist es heute noch so, dass gute Noten kein Grund sind, eine Party steigen zu lassen?

Blenden wir ein paar Jahre zurück, an den Anfang der Mittelschulzeit: Ins Gymnasium zu gehen und die Matura zu machen, das haben nicht wirklich wir, das haben die Eltern entschieden. So war es zu meiner Zeit, so ist es noch heute. Es geht gar nicht anders. Denn mit zwölf ist man noch immer ein halbes Kind. Da wissen die Eltern noch besser, was gut für uns ist, oder sagen wir: Sie glauben es besser zu wissen. Und auch mit 15 hört man noch auf die Eltern, auch dann entschliesst man sich nicht aus eigener Überzeugung, von der Sekundarschule in ein Gymnasium zu wechseln. Die Eltern entscheiden mit. Denn die Eltern, in ihrer gütigen, weisen Voraussicht, denken an unsere Zukunft.

Erwachsene leben nicht mehr im Augenblick, sie denken an Morgen, daran erkennt man sie. Eine Matura zu haben ist später ein Vorteil, das werde auch ich meinen Kindern sagen, wenn der Zeitpunkt gekommen ist. Ich selber, nach der Sekundarschule, ging ins Wirtschaftsgymnasium. Warum ausgerechnet das Wirtschaftsgymnasium? Ganz einfach: Weil schon mein Vater die Handelsschule besuchte. Und weil er sagte: Handelsschule ist immer gut.

Aber dann, mit 16 oder 17 fragte ich mich zum ersten Mal: Wo bin ich hier eigentlich? Will ich überhaupt diese Schule besuchen? Will ich später studieren? Ich begann erwachsen zu werden. Zum ersten Mal dachte ich selber an Morgen. Zum ersten Mal merkte ich, dass ich Einfluss hatte auf das eigene Leben, auf die Zukunft, die vor mir lag. Ich erwachte – wie ein Schauspieler, der sich auf einmal bewusst wird, dass er selber Regie führen möchte. Alles, was ich nicht selber gewählt hatte, wurde von da an zu einem Korsett, das mich einzuengen begann.

Dieses Korsettgefühl, denke ich, ist ein Gefühl, das gegen das Ende der Gymnasialzeit unweigerlich eintritt. Und es kann immer stärker, immer dominierender werden. Eine Schule mag ausgezeichnet sein, sie mag ausgezeichnete Lehrer haben, ausgezeichnete Lehrmethoden, die schönsten Bäume sogar vor den Fenstern: Das alles nützt auf einmal nichts mehr. Das alles kann sogar wertlos werden. Weil man es nicht wirklich selber gewählt hat. Man ist hineingerutscht in die Schule, in einen tranceartigen Zustand, unter sanfter elterlicher Hypnose.

Und dann erwacht man und kann nicht mehr raus. Weil es doch gut ist, eine Matur zu haben, für später. Weil es doch unvernünftig und sinnlos wäre, so kurz vor dem Ziel einfach auszusteigen. Also bleibt man und beisst auf die Zähne. So zumindest habe ich es erlebt. Die letzten ein bis zwei Jahre an der Kantonsschule waren für mich ein tägliches Ärgernis. Das begann schon frühmorgens, vor

allem dann, wenn die Schule schon um 7.00 Uhr anfing.
Um 7.00 Uhr morgens Mathematik! Oder Französisch!
Oder Physik! Und das alles ohne jede Entlöhnung! Ohne
Gefahrenzulage für bleibende Schäden!

Wenn es um die Schule geht, übertreibe ich gern. Diese
genüssliche Lust, sich über die Schule lustig zu machen,
gehört tatsächlich zu den bleibenden Schäden, die man
davonträgt. Vor allem nach der sogenannt höhere Schule.
Unser Verhältnis zu unserer Kantonsschulzeit ist geprägt
von Undankbarkeit – ich glaube das hier für uns alle sagen zu dürfen. Undankbarkeit deshalb, weil ich überzeugt
bin, dass die meisten Lehrkräfte mit den besten Vorsät-
zen unterrichten.

Immer wieder erlebe ich solche Lehrer. Ich erlebe sie
beim Besuch ihrer Klasse oder in meinem Amt als Maturexperte. Und ich erlebte dasselbe schon damals, mit unseren Lehrern. Der Mathematikprofessor zum Beispiel gab
sich viel Mühe, uns für sein Fach zu begeistern. Er versuchte es anfänglich auch mit mir – und ich finde noch
heute, dass ich ihm gegenüber undankbar war. Ich wusste
sein Engagement nicht zu schätzen.

Unter anderen Umständen, denke ich heute, hätte mich
die Mathematik vielleicht sogar interessieren können.
Vielleicht – möglicherweise. Aber damals jedenfalls nicht.
Damals wollte ich nur noch eins: das Hindernis Schule
hinter mich bringen. Je mehr ich meine eigenen Sachen
machte, ausserhalb, neben der Schule, umso schwerer
wurde der Klotz am Bein. Und als der ersehnte Tag endlich da war, als ich endlich soweit war, liebe Maturanden,
wie ihr es heute seid, schwor ich mir hoch und heilig: Nie
mehr in meinem Leben etwas zu tun, das ich selber nicht

wollte. Nie mehr mich unterzuordnen, wenn ich es nicht selber entschieden hatte.

Endlich war ich selbständig. Endlich gab es zwischen mir und dem lieben Gott keine Instanz mehr, der ich mich fügen musste. Die Eltern hatte ich als Vorgesetzte schon längst abgesetzt – sie hatten bloss noch beratende Stimme. Als seelische Autorität blieben sie mir noch länger erhalten, aber das merkte ich damals nicht. Ich verdiente mit Zeitungsartikel schreiben mein eigenes Geld und zog ein halbes Jahr später in eine Wohngemeinschaft. Würde mir auf der Strasse ein ehemaliger Lehrer begegnen, dann war ich nicht mehr sein Schüler – ich war ein Erwachsener, so wie er.

Natürlich kann Selbständigkeit auch verunsichern. Sie kann sogar Angst machen. Aber davon will ich heute nicht sprechen. Und ich nehme nicht ernsthaft an, dass jemand von euch nächsten Montag wieder an die Pforte des Schulhauses klopft, wie der Gefangene, den es zurück ins Gefängnis zieht. Sondern ich stelle mir vor, dass jeder von euch an diesem heutigen Tag ganz ähnlich empfindet, wie ich empfand, damals: Dass ihr die Schule mit dem Gefühl verlasst, endlich frei zu sein und es bleiben zu wollen – die mühsam errungene Selbständigkeit gegen nichts in der Welt wieder einzutauschen. 19 Jahre Laufgitter sind genug.

*

Ihr seid also unabhängig und frei. Ab heute. Doch schon an der nächsten Ecke des Lebens lauert ein spinnenartiges Monster, das gefährlicher und gefrässiger ist als sämtliche je von Stephen King beschriebenen Ungeheuer zusammen.

Wenn diese Spinne über euch herfällt, will sie nicht euer Leben, oh nein. Das einzige, was sie will, wovon sie sich satt fressen will, ist eure Selbständigkeit. Darauf ist die Spinne ganz scharf. Sie kann davon nicht genug bekommen. Und weil ich sie kenne, die Spinne, erachte ich es als meine Pflicht, euch frühzeitig vor ihr zu warnen.

Ihr rätselt nun vielleicht, was ich mit dem Bild dieser Spinne meine, was denn so schlimm sein kann, so bedrohlich! Die Spinne, vor der ich euch warne, heisst Sachzwang. Das ist ihr Name, und sie ist kein erfundenes Monster, sondern 100% real. Möglicherweise, es ist zu befürchten, wird sie euch bald schon begegnen. Bei der Frage nämlich, was wir nun tun wollt.

Viele von euch haben vielleicht noch gar keine Lust, an die Uni zu gehen. Ihr wollt vielleicht etwas anderes machen, etwas Verrücktes und Abenteuerliches vielleicht, etwas, das euch die Eltern ausreden wollen. Oder das Studium, das ihr beginnen möchtet, ist ein brotloses Fach, eines, bei dem ihr später garantiert keine Stelle findet.

Was es auch sein mag – seid auf der Hut! Die Spinne Sachzwang will euch verstricken in ihre Netze, sobald wie möglich. Das erträgt sie nicht, wenn ihr macht, was ihr eigentlich machen möchtet. Und sie will auch verhindern, dass ihr jetzt, im Augenblick lebt. Schon heute sollt ihr an später denken. Schon heute sollt ihr begreifen, dass das Wünschbare nicht immer das Machbare ist. Damit ihr später, wispert die Spinne, als Akademiker eine Stelle findet, müsst ihr heute schon realistisch sein.

Was aber geschieht, wenn ihr realistisch seid? Was geschieht, wenn ihr nicht auf eure innere Stimme hört, sondern euch den Sachzwängen beugt? Was geschieht, wenn

ihr die Wirtschaftslage wichtiger nehmt als eure Gefühls-
lage?

Dann seid ihr, wenn ihr studiert, auf die gleiche Weise
Studenten, wie ihr Schüler gewesen seid. Dann tut ihr
das, was ihr tut, weiterhin nicht für euch, sondern für
den Professor, damit er euch gute Noten gibt und in ein
paar Jahren das Lizenziat, das Lehrerpatent oder was
auch immer. Derselbe Mechanismus wie in der Schule,
als wäre nichts dazwischen geschehen. Als hätte es nicht
diesen heutigen Tag gegeben. Diesen feierlichen Beginn
eurer Selbständigkeit.

Warum male ich plötzlich so schwarz? Weil das Szenario,
das ich hier schildere, nach wie vor der normale Lauf der
Dinge ist. Junge Leute werden erwachsen. Sie machen
ihr Studium, sie steigen ins Berufsleben ein – und ehe sie
sich's versehen, sitzen sie fest.

Liebe Anwesende, den meisten Menschen ergeht es doch
so: Die Sachzwänge, in denen wir uns verstricken, sind
stärker als unsere Wünsche. Wir werden im Laufe der
Jahre so realistisch, dass wir häufig vergessen, was wir
am Tag, als wir selbständig wurden, empfunden haben.
Selbständig bleiben war unser Ziel. Unser Leben selber
bestimmen – das war es doch, was wir wollten, als wir
endlich erwachsen wurden.

Stattdessen werden die meisten von uns Arbeitnehmen-
de, Angestellte, unselbständig Erwerbende. Da bleibt ein
Widerspruch. Auch wenn uns die Arbeit gefällt und interessiert, auch wenn der Vorgesetzte, der Chef tolerant
und sympathisch ist, auch wenn sogar die Entlöhnung
stimmt: Es bleibt der Widerspruch, dass wir uns einmal

selbständig fühlten – und in die Unselbständigkeit zurück-
versetzt wurden.

Das, liebe Anwesende, ist der Grundkonflikt der Berufs-
tätigen. Man ist erwachsen, muss sich aber doch wieder
unterordnen und sich anpassen an das, was andere aus-
gedacht und entschieden haben.

Wie erträgt man diese Zurückversetzung? Wie erträgt
man es auf die Dauer, Dinge zu tun, über die man nicht
selber entscheiden kann? Man erträgt es, indem man zu
sich selber sagt: Es geht nicht anders. Ich muss schliesslich Geld verdienen. Ich muss die Familie ernähren. Was
soll ich denn sonst tun?

Liebe Maturanden, ihr kennt diese Sätze vielleicht, ihr
kennt sie möglicherweise von euren Eltern, von eurem Vater vor allem. Es sind typische Sachzwangsätze, erwachsene Sätze. Die meisten Erwachsenen reden so. Sie müssen so reden, um den Widerspruch auszuhalten zwischen
ihren Träumen und der Realität, in der sie festsitzen.
Auch Selbständigerwerbende reden so, auch Freischaf-
fende, sogar Schriftsteller. Wir sind zwar unsere eigenen
Vorgesetzten, aber leider geht es nicht ohne Überstunden.
Sogar der Sonntag muss daran glauben, weil der Auftrag
leider nicht warten kann, weil das Buch noch immer nicht
fertig ist. Ich würde ja gern eine Pause machen, ich würde
gern einmal Ferien machen, aber im Augenblick ist es unmöglich. Vielleicht nächstes Jahr, vielleicht übernächstes
Jahr, jedenfalls ganz sicher, mit 65 – ich verspreche es!

Ihr seht, die Sachzwänge reiten uns Menschen in eine
Spirale hinein, die erst mit dem Tod aufhört. Wahrscheinlich sagen wir noch auf dem Sterbebett: Ich würde ja gern

sterben, aber ich muss zuerst noch die Steuererklärung erledigen. Immer wieder, das ganze Leben hindurch sagen wir Sätze, die mit den Worten beginnen: Ich würde ja gerne.

Was kann man dagegen machen? Was könnt ihr dagegen machen, dass ihr der Spinne nicht schon bald auf den Leim kriecht? Gerade jetzt, wo man täglich neue Krisenmeldungen liest, ist man schneller bereit, sich den äusseren Zwängen zu fügen. Gerade jetzt ist man schneller bereit, das zu tun, was am sichersten scheint und zu verzichten auf das, was man eigentlich möchte.

*

Liebe Anwesende, in jedem Märchen erscheint zwar das Böse, doch ebenso gibt es die andere Seite, das Gute. So ist es auch hier. Zwar bedroht uns auf heimtückische Weise die Spinne, doch es gibt eine Fee, eine gute Fee, die uns helfen kann. Wir denken vielleicht, diese Fee heisst Entschlossenheit oder Wille. Aber so heisst sie nicht. Denn der Wille allein genügt nicht, um die Sachzwangklippen zu überwinden. Die zusammengebissenen Zähne, die braucht es schon, aber nur in bestimmten Momenten, wenn es darum geht, etwas durchzuziehen.

Das andere aber, auf das ich hinaus will, brauchen wir immer. Ihr denkt vielleicht, diese Fee heisse Mut. Auch nicht. Denn der Mut, ebenso wie der Wille ist nur eine Folgeerscheinung von dem, was ich meine. Die gute Fee, die uns helfen will, ist der Glaube. Wenn ihr selbständig euren Weg gehen wollt, gibt es nur eins: Ihr müsst an euch glauben. Ihr müsst daran glauben, dass das was ihr tut, so unrealistisch es sein mag, das Richtige ist.

Wenn wir damals im Deutschunterricht einen Satz mit den Worten «Ich glaube» begannen, sagte der Deutschlehrer immer: Glauben ist Religionssache! Er meinte das zweifellos negativ, er wollte damit sagen: Ihr müsst nicht glauben, sondern wissen. Das Wissen fand er wichtiger als zu glauben, oder sagen wir: das Wissen erschien ihm als nützlicher, als geeigneter für das Erwachsenenleben, auf das er uns vorbereitete.

Seine Belehrung ärgerte mich schon damals. Heute, viele Jahre später, weiss ich warum. Was er sagte, stimmt nicht. Wissen ist gut – aber Glauben ist besser. Dass ich heute seit vielen Jahren schon freier Schriftsteller bin, dass ich es schaffte, trotz aller Widerstände meinen eigenen Weg zu gehen, dass mir das Spinnennetz der Sachzwänge nicht zum Verhängnis wurde – das alles habe ich nicht in erster Linie meinem Wissen, meiner Geschicklichkeit oder meiner Effizienz zu verdanken, sondern der Tatsache, dass ich stets an mich selber glaubte.

Immer wieder, wenn mich die nüchterne Frage bedrängte: Wie willst du denn deine Familie ernähren? Wie soll es denn nächstes Jahr weitergehen? Und immer wieder, wenn dieselbe Logik sich anerbot, eine feste Stelle für mich zu suchen und ich nahe dran war, zu kapitulieren, den Weg des geringsten Widerstandes zu gehen – immer dann war die gute Fee zur Seite, um mir zu sagen: Wofür hast du deine Begabung bekommen? Um daran zu zweifeln?

Und das Erstaunliche ist, liebe Anwesende, dass diese innere Überzeugung mir und meiner Familie immer wieder geholfen hat. Meistens im letzten Moment, als ich schon zu verzweifeln begann, ging unverhofft eine Tür auf, zeigte sich plötzlich doch noch ein Ausweg, sodass ich das Buch, an dem ich schrieb, glücklich beenden konnte. Jedes Mal in diesen Situationen sagten wir zueinander: Hätten wir das für möglich gehalten, noch vor wenigen Wochen, dass wir es doch wieder schaffen, dass auf einmal doch wieder Geld hereinkam?

Es erschien uns jedes Mal wie ein Wunder.

Vielleicht kennt ihr das Sprichwort: Glaube versetzt Berge. So ein Sprichwort, denken wir, kann ja wohl nur symbolisch gemeint sein. Ich bin da nicht mehr so sicher. Der Glaube, nach meiner Erfahrung, kann wirklich Wunder vollbringen. Er kann unmöglich Scheinendes möglich machen. Er kann uns helfen, die widrigsten Umstände aus dem Wege zu schaffen. Er kann das alles, obwohl er unsichtbar ist, eine blosse Gedankenkraft. Warum sollte es also nicht denkbar sein, theoretisch denkbar, mit dem Glauben sogar Berge beiseite zu räumen? Und ich meine damit nicht nur Papierberge oder Schuldenberge oder Pendenzenberge – sondern richtige Berge aus Stein.

Ich bin heute der Ansicht, dass wir über die Kraft der Gedanken noch viel zu wenig wissen. Und weil wir zu wenig darüber wissen, unterschätzen wir sie. Wir unterschätzen die Kraft, die der Glaube besitzt.

*

Liebe Maturanden, die Überzeugung allein genügt natürlich noch nicht. Wichtig ist auch die Bereitschaft, offen zu sein, beweglich, flexibel zu sein und nicht stillzustehen. Und wichtig – so schwer es fällt – ist die Geduld. Es wäre fatal, sie nicht zu erwähnen.

Wenn wir das alles beherzigen, dann muss die Freiheit, die ihr heute errungen habt, nicht bloss eine Pause sein. Dann muss sie nicht bloss der Erholung dienen, bevor ihr euch in den Ernst des Lebens hineinkniet. Dann kann das schöne Gefühl von heute zu einer Grundhaltung werden, zu einem roten Faden, der euer ganzes erwachsenes Leben durchzieht.

Ob ihr studiert oder nicht, ob ihr euch später selbständig macht oder die Sicherheit einer Anstellung vorzieht, und ob ihr euch eines Tages ganz der Familie widmet oder weiterhin einen Beruf ausübt: Darauf, auf die äusseren Umstände kommt es nicht so sehr an. Entscheidend ist letztlich eine einzige Frage. Stellt euch gelegentlich diese Frage, jetzt und vor allem in späteren Jahren, stellt sie euch immer wieder: Glaube ich an das, was ich tue? Glaube ich wirklich daran?

Es ist die wichtigste Frage des Lebens. Ihr findet die Antwort auf diese Frage in keinem Buch. Ihr findet die Antwort immer nur in euch selbst.

Die Verletzung der Sprache

ANSPRACHE AN EINER TAGUNG ZUR RECHTSCHREIBE-
REFORM AM 25. FEBRUAR 1997 IN EGG ZH

Sehr geehrte Damen und Herren!

Schon diese Anrede bringt uns mitten ins Thema. Wenn
man sie wörtlich nimmt – und als Schriftsteller ist es
mein Job, die Dinge wörtlich zu nehmen –, müsste man
sich doch eigentlich sagen: Diese Anrede stimmt nicht
mehr. Sie ist nicht mehr zeitgemäss. Fühlen sich wirklich alle Damen in diesem Saal noch als Damen? Empfinden sich nicht vor allem die jüngeren Damen heute
eher als Frauen? Und bei den Herren ist es doch ähnlich:
Vor allem die jüngeren Herren sind doch eigentlich eher
Männer. Natürlich tragen auch jüngere Männer, wenn sie
zur Arbeit gehen, möglicherweise immer noch Krawatte
und Anzug. Sie tragen immer noch Herrenkleider. Doch
spätestens in der Freizeit tragen sie T-Shirts und Jeans.
Spätestens in der Freizeit sind sie keine Herren mehr.

Ein richtiger Herr ist aber nicht nur manchmal ein Herr.
Er ist immer ein Herr. Er hilft der Dame galant aus dem
Mantel, er bezahlt das Essen im Restaurant, und er ist
es auch, der um ihre Hand anhält, wenn sich die Dinge
günstig entwickeln. Das sind Eigenschaften eines richtigen Herrn. Aber ist es heute noch so? Heute beschränken
sich die Männer darauf, der Dame den Kleiderbügel be-
reitzuhalten. Und viele junge Frauen kommen gar nicht
mehr auf die Idee, sich von einem Mann aus dem Mantel
helfen zu lassen. Immer mehr sind es heute auch Frauen,
die die Männer zum Essen einladen und die Rechnung
bezahlen. Kürzlich gestand mir eine junge Verlobte, dass
sie es war, die ihren Bräutigam fragte, ob er sie heiraten wolle. Er bekam einen solchen Schreck, dass er eine

Woche Bedenkzeit brauchte. Für sie aber war es durchaus natürlich, ihm den Heiratsantrag zu stellen.

Es hat sich vieles sehr schnell geändert. Die Rollenverteilung ist nicht mehr so klar, Herren benehmen sich nicht mehr wie Herren, Damen benehmen sich nicht mehr wie Damen – und trotzdem immer noch diese Anrede: Sehr geehrte Damen und Herren.

Auch das *Sehr geehrte* liegt heute quer in der Zeit. Mit Verlaub: Sie alle in diesem Saal sind sicher sehr nett und sympathisch. Aber ich sehe nicht ein, warum ich Sie deshalb *verehren* soll, warum ich sie sogar *sehr* verehren soll. Trotzdem diese Anrede. Obwohl sie altmodisch klingt, obwohl sie der Wirklichkeit nicht mehr entspricht, halten wir an ihr fest. *Liebe Frauen und Männer* zu sagen, das käme uns nie in den Sinn. Jedenfalls mir nicht. Das fände ich plump und irgendwie lieblos. Das wäre zu nüchtern, zu realistisch. Es wäre nichts Besonderes mehr. *Sehr geehrte Damen und Herren*, das tönt doch irgendwie nobler, es tönt gewählter.

Damit komme ich nun zum eigentlichen Thema des Tages, zur Rechtschreibereform. Warum dieser Aufruhr um ein paar sanft renovierte Wörter? Warum diese heftige Kontroverse, obwohl es sich doch, gemessen an der Sprache als Ganzes, nur um Nuancen handelt? Was macht diese Reform so umstritten, dass in Deutschland sogar der Bundestag, das Parlament darüber befinden wird? Was haben denn die Sprachexperten Schlimmes verbrochen? Sie haben die deutsche Sprache doch nur etwas mehr der Wirklichkeit angepasst!

Das ist es eben. Das ist der tiefere Grund für den Aufruhr. Die Sprachexperten haben aus Damen und Herren –

symbolisch gesprochen – Männer und Frauen gemacht. Das wollen wir offenbar nicht. Das wollen wir ganz allgemein nicht, wenn es um Sprache geht. Es stört uns, wenn man die Wörter genauso ordinär schreiben soll, wie man sie ausspricht. Es widerstrebt uns, wenn die Sprache allzusehr wie die Wirklichkeit wirkt.

Natürlich spricht man das «ph» in Geographie als «f» aus. Von daher wäre es nichts als logisch, das «ph» durch das «f» zu ersetzen. Was aber bedeutet es, wenn wir das Wort auch weiterhin lieber mit «ph» schreiben? Was bedeutet es wenn wir Karamell weiterhin lieber mit einem «C» schreiben? Känguru lieber wie bisher mit einem «h»? Necessaire lieber mit dem französichen «aire»? Was bedeutet es, nicht aus Prinzip zu vereinfachen, sondern das Kompliziertere vorzuziehen?

Es bedeutet, dass wir die Sprache – und ich meine damit die Alltagssprache – nicht nur als Mittel zum Zweck sehen, nicht nur als Gebrauchsgegenstand, sondern als Kunst.

Sprache als Kunst – darüber sind sich wohl alle einig, wenn es um Literatur geht. Aber es geht hier nicht nur um Literatur. Unsere instinktive Abneigung gegen eine von oben verordnete Sprachreform zeigt uns, dass wir auch die Alltagssprache noch immer im weitesten Sinne als Kunst sehen.

Bei elektronischen Geräten begrüssen wir jede Vereinfachung, jede Modernisierung. Wir sind sogar dankbar dafür. Bei der Sprache das Gegenteil. Wir wehren uns gegen eine aufgezwungene Simplifizierung – oder mindestens: wir sind skeptisch. Weil wir Sprache als etwas Beseeltes sehen. Obwohl es nur tote Buchstaben sind auf den ersten

Blick. Aber die tote Materie, richtig aneinandergereiht, wird auf magische Weise lebendig.

Eingriffe in die Sprache sind Eingriffe in etwas geistig Lebendiges. Deshalb sprechen wir auch von einer «Verletzung» der Sprache. Es verletzt unser Sprachempfinden, wenn man uns sagt, wie wir schreiben sollen. Wir möchten die Sprache in einem gewissen Sinn rein halten, wir möchten sie nicht durch den Dreck der Gegenwart ziehen.

Warum schwören wir immer noch auf die klassischen Dichter? Weil ihre Sprache so schön ist, vor allem deshalb. Weil ihre Sprache so unberührt ist von den Widersprüchen der Welt. Bei den Gedichten der grossen Meister geht es nicht allein um den Inhalt, sondern ebenso sehr um das Kunststück der Sprache – deren Schwingung und Melodie uns auch dann erreicht, wenn wir die Wörter altmodisch finden.

Ich verkenne natürlich nicht, dass seit Goethes «Erlkönig» vieles geschehen ist. Das zeigt sich nur schon an der Veränderung der Berufsbezeichnung: Aus dem Dichter wurde der Schriftsteller, aus dem Schriftsteller wurde der Autor. Ein Autor, das spürt man schon aus dem Namen heraus, schreibt keine Dichtungen mehr, keine Gesänge, keine lyrischen Epen. Ein Autor schreibt Texte.

Immer realistischer ist das literarische Schreiben geworden in den letzten 200 Jahren. Immer realistischer ist auch die Sprache geworden. Immer demokratischer auch. Sicher war diese Entwicklung notwendig. Und ein Zurück in den Elfenbeinturm gibt es nicht mehr. Was wir aber tun können, gerade auch im täglichen Leben: wieder bewusster mit Sprache umgehen. Halten wir fest an einer gesunden Skepsis gegen bürokratische Eingriffe in die Sprache. Pflegen wir unser Reden und Schreiben mit Sorgfalt.

Wenn Sie Kindern begegnen, sind Sie lieb zu den Kindern, weil Kinder klein und verletzlich sind. Dasselbe gilt im Prinzip für die Sprache. Seien Sie lieb mit der Sprache — sonst leidet sie.

Aufstieg und Fall der Geranien

1.-AUGUST-ANSPRACHE 1997 IN DER STADT OPFIKON

Liebe Mitbürgerinnen und Mitbürger!

Als ich ein Kind war, hatte ich das Glück, die Schweiz, das Land, in dem ich aufwuchs, von oben zu sehen. Mein Vater war bei der Swissair tätig – ein Name, der Ihnen allen hier in Opfikon und Glattbrugg besonders vertraut ist, der auch täglich unüberhörbar in Ihren Ohren klingt –, mein Vater also war bei der Swissair tätig, nicht als Pilot, zu meinem Bedauern, sondern hinter den Kulissen der Flughafenwelt. Doch immerhin, wir gehörten zur grossen Swissair-Familie, und das bedeutete damals: wenig Verdienst, aber viele Freiflüge.

Nicht, dass wir hungerten, meine Eltern, mein Bruder und ich. Doch während andere Leute ihre Brote mit Bündnerfleisch und Schinken belegten, belegten wir unsere Brote mit Flugtickets. Fast gratis konnten wir fliegen. Wir blieben zwar stets in den Grenzen Europas, doch wir flogen ins Ausland, und das Ausland war damals noch weiter weg als es heute ist, wo schon die Dreijährigen auf die Malediven jetten.

Unzählige Male, am runden Bordfenster klebend, erlebte ich als Kind mit Spannung den Augenblick, wo ich, bei guter Sicht, zu entdecken glaubte: Jetzt sind wir nicht mehr über der Schweiz, sondern über Italien. Oder: Jetzt befinden wir uns über Deutschland. Als Orientierungshilfe diente die Karte mit den Flugrouten, und es half auch der Captain, der uns über den Bordlautsprecher, einem Reiseleiter gleich, darauf hinwies, dass direkt unter uns die Po-Ebene oder Freiburg im Breisgau lag.

Doch bald schon erkannte ich selber: Diese Landschaft da unten gibt es nicht in der Schweiz. Diese Berge sind viel zu verbrannt, diese Ebene ist zu gross, oder vor allem: Dieses Seeufer ist zu lang. Das ist kein Ufer, sondern die Küste des Meeres.

Auf diese Weise lernte ich nach und nach, was Ausland bedeutet. Ich lernte es vor allem beim Fliegen, beim Blick auf die unter uns ausgebreitete Karte. Diese Flüge hinaus in die weite Welt begeisterten mich, und die Länder, in die wir reisten, taten es ebenso.

Doch jedesmal, nach einer Weile im Ausland, wuchs dann wieder der andere Wunsch – der Wunsch nach Rückkehr ins Nest. Es zog mich heim, zurück in die vertraute Umgebung. Und die Vorfreude auf das Zuhause begann schon im Flugzeug. Wieder blickte ich aus dem Fenster, noch befanden wir uns in luftiger Höhe – doch dann, im Sinkflug, kam die Landkarte näher, Einzelheiten wurden erkennbar, und jetzt sah ich es deutlich: Wir befanden uns über der Schweiz.

Der Anflug auf Kloten, soweit ich mich erinnere, erfolgte meistens über den Aargau. Doch das, was ich sah, aus dem Fenster des Flugzeugs, diese sanfte, freundliche Landschaft mit ihren Waldstücken, Feldern, gewundenen Flüssen und Dörfern, war für mich nicht bloss der Aargau. Was ich sah, war die Schweiz, das Territorium der Schweiz.

Vor meinem Auge entfaltete sich eine wunderbar geordnete, schöne Welt, die von Augenblick zu Augenblick grösser wurde, je tiefer wir auf sie zuhielten. Ich empfand schon damals den unübersehbaren Gegensatz zwischen der verschandelten Umgebung ausländischer Flughäfen und der Beschaulichkeit dieser Schweizer Landschaft im Anflug auf Kloten. Ich empfand auch den Gegensatz zwischen der ausgetrockneten braunen Erde des Südens und dem fruchtbaren Bild, das mir die Schweiz jedes Mal zur Begrüssung darbot.

Bitte vergessen Sie nicht: Ich schildere hier, was ich als Kind empfand. Und als Kind gewann ich den Eindruck, dass die Schweiz ein aussergewöhnlich schönes Land ist. In meiner Erinnerung – auch das ist bezeichnend – herrschte beim Landeanflug jedes Mal wolkenlos schönes Wetter, und es war Sommer. Dass der Aargau gelegentlich auch im Nebel verschwindet, wusste ich damals noch nicht. Ich wusste sehr vieles noch nicht.

Liebe Anwesende, dieses Bild von der Schweiz beim Anflug auf Kloten prägte sich mir jedes Mal fester ein. Das ist meine Heimat, lernte ich damals. Meine Heimat ist schön. Und sie war es nicht nur von oben, sondern auch aus der Nähe betrachtet. Überall, fast überall wo ich hinkam, präsentierte sich mir die Schweiz wohlgeordnet, sauber geputzt und landschaftlich reizvoll.

So bin ich aufgewachsen. Und ich kannte niemanden, der das Anfang der Sechzigerjahre in Frage stellte, weder meine Eltern noch sonst jemand. Niemand sagte Schlechtes über die Schweiz. Die Lehrer, die Schul- und die Jugendbücher, sogar die ersten Zeitungen, die ich las – sie alle bestätigten und bestärkten mein Heimatgefühl. Dieses Bild einer heilen Schweiz war deshalb nicht nur ein Ausdruck meiner kindlichen Naivität. Die Erwachsenen fanden dasselbe.

Natürlich gab es auch damals und wie zu jeder Zeit Andersdenkende, wie ich später erfahren sollte. Aber grundsätzlich war es doch so, dass die Schweizer – nicht nur das Volk, sondern auch die meisten Intellektuellen – ganz selbstverständlich positive Gefühle zu ihrem Land hegten.

Wesentlichen Anteil am Bild der unversehrten und schönen Heimat hatte auch eine Blumensorte. Ich habe ihnen ein Exemplar mitgebracht. Das ist eine Geranie. Sie heisst eigentlich Pelargonie und stammt gemäss Lexikon aus Südafrika. Aber von dort kann sie unmöglich kommen. Ihre Herkunft liegt mit Sicherheit in der Schweiz. Der Blumenschmuck der Geranien prägte sich mir im Laufe der Jahre ebenso ein wie das liebliche Landschaftsbild beim Anflug auf Kloten.

Unbewusst nahm ich auch wahr, dass die Geranien an den Fensterfronten der Häuser dasselbe rot wie die Schweizer Fahne besassen. Das Edelweiss, vor allem aber das leuchtende Rot der Geranien, beides bedeutete Schweiz für mich. Und obwohl mich Blumen damals mässig interessierten, empfand ich sie doch als schön. Die an den Fenstern aufgereihten Geranienstöcke erfreuten mein Auge, ohne dass ich es merkte.

Die unschuldige Zeit, von der ich erzähle, liegt mehrere Jahrzehnte zurück. In diesen Jahrzehnten ist viel geschehen. Auch in der Schweiz. Sogar in der Schweiz. Wie sagt der Volksmund: Alles, was blüht, vergeht. Das klingt zwar banal und doch wissen wir, dass der Satz stimmt. Er ist ein Lebensgesetz, eines von vielen, und würden wir diese Gesetze nicht ständig vergessen, könnten wir uns viel Ärger ersparen. Die ganze Diskussion um die Schweiz wäre weniger emotional, weniger hasserfüllt, wenn wir zwischendurch daran denken würden: Es musste so kommen. Nach dem Aufstieg der Fall. Die innere Unversehrt-

heit der Schweiz konnte nicht ewig währen. Die Sicherheit musste verunsichert werden. Die Schönheit musste
verunstaltet werden.

Vielleicht sind Sie anderer Meinung. Bitte protestieren Sie
nicht. Versuchen Sie einfach zu denken: Alles, was blüht,
muss verblühen. Diese elementare Wahrheit auf die Krise der Schweiz anzuwenden, würde uns allerdings leichter fallen, wenn über unser schönes blühendes Land ein
Krieg hereingestürzt wäre. Oder eine Naturkatastrophe.
Nicht, dass ich der Schweiz so etwas wünschen würde,
gewiss nicht. Würde aber so etwas geschehen, etwas von
aussen, dann hätten wir sagen können: das Schicksal hat
es so gewollt. Dann wäre es uns nicht besser ergangen als
anderen Ländern Europas in der jüngsten Vergangenheit.

Aber nichts dergleichen geschah. Die Kommunisten sind
doch nicht gekommen. Die Staudämme haben gehalten.
Unser Land bleibt vom Schicksal verschont. Bitte verstehen Sie mich richtig: Ich will damit nicht sagen, dass wir
keine Probleme hatten. Aber im Vergleich zum Ausland,
das müssen wir zugeben, hatten wir keine Probleme. So
ist es noch heute. Natürlich haben wir eine Rezession, natürlich gibt es soziale Not auch bei uns. Ich glaube sogar
sagen zu dürfen, dass ich den Menschen denen es zurzeit
schlecht geht, einigermassen nachfühlen kann. Als freier
Schriftsteller mit Familie kenne ich das Gefühl, nicht zu
wissen, wie man die nächste Miete, die Krankenkasse
und die Kosten der Kinder bezahlen soll. Auch ich stand
schon vor dem Bancomat, und es kam kein Geld mehr
heraus. Weil das Konto längst überzogen war. Sie sehen,
diese Situationen sind mir nicht fremd.

Trotzdem denke ich, dass es uns im Ganzen gesehen noch
immer beneidenswert gut geht. Soziale Missstände, Um-

weltschäden und Armut in einem Ausmass, wie sie das Ausland kennt, haben wir nicht. Als ich vor kurzem einen Japaner traf, der in Zürich weilte, erzählte ich ihm, auch ich hätte jahrelang in der Stadt gelebt. Doch inzwischen sei ich aufs Land gezogen, wegen der gesünderen Luft und den Kindern zuliebe.

Da blickte mich der Japaner, der aus Tokio kommt und seit einiger Zeit in Paris lebt, ungläubig an, und er meinte: «But Zurich is like heaven!» Zürich ist wie der Himmel!

Dasselbe sagte er von der Schweiz überhaupt. Im Vergleich zum Ausland fand er unser Land paradiesisch. Ich musste ihm Recht geben. Wir alle müssen ihm Recht geben. Die Geranien schmücken noch immer die Fenster.

Eines schönen Tages jedoch – es muss irgendwann Mitte der 60er-Jahre gewesen sein – sagte jemand: Diese Geranien sind «bünzlig». Nur «Bünzlischweizer» hängen Geranien vor ihre Fenster. Und jemand anders sagte: Diese Geranien sind kitschig. Das ist kitschige Postkartenschweiz. Und wieder jemand anders fand die Geranien an den Fenstern «verlogen». Weil sie eine heile Welt vortäuschten, die in Wirklichkeit gar nicht heil war.

Wie kam es soweit? Da kein Krieg die Blumen herunterriss und keine Not sie verwelken liess, mussten wir selber die Geranien zertreten. An uns selber lag es, die Unversehrtheit der Schweiz zu beenden.

Die damalige junge Generation, die 68er haben damit begonnen. Wir schrieben zwar nie auf unsere Fahnen «Kampf den Geranien», doch wir kämpften gegen das, was die Geranien aus unserer Sicht symbolisierten. Gegen eine Schweiz traten wir an, die hinter ihrer schmucken

Fassade dreckiges Geld wusch. Gegen eine Schweiz wandten wir uns, die im Sonntagskleid ihre ewigen Werte pries, während unter der Woche der Mammon regierte: Das deckten wir schonungslos auf, das wollten wir ändern.

Die ersten Kritiker an der Schweiz, Sie erinnern sich, wurden als Nestbeschmutzer, als Geranienbeschmutzer beschimpft. Das hat sich geändert. Heute, wo die einstige Protestgeneration bereits ihren ersten Bundesrat stellt, wird der 68er-Geist mehr und mehr zum herrschenden Geist der Gesellschaft.

Nehmen wir das Beispiel Ihrer Gemeinde: Als ich in den 60er-Jahren in Glattbrugg einen Schulkameraden besuchte, erlebte ich staunend mit, wie die Swissair-Düsenflugzeuge direkt und ohrenbetäubend über dem Wohnquartier in den Himmel stiegen. Aber niemand protestierte dagegen. Der Lärm war der Preis des technischen Fortschritts. Und die Swissair zu kritisieren, fiel niemandem ein. Denn die Swissair, das war die Schweiz, und auf die Schweiz war man stolz.

Die ersten Fluglärmgegner galten fast noch als Landesverräter. Doch mit dem Mythos der unantastbaren Schweiz begann auch der Mythos von Kloten zu wanken. Fluglärmkritik wurde salonfähig, und inzwischen sind es sogar die Gemeindebehörden selbst, die den Lärm kritisieren. Sie belassen es nicht bei höflichen Bitten – sie protestieren. Sie sind empört. «Das Mass ist voll». Ich zitiere nur aus der Zeitung!

Sehen Sie, das ist es, was ich meine: Bis in die Wortwahl hinein ist der kritische Geist zum Geist der Gesellschaft geworden. Die «Landi-Generation» hat noch Ja gesagt, uneingeschränkt Ja zur Schweiz. Ja zum Fortschritt, Ja zur

Armee. Heute gibt es niemanden mehr, der einfach nur Ja sagt. Heute sagen alle «Ja aber». Besonders in den grösseren Städten, wo die «moderneren», «progressiveren» Leute wohnen, gehört das Schnöden über das eigene Land fast schon zum alltäglichen Umgangston. Auch ich sage täglich Ja aber – etwas anderes kenne ich gar nicht, als immer alles in Frage zu stellen.

Der auf diese Weise entstandene Erdrutsch ist fast so gross wie der Bergsturz von Goldau. Kein patriotischer Stein, so scheint es, darf auf dem anderen bleiben. Nach dem Aufstieg der Schweiz zum Goldvreneli der Welt folgt nun die unaufhaltsame Talfahrt. Das ist der Krieg, den die Schweiz erlebt – ein Krieg in Anführungszeichen. Kurz vor dem Ende dieses Jahrhunderts blieb auch die Schweiz nicht verschont. Und weil sie nicht angeklagt wurde, hat sie sich selber für schuldig erklärt.

Ich frage mich nun, wie es weitergehen soll. Und ich stelle mir diese Frage auch deshalb, wenn ich lese, was jene Leute schreiben und sagen, die als geistige Vordenker unseres Landes gelten. Aufhorchen liess mich vor allem ein Essay von Adolf Muschg, das den provozierenden Titel trägt: «Wenn Auschwitz in der Schweiz liegt».

Man muss kein Konservativer sein, um sich daran zu stossen, was der preisgekrönte Schweizer Schriftsteller in seinem Essay in eine Metapher fasst. Adolf Muschg nämlich erkennt Gemeinsamkeiten zwischen der Schweiz und dem Konzentrationslager Auschwitz: Die peinliche Sauberkeit – und den Geranienschmuck vor den Fenstern.

Diese Gleichsetzung hat mich erschreckt. Wenn der gefeierte Romancier an einem Fenster Geranien sieht, fällt ihm nicht das leuchtende Rot in die Augen. Dann benützt er diese Geranien für einen Vergleich der Schweiz mit dem KZ Auschwitz. Man könnte auch sagen: Er missbraucht die Geranien. Würde er sie betrachten als das, was sie sind, nämlich Blumen, könnte er solche Sätze nicht schreiben. Er könnte die Unschuld der Blumen nicht mit einem KZ in Zusammenhang bringen.

Natürlich ist er nicht der Einzige, der so denkt. Die meisten kritischen Stimmen in unserem Land betrachten die Schweiz nur noch rational. Sie betrachten sie nicht mehr sinnlich. Diese Entwicklung war vielleicht nötig; aber ich denke, wenn wir so weitermachen, wird diese einseitig intellektuelle Ansicht der Schweiz nicht mehr heilsam, sondern selbstzerstörerisch sein. Deshalb schlage ich vor: Kehren wir das «Ja aber» um! Zuerst das «aber» – doch dann das «Ja». Vieles in unserem Land muss sich ändern. Die Heimat lieben dürfen wir trotzdem.

Es heisst, von den Kindern könne man lernen. Wir könnten versuchen, die Schweiz wieder so zu sehen, wie sie Kinder sehen. Gerade kreativ tätige Menschen sollten dazu in der Lage sein. Auch ein Adolf Muschg sollte das können. Kinder sehen die Welt, wie wir wissen, ganz unverkrampft. Sie finden die Dinge entweder schön oder nicht schön. Nehmen wir die Geranion als Beispiel. Man darf sie langweilig finden, hässlich sogar. Aber schön finden darf man sie auch.

Ein Abenteuerspielplatz der Seele
REFERAT AN EINER SPIELPLATZTAGUNG IN USTER 1996

Anfängen möchte ich meinen Gedankengang beim Weg, der von der Hauptstrasse hierher, zu diesem Robinsonspielplatz führt. Der Weg führt an Reihenhäusern und Blöcken vorbei, wie sie es überall gibt. Überall wohnen Menschen heute in Siedlungen, wo ein Haus wie das andere ist, wo jeder Balkon, jeder Briefkasten, jeder Klingelknopf wie der andere ist. Das wissen wir.

Wir wissen aber auch, dass ein Mensch nicht wie der andere ist, dass jeder Einzelne etwas ganz Individuelles, Einzigartiges darstellt. Und weil das so ist, weil der Mensch nicht genormt ist, stört uns die genormte Umgebung, die in den letzten Jahrzehnten geschaffen wurde. Wir finden sie anonym und austauschbar, weil wir selber es nicht sind, und wir finden sie kinderfeindlich, weil auch Kinder nicht austauschbar sind, weil doch im Gegenteil jedes Kind seine ganz besondere Eigenart hat, die wir als Erwachsene nicht zurechtstutzen, sondern eigentlich fördern wollen.

Ein Dorn im Auge sind uns auch die Kinderspielplätze. Denn die Spielplätze sind ja meistens nicht besser als ihre Umgebung, als die Wohnquartiere, in die sie hineingestellt werden. Auch die Spielplätze sind gesichtslos, was nicht heisst, dass sie kein Gesicht besitzen, aber sie haben kein eigenes, kein individuelles Gesicht, sie werden von Spielplatzgerätefirmen fertig geliefert. Eine individuelle Gestaltung würde das Budget – und leider oft auch die Phantasie der Planer – bereits übersteigen.

Nichts gegen eine Schaukel! Jedesmal, wenn ich auf einem Spielplatz eine Schaukel sehe, habe ich Lust, mich daraufzusetzen. Und wenn ich den Kindern zuschaue, wie sie sich auf den Spielplatz geradezu stürzen, habe ich nicht den Eindruck, dass sie sich mit der Frage seiner Gesichtslosigkeit auseinandersetzen. Der Spielplatz, so wie er ist, so scheint es, gefällt ihnen sehr.

Heute aber möchten wir wissen, was im Innern eines Kindes geschieht. Wir fragen danach, wie das Gefühlsleben eines Kindes ist, das in einem modernen Wohnquartier aufwächst und zum Spielen nur diese Spielplätze hat. Wir fragen, ob nicht wenigstens der Spielplatz dem Bedürfnis des Kindes soweit als möglich entsprechen müsste, wenn schon das Wohnquartier es nicht tut. Und wir fragen, was für die schon etwas älteren Kinder geboten wird, die Kinder der Unterstufe, die dem Rutschbahnalter entwachsen sind, die wenn überhaupt nur noch bäuchlings herunterrutschen und eines Tages dann gar nicht mehr: Welche Art von Spielplätzen brauchen sie?

Diese Fragen, Sie wissen es, haben zu Alternativen geführt, zu phantasievolleren Spielanlagen, zu Abenteuerspielplätzen, Robinsonspielplätzen.

Und an diesem Punkt möchte ich ansetzen. Es bringt Ihnen wenig, wenn ich mit etwas anderen Worten die Fantasielosigkeit des heutigen Spielplatzangebots kritisiere. Ich denke, Sie haben mehr davon, wenn ich mich auseinandersetze mit den von Ihnen entworfenen Alternativen.

Ich habe deshalb vorhin die verschiedenen Spielplatzentwürfe betrachtet, die Sie im Verlaufe der Tagung formuliert und gezeichnet haben. Am meisten kam die Natur vor, das fiel mir zuerst auf: Natur entdecken, Natur erleben als Grundidee der Gestaltung. Das sinnliche Erfahren der Elemente Licht, Wasser, Erde, Feuer – auch das erschien auf mehreren Skizzen. Dann zum Beispiel der Spielplatz als Dorfstrasse, mit Läden und Handwerksbetrieben: eine Bäckerei, eine Schreinerei, eine Alteisenwerkstatt als gestalterische Animation. Und schliesslich, auf sämtlichen Skizzen, der zentrale Aspekt der Bewegung: Kletterwände, Kletterbäume, Klettertürme sogar.

Und doch, trotz der Vielfalt Ihrer Vorschläge – das für mich Entscheidende fehlte in diesen Entwürfen. Nur da und dort ist es angedeutet, aber niemals seiner Bedeutung entsprechend. Noch vor wenigen Jahren wäre mir das nicht aufgefallen. Aber heute fällt es mir auf – weil ich Kinder habe. Kinder ermöglichen uns, die Welt völlig neu zu erfahren. Ob wir uns darauf einlassen, das ist absolut freiwillig. Aber ich kann Ihnen sagen, ich habe so etwas wie eine innere Revolution erlebt, seitdem ich die Welt mit den Augen meiner Kinder betrachte.

Angefangen hat es mit den Geschichten, die ich den Kindern vorlas, mit all den Bilderbüchern und Märchen, die man erzählt, weil die Kinder sie hören wollen – bis man sie selber wieder entdeckt. Ich erzählte sie immer lieber, vor allem die Märchen, sie erinnerten mich an meine eigene Kindheit, sie gaben mir ein vertrautes Gefühl. Darüber hinaus aber bewirkten sie eigentlich nichts. Sie hatten keine Auswirkung auf mein Weltbild. Märchen gehörten zur Märchenwelt.

Nun geschah es jedoch eines Nachts, dass mein heute siebenjähriger Sohn in unser Schlafzimmer stürmte, um uns weinend und ganz ausser sich zu berichten, er habe den Wolf gesehen. Der Wolf sei in sein Zimmer gekommen!

Julia, seine Mutter, nahm das sofort sehr ernst, als würde sie dieses Gefühl genau kennen – während ich zu meinem Sohn sagte, nachdem wir ihn beide getröstet hatten: Wahrscheinlich hast du nur schlecht geträumt.

Der Vorfall wiederholte sich aber. Wieder erschien der Wolf, und Fabian, der nun wusste, dass sein Vater zwischen Traum und Wirklichkeit unterschied – Fabian beteuerte, als er wieder bei uns im Schlafzimmer stand: «Es war kein Traum! Der Wolf war wirklich bei mir!»

Am folgenden Morgen zeigte er mir die Stelle, wo der Wolf ihm erschienen war. Er zeigte sie ganz genau: Die Türe zu seinem Zimmer enthält ein Fensterchen, das mit einem Vorhang bedeckt ist. Der Wolf hatte diesen Vorhang gelüftet – und mein Sohn sah das Ungeheuer ins Zimmer blicken.

Als sich der Wolf dann zum dritten Mal zeigte und mein Sohn erneut und heftig bestritt, es sei nur ein Traum gewesen, begann auch ich seine Worte ernster zu nehmen. Wenn es aber kein Traum war, überlegte ich, was war es dann? Die Wirklichkeit war es nicht. Jedenfalls nicht die Wirklichkeit, die ich kannte.

Um dieselbe Zeit herum erreichte Fiona, Fabians Schwester, allmählich das Alter, wo sie die Bilderbücher ihres Bruders entdeckte. Und ein Buch, das sie besonders ins Herz schloss, war die Geschichte vom «König Winter».

Das ist eines jener klassischen Bilderbücher, die immer wieder neu aufgelegt werden, weil sie so gut sind. Das Buch spielt in Skandinavien, von wo es auch herkommt, und es erzählt von Olle, der sich eines Morgens in den winterlich verschneiten Wald begibt. Dort begegnet er einem weissbärtigen, weissgekleideten Mann, Onkel Rauhreif, der ihn zum Schloss von König Winter bringt. Sie können sich vorstellen, wie so ein Schloss aussieht: Es ist ganz aus Eis gebaut, an seinem Eingang wachen zwei Eisbären, und im Thronsaal, auf einem Thron aus Eis, sitzt König Winter mit einer Eiszapfenkrone und einem mächtigen Eiszapfenbart.

Diese Geschichte von Olle und König Winter musste ich Fiona, meiner Tochter, immer wieder erzählen. Sie war jedesmal von neuem beeindruckt. Dann, eines Tages sagte sie plötzlich zu mir: «Heute morgen war König Winter bei mir zu Besuch!»

War er wirklich bei dir? fragte ich lächelnd, mit gespieltem Erstaunen.

«Dort hat er gestanden», fuhr Fiona fort. Und sie war in der Lage, ähnlich wie Fabian, die Stelle genau zu bezeichnen, wo ihr König Winter erschienen war. Einige Tage später, als ich sie noch einmal fragte, wusste sie die Stelle noch immer. Sie war ganz sicher.

Natürlich hätte mich auch diese Geschichte nicht weiter beschäftigen müssen. Ich hätte mir sagen können: Meine Tochter hat sich in dieses Bilderbuch so hineinphantasiert, bis sie es für die Wirklichkeit hält. Aber so dachte ich nicht. Denn die Selbstverständlichkeit, mit der sie vom Besuch König Winters erzählte, irritierte mich. Vielleicht war er tatsächlich aus dem Buch herausgestiegen? Ich merkte, dass ich meiner Tochter beinahe schon glaubte.

Weitere, ähnliche Begebenheiten kamen hinzu – unter anderem auch der Vorfall, als mein Sohn aus dem Garten kam und erzählte, er habe ein Zwerglein gesehen. Wieder zunächst meine Skepsis, das Belächeln des Kindes – und doch, erneut diese Sicherheit, diese Natürlichkeit in

Fabians Schilderung. Er beschrieb das Aussehen des Zwerges so genau, dass ich nicht mehr vermuten konnte, er habe ihn bloss erfunden. Ein Gartenzwerg aus dem Gartencenter war es jedenfalls nicht.

Diese kleinen Episoden, diese Erlebnisse meiner Kinder bewegten grundsätzlich etwas in mir. Allmählich gewann ich den Eindruck, dass da offenbar, neben dem, was wir Wirklichkeit nennen, eine andere Wahrnehmungsebene existiert; oder, um ein grösseres Wort zu verwenden, eine andere Dimension, die uns Erwachsenen nicht mehr zugänglich ist. Und weil das so ist, weil die Erwachsenen diese Wahrnehmung nicht mehr haben, schenken sie dem, was ihr Kind erzählt, keinen Glauben.

Das Wort von der «kindlichen Phantasie» hat in diesem Zusammenhang etwas sehr Abwertendes. Wie schön, dass Kinder soviel Phantasie haben! sagen Erwachsene zueinander – und meinen damit: Man muss es nicht weiter ernst nehmen.

Für mich hat sich das geändert. Auch wenn ein Kind eine ganz unglaubliche Geschichte erzählt – vielleicht ist die Geschichte wahr, denke ich heute, vielleicht sehen Kinder tatsächlich Dinge, die ich nicht sehe. Das, liebe Anwesende, ist die innere Revolution, die bei mir stattgefunden hat, seitdem ich Kinder habe: Dass ich meine erwachsene Auffassung von Realität nicht mehr für die einzig mögliche halte. Die Wirklichkeit, wie sie von den Kindern erlebt wird, sieht anders aus.

Welche Welt haben Kinder am liebsten? Die Trickfilmwelt und vor allem die Welt der klassischen Disney-Trickfilme. Ich weiss, diese Filme sind uns nicht nur sympathisch. Wir haben Vorbehalte zu ihrem Inhalt, zu ihrer

Machart, uns stört die totale Vermarktung – und doch, jenseits aller Erwachsenenargumente vermitteln uns die Zeichentrickfilme etwas ganz Wichtiges: Sie geben uns eine Ahnung davon, wie Kinder die Welt sehen.

Kinder, so glaube ich, erleben die Welt nicht als Dokumentarfilm. Nicht einmal als Spielfilm. Sondern eher wie die klassischen Märchentrickfilme «Schneewittchen und die 7 Zwerge», «Dornröschen» und «Aschenputtel»: Mit Prinzessinnen und mit Prinzen, mit Riesen und Zwergen, Elfen, Hexen, Bösewichten und Tieren, die sprechen können, und Gegenständen, die ein Gesicht haben. Alles ist verzaubert, alles belebt und beseelt – nichts ist so wie die vernünftige, nüchterne Erwachsenenwelt.

Ich bin überzeugt, so müssen wir uns das vorstellen, um uns in die Kinder hineinzuversetzen: die Welt als Trickfilm. Dann spüren wir erst, welche Bedürfnisse die Kinder an ihre Umgebung haben. Dann spüren wir auch, welche Bedürfnisse Kinder an einen Spielplatz haben.

Natürlich brauchen Kinder die sinnliche Erfahrung, natürlich wollen sie schauen, hören, riechen und sich bewegen, ihre Geschicklichkeit, ihre Kraft ausprobieren. Doch ebenso wichtig ist, was sie seelisch erleben. Auch auf dem Spielplatz.

Ich habe kürzlich versucht, den Begriff des «Seelischen» meinem Sohn zu erklären. Du hast ein Herz, das du schlagen hörst, sagte ich ihm – aber du hast noch ein zweites Herz in dir drin, und das ist die Seele. So erklärte ich das. Ich muss gestehen, dass mein Sohn mich nur verständnislos anschaute. Und dennoch spüre ich, wenn ich ihm beim Spielen zuschaue, wie dieses zweite Herz in ihm schlägt, wie stark seine innere Welt seine Spiele prägt.

Auch wenn es vielleicht nur Legoklötze sind, die er benützt. Was aber macht er aus ihnen? Er macht Geschichten aus ihnen – und er lebt in diesen Geschichten, er lebt in den Raumstationen, in den Burgen und Räuberverstecken, die er baut und gestaltet.

Kinderspiele, auch auf dem Spielplatz, sind seelische Spiele, und alles, was die Kinder benötigen, sind die Kulissen dazu. Ein Spielplatz ist für sie gar kein Spielplatz, sondern im Grunde ein Märchenplatz, ein Geschichtenplatz. Ich möchte damit den schönen Begriff des Abenteuerspielplatzes in keiner Weise abwerten. Doch die Abenteuer, die sich Kinder wünschen, müssen auch Abenteuer der Seele sein, da gilt es eine Brücke zu schlagen, eine magische Brücke. Dem Schritt zum Abenteuerspielplatz muss seine Verzauberung folgen.

Und damit bin ich nun bei der Frage, wie sich das gestalterisch umsetzen lässt.

Erstens, es braucht eine Ritterburg. Eine Spielplatzritterburg ist nicht nur ein wunderbares Klettergerüst, sondern ein Klettergerüst mit Seele – eine Burg inspiriert zu Rittergeschichten, sie könnte einen Burggraben haben und eine Zugbrücke, einen Turm und ein Turmzimmer, aus dem Rapunzel ihr Haar herabfallen lässt.

Eine Ritterburg – zumindest nach meiner Erfahrung – müsste das Grundelement eines Spielplatzes sein. Mein zweiter Vorschlag: ein Labyrinth. Auf einem Spielplatz bei uns ganz in der Nähe steht ein natürlich gewachsenes Labyrinth mit kreisförmig angeordneten Hecken, in denen man sich verlieren kann. Mein Sohn ist ganz scharf auf das Labyrinth. Er lockt dann unsere jüngere Tochter jeweils mit sich hinein – und kommt allein wieder heraus.

Ein Labyrinth ist nicht nur spannend, es hat auch eine unheimliche Seite. Aber auch das Unheimliche, das Bedrohliche gehört ja zur Märchenwelt, und ich denke, ein Spielplatz darf nicht nur hell und freundlich sein. Faszinierend für Kinder wäre zum Beispiel ein Walfisch, wie bei Pinocchio, in dessen Bauch man sich hineinwagen kann, bis man plötzlich wieder hinaus will; und ebenso faszinierend könnte auch eine Höhle sein, die als Drachen- oder Räuberhöhle verwendbar wäre.

Denken wir noch nicht an die Kosten, an die nicht unbedeutende Frage, wie realistisch solche Spielplätze sind. Lassen wir einfach unsere Phantasie walten. Was fällt mir noch ein? Spannend wäre bestimmt ein Piratenschiff, eine Schatzinsel mit Schatzkammer oder – nicht zu vergessen – ein richtiges Hexenhaus wie in «Hänsel und Gretel».

Durch solche Spielplätze, könnte man denken, wird den Kindern die Phantasie genommen. Pädagogisch viel wertvoller wäre es, möglichst nur Rohmaterial zu bieten, ganz der Haltung entsprechend: Auch ein Stück Holz ist für Kinder schon eine Puppe.

Ich kenne diese Einstellung – ich hatte sie auch. Aber ich empfinde sie heute als eine sehr strenge, erwachsene Haltung.

Natürlich können Kinder mit einem Stück Holz spielen, wenn sie nichts anderes haben. Aber sobald sie eine richtige Puppe bekommen, werden sie die richtige Puppe dem Holzstück vorziehen. Die Innenwelt des Kindes, glaube ich, ist nicht so bescheiden, so karg wie ein rohes Stück Holz. Sondern so reich und so bunt wie ein ganzes Spielzeugschaufenster.

Die Lego-Ritterburg mit ihren Ritterfiguren, mit ihrem Drachenkäfig und dem feuerspeienden Drachen darin – das alles wirkt auf die Phantasie meines Sohnes viel anregender als der nüchterne Lego-Baukasten aus den 60er-Jahren, den er von mir geerbt hat. Kinder reagieren auf Bilder, das wissen wir. Wörter sind die Sprache des Verstandes – Bilder die Sprache der Seele, deshalb sind sie für Kinder so wichtig.

Der Spielplatz, wie ich ihn mir vorstelle, müsste aber schlicht und naturnah gestaltet sein. Für eine Ritterburg, ein Piratenschiff oder ein Hexenhaus braucht es keine knalligen Farben, keine Beschriftungen – und vor allem kein Kunststoff. Natürliche Materialien wie Stein, Holz und Metall müssen genügen. Dass die Ritterburg eine Ritterburg ist, soll nur andeutungsweise erkennbar sein. Die Kinder sollen die dargestellten Objekte selber entdecken. Sie sollen sie selber zum Leben erwecken.

Ein Element auf dem Spielplatz, das in eine etwas andere Richtung zeigt, wäre eine ägyptische Pyramide. Oder ein griechischer Tempel. Oder warum nicht eine Kapelle? Ich komme auf diese Idee, weil zur Welt des Kindes, so glaube ich, auch das Religiöse, das Spirituelle gehört.

Den Kindern sind diese Dinge nicht fern, wenn Sie nur an die Schutzengel denken, an den St. Nikolaus und das Christkind, die aus kindlicher Sicht ebenso real existieren wie die Figuren der Märchenwelt. Und ich denke, es ist ein Problem für die Kinder, dass sehr viele heutige Eltern an diese Dinge nicht glauben.

Wir als Erwachsene können sehr gut Atheisten sein, das ist unsere geistige Freiheit. Aber die Kinder – ich bin davon überzeugt – werden noch nicht als Atheisten geboren.

Deshalb sollte ihnen ermöglicht werden, dass sie ihr kindlich-religiöses Empfinden ausleben können. Nicht zuletzt auf dem Spielplatz. Ich glaube, der Sinn einer Pyramide – um bei diesem Beispiel zu bleiben – bestünde darin, einfach dazustehen in ihrer wunderschönen geometrischen Form. Und zum Klettern wäre sie auch geeignet.

Auch hier steht dahinter der Grundgedanke, dass sich die Spielplatzarchitektur dem Seelenleben des Kindes harmonisch angleicht, dass sie das Unbewusste miteinbezieht. Das Kind ist sich nicht bewusst, was eine Pyramide mit ihm zu tun hat. Aber es spürt, dass es gern auf den Spielplatz geht, wo die Pyramide steht. Vielleicht gehört sogar eine Sphinx dazu? Eine Sphinx auf einem Spielplatz würde auch uns gefallen.

Damit bin ich bei den Erwachsenen. Denn sobald wir Kinder haben, verbringen auch wir, die Eltern und noch immer vor allem die Mütter, unzählige Stunden auf Spielplätzen. Und es war jedesmal derselbe Eindruck, den ich nach Hause brachte: Erwachsene halten sich nicht aus freien Stücken auf Spielplätzen auf. Das mag bei Robinsonspielplätzen anders sein – aber die konventionellen Spielplätze, wie man sie überall antrifft, sind fast ohne Ausnahme sterbenslangweilig. Es wird viel geraucht auf Spielplätzen, und es wird viel auf die Uhr geschaut.

Wenn wir deshalb über Spielplatzalternativen sprechen, tun wir das nicht nur den Kindern zuliebe. Wir tun es auch für uns. Auch wir haben Bedürfnisse – obwohl es ja manchmal scheint, als hätten Eltern keine mehr.

Und damit komme ich zu meinem letzten Gedanken. Ich habe Ihnen das alles vorgeschlagen, ohne ein einziges Mal vom Geld zu reden. Welche Bauherrin wäre bereit, ein solches Konzept in die Tat umzusetzen? Wer würde es finanzieren?

Liebe Anwesende, ich bin überzeugt, dass Geld nicht das erste Problem ist. Das erste Problem sind, wie meistens, wir selbst. Wenn wir echte Spielplatzalternativen entwickeln wollen, müssen wir zur Seele des Kindes gelangen. Diesen Zugang finden wir nur, wenn wir Zugang zu uns selbst finden. Wenn uns klar wird, dass wir zwar Erwachsene sind, ausgestattet mit einer harten Schale aus Vernunft und Realitätssinn – dass wir aber innerlich von unseren Kindern gar nicht so weit entfernt sind.

Auch wir lieben es, Dinge zu tun, die nicht notwendig und nicht nützlich sind, auch wir lieben – in welcher Form auch immer – das Spielerische, das Spiel. Und vor allem: Auch wir Erwachsenen haben Tagträume, auch wir haben manchmal den Wunsch, in eine andere Welt einzutauchen. Warum lesen wir Bücher, Romane? Warum gehen wir gern ins Kino? – Das Kino ist unser Spielplatz, auch wenn wir dort stillsitzen müssen. Aber innerlich sitzen wir gar nicht still. Wenn ein Film spannend ist, wenn er uns aufwühlt durch seine Dramatik oder verzaubert durch seine Schönheit, dann geht es uns wie den Kindern. Dann vergessen wir fast, dass der Film nur ein Film ist.

Das ist wohl die erste Voraussetzung bei der Arbeit mit Kindern und bei der Gestaltung von Spielplätzen: das Eingeständnis unserer eigenen Kindlichkeit. Zu diesem Eingeständnis braucht es Mut. Doch die Kinder, das weiss ich inzwischen – die Kinder werden uns dabei helfen.

Die Heiserkeit der Vernunft

ZUM JUBILÄUM «150 JAHRE BUNDESSTAAT» 1998

Manche Wörter und Dinge klingen in meinen Ohren wie schöne Musik. Engadiner Nusstorte zum Beispiel. Oder Fussball. Oder das Meer. Wenn ich aber «150 Jahre Bundesstaat» höre, verstummt jede Musik.

150 Jahre Bundesstaat – das tönt nach Vernunft, nach «Neuer Zürcher Zeitung», nach Staatskunde oder Langeweile. Es tönt nach ständerätlicher Kommission und Eintretensdebatte, nach politischem Fleiss und Wandern als Hobby. Und es tönt nach Krawatte. 1848 muss das Jahr gewesen sein, als die Krawatte eingeführt wurde. Kostümhistorisch stimmt das sogar ungefähr. Die Krawatte ist das Kleidungsstück der Demokratie. Sie bewahrt vor undemokratischer Ausschweifung. Sie bewahrt vor Gefühlen. Und Gefühle passen nicht zu einem Bundesstaat. Sie kommen in der Bundesverfassung nicht vor.

Ausser in der Präambel: «Im Namen Gottes, des Allmächtigen» ist der einzige Satz der ganzen Verfassung, der in mir etwas anklingen lässt. Nicht etwa, weil ich ein frommer Mensch wäre. Aber weil es der einzige Satz ist, der nicht sachlich ist. Wir rufen eine Macht an, von der wir nicht wissen, ob es sie gibt: Das ist unsachlich, und ausserdem undemokratisch, weil nicht alle Bürgerinnen und Bürger an Gott glauben.

Trotzdem gefällt mir dieser Satz. Weil er so schön pathetisch ist. «Im Namen Gottes, des Allmächtigen» ist ein warmer Satz. Der Rest der Bundesverfassung jedoch lässt mich ziemlich kalt. Ich weiss natürlich, wieviel ich diesen 150 Jahren Verfassung und Demokratie zu verdanken habe. Nur schon, dass ich diese Zeilen öffentlich schreiben darf, müsste mich dankbar stimmen – und sehr vieles mehr. Freudig feiern müsste ich diesen Bundesstaat, der uns doch objektiv soviel Fortschritt gebracht hat.

Aber ich kann nicht etwas feiern, nur weil es objektiv gut ist. Ein bisschen berühren muss es mich schon, und das tut es nicht. Denn was feiern wir dieses Jahr, bildlich gesehen, wenn wir 150 Jahre Bundesstaat feiern? Wir feiern Rechte, Gesetze, Abstimmungsurnen. Wir feiern das Bundeshaus, ein Gebäude, und wir feiern Papier, viel bedrucktes Papier.

Ich muss gestehen, dass das andere Jubiläum näher an mich herankam: 1991 blickte die Schweiz auf 700 Jahre Eidgenossenschaft zurück. 1991 ging es nicht um Papier. 1991 ging es um Bilder, um mythische Bilder aus alter Zeit. Unser Verhältnis zu diesen Mythen ist heute gespalten. Wir schnöden darüber – oder lassen andere schnöden –, wir lächeln über die Sage des Wilhelm Teil, wir finden sie «patriarchalisch» und nicht mehr «zeitgemäss».

Doch wie war es denn mit dem Teil, als wir Kinder waren? Damals gefiel uns seine Geschichte. Wir fragten nicht, ob sie zeitgemäss sei. Sie beeindruckte uns, und das Interessante ist: Wir könnten sie heute noch nacherzählen. Wir haben sie nie vergessen – so wie alle grossen Geschichten, die man nie vergisst. Das Problem ist nur, dass wir keine Kinder mehr sind. Es scheint der unvermeidliche Lauf der Weltentwicklung zu sein, dass die Menschheit von den Bildern, von den Mythen herabsteigen musste in die tote Materie der Buchstaben. Und es scheint dasselbe auch der einzelne Mensch zu erleben, dass er von den Bilderbüchern der Kindheit unerbittlich fortschreitet zu den bilderlosen Büchern, die man als Erwachsener liest.

Sehr glücklich macht uns das nicht. Auch in diesem Fall nicht. Wir stehen vor der Aufgabe, 150 Jahre Demokratie zu feiern, aber ich merke, dass wir uns damit schwertun, dass wir nicht so recht wissen, woher die Gefühle nehmen. Denn es fehlen die Bilder. Es fehlen Symbole, Legenden, die nicht unsere Köpfe, sondern unsere Herzen ansprechen.

Warum gibt es noch immer moderne demokratische Staaten, die den alten Zopf ihrer Monarchie nicht loslassen können? Wir kennen die Antwort: Weil die Königshäuser die Bilder liefern. Diese Bilder lieben auch wir – obwohl wir uns, nur aus Sparsamkeit, nicht einmal ein Fürstentum leisten würden. Doch viele weinten um Lady Di, als die Nachricht von ihrem Tod sich verbreitete. Auch viele Schweizerinnen und Schweizer. Und das ihr gewidmete Lied «Candle in the wind» erklang auch hier auf allen Kanälen.

Dass unsere Demokratie 150 Jahre alt wird, rührt niemanden zu Tränen. Und es schreibt auch niemand ein Lied zu Ehren der Demokratie.

Das ist der ernüchternde Stand der Dinge. Ich vermisse die Bilder in unserem Staat. Ich vermisse etwas über den Paragraphen Stehendes. Um es intellektueller zu sagen: Ich vermisse ein Ideal, einen höheren Sinn der Demokratie, die wir feiern sollen.

Als ich 20 war, suchte ich dieses Ideal anderswo. Eine ganze Generation suchte es anderswo, bis nach Jahren des Enthusiasmus die Einsicht folgte, dass man den Menschen nicht zu seinem Glück zwingen kann. Dies zu erkennen, war erlösend, aber auch schmerzhaft. Denn was blieb übrig?

Übrig blieb die Demokratie. Übrig blieb die Realpolitik. Die schwärmerischen Utopien von einst sind der Frage gewichen, ob die Schweiz der EU beitreten soll oder nicht. Es war dies ein schlechter Tausch. Wir gaben unsere Träume her und bekamen dafür nichts. Nichts ausser Abstimmungsunterlagen, Steuerformularen und Aufgeboten zum WK. Auf die unstillbare Frage: Wozu das alles? gab uns die Demokratie immer noch keine Antwort.

Mein Anspruch an unseren Staat, stelle ich fest, ist im Grunde noch immer derselbe wie damals. Und obwohl es auf den ersten Blick scheint, als sei dieser Anspruch zu hoch, zuwenig vernünftig, zuwenig fundiert, stehe ich nicht allein damit da.

Kaum hatte ich diese Zeilen begonnen, wurde nämlich im Parlament die Teilrevision der Bundesverfassung behandelt – und insbesondere auch die Präambel, diese ersten fünf Worte: *Im Namen Gottes, des Allmächtigen.* Eine Minderheit wollte sie abschaffen. Sie wollte damit – im Jubiläumsjahr und im Blick auf die Zukunft – ein Zeichen setzen. Ein Zeichen dafür, dass die Demokratie keines höheren Sinnes bedürfe. Und schon gar keiner religiösen Verbrämung.

Die grosse Mehrheit jedoch war dafür, den Satz beizubehalten. Eine Verfassung ohne die Anrufung Gottes, so wurde argumentiert, hätte vor dem Volk keine Chance. Und eine Meinungsumfrage des Bundes scheint dies klar zu bestätigen: 97 % der Antworten wollten vor allem eins – dass die Präambel bleibt.

Warum ist das immer noch so? Warum diese Treue zum lieben Gott, die doch so gar nicht übereinstimmt mit den leeren Kirchenbänken im Land? Es ist dieselbe Treue wie jene der Briten zur Monarchie. Wenigstens einen Satz möchten wir haben, der uns über die Unvollkommenheit des modernen Staates hinaushebt. Nur diesen einen Satz, so antiquiert er auch sein mag. Im Namen Gottes des Allmächtigen! ist immer noch besser als gar nichts. Und immer noch besser als sämtliche Alternativvorschläge, die sich der gerade herrschende Zeitgeist ausdenkt. So einfach lässt sich dieser Satz nicht ersetzen.

Sind wir doch nicht so abgeklärt, wie wir glaubten? 150 Jahre Demokratie jedenfalls haben nicht ausgereicht, um Menschen und Bürger aus uns zu machen, denen die nackte Demokratie genügt. Sie genügt uns offenbar nicht. Wir werden auch das vor der Tür stehende nächste Jahrhundert beginnen «im Namen des Allmächtigen». Und ich könnte mir vorstellen, dass uns dieser eine, einzige Satz eines Tages sogar zuwenig sein wird.

Die Sinnfrage, sie lässt uns nicht los. Vielleicht, weil ohne sie die Demokratie keinen Sinn hat.

«Im Namen Gottes, des Allmächtigen» – die Bundesverfassung beginnt noch heute mit diesem Satz.

Das Ende des Schuldgefühls

«MEDITATION» IN EINER AUFFÜHRUNG DES
MADRIGALCHORS WETZIKON AM KARFREITAG 1998
IN DER ZÜRCHER PREDIGERKIRCHE

Musik ist höhere Offenbarung als jede Philosophie, sagte
Beethoven, und dies gilt auch für den heutigen Abend.
Trotzdem möchte ich die Zeit der Passion auch in Worte
fassen, in eine Meditation der Gedanken. Gedanken sollen
es sein, die bewusst ganz persönlich sind. Denn nur das
Persönliche, selbst Empfundene kann uns helfen, auf eine
neue Art wiederzufinden, was wir verloren haben.

Heute ist Karfreitag – am Sonntag ist Ostern. Auch meine
Gedanken werden diesen Weg gehen: Ich werde zuerst
vom Karfreitag sprechen.

Karfreitag – ich habe diesen Tag und dieses Wort nie geliebt. Wie bei jedem besonderen Tag fallen mir Bilder ein.
Und als erstes, wenn ich an den Karfreitag denke, sehe
ich vor mir eine Inselfähre in Griechenland. Der Himmel
ist dunkel, bewölkt, ich sehe die Autos über die Rampe
fahren und im Bauch der Fähre sich einen Platz suchen –
und ich sehe den Lastwagen.

Er kommt als letztes Fahrzeug aufs Schiff, und die Erschütterung beim Überqueren der Rampe führt zu erneuten Schmerzenslauten. Denn der Transporter ist vollge-
pfercht mit Lämmchen und Schafen, die schon halb tot
sind und doch noch leben. Zusammengequetscht auf engstem Raum, übereinander gestapelt in mehreren Schich-
ten, ringen die Tiere um Luft und Erbarmen, strecken
ihre Köpfchen, wenn sie es können, über den Lastwagen-
rand und wimmern, blöken, rufen um Hilfe.

Wir, die wir auf diese Fähre wollen und das Leid der Tiere mitansehen – wir sollen helfen!

Die Einheimischen tun nichts, weil das Bild für sie, so scheint es, normal ist, weil dieselben Szenen sich an jedem Karfreitag ereignen. Lämmer und Schafe werden von den Inseln aufs Festland gebracht, wo sie verkauft und geschlachtet werden, um als Osterbraten auf Athener Festtagstischen zu enden.

Aber auch wir, die Fremden tun nichts, weil wir in Griechenland nur zu Gast sind. Vor allem aber müssen wir ehrlich sein. Wir müssen uns eingestehen, dass auch in unserem Land, wenn Ostern sich nähert, Heere von Lämmern in Transporter getrieben und an Orte gebracht werden, von denen sie nicht mehr zurückkehren.

Nein, ich hatte kein Recht auf Empörung an jenem Karfreitagabend beim Besteigen der Fähre. Es blieb auch mir nichts anderes übrig, als tatenlos zuzusehen – als dem Leiden der Kreatur in die Augen zu sehen.

Die Augen vergesse ich nie. Nicht die starren gebrochenen Blicke der schon verendeten Tiere, sondern die Blicke derer, die sich am Leben noch festklammerten: Stumm verzweifelt die einen, leise flehend, apathisch bittend die anderen. Ich empfand keinen Vorwurf in ihren Augen. Nur diese Bitte um Hilfe, deren Verweigerung grausamer war als die Qualen des Sterbens selbst.

Hätte ich wenigstens protestieren und «Tierquälerei!» rufen können, dann hätte ich mich sogleich besser gefühlt. Aber das ging hier nicht. Ich konnte mich nicht entlasten. Ich war den Augen all dieser leidenden, sterbenden Lämmer ohnmächtig ausgeliefert. Und ich erlebte an jenem

Karfreitag wie nie zuvor – und wie nie mehr seither –, dass es eine Schuld des Menschen gegenüber dem Tier gibt. Eine Schuld unabhängig davon, ob man sein Richter oder sein Fürsprecher ist. Ich fühle mich schuldig am Leid dieser Osterlämmer. Nicht in meinen eigenen Namen. Ich fühlte mich schuldig im Namen der Menschen, als Mensch. Und alle anderen um mich herum, die der Szene mit dem Lastwagen beigewohnt hatten, trugen dieselbe Schuld.

Warum erzähle ich diese Geschichte?

Weil sie am Karfreitag geschah. So wie die griechischen Lämmer an jenem Abend gelitten haben, hat in einer ganz anderen Weise, erzählt es die Bibel, Christus am Kreuz gelitten. Und so wie das Leiden der Lämmer ein Leiden für uns war, hat auch Jesus Christus, so heisst es, für uns gelitten.

Ich bin aufgewachsen ohne Busse und ohne Beichtstuhl, freiheitlich denkend, vernünftig, modern: protestantisch eben. Und doch habe auch ich die Kirche, den christlichen Glauben, das Evangelium als etwas erlebt, das nicht hell und leicht ist, sondern dunkel und schwer. Die Freude war nur am Anfang. An Weihnachten, nach der Geburt des Christkindes. Dann folgten bereits die ersten beklemmenden Schatten, und dann kam unerbittlich und düster das Ende: Dieser Jesus, der doch so gut und so selbstlos war, stirbt auf qualvollste, elende Weise am Kreuz. Das ganze Evangelium war überschattet von seinem tragischen, traurigen Schluss.

Doch an der Geschichte selbst lag es nicht. Sondern an der Art, wie sie vermittelt wurde. Das Beengende war die Moral, in deren Dienst die Geschichte stand. Wenn jemand leidet und stirbt, und er tut es für mich, dann bin ich in seiner Schuld. Dann muss ich trauern um ihn, ob ich will oder nicht, dankbar sein, ob ich will oder nicht. Dann bin ich nicht frei. Ich spürte, dass die Kirche mich unfrei macht. Sie verlangte ein Schuldbekenntnis von mir.

Natürlich sprach der Pfarrer davon, dass der Gekreuzigte an Ostern den Tod überwand. Aber das änderte nichts. *Gott* verhalf dem Toten zur Auferstehung, nicht wir. Wir, die Menschen schauten nur zu. Deshalb blieben wir schuldig. Ostern befreite uns nicht von der Dunkelheit des Karfreitags. Die Auferstehung blieb im Schatten der Kreuzigung, das war das Bild, das mir die Kirche vermittelte. Nicht in diesen Worten, aber in diesem Sinn.

Ich erinnere mich nicht, dass ich die eine Kirche grundsätzlich anders empfand als die andere. In beiden Kirchen waren die Bibeln – und nicht nur die Bibeln – schwarz. Schwarz wie die Särge der Toten. Und in beiden Kirchen gab es das Kreuz. Heute weiss ich, wie reich die Symbolik des Kreuzes ist. Aber ich werde mich nie mit ihm anfreunden können. Denn ob mit oder ohne Christus: Das Kreuz in der Kirche ist das Kreuz, an dem er gemartert wurde. Das Kreuz ist im Grunde ein Galgen. Der Galgen von Golgatha.

Das Kreuz gefiel mir auch deshalb nicht, weil es so dürr war. Diese zwei dürren Stecken hatten nichts Lebendiges an sich, und es fehlte das Element, das ich Jahre später erst, am keltischen Kreuz, bewusst wahrnahm: Es fehlte der Kreis. Es fehlte die Rundung.

Wie ein mahnender Finger erschien mir das Kreuz in der Kirche. Es mahnte mich: Denk' daran! Er starb für dich! – Ich wollte nicht daran denken. Ich begann den erhobenen

Finger zu meiden. Ich begann auch die Bilder zu meiden, all diese Bilder, die den Leidenden zeigen, die Dornenkrone, die blutenden Hände, die blutenden Füsse, dieses Gesicht, das nicht lachte, nicht froh war: Ich konnte es nicht mehr sehen.

Denk' daran, drohten die Bilder, er litt für dich!

Es kam der Punkt, wo die blosse Erwähnung des Namens mich abstiess. Jesus Christus – das tönte nach Tod. Ich aber war jung und ich wollte leben. Und so tat ich schliesslich das einzige, was ich noch tun konnte: Ich ging auf Distanz. Ich trat aus der Kirche aus.

Damals nannte ich andere Gründe. Argumente, die mir der Kopf diktierte. Sätze bei denen der Zeitgeist mitschrieb. Von meiner Abneigung, die gefühlsmässig war, sprach ich nicht. Bewusst war sie mir nicht, damals. Aber keine zehn Pferde brachten mich mehr in eine Kirche hinein. Und ich war nicht der Einzige, der so fühlte.

Viele haben sich abgewandt vom Kreuz Christi. Nicht alle haben den Austritt gegeben. Aber innerlich sind sie nicht mehr dabei. Innerlich wissen sie nicht mehr, ob sie noch Christen sein sollen. Und unsere Söhne und Töchter wissen es auch nicht. Jesus Christus ist kein Held der heutigen Jugend, und woran liegt das? Vor allem, glaube ich, an der Moral des Karfreitags.

Als ich an jenem Abend in Griechenland das Leiden der Lämmer mitansehen musste, habe ich die Augen davor nicht verschlossen. Ich habe mitgelitten mit diesen Tieren, ich hatte Mitleid. Und ich fühlte die Mitverantwortung an ihrem Leid.

Wenn ich mich aber am gleichen Tag, an diesem gleichen Karfreitag an das Leiden Christi erinnern soll, dann will ich das immer noch nicht. Und ich begreife die heutige Jugend – ich begreife jeden, der mit Jesus Christus am Kreuz nichts zu tun haben will. Heute, wo alles freiwillig ist – und das ist gut so –, will sich freiwillig niemand für den Gekreuzigten geisseln. Niemand will das schwere Kreuz heute noch mittragen müssen.

Doch obwohl ich so spreche, stehe ich heute vor Ihnen, in dieser Kirche. Mit welchem Recht stehe ich hier? Was ist geschehen?

Geschehen ist, dass ich beim Karfreitag nicht stehenblieb, dass ich einen Weg fand, weiterzugehen. Einen anderen Weg. Die wunderschöne Musik, die Sie gleich wieder hören werden, kündet davon. Sie kündet davon seit Jahrhunderten. Denn Musik hat keine Erwartung an uns. Musik sagt uns nicht, was wir denken sollen. Auch die Musik in der Kirche nicht. Musik hat den Menschen immer geholfen, sich zu entlasten von der Schwere des Kreuzes. In all der Zeit, in der die Kirche uns schuldig sprach, sprach die Musik uns frei.

*

Das ist das Stichwort: Freiheit. Mein Weg führte mich in die Freiheit des Geistes. Ich überwand die Dogmen, die mich verführen und fesseln wollten. Ich befreite mich von den Denkverboten. Meine Neugier erwachte. Ich begann zu lesen. Zuerst historische Bücher. Philosophische Bücher. Ich ging zurück in die Menschheitsgeschichte. In die Kulturgeschichte. Die Geschichte der Religionen. Ich entdeckte das spirituelle Leben der Kelten. Die Spiritualität der ersten irischen Mönche. Die Mystik des Mittelalters.

Die Religion der Indianer. Die Worte von Khalil Gibran. Die Worte des Dalai Lama.

Ich setzte mich auseinander mit all diesen Themen, ich dachte nach. Mehr noch: ich lernte zuhören. Und ich lernte, dass nicht alles, was wahr ist, im heutigen Sinne beweisbar ist. Und doch ist es wahr. Ich lernte zu glauben – zum ersten Mal seit meiner Kindheit. Ich lernte zu glauben, nicht aus Naivität, sondern aus Demut.

Und dann geschah das Wunderbare. Nein, es erschien mir kein Engel. Etwas viel Grösseres ereignete sich: In mein Leben und Denken traten die Kinder.

Woher kommen die Kinder? Aus dem Bauch ihrer Mutter, sagt die heutige Welt, und diese Überzeugung hatte früher auch ich. Aber es stimmt nicht. Die Kinder kommen vom Himmel. Oder sagen wir es so: Sie kommen aus einer anderen Welt. Und wenn sie dann hier sind, in unserer Welt, und wenn sie dann sprechen lernen in unserer irdischen Sprache, dann erzählen sie von dieser anderen Welt. Ganze Geschichten sprudeln aus ihnen heraus, manchmal auch nur einzelne Sätze, Nebensätze, die man überhören kann oder auch nicht, die man ernst nehmen kann oder auch nicht. Aber jedenfalls sind es Fragmente und Bilder, die unmöglich von hier sind.

Die Kinder, so scheint es, bringen sie mit. Sie bringen sie mit aus der anderen Welt, und warum soll die andere Welt nicht der Himmel sein? Auch vom Himmel selbst erzählen die Kinder, und sie reden von ihm, als ob es ihn gäbe, so selbstverständlich, wie es die Erde gibt. Meine kleine Tochter, sie ist fünfjährig, sagte vor kurzem am Abend im Bett, und sie sagte es wörtlich:

«Vielleicht ist das, was wir erleben, gar nicht wirklich. Vielleicht ist es nur ein Traum.»

Was ist denn wirklich? fragte ich sie.

Und sie antwortete: «So, wie es im Himmel ist, ist es wirklich.»

Wie ist es denn im Himmel? fragte ich weiter.

«Im Himmel», sagte meine Tochter, «muss man nie eine Windjacke anziehen. Man kann mit den Vögeln fliegen. Man kann auf dem Rücken der Rehe reiten. Im Himmel ist alles fröhlich. Ich möchte lieber wieder im Himmel sein.»

Für meine Tochter ist der Himmel nicht nur symbolhaft. Es gibt ihn wirklich. Was berechtigt uns zur Behauptung, ein Kind, das so etwas sagt, phantasiere nur? Ein Kind ist erst wenige Jahre auf dieser Welt. Vielleicht erinnert es sich noch an den Himmel. Vielleicht weiss es wirklich noch mehr vom Himmel als wir.

Ich habe zu viel gelernt von anderen Kulturen und Religionen, um das, was die Kinder erzählen, nur zu bewerten als kindliche Phantasie oder Archetypen der kindlichen Seele. Ich habe begonnen, den Kindern zu glauben. Ich habe begonnen, die Dinge nicht mehr symbolisch zu sehen. Ich nehme sie wörtlich. Wenn etwas unsichtbar ist für das Auge – wer sagt, dass es nicht doch existiert? Genauso real existiert?

Und so habe ich auch die Bibel wiederentdeckt – das Neue Testament, dessen Wahrheitsgehalt vom heutigen Zeitgeist bezweifelt wird. Ich aber sagte mir: Wenn es den

Himmel tatsächlich gibt, dann ist das alles, was in der Bibel steht, genauso real, dann ist dieser Jesus Christus wirklich übers Wasser gegangen. Dann hat er wirklich Kranke durch blosse Berührung gesund gemacht. Und vor allem – das war die schwierigste Hürde – dann war dieser Jesus Christus wirklich nicht nur ein Mensch. Dann war er wirklich ein höheres Wesen. Oder, um es in der Sprache der Bibel zu sagen: dann war er wirklich Gottes Sohn. Und als Jesus von Nazareth, als irdischer Mensch mit göttlicher Botschaft hat er bei uns gelebt.

Damit war ich wieder beim heutigen Tag, beim Karfreitag. Beim Kreuzestod. Aber ich blätterte weiter. Ich blätterte weiter zum Sonntag. Wenn es den Himmel gibt, sagte ich mir, dann gibt es auch das Wunder der Auferstehung. Dann war sie keine blosse Metapher. Dann ist Jesus Christus, obwohl er doch im irdischen Sinne tot war, tatsächlich auferstanden und den Jüngern wieder begegnet. Nicht mehr in irdischer, sondern in Lichtgestalt. Und die Jünger haben die Lichtgestalt mit ihren eigenen, physischen Augen gesehen, so wie sie vorher, als er noch lebte, den irdischen Jesus gesehen haben. Von da an wussten sie, dass zwar Jesus von Nazareth tot war, dass aber Christus, der Erleuchtete, lebt. Dass er weiterlebt in der höheren Sphäre des Himmels, von dem auch die Kinder erzählen, wenn sie hier auf die Erde kommen.

Nie hörte ich einen Pfarrer sagen, dass die Auferstehung ein Wunder war, das sich wirklich ereignet hat. Von einem Nebel blieb sie umhüllt, der sie schonungsvoll von uns fernhielt. Von der Auferstehung wusste ich so gut wie nichts, am Tag der Konfirmation. Von der Kreuzigung wusste ich alles: Hatte ich nur schlecht zugehört?

Jetzt weiss ich mehr. Jetzt bin ich frei, auf meine eigene, innere Stimme zu hören. Und diese Stimme sagt mir, dass mein Widerwille gegen den Tod am Kreuz, gegen die Düsternis des Karfreitags nur gesund und natürlich ist. Ich muss nicht trauern um den Gekreuzigten – jubeln darf ich, dass Christus lebt und dass er nicht nur ein schäbiger Mensch war, sondern wirklich und wahrhaftig ein Gott. Das bedeutet Ostern seither für mich: ein Fest der Freude, jenseits von Schuld und menschlicher Schwäche. Keine Düsternis – sondern Licht. Denn der Winter ist tot und der Frühling lebt.

Ein unsichtbarer Feiertag
ANSPRACHE AN EINEM PFINGSTKONZERT IN DER
KATHOLISCHEN KIRCHE VON STÄFA AM 15. MAI 1997

Drei Feste begehen wir jeden Frühling: Ostern, Auffahrt
und Pfingsten. Doch nicht nur gläubige Christen feiern die
heiligen Tage. Ostern, Auffahrt und Pfingsten sind Feier-
tage für alle. Aber wissen die heutigen Menschen noch,
woran diese Tage erinnern?

Was wird an Ostern gefeiert? Die Auferstehung Christi,
würden die Menschen sagen. Das wissen die meisten, so
wie man weiss, dass die Hauptstadt von Japan Tokyo
heisst.

Dann die Auffahrt. Da müssten wohl viele bereits überlegen. Aber dann würden sie denken: Auffahrt, da fährt
etwas aufwärts – das kann nur Jesus Christus sein, der
zum Himmel fährt.

Und nun also Pfingsten. Der Name des Feiertags verrät
nichts über dessen Bedeutung und so müssten die meisten
Menschen gestehen, dass sie keine Ahnung von Pfingsten
haben. Sie würden es gestehen, ohne rot zu werden. Niemand muss heute wissen, was an Pfingsten gefeiert wird.
Es ist ein verlängertes Wochenende, mehr nicht.

Woran denke ich selber, wenn ich Pfingsten höre? Ich denke zuerst daran, dass ich an Pfingsten einmal, in jungen Jahren verliebt war. Und weil ich in England verliebt
war, fällt mir als zweites ein, dass Pfingsten auf Englisch
Whitsunday heisst. So ist das heute. Man bezieht die Dinge immer mehr auf das eigene persönliche Leben. Wenn
wir Pfingsten hören, reagieren wir nicht mehr als Christen darauf, sondern als Individuen. Jeder von uns hat zu

Pfingsten seine ganz spezielle Assoziation. An Pfingsten denkt man heute nicht mehr an Pfingsten.

Warum ist das so? Das ist so, weil an Pfingsten eigentlich nichts geschieht. Nichts Handfestes. An Pfingsten kommt kein Kind auf die Welt, da wird niemand ans Kreuz genagelt, niemand fährt in den Himmel – an Pfingsten geht es nicht mehr um Jesus Christus, sondern nur noch um Geist, um den Heiligen Geist.

Damit können wir nichts mehr anfangen. Unser modernes Leben ist so irdisch, so absolut weltlich geworden, dass wir nicht mehr wissen, was Geist ist. Vater und Sohn das begreifen wir noch, das können wir uns wenigstens vorstellen, aber der Heilige Geist ist unsichtbar, und weil er unsichtbar ist, existiert er nicht wirklich für uns.

Wir reden zwar schon noch vom Geist, vom Zeitgeist, vom gutem Geist einer Sache oder vom Weingeist. Aber das meinen wir nur symbolisch. Auch der Heilige Geist ist für uns nur ein Symbol, mehr ist er nicht. Mehr ist deshalb auch Pfingsten nicht wert für die meisten heutigen Menschen. Von allen christlichen Festen wäre Pfingsten deshalb der erste Feiertag, den man abschaffen müsste. Das wäre nur konsequent. Niemand, der nicht an Pfingsten glaubt, soll am Pfingstmontag frei haben.

Eine Welt, die das Geistige so negiert, ist zwangsläufig eine geistlose Welt. Sie ist eine sinnlose Welt, denn auch der Sinn ist unsichtbar, auch der Sinn ist eine geistige Sache, und wer an den Geist nicht glaubt, für den gibt es letztlich auch keinen Sinn. So ist es ja heute. Nie war die Freiheit der Menschen grösser als heute, aber nie war auch die Sinnlosigkeit mehr verbreitet als heute.

Die meisten heutigen Menschen in der westlichen christlichen Welt wissen nicht mehr, warum sie leben. Sie leben einfach. Und manchmal in den Ferien, betreten sie eine Kirche. Dann stehen sie da und schauen sich um, aber nicht, als würden sie die Kirche besichtigen, sondern als würden sie etwas suchen. Sie stehen mitten im kühlen, dämmerigen Kirchenschiff und suchen den verlorenen Sinn, den verlorenen Geist. Doch sie finden ihn nicht.

So sind die heutigen Menschen, sie stehen in der Kirche wie Fremde, wie jemand, der als Erwachsener ins Haus seiner Eltern zurückkehrt – und dabei spürt, voller Traurigkeit, dass er nicht mehr dahin gehört, weil der Weg zurück in die Grenzen der Kindheit auch die Rückkehr in die Unfreiheit wäre.

Die Freiheit liegt immer vor uns, nie hinter uns. Und weil wir sie nicht mehr missen wollen, müssen wir vorwärtsgehen. Zurück in den Schoss der Kirche können wir nicht, auch wenn es einfacher wäre, auch wenn wir dann wieder im Elternhaus wären, wo wir wieder behütet sind, wo die Eltern das Tischgebet sprechen und nicht die Kinder. Aber das geht nicht. Wir können nicht mehr zurück. Das ist der Preis der modernen Freiheit, dass wir vorwärtsgehen ohne zu wissen, wohin.

Was kann uns helfen in dieser Perspektivlosigkeit? Wie können die heutigen Menschen frei bleiben und doch wieder Sinn finden?

Die Antwort heisst Pfingsten. Was an Pfingsten geschah, damals vor 2000 Jahren, ist der Schlüssel zu unserer Zukunft. Was hat sich damals ereignet?

Ich bin nicht dabei gewesen – so vermute ich jedenfalls. Ich habe es nur in der Bibel gelesen, und die heutige Freiheit ermöglicht uns, es zu glauben oder es nicht zu glauben. Das ist der Segen der heutigen Zeit, dass man nicht mehr glauben muss, weil der Pfarrer es sagt, sondern glauben darf. Ich glaube an das, was die Bibel erzählt. Sie erzählt es durch Augenzeugen, und was diese berichten, hat eine solche Kraft, dass es wahr sein muss, Wort für Wort.

Ich glaube daran, dass Christus, nachdem er gestorben war, als Lichtgestalt den Jüngern erschien. Warum soll es nicht so gewesen sein? Warum soll ein Sehender nicht mehr sehen als jemand der blind ist? Im Vergleich zu den Jüngern damals fühle ich mich als Blinder. Vielleicht sind wir alle blind, weil wir nur das Sichtbare sehen. Vielleicht bedeutet sehen, wirklich sehen, das Unsichtbare zu sehen.

40 Tage lang, von Ostern an gerechnet, erschien Christus den Jüngern in Lichtgestalt. «Und redete mit ihnen vom Reich Gottes», wie es in der Apostelgeschichte heisst. Was er ihnen sagte, worin er sie unterwies, darüber berichtet die Bibel nicht. Am 40. Tag erschien Christus zum letzten Mal vor den Jüngern, und er sagte zu ihnen: Wartet hier in Jerusalem, bis ihr getauft werdet mit dem Heiligen Geist, dessen Kraft euch erlauben wird, mein Werk fortzusetzen bis an das Ende der Erde.

Darauf entschwand er, am Tag der Auffahrt, und die Jünger blieben traurig zurück. Neun Tage trauerten sie, neun Tage gingen sie in sich, während neun Tagen verwandelte sich Trauer in Kraft und in Weisheit. Am zehnten Tag war es soweit, es war der 50. Tag nach Ostern und «Pfingsten» bedeutet 50.

«Als der Tag des Pfingstfestes gekommen war», heisst es in der Apostelgeschichte, «waren alle zusammen am selben Ort. Da erhob sich plötzlich vom Himmel her ein Brausen, wie wenn ein heftiger Sturm daherfährt, und erfüllte das ganze Haus, in welchem sie sassen. Und es erschienen ihnen Zungen wie von Feuer, die sich verteilten; auf jedem von ihnen liess sich eine nieder. Und sie wurden voll des Heiligen Geistes und fingen an zu predigen mit anderen Zungen, wie es der Geist ihnen eingab.»

Was bedeutet das in unserer heutigen Sprache: «Sie wurden voll des Heiligen Geistes»? Es bedeutet, dass die Jünger, obwohl sie Menschen waren, göttliche Weisheit empfangen konnten. Wenn es aber so ist, dann dürfen wir spekulieren, dass Menschen auch heute noch Weisheit empfangen können. Dann dürfen wir soweit gehen, zu behaupten, dass in jedem Menschen ein höheres, geistiges Potenzial steckt.

Mit anderen Worten: Wir feiern an Pfingsten die wunderbare Gewissheit, dass der göttliche gute Geist in uns allen lebt – leben könnte. Wir müssen nur wollen. Wir müssen uns ihm nur öffnen wollen. Auch als moderne Menschen sind wir nicht dazu verdammt, nur Materie zu sein, nur aus Körper, Nerven und Gehirn zu bestehen. Wir sind auch nicht dazu verdammt, ohne Sinn zu sein. Es gibt einen Sinn. Doch niemand hat ihn gepachtet, keine Kirche, keine Lehre, kein Gesetz. In uns selbst liegt der Sinn – in unserem persönlichen Leben, in unserem persönlichen Denken, dort müssen wir suchen.

Wie beschreibt der Apostel Lukas das Pfingstereignis? «Und sie wurden alle voll des Heiligen Geistes und fingen an zu predigen mit anderen Zungen». Was bedeuten die «anderen Zungen»? Der Apostel beschreibt, wie die Menge

der Menschen wie vor den Kopf geschlagen und überrascht ist, als die Jünger von Christus nicht mehr nur in
Hebräisch predigen, sondern in sämtlichen Sprachen. Jeder Angehörige eines Volkes – und es scheinen sämtliche
Völker versammelt zu sein – erfährt das Evangelium in
der Sprache, die ihm vertraut ist.

Mit anderen Worten: Was die Jünger, die Apostel verkün-
den, ist keine hebräische Religion mehr. Es ist die Religion, die keinem Volk und keiner Kirche allein gehört. Sie
gehört allen Menschen.

Das ist der grosse Gedanke, den wir an Pfingsten eigentlich feiern: Dass das Christentum so viele Zungen, so viele Sprachen hat, wie es Menschen gibt. 2000 Jahre sind
seither vergangen, seit der Begründung von Pfingsten –
und doch scheint es, als habe die christliche Zeit erst
gerade begonnen.

Selber Schuld

Liebe schwer geprüfte Angehörige
von Drogenabhängigen, liebe Anwesende!

In meinem Buch «Der Spieler von Zürich» – eine wahre
Geschichte – erzähle ich von zwei jungen Menschen, die
beide süchtig sind: Sandra ist heroinsüchtig, Milan spiel-
süchtig. Beide verbergen ihre Sucht voreinander, so lange
es geht, denn beide schämen sich für die Drogen, die sie
nicht lassen können. Und beide befürchten, das Bekenntnis zur Sucht würde ihre Liebe zerstören.

Doch dann, eines Abends kommt es zum Eklat, als Sandra
ihrem Gefährten gesteht, sie habe das ganze gemeinsame Geld für die Droge verschleudert. Ich zitiere aus dem
Buch:

«Da wurde Milan zum erstenmal richtig bewusst, dass er
Sandra nicht wirklich geben konnte, was sie brauchte. Die
Drogen waren ihr wichtiger. Diese Erkenntnis schürte in
ihm eine ohnmächtige Wut, und im Verlaufe eines immer
heftiger werdenden Streites beschuldigte er die Freundin,
sie missbrauche sein Vertrauen und seine Liebe.

Sandra, die sich von Milans Worten nicht beeindrucken
liess, warf ihm stattdessen vor, er vergeude sein Geld am
Spieltisch. Sie hatte dies noch nie mit solcher Deutlichkeit
ausgesprochen. Milan schaute sie überrascht an. Dann
erklärte er, Spielen sei nicht dasselbe wie Heroin. Sandra
lachte nur spöttisch und sagte:

‹Du bist doch genauso süchtig wie ich.›

Sie hätte Milan nicht verletzender treffen können. Das ertrug er nicht. Er beschimpfte Sandra. Sie wehrte sich, eine Beleidigung fiel, eine zweite – sie wussten nicht mehr, was sie einander sagten. Und dann, unversehens, schlug Milan seiner Partnerin ins Gesicht. Er hatte es nicht beabsichtigt, und doch war es geschehen. Ohne zu zögern, schlug Sandra zurück.

Erschrocken standen sie sich gegenüber. So weit war es zwischen ihnen noch nie gekommen.»

Beide verstehen nicht, warum der andere süchtig ist. Vor allem Milan, der seine Spielleidenschaft nicht wirklich als Sucht durchschaut, hat absolut kein Verständnis für Sandras Verlangen nach Heroin. Die Drogenszene, in der sie verkehrt, ist ihm fremd, mehr noch: Er verurteilt ihre Abhängigkeit. Seine Haltung ist die Haltung der Zockerkollegen. Diese Meinung haben sehr viele Leute. Ich glaube sogar, dass es die Meinung der Mehrheit ist: Drogensüchtige, so lautet das vernichtende Urteil, sind arme Schweine – doch eigentlich sind sie auch selber schuld.

Das sagen die Leute nicht laut, aber sie denken es. Und sie meinen nicht nur die Junkies damit, sondern alle, die irgendwie süchtig sind. Süchtige, Obdachlose und Kriminelle – in einem Wort: Alle gescheiterten Existenzen, die nicht unverschuldet, durch Unfall oder Krankheit, abgestürzt und gestrandet sind – sie alle verdienen zwar unser Mitleid, doch für ihr Schicksal sind sie auch selber verantwortlich. Jeder ist seines eigenen Glückes Schmied.

Warum denken die Leute so? Weil sie dasselbe in ihrem eigenen Leben erfahren. Die sogenannten normalen Bürger – und dazu gehören auch wir, obwohl ich die Vorstellung schrecklich finde, ein normaler Bürger zu sein –, wir alle schlagen uns tapfer durch das irdische Dasein, stellen täglich den Wecker, eher der Not gehorchend als dem eigenen Triebe, und finden das Leben ziemlich oft schwierig. Wir finden es an der Arbeit schwierig, im Haushalt schwierig, in der Partnerschaft schwierig, mit Kindern schwierig, mit den Finanzen schwierig, und wir finden vor allem schwierig die Frage nach dem Sinn, den dies alles hat.

Bitte verstehen Sie mich nicht falsch. Manchmal finden wir das Leben auch leicht und schön und vielleicht sogar spannend, manchmal sind wir zufrieden und gelegentlich sogar glücklich, aber ziemlich oft, wie gesagt, ist es schwierig.

In solchen Momenten und Zeiten kann es geschehen, dass wir die Dinge nicht nur schwierig, sondern *zu* schwierig finden. Es kann geschehen, dass uns alles über den Kopf wächst, oder, um es genauer zu sagen: dass wir glauben, es wachse uns alles über den Kopf. Sie kennen das alle, und Sie wissen auch wozu es dann kommen kann: Dass wir der Versuchung erliegen, dem Schwierigen auszuweichen. Alle Verpflichtungen abzuschütteln. Alle Probleme loszuwerden. Mit anderen Worten: Es kann dazu kommen, dass wir aus unserem geordneten Leben auszusteigen beginnen.

Dann kann es geschehen, dass wir nicht mehr zur Arbeit gehen, dass wir den Haushalt verwahrlosen lassen, dass wir die Ehe zerbrechen lassen, dass wir die Kinder zu schlagen beginnen, dass wir Kredite aufnehmen, die wir nicht mehr zurückzahlen können – oder dass wir Hand an uns selber legen: Indem wir zu trinken beginnen, zu fressen oder zu hungern beginnen, Tabletten schlucken – und schliesslich, in unsere Leere hinein, den ganzen Inhalt der Schachtel kippen.

Wir tun es nicht. Wir lassen es nicht soweit kommen. Wir gehen zur Arbeit, wir kochen, wir putzen, wir «arbeiten», wie man so sagt, an der Liebe zu unserem Partner, wir geben uns mit den Kindern mehr Mühe als sie mit uns, wir versuchen es doch ohne Kleinkredit, wir trinken mit Mass und leeren keine Tablettenschachteln.

Aber gleichzeitig wissen wir, wie wenig manchmal gefehlt hat, und wir hätten es doch getan. Wir alle kennen den Punkt, wo man fast einen Blödsinn macht. Wo man unter die Räder gerät. Wo man eine Richtung einschlägt, von der man weiss, sie wäre die falsche. Wir alle – und vor allem die Männer – kennen den kritischen, alarmierenden Punkt, wo man die Hand zum Schlag erhebt. Und sie dann doch wieder sinken lässt.

Warum wir es doch nicht tun, ist eine grosse Frage. Man könnte ganz einfach sagen: Wir haben innegehalten, im letzten Moment. Wir haben die Notbremse gezogen. Man könnte auch sagen: Etwas in uns hat gemacht, dass wir die Hand wieder sinken liessen. Andere würden sagen: Eine Kraft, die über uns steht, hat uns geholfen.

Aber jedenfalls wüssten wir: Wenn wir die Hand, die wir zum Schlag erheben, nicht wieder sinken lassen, tragen wir allein die Verantwortung für das, was geschieht. Wenn wir uns gehen lassen, immer mehr gehen lassen, bis wir im Elend verkommen – liegt die Schuld allein bei uns selbst.

Und weil man das weiss, weil jedermann solche Bewährungsproben im Leben, solche Prüfungen irgendwann schon erlebt hat, deshalb denken die Leute von einem Süchtigen, er sei selbst schuld. Sie denken es nicht von einem Jugendlichen, der süchtig wird, aber sie denken es von einem Erwachsenen, und ich befürchte, sie haben recht. Vieles erschwert unser Leben: die Herkunft, die Kindheit, die falsche Erziehung, die falschen Freunde, die falsche Umgebung, das Leistungsdenken, die Bürokratie, nicht zuletzt die süsse Verführung auf allen Kanälen – und doch wissen wir von uns selbst, dass es in jeder Situation diesen Spielraum gibt, diesen Spielraum, das Richtige oder das Falsche zu tun, diesen Spielraum der Eigenverantwortung.

Die Eigenverantwortung. Sie ist eine nüchterne, unerbittliche Wahrheit, und sie besagt: Früher haben die Götter die Geschicke der Menschen gelenkt. Jetzt ist der Mensch frei, aber damit auch selber verantwortlich. Schon das Alte Testament spricht davon. Im 5. Buch Mose zum Beispiel heisst es:

«Leben und Tod habe ich dir vorgelegt, den Segen und den Fluch. So wähle das Leben, damit du lebst, du und deine Nachkommen.»

Und ein anderer Prophet spricht die Worte: «Der Sohn soll nicht die Schuld des Vaters tragen, und der Vater soll nicht die Schuld des Sohnes tragen.» Jeder muss seine Taten selber verantworten.

Doch so wahr es auch sein mag – Eigenverantwortung ist ein unangenehmes Wort. Weil es ein kaltes Wort ist. Ein Wort, das an den Verstand appelliert. Gäbe es nur dieses

Wort, dann würde der Mensch in seiner selbst verantworteten Kälte erfrieren.

Deshalb tut es so weh, wenn man zu einem Süchtigen sagt: Du bist eben selber schuld. Auch wenn er stimmt, dieser Satz – er genügt nicht. Und weil er so hart ist, so unbarmherzig knallhart, sollte man ihn nur denken.

Aber es gibt einen zweiten Satz. Dieser zweite Satz ist die neutestamentarische Fassung. Er gilt seit dem Jahre Null, und demnächst dürfen wir sein 2000-jähriges Jubiläum feiern. Obwohl die Welt noch nicht ganz soweit ist. Wir müssen die Feier vermutlich noch um ein paar hundert Jahre verschieben.

Du bist selber schuld, war der erste Satz. Der zweite Satz aber lautet: Ich helfe dir. Der erste Satz ist die Eigenverantwortung. Der zweite Satz ist die Liebe. Als Gegengewicht zur kühlen Vernunft braucht es die Wärme des Herzens.

Sehen Sie, liebe Anwesende, seitdem ich begriffen habe, worin sich das Neue vom Alten Testament unterscheidet – seitdem empfinde ich Mitgefühl zeigen und Helfen wollen, nicht mehr als gönnerhaft. Und ich sehe Nächstenliebe nicht mehr als frommes Getue. Sondern mir wurde klar, dass der Mensch nur eigenverantwortlich handeln kann, wenn er geliebt wird.

Das gilt auch im Zusammenhang mit dem heutigen Anlass. Ich hätte es mir einfach machen und von der bösen Gesellschaft und den armen Süchtigen sprechen können. Aber das wäre nicht richtig, denn Süchtige sind keine bedauernswerten, von der Gesellschaft verstossenen Opfer, und ich habe nicht deshalb Verständnis für sie.

Aber aus eigener Erfahrung weiss ich, wie schwierig es ist, den Balanceakt des Lebens zu schaffen und wie leicht man abstürzen kann.

Auch ich bin etliche Male zwar nicht abgestürzt, aber gestolpert, gefährlich gestolpert, und jedesmal war ich froh, wenn es jemanden gab, der mir die Hand hielt – obwohl ich zweifellos selber schuld war.

Aber das merkte ich früh genug.

Die Vorfreude auf den Montag

ANSPRACHE AN DER DIPLOMFEIER DER BERUFSMATU-
RITÄTSSCHULE ZÜRICH AM 5. JULI 2002 IN ZÜRICH

Liebe Schülerinnen und Schüler, geschätzte Anwesende!

Ihr habt jetzt einen Beruf, und die meisten von euch, nehme ich an, werden diesen Beruf nun auch ausüben. Warum tut ihr das? Warum arbeitet ihr? Blöde Frage, werdet
ihr sagen: Weil wir müssen. Um Geld zu verdienen! Um
leben zu können!

Früher einmal lebte man für die Arbeit. Alle, die keine
Betuchten waren, keine Mehrbesseren, erlebten das Leben als einzigen Krampf. Man schaffte von früh bis spät,
sogar noch am Samstag, man hatte kaum Ferien – und
wozu das alles? Für einen Lohn, der keine Extras erlaubte. Ferien am Meer, noch in den 60er-Jahren, waren ein
Luxus. Ein Auto damals, ein Luxus.

Das ist glücklicherweise heute anders. Die Arbeitszeiten
sind niedriger, die Ferien länger, die Löhne höher – und
vor allem geändert hat sich die Einstellung, die man zur
Arbeit hat. Zwar gibt es immer noch Zeitgenossen, die
nicht nur arbeiten, sondern freiwillig krampfen und auf
alle anderen wütend sind, die nicht so viel schuften wollen wie sie. Aber die grosse Mehrheit hat doch erkannt,
dass ein Leben nur für die Arbeit nicht nur sehr einseitig ist, sondern auch krank macht. Selbst wenn es uns
wirtschaftlich schlechter ginge, behaupte ich, würden wir
doch nicht mehr so viel arbeiten wollen wie früher – dann
noch lieber ein wenig hungern.

Wenige Jahrzehnte haben also genügt, unsere Arbeitsmoral zu verändern: Das Leben steht nicht mehr im Dienste

der Arbeit – die Arbeit steht im Dienste des Lebens. Was aber versteht man unter dem «Leben»? Man meint damit vor allem Freizeit und Ferien. Mit anderen Worten, ihr übt euren Beruf hauptsächlich deshalb aus, um euer Leben ausserhalb eurer Arbeit möglichst angenehm zu gestalten. Oder noch direkter gesagt: Ihr arbeitet, damit ihr Spass haben könnt. Das ist das A und O der heutigen Zeit: Spass haben. War das Leben einst eine einzige Plackerei, so soll es heute eine einzige Streetparade sein.

Ich hoffe, ihr versteht mich richtig. Sehe ich so aus, als würde ich keinen Spass verstehen? Auch ich will es lustig haben im Leben. Aber das Bedenkliche ist, dass die Menschen heute, behaupte ich, nicht glücklicher sind als die Menschen vor 100 Jahren.

Das erstaunt mich nicht. Denn die Haltung zur Arbeit heute ist in meinen Augen genauso falsch wie die Arbeitsmoral von gestern. Überlegen Sie sich einmal: Zwei Drittel des Tages ungefähr sind wir wach. Das sind 16 Stunden. Die Hälfte davon, 8 Stunden gehören der Arbeit. Diese 8 Stunden dienen uns allein dazu, die andere Hälfte, den Feierabend zu finanzieren. Die Hälfte des Tages als notwendiges Übel, damit wir die andere Hälfte des Tages geniessen können. Um es noch krasser zu sagen: die Hälfte des Tages ist lediglich Zeit, die wir um des Geldes willen hinter uns bringen. Die Hälfte des Tages ist im Grunde verlorene Zeit.

Dies widerspiegelt sich auch in unserer Sprache. «Ich muss an die Arbeit», sagen die Menschen und werfen einen Blick auf die Uhr. Hat man schon je gehört, dass jemand sagt: «Ich will an die Arbeit»?

Hat man schon je gehört, dass jemand freudestrahlend am Sonntagabend erklärt: «Endlich ist das Wochenende vorbei. Ich freue mich auf den Montag!»

Warum eigentlich nicht? Warum freuen wir uns nicht auf die Arbeit?

Natürlich werden jetzt einige unter euch – und auch einige Eltern, die anwesend sind – protestieren und sagen: Ich tue das doch. Ich arbeite gern. Mein Beruf gefällt mir!

Sicher – das gibt es. Ich möchte niemandem Unrecht tun. Aber ihr werdet zugeben müssen, dass dies eine Minderheit ist, die so spricht. Und der Satz: «Ich arbeite gern» könnte auch heissen: Ich bin ein positiv denkender Mensch. Ich versuche in allem etwas Positives zu sehen. Ich putze auch gern meine Wohnung. Ich habe auch gern manchmal Regenwetter! – Und doch sind auch Menschen, die von sich selber behaupten, Regenwetter zu mögen, froh, wenn die Sonne dann wieder scheint.

Für die meisten von uns ist die Arbeit wie Regenwetter. Dagegen lässt sich nichts machen, das muss einfach sein. So wie es den Regen braucht, damit die Natur wieder Wasser hat, braucht es die Arbeit, damit das Bankkonto wieder Nachschub hat. Die Freizeit jedoch ist wie Sonnenschein. Und so wie die meisten, wenn es regnet, vom Sonnenschein träumen, träumen sie während der Arbeit vom Wochenende.

Ich frage euch: Muss das so sein? Warum haben wir die Erwartung schon gar nicht, uns auf die Arbeit freuen zu können? – Arbeit ist eben Arbeit werdet ihr sagen. Arbeit ist müssen. Freizeit ist dürfen. Einverstanden. Arbeiten

muss man nun einmal. Aber essen müssen wir auch –
und trotzdem: Wir essen gern. Essen ist ein Genuss!

Dasselbe sollte auch für die Arbeit gelten. Arbeiten müssen wir, doch die Arbeit soll uns auch Freude machen. Sie
soll uns erfüllen. Sie soll uns Lebenskraft schenken. Ich
wende mich an euch alle, auch an die Eltern und auch
an die Lehrer. Jeder von uns soll sich jetzt diese Frage
stellen:

Habe ich den Beruf, den ich gelernt habe, gern? Freue ich
mich auf den Montagmorgen? Freue ich mich nur auf die
Arbeitskollegen oder freue ich mich auf die Arbeit selbst?
Finde ich meine Arbeit sinnvoll für mich? Interessiert sie
mich? Inspiriert sie mich? Habe ich auch in der Freizeit
gelegentlich Lust, mich mit meiner Arbeit auseinander-
zusetzen? Gibt es Momente, wo mich meine Arbeit richtig begeistert? Gibt es Momente, wo sie mich glücklich
macht?

Wenn ihr auf alle diese Fragen eher mit Nein als mit Ja
antwortet, dann frage ich weiter:

Was müsste sich ändern, damit euer Beruf euch Freude
bereitet? Was könnt ihr vielleicht dazu beitragen? Natürlich kommt es auch darauf an, welche Möglichkeiten,
welchen Freiraum euch das Geschäft gewährt. Aber viel
wichtiger ist, was ihr selbst konkret unternehmen könnt:
Welche Ideen ihr habt, welche Vorschläge, welche Eigen-
initiative.

Ihr könntet schon nächste Woche beschliessen: Ich enga-
giere mich. Ich tue mehr, als von mir verlangt wird. Ich
mache es besser. Ich mache es schöner. Ich drücke mei-

ner Arbeit meinen persönlichen Stempel auf. Ich bemühe mich, neue eigene Wege zu gehen, ich werde erfinderisch.

Ich brauche euch nicht zu erklären, was dann geschieht: Plötzlich bekommt ihr Freude an eurer Arbeit.

Aber ich weiss natürlich: Die Arbeitswelt ist kein Spielplatz. Da gibt es Termine, Zwänge und Anforderungen, gegen die der einzelne Untergebene machtlos ist. Mindestens scheint es so. Deshalb die nächste Frage: Glaubt ihr, dass ihr an eurer Arbeit nichts ändern könnt – selbst mit dem besten Willen nicht? Und gibt es auch kein anderes Unternehmen, keine andere Branche, wo ihr die Möglichkeit seht, euch mehr zu verwirklichen?

Wenn eure Bilanz so negativ ausfällt, dann stehen vor euch zwei mögliche Wege. Ihr könnt euch sagen: Der Anspruch, dass mein Beruf, mein Job mich erfüllt, ist für mich nicht entscheidend. Hauptsache, ich verdiene genug. Hauptsache mit den Kollegen stimmt's. Mehr liegt nicht drin. Was soll's. Der nächste Freitagabend, der nächste Ferientermin kommt schon bald.

Das ist der eine Weg, und ihr seid damit in guter Gesellschaft. Millionen gehen diesen Weg. Ihr könnt euch aber auch sagen:

Ich möchte nicht, dass Samstag und Sonntag wichtiger werden als Montag bis Freitag. Ich möchte nicht von Ferien zu Ferien leben. Wenn ich mehr und mehr merke, dass mir mein Job, mein Beruf eigentlich gar keine Freude macht, dann müsste ich diesen Beruf an den Nagel hängen. Und ich müsste mich ehrlich fragen: Welche Art von Arbeit würde denn zu mir passen? Was würde ich gerne tun?

Liebe Schülerinnen und Schüler, begnügt euch nicht damit, euch in der Freizeit zu holen, was ihr im Beruf nicht bekommt. Etwas deutlicher ausgedrückt: Flüchtet nicht in die Freizeit. Spass haben ist wunderbar. Aber es kann eine Droge sein, damit ihr nicht nachdenkt. Über den Sinn eurer Arbeit. Über eure Erwartungen an das Leben.

*

Noch vor 15 Jahren schrieb ich als freier Autor Geschichten und Reportagen für die meistgelesene Illustrierte der Schweiz. Mir ging es gut. Auch finanziell. Jeden Monat bekam ich ein Fixum, was eine schöne Sicherheit war. Wieviel ich schreiben wollte, war mehr oder weniger meine Sache. Der braucht Zeit für seine Geschichten, sagte der Chefredaktor. Er war sehr nett zu mir.

Warum erzähle ich euch davon? Weil in der gleichen Zeit bereits meine ersten Bücher erschienen. Ich war also einerseits literarisch tätig als Schriftsteller und andererseits journalistisch. Aber dann merkte ich immer mehr: Diese Zweiteilung, auch wenn sie finanziell so schön aufging, war nicht das, was ich wollte. Trotz aller Freiheiten schrieb ich für das Heft immer weniger gern. Der Journalismus schränkte mich ein: Meine Texte waren immer zu lang und die Zeit, die ich hatte, immer zu kurz. Für das Bücherschreiben blieb keine Energie übrig.

Eines Tages wurde ein neuer Chefredaktor ernannt. Eine attraktivere Gestaltung wurde von ihm erwartet, und das bedeutete allem voran: mehr Bilder, weniger Text.

Mit bereits sehr gemischten Gefühlen schlug ich ihm vor, ich würde gern eine Reportage über die Aareschlucht machen. Ich weiss nicht, ob ihr die Aareschlucht kennt. Sie liegt im Berner Oberland hinter Meiringen und ist eine sehr imposante Schlucht. Sie beginnt wie ein amerikanischer Canyon – und endet wie eine düstere Kammer, wo der Fluss sich auf engstem Raum seinen Weg bahnt und kein Sonnenstrahl hinkommt. Ein schmaler Steg führt durch die Schlucht, auf dem sich viele Touristen tummeln, die das alles «beautiful» und «very adventurous» finden.

Mit dem Einverständnis des Chefredaktors reiste ich also nach Meiringen – und wusste sehr wohl, was ich heimbringen sollte. Ein bisschen Historie, ein wenig Statistik, Interviews mit Touristen, Unglücksfälle und ein paar Anekdoten: eine runde, spritzige Reportage – und bitte kurz fassen.

Ich aber wollte nicht. Die Touristen interessierten mich nicht. Stattdessen ging ich am frühen Morgen als Erster durch diese Schlucht, um sie ganz allein zu erleben. Ohne Fotograf, ohne Begleitung. Ich hatte Glück: Auf der ganzen Strecke gab es nur mich und diese phänomenale Sehenswürdigkeit der Natur. Wie ein Trip erschien mir der Weg durch die Schlucht. Und genauso schrieb ich die Reportage: Was ich empfand auf meinem Trip durch die Aareschlucht. Ohne Interviews mit Touristen, ohne Statistik – und vom Umfang her viel zu lang.

Ich kam zurück, und ich weiss noch, wir standen im Grafikraum, der Fotograf mit den Bildern, ich mit dem Text, und der Chefredaktor. Es herrschte eine gespannte Stimmung. Alle im Raum hörten zu. Ich kann diesen Text so nicht bringen, erklärte der neue Chef, und ich sagte: Ich weiss. Der Chefredaktor fragte, was sollen wir machen? Ich zuckte ratlos die Achseln und meinte: Ändern möchte ich den Text nicht. Vielleicht etwas kürzen, aber nicht ändern.

Einen Moment war es still. Dann sagte der Chefredaktor der Illustrierten: Unter diesen Umständen, glaube ich, können wir nicht mehr zusammenarbeiten. Ich nickte und sagte: Ja, ich sehe das ein.

Ich nahm den Text an mich, verabschiedete mich von allen und ging. An diesem Tag endete meine Zeit im Journalismus. Auf meine schöne Sicherheit musste ich von nun an verzichten. Eine ungewisse Zukunft stand vor mir. Ob ich als Schriftsteller meine Familie würde ernähren können, wusste ich nicht – aber ich hatte getan, was ich hatte tun müssen. Ich spürte wie nie zuvor meine Berufung.

Denn das Wort «Beruf», woher kommt es? Es kommt von «rufen». Wir werden «gerufen», und es liegt an jedem von uns, diesen Ruf zu erhören und ihm zu folgen. Jeder Mensch, glaube ich, hat eine Berufung. Jeder Mensch hat eine Aufgabe. Liebe Schülerinnen und Schüler, findet heraus, wozu ihr berufen seid. Findet heraus, was ihr am besten könnt. Ihr bekommt vielleicht nicht sofort eine Antwort. Und ihr müsst vielleicht viele Wege beginnen, bis ihr den richtigen findet. Aber das Leben wird euch entgegenkommen

Es lohnt sich

Liebe Dorfbewohner, liebe Kolleginnen und Kollegen!

Sie haben richtig gehört: Auch ich bin ein Kollege von Ihnen. Denn auch ich betreibe ein Handwerk und ein altes dazu. Geschichtenerzähler und fahrende Sänger gab es schon immer, und selbständig erwerbend waren auch sie.

So handfest wie das Schreiner- oder das Schlossergewerbe ist das Dichtergewerbe natürlich nicht. Da, wo wir früher wohnten, befand sich nebenan eine Schlosserwerkstatt, und mein älterer Sohn, der damals 4 oder 5 war, schaute dem Handwerker manchmal zu.

Was der Schlosser machte, war interessant, denn da gab es etwas zu sehen. Das, was der eigene Vater machte, fand mein Sohn dagegen nur langweilig. Bei mir gab es nichts zu sehen. Aus der Sicht eines Kindes sass ich bloss da, blickte, ohne mich zu bewegen, zum Fenster hinaus – und tippte ab und zu auf den Tasten meiner Schreibmaschine herum. Und während der Schlosser ein Gartentor schmiedete oder ein Fenstergitter, entstand bei mir – nichts. Nichts ausser einer Reihe von schwarzen Buchstaben auf einem Papier. Nicht einmal eine Zeichnung! Und schon gar nicht etwas zum Anfassen.

Trotzdem – obwohl mein Sohn absolut kein Verständnis für die Arbeit des Vaters hatte, obwohl er fand, das ist doch nichts Richtiges, so etwas tun normale Väter doch nicht – trotzdem muss ich darauf bestehen, dass auch meine Arbeit produktiv ist.

Ich mache zwar keine Gartentore, so wie der Schlosser damals, ich mache auch keine Würste, so wie der Metzger, keine Tirggel wie der Konditor, keine Schmuckstücke wie der Goldschmied, keine Plättchenböden und keine Leitungen, ich stehe nicht hinter dem Ladentisch und verkaufe, was andere hergestellt haben, ich gestalte auch keine Bücher, denn dafür sind die Grafiker da, die Buchbinder und die Drucker – aber ich gestalte Geschichten.

Das ist mein Handwerk. Ich schreibe Geschichten, und ich tue dies in Eigenregie. Ich bin ein selbständig tätiger Geschichtenerzähler. Ich führe einen Gewerbebetrieb ohne kaufmännische Buchhaltung, aber durchaus mit Werkstatt. Auch wenn diese Werkstatt nur aus einem bescheidenen Tisch, einem Laptop und dem Blick aus dem Fenster besteht.

Der Laptop ist die einzige nennenswerte Investition in meinen Beruf. Und ich muss gestehen, ich tat mich schwer damit. Denn meine gute alte Schreibmaschine, eine vierzigjährige, wunderbar grün gestrichene, absolut unverkäufliche «Hermes 3000» – unverkäuflich auch deshalb, weil niemand sie kaufen würde – war für mich so etwa dasselbe wie die Hobelbank für den Schreiner oder das Lötgerät für den Schlosser. Meine Schreibmaschine gab mir das schöne Gefühl, etwas herzustellen, auch wenn es nur Buchstaben waren.

Mit dem Laptop will dieser Handwerkerstolz nicht mehr so richtig aufkommen. Ich habe zwar zuerst noch versucht, Korrekturen per Bleistift direkt auf dem Bildschirm zu tätigen, aber das war keine so gute Idee. Auch Tipp-Ex eignet sich nicht für den Bildschirm. Und dass ein Text plötzlich weg ist, einfach gelöscht, passierte mir früher nie. Ein Blatt Papier konnte nicht verschwinden.

Mit dem Handwerk ist es also vorbei. Ein Gewerbetreibender aber werde ich weiterhin sein – auch wenn mein Arbeitsalltag etwas anders aussieht als der Alltag bei Ihnen. Ich muss dazu einiges klarstellen.

Über die Art und Weise, wie ein Schriftsteller arbeitet, kursieren hier im Dorf wilde Gerüchte. Immer wieder bin ich gesehen worden beim Spazierengehen mit dem Hund – aber nicht morgens um 7, sondern um 9 und manchmal auch erst um 10 oder 11 Uhr. Zu einer Zeit also, wo anständige Gewerbetreibende ihre Znünipause längst hinter sich haben.

Solche Beobachtungen geben zu Vermutungen Anlass – zur Vermutung zum Beispiel, dass ein Schriftsteller gar nicht arbeitet. Während rechtschaffene Leute Tag für Tag in den Stollen einfahren, spaziert der Dichter zusammen mit seinem Hund frohgemut durch die Landschaft, geniesst das Nichtstun und setzt sich auf eine Bank mit Blick auf das Dorf, wo die Menschen ihr Tagwerk bestreiten, das dem Dichter natürlich fremd ist.

Denn das Buch zuhause schreibt sich von selbst, das Bankkonto füllt sich allein, und das Steueramt bekommt trotzdem nichts. Dafür brennt spätabends im Arbeitszimmer des Dichters noch immer das Licht. Was er wohl macht dort oben, zu später Stunde, während rechtschaffene Leute schon lange schlafen?

Goldstücke zählen, wahrscheinlich.

Zwischen meinem Alltag und Ihrem, liebe Gewerbetreibende, gibt es also beträchtliche Unterschiede. Aber es gibt – und das meine ich nun sehr ernst – auch Gemeinsamkeiten. Wie Sie habe auch ich keinen fixen Lohn. Auch keinen Dreizehnten. Wie Sie habe auch ich keine Ferien, die mir bezahlt sind, keine Pensionskasse, ja nicht einmal ein Dienstaltersgeschenk. Alle diese Sicherheiten – wir kennen sie nicht.

Dafür haben wir etwas anderes. Wir alle haben das Risiko – auch ich. Wie gut der Roman, den ich schreibe, sich eines Tages verkaufen wird, ist völlig offen. Es ist nicht mein erstes Buch, doch nur wenige Branchen sind so unberechenbar wie das Buchgeschäft.

Als J.K. Rowling den ersten Band von «Harry Potter» ihrem Verleger anbot, willigte dieser zwar ein, den Roman zu veröffentlichen, doch legte er der Autorin nahe, sich einen Job zu suchen. Er meinte es gut. Vom Schreiben, erklärte er, werde sie sicher nicht leben können.

Heute, wie Sie wissen, ist J.K. Rowling die reichste Frau Grossbritanniens. Sie hat mehr Geld als die Queen.

Erfolg ist nicht planbar – in der Buchbranche jedenfalls nicht. Ich schreibe also mein Buch mit dem Risiko, dass es an den Erfolg «Harry Potters» nicht ganz herankommen wird. Erkennen wird erst die Nachwelt, was für ein grosser Dichter ich möglicherweise war. Ob dann die Gemeinde Wald einen Waldweg nach mir benennt, ist ebenfalls ungewiss.

Mit diesem Risiko muss ich leben. Trotzdem schreibe ich dieses Buch. Trotzdem unternehme ich alles, um die Arbeit daran finanzieren zu können. Und ich nehme in Kauf, dass es trotzdem nicht reicht. Dass es uns finanziell schlecht geht und ich deswegen ein schlechtes Gewissen habe.

Vor bald zwanzig Jahren erlebte ich das letztemal eine gewisse materielle Sicherheit. Ich schrieb Geschichten für eine Schweizer Illustrierte – gleichen Namens – und bekam jeden Monat eine Art Grundhonorar. Bis ich eines Tages merkte, dass diese Sicherheit mir nicht gut tut. Sie war nichts anderes als eine verkleidete Abhängigkeit. Das ertrug ich nicht länger. Ich gab die Sicherheit auf – zugunsten der Freiheit.

Sie wissen, wovon ich spreche. Auch in Ihrer Biografie gab es möglicherweise diesen Moment, wo Sie beschlossen, die relative Sicherheit einer festen Stelle und eines regelmässigen Einkommens aufzugeben zugunsten der Selbständigkeit. Auch in Ihrem Leben gab es dann vielleicht diesen Augenblick, wo Sie Ihrer Partnerin – Ihrem Partner – Ihre Pläne eröffneten.

Ich weiss noch, meine Frau und ich, wir gingen spazieren, und ich gab ihr die Hand und versprach ihr feierlich, auch als Schriftsteller für die Familie zu sorgen. Ohne den geringsten Schimmer zu haben, was für ein tollkühnes Versprechen ich gab. Das merkte ich erst mit der Zeit. Ich merkte es, als ich zum erstenmal nicht mehr wusste, woher ich das Geld nehmen sollte für die nächste Monatsmiete, die nächste Krankenversicherungsprämie, die nächste Stromrechnung. Da gab es Momente, wo ich mir überlegte, zurückzuweichen in den sicheren Hafen einer geordneten, festen Stelle.

Diese Momente, diese bewölkten Tage kennen alle, die sich selbständig machen. Und doch sind Sie stolz, so nehme ich an, der Versuchung nicht erlegen zu sein. Sie sind stolz, nicht kapituliert zu haben. Und auch Sie wurden belohnt, so nehme ich an – so hoffe ich – mit besseren Zeiten. Plötzlich hagelt es Aufträge. Plötzlich kommen die

Kunden. Plötzlich hat man Erfolg – oder wieder Erfolg. Man weiss nicht, wie das geschieht. Aber so läuft es.

Wofür belohnt uns das Leben denn? Für den Mut.

Wer sich selbständig macht, ein Gewerbe betreibt – oder es von den Eltern übernimmt und weiter betreibt –, braucht Mut. Mut zum Risiko. Mut zum Glauben an das Gelingen. All die Geschäfte, Betriebe und Firmen in unserem Dorf sind ein Ausdruck, ein Beweis dieses Mutes.

Natürlich haben wir, die Selbständig Erwerbenden, alle ein Verkaufsinteresse. Geld verdienen wollen wir alle, gewiss. Darüber hinaus jedoch haben wir eine Botschaft – eine Botschaft vor allem an die junge Generation. Die Botschaft lautet: Es lohnt sich. Es lohnt sich, einen eigenen Weg zu gehen. Es lohnt sich, etwas zu wagen.

Auch die brotlose Kunst des Dichtens kann ich wärmstens empfehlen. Mit Gottes Lohn dürft ihr rechnen.

Süchtig nach Melodie

ANSPRACHE AN DER MATURFEIER DER
KANTONSSCHULE OERLIKON AM 13. SEPTEMBER 2002

Liebe Schülerinnen und Schüler, liebe Eltern,
geschätzte Anwesende!

Wir haben vorhin, zum Auftakt der Feier, Musik gehört,
wir werden gleich anschliessend wieder Musik geniessen,
und mit Musik wird die Feier zu Ende gehen. Obwohl diese Schule meines Wissens keine Musikschule ist und das
Fach Musik, verglichen mit Mathematik oder Deutsch, nur
ein Nebenfach war, steht Musik ganz klar im Mittelpunkt
dieser Maturitätsfeier. Musik steht im Zentrum, obwohl
es an dieser Feier eigentlich nicht um Musik geht, sondern um Dinge, für die es im Grunde nur Worte braucht.

Werfen wir einen Blick über den heutigen Tag hinaus. Die
Wahrscheinlichkeit, dass Sie später einmal als Konzertpi-
anistin oder Barpianist enden werden, als Xylophonistin
oder Paukist im Orchestergraben des Opernhauses, als
gefeierter Popstar oder als Operndiva — die Wahrscheinlichkeit also, dass Sie nach dem Gymnasium eine mu-
sikalische Laufbahn einschlagen, ist statistisch gesehen
gering. Die meisten von Ihnen werden in ihrem Studium,
in ihrem Beruf höchstens am Rande oder schlicht überhaupt nicht mit Musik konfrontiert sein.

Trotzdem — so wie Musik, ohne offensichtlichen Grund,
diese heutige Feier dominiert, wird Musik auch Ihr Leben
prägen. Das tut sie schon jetzt. Wenn Sie morgen, am Tag
nach der heutigen Feier erwachen, dann werden sehr viele von Ihnen schon bald, wie immer, Musik einschalten.
Oder Sie werden Radio hören. Und was sendet das Radio,
abgesehen vom Geschwätz zwischendurch? Musik.

Musik begleitet Sie sozusagen vom Augenblick an, wo Sie aufstehen, bis Sie ins Bett gehen. Sie begleitet Sie sogar dann, wenn Sie gar keine Taste drücken, sie begleitet Sie unaufgefordert, und so geht es uns allen. Wo wir gehen und stehen, überall lauern uns Lautsprecher auf, aus denen Musik quillt.

Im Café, schon frühmorgens, im Auto, beim Shopping, am Telefon, im Gedränge der S-Bahn: Immer liegt Musik in der Luft. Sie säuselt und klimpert in Wartezimmern, beim Zahnarzt und sogar in Toiletten, im Hallenbad und im Fitnesszentrum, im Kino – vor und während des Films und danach –, und zuhause, wenn der Fernseher läuft: Ständig, überall dringen an unser Ohr Melodien, Signete, Klingelzeichen und Soundtracks, ständig, überall plärren, dudeln und tönen die Lieder. Und am Ende des Tages, wenn sonst nichts mehr läuft, legen wir eine CD auf, eine der vielen, unzähligen, die wir besitzen, und wieder umfängt uns Musik.

Es soll sogar Menschen geben, die sich mit Musik in den Schlaf wiegen. Ohne beruhigende Melodien können sie sich von den Pflichten des Tages gar nicht befreien.

Wir kommen schon auf die Welt mit Musik, mit Entspannungsklängen für Mutter und Kind, es folgt, mittels aufziehbarer Musikdose, «Schlaf Kindlein schlaf», es folgen die Schlieremer Chind, es folgen die Schlümpfe, die BRAVO-Hits, es folgt – unvergesslich – die erste Party, das erste Mal Tanzen, der erste Kuss, das erste Mal Ausgang bis Mitternacht. Und immer dabei: Musik, Musik und nochmal Musik.

Warum verwandeln wir unser Leben – obwohl wir keine Musiker sind – in eine ganzjährige, ununterbrochene Disco? Und wie kommt es soweit, dass ein Gymnasium seine Maturitätsfeier derart mit Musik vollbefrachtet, als würde es sich um die Abschlussfeier an der musikalischen Hochschule handeln?

Muss das denn sein? Geht es nicht ausnahmsweise ohne Musik?

Ich bin nur wenigen Menschen begegnet, die so reagieren würden. Sie empfinden Musik – vor allem Musik aus der Dose, aus der Lautsprecherbox – meist als störend und halten sich lieber an Orten auf, wo keine Musik läuft. Doch solche Zeitgenossen sind eine geradezu verschwindende Minderheit, sie sind so selten wie die Stille, die sie bevorzugen.

Die übergrosse Mehrheit hört gerne Musik – und ich glaube, ich darf für uns alle sprechen: Die meisten von uns stört es nicht, wenn Musik läuft – solange sie uns gefällt. Es stört uns viel eher, wenn ausnahmsweise längere Zeit einmal Ruhe herrscht.

Dann beginnt die Musik uns zu fehlen. Dann brauchen wir sie.

Versuchen Sie sich zu erinnern, wann Sie das letzte Mal einen ganzen Tag ohne Musik verbracht haben. Gab es einen solchen Tag überhaupt? Gab es einen solchen Ort überhaupt, wo keine Musik an Ihr Ohr drang? Da müssten Sie schon eine Hochgebirgstour unternommen haben. Aber selbst dann: Wenn Sie am Abend glücklich und erschöpft zur Berghütte kommen, was wird Sie empfangen?

Natürlich Musik. Falls Sie nicht ohnehin Ihren Walkman mit sich genommen haben. Da wir uns nämlich nicht vorstellen können, einen ganzen Tag ohne Musik zu verbringen, sorgen wir vor und nehmen sie mit. Damit wir nicht unter Entzugserscheinungen leiden, falls wir auf 3000 Metern Höhe plötzlich Lust auf Vivaldi oder «U2» bekommen.

Was bedeutet das aber, wenn der Walkman sogar auf die Bergtour muss? Auf einen Berg hinauf schleppen wir nur das Notwendigste – also gehört die Musik zum Notwendigsten. Sie ist uns ebenso wichtig wie der Proviant. Und wie der Proviant unterwegs dazu da ist, um uns zu nähren, nährt uns offenbar auch die Musik. Sie ist eine Nahrung, ohne die wir, so scheint es, nicht auskommen. Wir brauchen sie täglich wie Essen und Trinken.

Dagegen liesse sich einwenden, dass wir ohne Essen und Trinken nicht überleben könnten – ohne Musik aber schon. Das mag sein.

Doch nehmen wir einmal an – eine erfreuliche Annahme ist es nicht, ich gebe es zu –, ein Meteorit würde die Erde treffen und zu Naturkatastrophen unvorstellbaren Ausmasses führen. Europaweit, weltweit würde der Strom ausfallen, sämtliche TV- und Radiostationen wären, ebenso wie alles andere, stumm und kaputt, und selbst die Schweiz wäre betroffen.

Sie ahnen schon, worauf ich hinaus will. Ums nackte Überleben müssten wir kämpfen. Nahrung müssten wir suchen, Schutz vor Regen und Kälte müssten wir finden, Verletzte müssten wir pflegen, Tote begraben. Alles andere wäre unwichtig.

Dann würde ein Kind in den Trümmern einen CD-Player entdecken. Die Batterien wären noch drin, auch eine CD wäre noch drin, wir müssten nur «Play» drücken – und es würde Musik erklingen. Würden wir's tun? Obwohl wir keine Zeit dafür hätten, weil alles andere dringender wäre? Wir würden es tun. Vielleicht nicht sofort, aber irgendwann am Ende des Tages.

Wir würden Musik hören wollen, und wenn es nur diese einzige CD wäre, und wenn es sich um Musik handeln würde, die uns vorher, am Tag davor, als wir nicht wussten, was auf uns zukommt, gar nicht gefallen hätte – wir würden sie hören wollen, immer und immer wieder.

Und würden wir keinen CD-Player und auch kein Kassettengerät entdecken, dann würde vielleicht eine Flöte irgendwo in den Trümmern liegen, eine schlichte Kinderblockflöte, und jemand, der sie zu spielen verstünde, würde ein Lied darauf spielen. Selbst wenn es nur diese eine, einzige Melodie wäre – es wäre Musik, und wir würden sie hören wollen.

Und hätten wir nicht einmal diese Flöte gefunden, was täten wir dann? Wir würden zu singen beginnen. Zum Singen braucht es nichts als die eigene Stimme, und solange wir eine Stimme hätten, würden wir singen. Und wer nicht singen könnte, würde summen und den Takt dazu schlagen.

Warum wäre das so? Warum dieser unerklärliche Hunger nach Melodie, nach Musik selbst in einer Situation, in der bereits ein Stück Brot eine Kostbarkeit wäre?

Auch die Seele, offenbar, braucht Kalorien. Wenn sie keine bekommt, hat sie Hunger. Dann geht es uns schlecht. Dann nützt alles Essen und Trinken nichts, und alle sogenannte Vernunft nützt uns nichts, die uns einreden will, wir könnten auch ohne Musik überleben. Wir könnten es nicht. Der Mensch lebt nicht vom Brot allein, und Musik ist das Brot, das die Seele braucht.

Sie braucht es heutzutage besonders, das erleben wir täglich. Musikhören ist eine Sucht geworden, eine ganze Zivilisation ist musiksüchtig, und warum?

Weil die heutige Welt so unmusikalisch ist. So melodielos. So voller Lärm, aber ohne Klang, so voller Kampf, aber ohne Schwingung und ohne Rhythmus, so voller Daten, doch ohne Gesang: Deshalb brauchen wir soviel Musik. Weil wir im Innersten leiden an dieser Welt, die so schön und doch so schwierig und schlimm ist – und weil die Musik unser Leiden lindert.

Welche Musik meine ich? Ganz einfach: Schöne Musik. Wir Menschen – jedenfalls die meisten von uns – lieben Musik, die harmonisch und melodiös ist. Deshalb sind uns die Klassiker noch immer so nahe, weil eine Mozart-Sinfonie schön ist. Ob Rock oder Pop, Volksmusik oder Weltmusik: Jede Art von Musik, die wir als schön empfinden, hilft uns, unsere Balance wiederzufinden. Sie stimmt uns versöhnlich. Sie vermittelt uns Zuversicht. Sie tut uns gut.

Musik aber, die uns gut tut, ermutigt uns. Sie macht uns Mut, dazu beizutragen, dass die Welt musikalischer wird. Und genau dies, liebe Schülerinnen und Schüler, möchte ich Ihnen mit auf den Lebensweg geben. Was auch immer Sie später tun werden – tun Sie es, als würden Sie ein Instrument in die Hand nehmen und zu spielen beginnen.

Dazu müssen Sie keine Musiker sein. Jeder Beruf, jede Tätigkeit, jede Lebenseinstellung kann «musikalisch» oder «unmusikalisch» ausgeübt werden. Es kommt auf Sie selbst an. Verhelfen Sie sich und der Welt zu mehr Klang, erfüllen Sie Ihr Leben mit Melodie. Singen Sie!

Ich danke Ihnen fürs Zuhören.

Wofür steht die Schweiz?

ANSPRACHE AM 1. AUGUST 2000 AUF DEM DORFPLATZ
VON SILS IM ENGADIN

Liebe Bürgerinnen und Bürger von Sils, liebe Gäste!

Im ersten Jahr des neuen Jahrtausends eine Rede zum
Nationalfeiertag halten zu dürfen – und dazu noch an
einem so schönen Ort in der Schweiz – empfinde ich als
eine besondere Ehre. Und ich möchte diese ehrenvolle Of-
ferte deshalb nicht mit einer kritischen Rede verderben,
obwohl ja heute erwartet wird, dass selbst an 1.-August-
Reden zunächst einmal kritische, selbstkritische Worte
geäussert werden. Aber das möchte ich nicht. Dazu ist
mir der Anlass zu wertvoll. Ich möchte mit meinem kurzen Gedankengang einfach nur über die Frage sprechen:
Wofür steht die Schweiz? Was ist die Botschaft unseres
Landes, die wir ins neue Jahrtausend mitnehmen wollen?
Was soll unser Beitrag sein an die Welt auf ihrem Weg in
die Zukunft?

Deshalb zunächst die Frage: Wie konnte eine Nation wie
die Schweiz überhaupt entstehen? Denn eigentlich, liebe
Schweizerinnen und Schweizer, ist unser Land ein tief ge-
spaltenes Land – gespalten in verschiedene Landesteile,
verschiedene Mentalitäten, verschiedene Sprachen und
sogar in verschiedene Wetterlagen. Täglich sagt man uns,
dass wir entweder zur «Alpennordseite, Nord- und Mittel-
bünden» gehören oder zur «Alpensüdseite und dem Engadin». Auch die Alpen trennen unser Land in zwei Teile.

Ich sagte «unser» Land. Wie kommt es denn, dass wir
trotz all dieser Trennungen eine Nation sind? Logischer
wäre doch, wenn die Deutschschweiz zu Deutschland, die
Westschweiz zu Frankreich, das Tessin zu Italien und das

Engadin, sagen wir, zu Österreich gehören würden. Dennoch sind wir ein Ganzes. Wie kommt es, dass aus der Schweiz die Schweiz wurde?

Wir wissen aus dem Geschichtsunterricht, dass am Anfang ein Zweckbündnis stand, die Vereinbarung der drei Urkantone. Wir wissen, dass danach, wieder aus Zweckmässigkeit, weitere Kantone dazukamen, bis eines Tages der heutige Bundesstaat daraus wurde.

Anwesende Geschichtslehrer mögen den etwas saloppen Gang durch die Schweizer Geschichte entschuldigen. Aber ich denke, das ist die Darstellung, die wir kennen: Dass die Schweiz nur entstehen konnte, weil es zweckmässig war, sie zu gründen, weil es für alle vier Landesteile, für alle Kantone politisch und wirtschaftlich vorteilhaft war, sich an der Eigenossenschaft zu beteiligen.

Schrecklich, so zweckmässig sprechen zu müssen. Schrecklich vor allem deshalb, weil es nicht stimmt!

Ist es Zweckmässigkeit, die uns alle, Deutschschweizer, Romands, Tessiner und rätoromanische Schweizer, heute Abend hier auf dem Dorfplatz von Sils vereint? Ist es Berechnung, die uns jedesmal, wenn wir irgendwo auf der Welt ein Schweizerkreuz sehen, das gute Gefühl gibt, auch zu diesem Land zu gehören? Ist es nur Egoismus, wenn wir nicht mit fliegenden Fahnen in die EU eintreten wollen?

Und ist es bloss Rührseligkeit, wenn das Herz eines Schweizer Sportlers, der auf dem Podest steht, höher schlägt, sobald er die ersten Töne der Nationalhymne hört? Wenn auch uns manchmal warm ums Herz wird beim Erklingen der Hymne?

Was der Zeitgeist über das Entstehen der Schweiz sagt, bleibt so oberflächlich und intellektuell wie das meiste in der heutigen Zeit. Was unsere Jugend darüber lernt, was in Lehrmitteln und Geschichtsbüchern steht, was wir in Essays und Kommentaren lesen über Wesen und Sein dieses Landes – das meiste davon dringt nicht in die Tiefe. Das meiste ist eigentlich falsch.

Zweckmässigkeit allein kann ein Land, das aus so unzusammenhängenden Teilen besteht wie die Schweiz, nicht zusammenhalten. Das hätte als einigende Kraft niemals ausgereicht, so viele Jahrhunderte schon. Der Mensch, wie man weiss, besteht nicht nur aus Kopf und Kalkül – wir haben Gefühle, wir haben ein Herz. Mit anderen Worten: Schweizerin zu sein oder Schweizer ist nicht nur ein Wissen, sondern vor allem eine Empfindung.

Diese Empfindung entsteht schon ganz früh. So war es auch bei mir. Bilder standen am Anfang, Bilder, auf denen das Schweizerkreuz vorkam. Es prangte am Heck der Swissair-Flugzeuge, ich sah es am 1. August, ich sah es an den Leibchen der Schweizer Fussballer, auf meinem Pfadfinder-Taschenmesser, an den Autokennzeichen, auf meinem Pass – und jedesmal, wenn ich es sah, vertiefte es die Gewissheit in mir, ein Schweizer zu sein.

Wie aber empfand ich die Schweiz? Ich komme in jeder 1.-August-Ansprache auf dasselbe prägende Bild zurück: Der Moment vor der Landung in Kloten. Da mein Vater bei der Swissair arbeitete, erlebte ich diesen Augenblick immer wieder von neuem – immer dann, wenn wir aus dem Ausland in die Schweiz zurückkehrten. Ich sah unter uns die Spielzeuglandschaft des Aargaus mit ihren Hügeln, Feldern, Wäldchen und Dörfchen, und jedesmal war ich beeindruckt und freute mich auf die Heimkehr.

Inzwischen sind die Spielzeuglandschaften etwas moderner geworden, etwas weniger lieblich und niedlich. Und doch ist das Bild, das die Schweiz uns vermittelt, trotz aller Zersiedlung im Wesentlichen noch immer dasselbe: Es ist ein geordnetes Bild, und es gefiel mir, dass das Land, zu dem ich gehörte, ein geordnetes und ein schönes Land war. Ich fühlte, mit der Ahnung des Kindes, dass Ordnung – Ordnung im Sinne von Harmonie – und Schönheit in einem Zusammenhang stehen.

Dann lernte ich, dass die Schweiz neutral war, nicht offen Partei ergriff und sich aus Kriegen heraushielt. Ich lernte, dass das Rote Kreuz aus der Schweiz stammt, ich erfuhr vom Kinderdorf Trogen, von den Flüchtlingen 1956 aus Ungarn, die bei uns eine Bleibe fanden, ich erfuhr, wie die Schweiz den hungernden Kindern in Biafra half – und so wuchs in mir diese zweite Empfindung: Dass das Land, in dem ich lebte, ein gutes Land war, ein Land, das niemandem übelwollte, das hilfsbereit und friedliebend war.

Gleichzeitig empfand ich das Dritte, und dieses Dritte ist mit Abstand das Wichtigste: Ich erfuhr die Geschichte von Wilhelm Tell, die Geschichte von der Vertreibung der Vögte, vom Rütlischwur, und ich lernte und verinnerlichte, dass die Schweiz ein freies Land war. Niemand hatte sie je unterjochen können, sogar in den Weltkriegen blieb sie, wie durch ein Wunder, frei und verschont.

Freiheit – das ist das Zauberwort. Unser Land ist nicht nur ein schönes und ein neutrales, sondern vor allem ein freies Land.

Diese Freiheit entdeckte ich auch in der Freiheit des Individuums. Ich entdeckte, dass wir, die Schweizer, im Unterschied zu den Menschen hinter dem Eisernen Vorhang und auch im Unterschied zu den Menschen in ärmeren Ländern, reisen konnten, wohin wir wollten. Ich entdeckte, dass uns berufliche Wege, Wege der Bildung, Wege zum Wohlstand offenstanden, als Chancen, die wir nur zu ergreifen brauchten. Ich entdeckte, dass wir frei heraus schreiben und sagen konnten, was wir zu sagen hatten, dass wir keine Angst haben mussten; und ich lernte, dass wir als Staatsbürger mitbestimmen und mitreden können in einem Ausmass wie nirgends sonst auf der Welt.

Dieses Grundgefühl führt uns alle und immer wieder, so wie heute, zusammen: Wir Schweizer sind frei, und niemand darf uns die Freiheit nehmen. Schon als Kind fühlte ich diesen Geist der Schweiz, auch wenn er mir noch nicht bewusst war. Doch der Gedanke, dem gleichen Volk anzugehören wie Wilhelm Tell, stimmte mich sehr zufrieden. Und so wie er wollte auch ich nie in Unfreiheit leben.

Bitte verstehen Sie mich nicht falsch: Ich spreche hier nicht als fahnenschwenkender Patriot, sondern als Mensch, der sich fragt, was das Wesentliche des Schweizerseins ist. Das Wesentliche ist der Freiheitsgedanke. Eine unfreie Schweiz ist ein Widerspruch fast in sich. Dass wir unsere Freiheit bis heute verteidigt haben, darf uns mit Stolz erfüllen – mit einem Stolz, der nicht selbstgerecht, sondern selbstbewusst gemeint ist. Wir dürfen stolz sein auf unser Land, auf unsere Wurzeln, und wir dürfen uns glücklich schätzen, dass auch wir eine Sage haben, eine Sage der Schweiz, eine bewegende, starke Legende, so gewaltig und schön wie die Alpen in unserer Mitte. Sie soll uns erinnern an das Gemeinsamste, das wir haben: die Freiheit, die uns vereinigt von Sils bis Sissach, die die Schweiz zur Schweiz gemacht hat und nach wie vor unser höchstes Gut ist.

Und wenn ich von Freiheit spreche, meine ich zwar zunächst die politische, vor allem jedoch die persönliche und die geistige Freiheit. Liebe Mitbürgerinnen und Mitbürger: Leben Sie ihr eigenes Leben, so wie Sie es für richtig halten. Und grüssen Sie nicht den Hut auf der Stange, denn solche Hüte gibt es auch heute. Lassen Sie sich von niemandem sagen, was Sie zu denken haben. Denken Sie selber.

Kap Horn

Liebe Zuhörerinnen und Zuhörer!

Um es von Anfang an klarzustellen: Was wir am 31.12.1999 gefeiert haben, war die Wende zu einem neuen Jahrtausend. Am 1.1.2000 begann etwas Neues, nicht mathematisch vielleicht, aber emotional, und das Emotionale ist offenbar immer noch stärker als das objektiv Mathematische. Am 1.1.2000 begann in der Geschichte der Menschheit ein neuer Lebensabschnitt.

Man könnte natürlich fragen, was hat sich geändert? Es änderte sich eine Zahl und sonst nichts. Wer 1999 Kaffee nur mit Zucker mochte, wird auch jetzt, im Jahr 2000 Kaffee nur mit Zucker mögen. Und wer 1999 sagte, Gott gibt es nicht, wurde am 1.1.2000 nicht über Nacht ein gläubiger Mensch.

Dennoch, obwohl sich ausser einem Datum nichts änderte, lag die ganze Welt im Millenniumsfieber. Auch die nicht-christlichen Länder, jene, die eigentlich eine andere Zeitrechnung haben, feierten mit. Überall stieg die Spannung, überall schaute man auf die Uhr, vergass für einen Augenblick alles, was man sonst nicht vergisst – und erwartete fiebrig den grossen Moment, als es Mitternacht wurde. Warum war das so? Warum war den Bewohnern der Erde das Feiern dieser Jahrtausendwende ein solches Bedürfnis?

Das ganze Leben hindurch gehören wir stets einer Gruppe, einer Kategorie an: Wir sind Männer oder Frauen, Untergebene oder Chefs, Progressive oder Konservative,

Raucher oder Nichtraucher, Europäer oder Nicht-Europäer, Christen oder Nicht-Christen – immer spielen wir eine von vielen Rollen, obwohl jede Rolle nur ein Teil von uns ist. Am 31.12.1999 jedoch war alles ganz anders. Die Jahrtausendwende betraf uns als Menschen. Das war das eigentlich Grosse und Bewegende der Millenniumsnacht, dass wir uns in jenen letzten Minuten, wie nur ganz selten, als Teil der Menschheit erlebten, dass wir spürten oder zumindest fühlten: Wir sind Menschen, und rund um den Erdball sind andere Menschen, und sie feiern das Gleiche wie wir.

Lassen Sie mich die Frage aber noch einmal stellen: Was war es denn, was wir feierten? Es war die Wende von einem alten zu einem neuen Jahrtausend. Alle wussten das – und doch bekam ich den Eindruck, da werde keine Jahrtausendwende, sondern bestenfalls eine Jahrhundertwende gefeiert. Ich habe über das letzte Jahrhundert, über seine Probleme, Katastrophen und Krisen diverse Essays gelesen. Aber fast nirgends las ich eine Bilanz über das letzte Jahrtausend, und das erstaunte mich. Sind wir so sehr Gegenwartsmenschen, fragte ich mich, dass wir nicht in der Lage sind, ein paar Schritte zurückzutreten und auf ein Jahrtausend zurückzublicken?

Dieselbe Frage stellte sich mir auf die Zukunft bezogen. Viele Prognosen und Thesen wurden verfasst, die die nächsten Jahre und Jahrzehnte betreffen. Doch nirgends las ich etwas über das neue Jahrtausend. Reicht unser Blick nach vorn, mit anderen Worten, nur ein paar Jahre weit? Ist die Frage, was das neue Jahrtausend bringt, eine Frage, die zu gross für uns ist?

Versuchen wir es trotzdem. Werfen wir als Menschen, als Bewohner dieses Planeten Erde, zunächst einen Blick zurück, fragen wir uns: Was geschah im letzten Jahrtausend?

Um es in einem Satz auszudrücken: Die Menschheit ist zur Vernunft gekommen. Das ist gewöhnlich ein Kompliment, zu sagen, jemand sei zur Vernunft gekommen, und es ist bezeichnend für unsere Zeit, dass die Vernunft ein Kompliment ist. Ich meine es aber nicht so. Ich meine es wörtlich. Die Menschheit kam zur Vernunft – das heisst, sie vollzog im letzten Jahrtausend den Schritt, wissen zu wollen. Sie begann die Welt verstandesmässig, rational zu betrachten und nur noch zu glauben, was man sehen, zählen oder vermessen kann.

Gleichzeitig aber, in dem Masse, wie die Menschheit vernünftig wurde, ging ihr etwas verloren – der Glaube. Das ist, aus meiner Sicht, das zweite grosse Ergebnis des letzten Jahrtausends. Denn sämtliche Religionen basieren auf der Bereitschaft, zu glauben. Niemand kann beweisen, dass es Gott gibt, und selbst Jesus Christus, der offenbar wirklich lebte, ist nicht mehr heilig. Die Zeugnisse seiner Jünger werden heute meist nur noch so gedeutet, dass dieser Jesus einfach ein besonderer Mensch war – mehr nicht.

Vor 1000 Jahren war das noch anders. Damals brauchte niemand einen Beweis dafür, dass das Göttliche existierte. Versuchen wir uns hineinzuversetzen in das Empfinden der Menschen zu jener Zeit: Man lebte gleichsam in göttlicher Hand. Man fühlte sich darin aufgehoben. Jeder Baum war beseelt, in den Blumen wohnten die Elfen, im Donner sprachen die Götter.

Und heute? Der Donner ist, ebenso wie der Blitz, ein physikalisches Phänomen. Die Schönheit der Blumen lässt sich gentechnisch optimieren, und bei den Bäumen unterscheiden wir zwischen Nadelbäumen und Laubbäumen. Aus der Hand Gottes sind wir hinausgeklettert, nun stehen wir draussen, frei, zu gehen, wohin wir wollen.

Das ist die Bilanz am Anfang des neuen Jahrtausends. Das Primat der Vernunft, der breite Zugang zu Wissen und Bildung hat uns frei gemacht – und befreite uns davon, glauben zu müssen. Wir brauchen keine Kirche mehr, die uns sagt, was wir denken sollen. Wir können selber denken. Über unser Leben und unsere Weltanschauung entscheiden wir selbst.

Sie werden einwenden, liebe Zuhörerinnen und Zuhörer, dass diese Freiheit nur für westliche, demokratische Länder gilt. Das stimmt und stimmt doch nicht. Denn auch die Menschen all jener Länder, wo Unterdrückung und Diktatur herrscht, wissen: Es gibt diese Freiheit. Der chinesische Dissidente weiss: Bei uns im Westen darf man aussprechen, was man denkt. Die junge Muslimin, die gegen ihren Willen verheiratet wird, weiss: In Europa bestimmen die Frauen selbst, wen sie heiraten wollen. Überall auf der Welt wird heute die geistige und persönliche Freiheit, die Freiheit des Einzelnen zum obersten Ideal jedes Menschen, der unfrei ist und sich dessen bewusst wird.

Diese Freiheit jedoch, sie hat ihren Preis, wie wir alle wissen, und der Preis besteht darin, dass wir selber herausfinden müssen, warum wir auf dieser Welt sind. Die Antwort des Pfarrers genügt den meisten von uns heute nicht mehr. Wir spüren, die Frage nach dem Sinn unseres Lebens verlangt von uns eine eigene Antwort, und das ist schwierig. Zu wissen, was wir nicht mehr wollten, war einfach. Aber wissen, was wir wollen, wissen, wozu wir da sind, ist tausendmal schwieriger, als wir dachten.

Die moderne Freiheit mit Sinn zu erfüllen – das wird unsere Aufgabe sein im neuen Jahrtausend, dessen Schwelle wir nun überschritten haben. Der ganze atemberaubende technologische Fortschritt, den wir heute erleben, von den Satelliten im Weltraum bis hinab zum Mobiltelefon in jedermanns Hand – das alles hat buchstäblich keinen Sinn, wenn es keinen Sinn hat, wenn es eine Technologie ohne Geist ist.

Und ich möchte noch weitergehen: Auch der Umweltschutz, die gesunde Ernährung, jede politische Tätigkeit, jedes Engagement für die Gemeinschaft, die ganze Kultur, die Psychologie, der Sport – das alles wird irgendwann sinnlos, wenn wir keine Antworten suchen auf die letzten und entscheidenden Fragen: Warum lebe ich? Woher komme ich, wohin gehe ich?

Viele Menschen stellen sich diese Fragen schon gar nicht. Doch spätestens, wenn wir uns fragen, was das, was wir tun, eigentlich soll; spätestens wenn wir uns fühlen wie der Hamster im Rad; spätestens, wenn unser Leben einen Verlauf nimmt, den wir nicht wollten und nicht begreifen – spätestens dann müssen wir uns der Sinnfrage stellen.

Wo aber finden wir eine Antwort auf die Frage nach dem Sinn unseres Lebens?

Lassen Sie mich auf den Silvesterabend zurückkommen, auf die Zeit kurz vor Mitternacht. In den letzten Minuten des alten Jahres – und es waren diesmal sehr besondere letzte Minuten –, kurz vor dem zwölften Stundenschlag ist der Wunsch, hinauszugehen, ins Freie zu gehen, mehr als nur eine Laune. Dann tun wir das nicht nur wegen der Glocken oder wegen des Feuerwerks. Sondern wir tun es auch deshalb, um einen Augenblick in den Himmel zu sehen.

Dann stehen wir da, das Proseccoglas in der Hand, und blicken – wenn es das Wetter erlaubt – zu den Sternen hinauf. Warum tun wir das? Wir könnten ebensogut in den Boden blicken, doch nein, wir wenden uns zu den Sternen hin und sinnieren ein wenig und fragen uns, wie unser Leben wohl weitergeht.

Das In die Sterne blicken in der Neujahrsnacht, so glaube ich, ist im Grunde dasselbe, was auch der Sterndeuter macht. Vielleicht tragen auch wir das Gefühl in uns, dass die Sterne da oben nicht nur eine physikalische Grösse sind, vielleicht empfinden auch wir, dass ihre Stellung etwas mit uns zu tun hat. Oder wir sind sogar überzeugt davon.

Mit Verblüffung habe ich selber gelernt, wie genau die Sternenkonstellation zum Zeitpunkt meiner Geburt meinen Charakter, mein Wesen spiegelt. Damit will ich nicht sagen, dass ich viel von Astrologie verstehe. Der Zusammenhang zwischen uns und den Sternen ist für mich nur ein Beispiel – ein Beispiel dafür, dass es Dinge zwischen Himmel und Erde gibt, die sich wissenschaftlich zwar nicht erklären lassen, die wir aber trotzdem als wahr empfinden. Wir können sie nicht beweisen, doch wir haben die Freiheit, an sie zu glauben.

Bitte verstehen Sie dies nicht als Aufruf, den Fortschritt, den das alte Jahrtausend der Menschheit gebracht hat, geringzuschätzen. Die Vernunft ist der sichere Boden, auf dem wir stehen, sie ist unser Basislager und Ausgangspunkt. Das wird auch im neuen Jahrtausend so sein, und keine Fanatismen und keine Dogmen werden das ändern können. Was wir wissen, darauf kommt es zuerst an. Trotzdem möchte ich Sie dazu anregen, sich gelegentlich den Genuss zu gönnen, zu *glauben*. Sie sind frei, es zu tun, das ist das Gute und hoffnungsvoll Stimmende an der heutigen Zeit: Sie müssen nichts glauben. Aber Sie dürfen.

Die Bereitschaft, zu glauben, ist der Schlüssel zu den Antworten, die wir suchen – wenn wir sie suchen. Auch Magellan damals konnte nicht wirklich wissen, ob an der Südspitze Südamerikas, hinter Kap Horn die Welt weitergehen würde. Doch er glaubte daran. Er glaubte daran, dass die Welt kein Teller ist, sondern rund.

Heute wissen wir es. Erforscht sind die Meere, bestiegen die Gipfel, durchmessen die Wüsten – die Welt, die äussere Welt ist entdeckt. Doch die Herausforderung, die das neue Jahrtausend der Menschheit stellt, wird um ein Vielfaches grösser sein. Nicht einmal die Erforschung des Alls hat dieselbe Bedeutung. Nach der äusseren die innere Welt zu entdecken, nach der Materie den Geist zu finden, das wird die Aufgabe sein, die die Menschheit krönt, und sie erfordert von uns ebenso viel Bereitschaft, zu glauben, wie sie einst Magellan hatte.

Tun wir es! Umschiffen Sie das Kap, liebe Zuhörerinnen und Zuhörer, begnügen Sie sich nicht länger mit dem täglichen kleinen Weltbild, das der Zeitgeist und die Medien uns einreden. Segeln Sie kühn voran, kämpfen Sie gegen die Winde der Realisten, die belächeln, was sie nicht kennen. Stossen Sie vor, auf der Suche nach dem Sinn Ihres Lebens. Es gibt eine Welt hinter der Welt. Woher käme sonst unsere Lebenskraft? Unser Herzschlag? Da muss es doch etwas geben! Eine «höhere» Energieform. Eine «geistige» Energie. Und vielleicht sogar eine ewige Wahrheit. Entschliessen Sie sich, daran zu glauben, dass über der Logik das Wunder steht.

*

Ich möchte Ihnen eine Geschichte erzählen, ein schlichtes kleines Erlebnis aus dem letzten Sommer des alten Jahrtausends. Gegen das Ende der Ferien, an einem heissen Hochsommertag, stand ich mit meinen Kindern an einer Bahnstation und wartete auf den Zug. Der See, an dem die Bahnstation liegt, glitzerte so verlockend, dass wir beschlossen, die halbe Stunde Wartezeit zu verkürzen und ein rasches, kühlendes Bad zu nehmen. Auf einem am Ufer befestigten Floss deponierten wir unsere Kleider, während die Rucksäcke auf einer Bank blieben. Nur das Portemonnaie nahm ich heraus, denn es waren 500 Franken darin, das war alles, was wir für die nächsten zwei Wochen besassen, und ich wollte auf sicher gehen. Ich nahm den Geldbeutel mit auf das kleine Floss und legte ihn zwischen die Kleider der Mädchen.

Als ich mich schon im Wasser befand, kam die Jüngere auf die Idee, ihre Sachen vom Floss zum Rucksack zu tragen. «Halt!» rief ich vom Wasser aus, «das Portemonnaie!» – doch zu spät. Als das Mädchen die Kleider aufhob, rutschte das schmale lederne Etui in eine Spalte des Flosses.

Wie soll ich beschreiben, was ich empfand? Es war ein Gefühl der totalen Ohnmacht. Hilflos hatte ich zusehen müssen, wie die 500 Franken, dem Gesetz der Schwerkraft folgend, in der Ritze des Flosses verschwanden und wohl für immer verloren waren.

So schnell ich nur konnte – als ob mir das hätte helfen können – schwamm ich zurück. Natürlich war nichts mehr zu machen. Denn als ich tauchte, stellte ich fest, dass der Seegrund unter dem Floss zwar nicht tief, jedoch völlig mit Seegras und grünem Schlamm überdeckt war. Ausserdem liess das Floss fast kein Licht durch. Nicht einmal eine Taucherbrille hätte hier etwas nützen können.

Was wollte ich tun? Ziemlich verzweifelt – obwohl es nicht um Leben und Tod, sondern bloss um Geld ging – entstieg ich dem Wasser und gab meiner Tochter die Schuld. Doch auch Vorwürfe halfen nichts. Ich klagte Passanten mein Leid, doch den Lauf der Dinge ändern konnten auch sie nicht. Ich bat zwei junge Männer um Rat, die mit ihren Kanus am Floss anlegten, aber selbst sie konnten mich nur bedauern. Sie packten ihre Kanus und gingen.

Allmählich wurde mir klar, dass ich aufgeben musste. Etwas anderes blieb mir nicht übrig, also kleidete ich mich an und trieb auch die Kinder zur Eile an, damit wir den Zug noch erreichten. Ich fühlte mich elend und fragte mich, warum die Ferien so enden mussten.

Wir wollten gerade aufbrechen, als die beiden Kanufahrer auf einmal zurückkamen. Sie trugen noch immer Badehosen, und der eine der beiden, ohne grosse Erklärung und für mich völlig unerwartet, sagte, er wolle es doch mal versuchen. Mit diesen Worten sprang er ins Wasser, tauchte ungefähr an der Stelle, wo das Portemonnaie sich befinden musste, unter das Floss, tauchte wieder auf –

und fragte, das verloren Geglaubte vor sich her schwenkend:

«Ist es das hier?»

Er habe einfach ins Dunkle gegriffen, erklärte er, als er das Wasser verliess. Mit der grössten Selbstverständlichkeit sagte er das: Er sagte es, als ob das Unmögliche möglich wäre.

Das wiedergefundene Portemonnaie, liebe Zuhörerinnen und Zuhörer, kommt ins Museum, in mein privates kleines Museum. Denn der Geldbeutel hat mir Glück gebracht. Nicht nur deshalb, weil die 500 Pranken unversehrt, wenn auch völlig durchnässt, zu mir zurückkehrten. Mein Portemonnaie, die Art und Weise, wie es wieder zum Vorschein kam, hat mir gezeigt, dass der Lauf der Dinge auch dann, wenn man glaubt, nichts daran ändern zu können, sich ändern kann. Diese Geschichte hat mir gezeigt, dass es Wunder gibt, und wenn es kleine gibt, muss es auch grosse geben.

Das wünsche ich uns im neuen Jahrtausend: Dass wir den Mut und die Weisheit entwickeln, an Wunder zu glauben, an die kleinen im Alltag, an die grossen im Weltgeschehen. Die Zukunft ist ungewiss, doch da wird stets etwas sein, das uns hilft. Gerade dann wird das Leben uns helfen – wenn wir am allerwenigsten damit rechnen.

Quellenangaben

Orwells Einsamkeit
Arthur Koestlers tödliche Enttäuschung
Die Befreiung
Die persönliche Sicht der Dinge
Zukunftsgedanken
Das seltsam leere Gefühl der Freiheit

> Erstmals in Buchform publiziert in «Die Befreiung»
  Rothenhäusler-Verlag 1995 (vergriffen)

Wilhelm Tell für Fortgeschrittene
Sternenberg gibt es nur einmal
Unser Kampf mit der Zeit
Die Spinne Sachzwang
Die Verletzung der Sprache
Aufstieg und Fall der Geranien
Ein Abenteuerspielplatz der Seele
Die Heiserkeit der Vernunft
Das Ende des Schuldgefühls
Ein unsichtbarer Feiertag
Selber schuld
Die Vorfreude auf den Montag
Es lohnt sich
Süchtig nach Melodie
Wofür steht die Schweiz
Kap Horn

> Erstmals in Buchform publiziert

Werke von Nicolas Lindt

Heiraten im Namen der Liebe
Hochzeit, freie Trauung und Taufe –
121 Fragen & Antworten
lindtbooks 2023 – 412 Seiten – Hardcover
ISBN 978-3-7578-1255-3
«Nicolas Lindt ist weder Forscher noch Paartherapeut, und doch kennt er mehr Liebesgeschichten als jeder andere in der Schweiz. Seit 1996 haben ihm über 1000 Paare erzählt, wie sie zusammengekommen sind. Nachdem Lindt damals von Freunden gebeten wurde, bei ihrer Hochzeit eine Rede zu halten, hat der Schriftsteller die Liebe der anderen zu seinem Beruf gemacht.» NZZ Folio

Die Ungehorsamen
Erzählung aus dem Lockdown –
Die beinahe wahre Geschichte einer verbotenen Hochzeit
lindtbooks 2021
ISBN 978-3-7543-4603-7
Astrid und Chantal wollten heiraten. Doch ein Virus bringt die Welt zum Stillstand. Sie müssen ihre Hochzeit absagen. Aber das wollen sie nicht, und sie beschliessen: Wir heiraten trotzdem – an einem geheimen Ort im Toggenburg.

Im Schulzimmer des Lebens
Geschichten, die das Leben schrieb
lindtbooks 2020
ISBN 978-3-7519-7988-7
«Nicolas Lindt überzeugt durch eine schnörkellose Sprache, die zugleich poetisch ist – und etwas vom Duft eines frisch gebackenen Brotes hat.» DER SONNTAG

Nur tote Fische schwimmen mit dem Strom
Porträts, Geschichten & Reportagen
aus dem Jahr der Zürcher «Bewegung»
Verlag edition 8 2020
ISBN 978-3-85990-393-7
Ein fesselndes Zeitdokument – und eine Quelle der Inspiration für junge Bewegte von heute

Von Schuld und Unschuld
Geschichten & Reportagen aus meiner Zeit als
Gerichtskolumnist
edition fischer Frankfurt 2016
ISBN 978–3864558672
«Brillant geschriebene Stories» Neue Luzerner Zeitung
«Nur zu selten findet sich interessiertes Publikum im Gerichtssaal ein – und das ist jammerschade. Vor Gericht findet das pure Leben statt, in allen erdenklichen Facetten: Davon berichtet Nicolas Lindt in seinem neusten Buch.» NZZ

Der Spieler von Zürich
Ein Bericht
lintbooks 5. Auflage 2023
ISBN 978–3–7322–8740–6
«Schlicht ‹einen Bericht› nennt Nicolas Lindt, was er hier über Milan und Sandra erzählt. Gleichwohl ist das Buch mehr. Es steht als Dokument für eine Generation, welche die Leichtigkeit des Seins nicht nur zu ihrem Credo gemacht hat, sondern sie wirklich lebt: von der Hand in den Mund, von heute auf morgen, ohne Perspektive.»
Der Beobachter

Vollmond über Weissbad
Liebesgeschichten
ZO Medien 2013
ISBN 978-3-85981-263-5
«Geschichten über die Liebe – über Augenblicke, die alles verändern.»

Die Freiheit der Sternenberger
Reiseberichte & Dorfgeschichten
ZO Medien 4. Auflage 2019
ISBN 978-3-85981-245-1
«Ganz offensichtlich wird der Autor ergriffen vom Ausserordentlichen im Leben von Menschen, vom Schicksal einer Landschaft, eines Dorfes – und seine Ergriffenheit äussert sich in einer Anteilnahme, die völlig unpathetisch ist.»
Zürichsee-Zeitung

Der Tag, an dem ich beschloss, mich zu ändern
Der Roman eines Tages
ZO Medien 2008
ISBN 978-3-85981-235-2
«Glänzend und flüssig geschrieben.» Tages-Anzeiger

Aus heiterem Himmel
Erzählungen
Janus Verlag Basel 1997
ISBN 3-7185-0160-0
«Was die Geschichten von Nicolas Lindt auszeichnet, sind die lebendige Schilderung, eine unbekümmert ehrliche Haltung und eine ernsthafte Suche nach dem, was den Sinn der menschlichen Biografie bestimmen könnte.» NZZ

Erhältlich auf Bestellung im Buchhandel und
Online-Buchhandel – oder im Onlineshop des Autors
www.nicolaslindt.ch/shop/

NICOLAS LINDT

geboren im Zeichen des Widders, war Musikjournalist, Tagesschau-Reporter und Gerichtskolumnist, bevor er in seinen Büchern wahre Geschichten zu erzählen begann. Neben dem Schreiben gestaltet er seit 1996 freie Trauungen und Abdankungen. Der Schriftsteller lebt mit seiner Familie in Wald und Segnas.

www.nicolaslindt.ch
www.dieluftpost.ch

Milton Keynes UK
Ingram Content Group UK Ltd.
UKHW021038021124
450589UK00013B/928

9 783758 342561